마녀의 소녀 1

김종일 장편소설

마녀의 소녀

1

김종일 장편소설

말했잖아. 우린 영원한 단짝이라고…….

황금가지

차례

악하기 때문에 악을 택하는 사람은 없다.
다만 그것을 행복과 선의 추구로 잘못 생각할 뿐이다.

— **메리 울스턴크래프트**

"소원 들어주는 원숭이 손 얘기 알아?"

"그게 뭔데?"

"100년도 더 된 외국 소설에 나오는 건데, 오늘같이 음침한 날씨에 어느 노부부가 사는 집에 손님 하나가 찾아와선 미라가 된 원숭이 손을 하나 보여 줘. 그 손에 어느 수도사가 주문을 걸어 놔서 그게 소유자의 세 가지 소원을 들어준다면서."

"어디서 들어본 거 같은데? 그거 으스스하게 분위기 잡다가 나중에 깜짝 놀라게 하는 얘기 아냐?"

"들어 봐, 일단. 손님은 이 물건의 첫 번째 소유자가 세 번째 소원으로 자기 죽음을 빌었다는 둥, 이런 물건은 세상에서 없어져야 한다는 둥, 현명한 소원을 빌어야 한다는 둥 분위기만 겁나 잡다가 원숭이 손을 놓고 가. 집 문제로 골치를 썩던 노부부는 장난삼아 당시론 상당히 큰돈인 200파운드가 필요하다고 원숭이 손한테 빌어보고."

"그래서?"

"아무 일도 안 생겨, 그날은. 혹시나 했더니 역시나, 하고 넘어간 다음 날, 사람 하나가 노부부 집에 찾아와선 이러는 거야. 당신네 아들이 직장서 일하다 기계에 딸려 들어가서 죽었다고. 그리고 그 보상금으로 200파운드가 나올 거라고."

"헐."

"아들 장례 치르고 일주일이나 지났나, 자식 잃은 슬픔에 잠도 못 자던 아내가 남편을 막 조르기 시작해. 원숭이 손한테 두 번째 소원을 빌라고……."

"아들이 살아 돌아오게 해 달라고?"

"빙고. 아내의 성화에 못 이겨 남편이 소원을 빌지. 근데 바람만 불던 밖에서 갑자기 누가 현관문을 똑, 똑, 똑, 두드리는 거야."

"소름 끼쳐. 그래서?"

"아내는 아들이 돌아왔다고, 문 열어 줘야 한다고 막 재촉하는데, 남편은 밖에서 문 두드리는 게 너무 무섭고 꺼림칙한 거야. 그래서 아내가 문을 열어 주러 간 사이에 세 번째 소원을 빌지."

"소원 취소?"

"아마 그랬겠지. 밖에서 문 두드리는 걸 사라지게 해 달라거나. 그게 그거지만."

"그래서 어떻게 됐는데?"

"갑자기 노크 소리가 그쳤대. 현관문을 열어 보니 밖엔 썰렁한 바람만 불고, 아무도 없더래. 노모는 구슬프게 흐느껴 울고 가로등만 텅 빈 거리를 비추더란 얘기."

"끝이야?"

"어."

"뭐야, 그게. 반전도 없고, 감동도 없고. 그 얘길 왜 한 거야?"

"그냥, 너 심심할까 봐."

"에이, 나 심심할까 봐 해 준 소리가 아닌 거 같은데? 네년의 음험한 꿍꿍이속을 냉큼 털어놓지 못할까!"

"너 말야."

"나 뭐?"

"너라면 뭘 빌겠어?"

"뭐야, 생뚱맞게."

"내 말은, 그 원숭이 손이 네 눈앞에 있고 그게 진짜로 세 가지 소원을 들어준다면 넌 무슨 소원을 빌겠냐, 이거지."

"말도 안 돼. 그런 게 있음 다 부자 되고 다 여신 되게?"

"대가가 따른다면? 그것도 아주 살벌한 대가가. 너라면 어떡할래?"

"글쎄…… . 대가가 없을 소원을 빌면 되지 않나? 미리 지능적으로 치밀하게 계획을 짜서 애초에 대가를 방지하는 소원, 그러니까 갑자기 벼락부자가 되게 해 달라거나 전교 1등을 하게 해 달란 멍청한 소원이 아니라, 등가교환의 여지가 없는 소원을 비는 거지."

"과연 그런 소원이 있을까?"

"그렇게 따지면 과연 소원 들어주는 원숭이 손이란 것도 있을까? 애초에 말이 안 되는 얘긴데 뭘."

"그건 그래."

"솔직히 그 얘기도 가만 보면 쫌 그래. 원숭이 손한테 소원 빌고 생긴 일들이 소원을 빌어서 그게 진짜로 이루어진 건지, 아님 그냥 절묘한 타이밍에 터진 우연의 일치인지 누가 알아? 그 집 현관을 노크한 사람도 알고 보면 그냥 길 물어보려고 두들긴 건데 두 내외가 괜히 아들인 줄 착각하고 설레발치다 그 사람 가고 난 담에 문을 열었는지도 모르고……."

"결론은, 너라면 한번 해 보겠다 이 말이지?"

"그런 게 진짜 있다면야…… 밑져야 본전이다 생각하고 해 볼지도 모르지."

"그래? 소원이 뭔데?"

"소원?"

"어, 네가 지금 가장 간절히 바라는 거."

"간절히 바라는 게 어디 한둘인가. 근데 너 오늘 진짜 이상하다? 눈빛도 음흉한 게…… 약 먹었냐?"

"괜찮으니까 말해 봐, 나한테만 살짝. 소원이 뭐야?"

1. 소원

"소원이 뭐야?"

진희가 물었다.

짝꿍인 그 애는 고개를 비스듬히 기울여 턱을 괸 채 나를 빤히 바라보았다. 작고 보얀 얼굴에 자리잡은 또렷한 눈코입이 사랑스러웠다. 여자인 내가 보기에도 혹할 천상의 비주얼이었다. 교실 창으로 들어온 황금빛 햇살은 후광, 그 애의 교복 블라우스 위로 살랑거리는 검은 머릿결은 하프의 현처럼 보일 정도였다. 창문으로 드는 바람에 그 애의 머리카락이 하늘거릴 때마다 하프의 감미로운 연주가 들려오는 듯했다. 바람결에 실려 오는 체취도 환상적이었다.

"너 향수 뭐 써?"

더러 아이들이 그렇게 물으면 진희는 미소 지으며 고개를 가로저었다.

"안 써."

지당하신 말씀. 미모는 말할 나위도 없었다. 성형으로는 따라잡지 못할 자연미인의 위엄이랄까. 진희의 미모는 찢고 넣고 꿰매어 만들어낼 수준이 아니었다.

왼쪽 눈 밑에 살포시 자리잡은 점은 미모를 완성하는 포인트였다. 언뜻 보면 그냥 동그란 점이었지만 유심히 들여다보면 원형이 아니라 별 모양에 가까운 점이었다. 그 오묘한 점이 바로 진희의 미모에 마성까지 더하는 화룡점정이었다.

3주 전, 전학 온 그 애가 교실로 들어섰을 때부터 아이들이 엘프니 여신이니 수군거린 데에는 다 이유가 있었다.

심지어 이름마저…….

"진희야. 성이 진, 이름이 흰데, 간지러우니까 희야라고 하지 말고 진희라고 불러 줄래?"

물어보진 않았지만, 분명 한자로는 참 진(眞)에 빛날 희(熹) 아닐까.

"소원 없어?"

진희가 눈을 동그랗게 뜨며 되물어온 후에야 번뜩 정신이 들었다. 소원이라니……. 이 무슨 자다 말고 '우리의 소원' 부르는 소리야.

"소원?"

그제야 내가 되물었다. 조금 전까지 나를 고문했던 물리의 후유증이 채 가시지 않아 비몽사몽이었다. 톤에 변화가 없는 물리의 염불 외는 목소리는 그야말로 물리적인 수면제였다.

물리는 교사보다는 트위치 스트리머나 유튜버가 더 적성에 맞을지도 모르겠다. 방제는 불면증 완전정복 ASMR. 나 말고도 반 아이 중 과반수가 책상에 엎드려 사경을 헤맸다. 월요일인데다 1학기 중간고사 직후라 다들 피로도가 더한 듯했다.

"어, 나린이 네가 지금 가장 간절히 바라는 것."

진희가 눈웃음을 생글거리며 알기 쉽게 설명해 주었다. 진희는 예쁜 데다 성격까지 좋은 '완소녀'였다. 전교생의 시선을 한 몸에 받을 정도로 예쁘면서도, '예쁜 척'은 짚신벌레의 털끝만큼도 하지 않았다. 오히려 자기에게 쏠리는 관심과 시선을 부담스러워했다.

"글쎄……."

뜬금없는 질문이었지만 대답 못할 질문은 아니었다. 대답이 너무 많아 탈이지. 잠기가 걷히면서 이런저런 바람들이 머릿속에 방울방울 떠올랐다.

너처럼 예뻐지고 싶다고 말하면 우습겠지?

고등교육과정에서 물리 과목을 전격 폐지하라는 소원은 어떨까. 역시 이뤄질 가능성이 별로 없는 바람이었다. 몇 가지 선택지가 머릿속에 주르륵 펼쳐졌다. 그러나 입 밖으로 나오기도 전에 맥없이 툭툭 터져 버렸다. 그것들은 어디까지나 희망 사항일 뿐 소원까지는 아니었다.

교실을 둘러보다 창가 쪽에서 나를 바라보던 현민이랑 눈이 마주쳤다. 나와 눈이 마주치자 녀석은 황급히 눈을 내리깔았다. 연예인 현빈과 이름도, 생김새도 어설프게 닮았고 키도 현빈만큼 휜칠했지만 어둠침침한 무표정에 말수도 거의 없는 데다 교복 속의 티셔츠도 늘 검은 계통만 입고 다녀서 아이들 사이에서는 '흑민'이라는 별명으로 통했다. 쉬는 시간에는 늘 에어팟을 귀에 꽂고 요란한 음악을 들으며 책을 읽었는데, 읽는 책마다 『불안』이니 『유동하는 공포』니 『난징의 악마』니 하는, 소름 돋는 제목 일색이었다. 한마디로 정신세계가 의심스러운 애였다.

저 애의 시선을 느낀 지 벌써 한 달이 넘었다.

처음에는 어쩌다 눈이 마주친 줄로만 알았다. 하지만 우연도 반복되면 의도로 느껴지는 법이었다. 수업 중에도, 쉬는 시간이나 등하굣길에도 뒤통수가 가려워 돌아보면 황급히 고개를 돌리는 그 애가 보였다. 인사를 건네거나 말을 걸려는 심사도 아닌 듯했다. 현민이는 그저 나를 훔쳐보기만 했다.

나에게 호감이 있든 반감이 있든 솔직히 상관도 없고 상관할 바도 아니었다. 내 마음에는 현민이한테 내어 줄 공간이 없었다.

교실 맨 구석 뒷자리에 엎드린 동준이를 흘끔 돌아보았다. 가마가 두 개인 그 애의 정수리와 부스스한 머릿결, 넓은 어깨와 책상 밑으로 쭉 뻗은 긴 다리가 보였다. 늘 그렇듯 보고만 있어도 가슴 한편이 간질거렸다.

나는 이번 학기 초에 전영고에서 홍주고로 전학 왔다.

"안녕하세요, 안나린이라고 합니다. 앞으로 친하게 지냈으면 좋겠습니다."

교실 앞에 선 내가 판에 박힌 인사를 하던 순간에도 동준이는 맨 뒷자리에 엎드려 꿈쩍하지 않았다. 그 무심한 품이 다른 아이들과 사뭇 달라서 더 눈길이 갔다.

그날 방과 후 동준이와 시내버스 정류장에서 마주쳤다.

예보에도 없던 비가 쏟아진 저녁이었다. 동네 앞 정류장에서 내렸지만, 빗발이 거세어진 탓에 비를 어떻게 피해야 할지 막막했다. 교복 재킷을 머리 위로 치켜들고 막 뛰려 했는데 몸이 덜컥 뒤로 쏠렸다. 어 하고 돌아보았더니 내 백팩 손잡이를 붙든 손이 보였다. 동준이였다. 내가 뭐라고 입을 떼기도 전에 빨간 접이식 삼단 우산이 눈앞으로 불쑥 다가들었다. 그 애가 한 마디 툭 던졌다.

"너 써라."

그 한마디로 동준이는 내게 우산 대신 콩깍지를 씌웠다. 무심한 눈길이 내 마음 한복판에 풍덩 들어와 박히며 커다란 파문을 일으켰다. 물결이 잦아들고 나면 금세 사라지는 파문이 아니었다. 어쩌다 눈만 마주쳐도, 스치기만 해도 가슴에 텀벙텀벙 솟구치는 물기둥이었다.

엉겁결에 우산을 받아든 채 그 애의 뒷모습을 바라보며 내게도 첫사랑이 찾아왔음을 알아차렸다. 하지만 그 첫사랑이 짝사랑이 될 줄은 몰랐다. 그날 밤 집으로 돌아와 동준이에게 우산을 어떻게 돌려줘야 할지를 두고 갖은 상상과 가정과 예행연습을 되풀이했다.

"덕분에 잘 썼어. 고마워."

다음 날 아침, 우산을 내밀며 준비해 온 대사를 읊자 그 애는 귀찮다는 듯 툭 내뱉었다.

"버려, 내 거 아냐."

교실 안의 시선이 일제히 내게로 쏠렸다. 동준이는 다시 책상 위에 엎드렸고 예기치 못했던 대답에 당황한 나는 홍인종으로 변해 자리를 떠야 했다. 답례로 줄 하트 모양 초콜릿도 준비했는데 주머니에서 꺼내 보지도 못했다. 그날 남몰래 초콜릿을 오독오독 깨 먹으며 생각했다. 두고 봐, 언젠가 네가 먼저 나한테 사귀자고 할 날이 올 테니까.

알고 보니, 동준이는 허우대만 멀쩡하지, 나머지는 별로 안 멀쩡한 문제아였다. 어른들이 하지 말라는 짓을 즐겨 했고, 가지 말라는 데를 즐겨 갔다. 게다가 그 애는 애초에 못 올라갈 나무였다. 그 애 옆에는 오혜정이라는 골키퍼가 떡하니 버티고 서 있었다.

"몰랐어? 쟤네 중딩 때부터 커플이야."

오지랖 넓기로 이름난 영미의 귀띔에 오혜정의 SNS에 들어가 보니, 사실이었다. 둘이 얼굴을 맞대고 찍은 사진이 프로필에 떠 있었다.

하고많은 애 중에 하필…….

오혜정은 내가 전학 오던 날부터 나를 따돌렸다. 누가 내게 말이라도 걸라치면 그 애에게 말을 걸어서 대화를 끊어놓기 일쑤였고 눈이 마주칠라치면 콧방귀를 뀌고는 했다. 내가 지나가면 뭐라고 수군대다 키득거리고, 수업 시간에 질문이라도 하면 꼭 한마디씩 토를 달았다. 한번은 참다못해 이유를 물었다.

"혜정아, 내가 너한테 뭐 실수한 거 있어?"

오혜정은 나를 흘끔 보고는 말했다.

"실수씩이나……. 니가 그랬음 내가 가만 놔뒀겠어?"

그 후로는 오혜정이랑은 말도 섞지 않았다. 그 애가 나를 두고 뭐라 하든 못 들은 척했다. 도대체 동준이는 뭐가 아쉬워서 저런 밉상과 부둥켜안고 꽃다운 청춘을 낭비하나 몰라.

"말해 봐, 나한테만 살짝."

진희의 은근한 목소리가 나를 현실로 끄집어냈다. 나를 보는 그 애의 얼굴에는 장난기 한 점 없었다.

"뭐든지 다?"

내가 진희에게 묻자, 그 애가 고개를 가로저었다.

"몇 가지 제약이 있어. 첫째, 확률이 로또 1등 당첨급이거나, 규모가 천재지변급이거나, 너랑 전혀 관계없는 사람을 끌고 들어오는 소원은 안 돼. 길에서 100억 든 가방을 줍게 해 달라든가, 학교가 폭삭 무너졌음 좋겠다든가, 아이돌 멤버들이 널 사이에 두고 삼각관계에 빠지게 해 달라, 그런 소원은 빌어도 들어줄 수 없단 거지."

진희는 진지했다.

"둘째, 누굴 죽게 해 달라거나 이미 죽은 사람을 살아나게 해 달라는 소원도 안 돼. 난 신이 아니니까. 셋째, 한 가지 소원에 두 가지 이상을 요구해도 안 돼. 예뻐지고 공부도 잘하고 싶단

식의 일타쌍피는 안 된단 말이지. 넷째, 한번 빈 소원은 개봉해서 써 버린 상품과 같아. 상품의 특성상 교환이나 환불, A/S가 불가능해. 나중에 가서 취소해 달라고 울고불고해도 대답은 노야."

잠시 말을 끊었던 그 애가 덧붙였다.

"끝으로 소원은 딱 세 가지, 그 이상은 안 돼."

진희는 익숙한 매뉴얼을 읊듯 술술 털어놓았다. 그 품이 어찌나 자연스러운지 정해진 대사대로 연기하는 배우 같았다. 확실히 진희에게는 빼어난 외모 외에도 사람의 마음을 움직이는 마력이 있었다.

"참고로, 소원이 이루어졌다고 해도 제삼자의 눈에는 우연의 일치 혹은 본인 행위의 결과 정도로밖에 안 보여. 그러니 그 소원으로 어떤 말썽을 겪는다고 해도 뒷감당은 소원을 빈 당사자의 몫이다, 이거지."

다른 아이가 했더라면 코웃음만 나올 그 썰렁한 농담이 진희의 입에서 나오니 꼭 진담처럼 들렸다. 진희는 우리 반에서 나와 유일하게 친한 아이이기도 했다.

나는 우리 반에서 옥수수의 까만 알 같은 '아싸'였다. 전학 온 지 두 달이 넘었지만, 누구와도 친해지지 못했다. 대놓고 무시하거나 따돌리지는 않았지만 반 아이들은 은근히 나를 따돌렸다. 부모 없는 소녀 가장. 그것이 이유였다. 아이들의 눈빛이 언뜻언뜻 내비치는 속마음이 보였다.

'넌 우리랑 달라.'

하지만 정작 아이들과 다른 사람은 진희였다. 그 애는 전학 온 날부터 내 옆자리에 앉았고 스스럼없이 먼저 말을 걸어 주었다.

"안녕."

환한 미소를 지으며 내게 인사하던 그 애의 얼굴은 사랑스러웠다. 오래지 않아 우리는 친해졌다. 만사가 다 귀찮아 별명도 '나무늘보'인 담임 선생님은 교실의 자리 배정도 따로 하지 않고 아이들에게 자율로 맡겼는데 진희는 늘 내 옆자리를 고집했다. 그 애가 내 옆자리에 앉는다는 사실만으로도 나는 자연스레 아이들의 주목을 받았다. 일종의 후광 효과라고나 할까. 나를 껄끄럽게 대하던 아이들의 태도도 눈에 띄게 부드러워졌다.

"자, 이제 소원을 정하셨습니까, 안나린 씨?"

진희가 재차 물었다.

어차피 잠이나 깨라고 하는 농담 따먹기인데 맞장구를 못 쳐 줄 법도 없었다. 진희의 귓가에 대고 나직이 속삭였다.

"내 사랑이 이루어졌으면 좋겠어."

그 애의 눈이 반짝 빛났다.

"그래? 좋아, 딱 사흘 후면 그 소원, 이루어질 거야."

진희가 말했다. 평범한 일상을 전하는 심상한 투였다. 사흘 후면 그 소원이 이루어진다니……? 에이, 농담이겠지. 그런데 진희가 정색하고 나직이 속삭였다.

"단, 대가가 있어. 나도 책임 못 지는 대가. 그래도 해 볼래?"

그제야 나는 허리를 곧추세우고 진희를 바라보았다. 그 애의 얼굴은 마냥 진지했다. 농담이 아닌 듯했다.

"무슨 말이야?"

내가 묻자, 진희가 내게 귓속말로 속삭였다.

"해 볼 거야, 말 거야? 그것부터 결정해."

"대가가 뭔지 알려 줘야 하든지, 말든지 하지."

"그건 나도 몰라. 내가 정하는 게 아니니까. 할 건지, 말 건지. 그것만 말해."

난감했다. 다짜고짜 소원을 묻더니 이제는 대가가 있더라도 해 보겠냐고? 주위를 둘러보았다. 꿈인가? 물리 시간에 잠들어 지금도 꿈속을 헤매는 중인가? 너무 실감 나서 현실로 착각하게 되는 꿈.

쉬는 시간의 교실 풍경은 예사롭기만 했다. 동준이를 비롯해 엎드려 자는 과반수에, 문제집을 푸는 모범생에, 앞자리에서 다른 아이들과 수다를 떠는 영미, 나와 눈이 마주치자 황급히 얼굴을 돌리는 현민, 떼로 모여 수다 떠는 아이들…… 창가로 스며든 햇살에 비친, 허공을 떠다니는 먼지들마저 한가로웠다.

"어떤 대가라도 감수하면 내 소원이 이루어질 거다, 지금 그 말이야?"

"어, 내가 하란 대로만 하면."

나와 짝꿍으로 지내며 진희는 단 한 번도 허튼소리를 하거나 실없는 장난을 친 적도 없었다. 그런 아이가 왜 느닷없이 소원이니 대가니 황당한 소리를 떠드는 걸까.

동준이와 내가 커플이 된 상상을 해 보았다. 우리가 공식 커플이 되어 아이들의 부러움을 한몸에 받는 상상. 상상에서나 가능한 일이기에 달콤하고 행복했다.

"어떡할래?"

진희의 재촉에 고개를 갸우뚱하며 대답했다.

"뭐, 대가가 뭔진 몰라도 해 볼 만할 거 같은데?"

진희가 되물었다.

"해 보겠다?"

고개를 끄덕였다.

"좋아, 그럼 계약한 거다?"

계약이라니……? 진희에게 물어보려던 찰나, 수업을 알리는 벨이 울렸다. 진희는 무슨 일이 있었냐는 듯 수학 교과서와 공책을 꺼냈다.

하굣길에 진희는 나와 버스정류장까지 함께 걸었다. 소원 어쩌고 했던 말은 꺼내지도 않았다. 역시 장난이었나. 그런데 제가 탈 버스가 정류장에 도착하자 버스에 오르려던 진희가 교복 주머니에서 뭔가 꺼냈다. 그러고는 그것을 내 교복 주머니에 쑥 집어넣었다.

"뭐야?"

내가 묻자 진희는 한쪽 눈을 찡긋하며 내 귓가에 속삭였다.

"네 소원을 이루어 줄 지니."

내 소원을 이루어 줄 지니……? 교복 주머니를 들춰보려 했더니 진희가 내 손목을 붙들었다.

"내가 톡할 때까지 열어 보면 안 돼, 절대로. 알았지?"

그 목소리가 위협적이어서 나도 모르게 움찔했다.

그 애는 버스에 오르면서도 내게서 눈길을 거두지 않았다. 버스가 교차로 모퉁이 너머로 사라진 후에도 나는 버스정류장에 멍하니 서 있었다.

그 애가 내 주머니에 넣어준 물건은 삼베인지 마인지 모를 헝겊으로 된 두툼한 주머니였다. 손끝이 주머니로 갔다. 주머니로 들어가는 손끝이 떨렸다.

버스 한 대가 정류장 앞에 섰다. 딴청을 부렸다. 버스가 한 무리의 학생들을 태우고 사라지자 주머니 속에 반쯤 들어간 손가락을 꼼지락거렸다. 손끝에 헝겊 주머니가 닿은 순간 뭐가 버석거렸다. 손끝만 닿았는데 목덜미가 서늘했다.

"안나린."

등 뒤에서 굵직한 목소리가 덜미를 붙들었다.

"엄마, 깜짝이야!"

돌아보니 현민이였다.

"왜?"

교복 주머니에서 손을 내빼고는 그 애에게 물었다. 현민이는 뜻 모를 눈빛으로 나를 바라보기만 했다.

"왜 그러는데?"

찔려서 언성을 높이자 그 애가 입을 열었다.

"진희 말인데……."

"진희가 뭐?"

태연한 척 물었지만 꺼림칙했다. 뜸을 들이던 현민이는 한참 만에 말을 이었다.

"너무 친하게 지내면 안 될 거 같아서……."

"왜?"

진심으로 궁금해서 물었다. 그런데 돌아온 대답이 우스웠다.

"그냥, 조심하라고."

"짝이랑 친하게 지내면 안 되는데, 그 이유가 '그냥, 조심하라고'야?"

내가 묻자 현민이가 내 어깨에 손을 턱 얹었다.

"내 말, 잘 들어."

현민이가 뭐라고 말하려다 입을 다물었다. 할 말이 생각 안 나서가 아니라 다른 사람이 나타나서인 듯했다. 그 애의 시선을 따라 돌아보니 언제 왔는지 동준이와 오혜정이 함께 서 있었다. 두 사람의 눈길이 현민이와 나, 내 어깨를 붙든 현민이의 손을 꼭짓점으로 삼각형을 그리며 맴돌았다. 귓불이 화끈 달아올랐다.

하필 이런 때에…….

마음 같아서는 아무 버스나 올라타서 자리를 피하고 싶었다. 때마침 우리 동네로 가는 시내버스가 도착했다. 그런데 현민이가 내 어깨를 붙들고 놓아주지 않았다. 제삼자의 눈으로 보면 사랑싸움하는 커플로 오해할 만한 광경이었다. 그사이 귓불에서 시작된 열기는 이제 얼굴 전체로까지 퍼져나갔다.

"둘이 사귀냐?"

동준이가 특유의 무심한 말투로 내 가슴에 묵직한 바윗덩이를 던졌다.

내가 변명할 새도 없이 동준이는 뒤도 돌아보지 않고 버스에 올랐다. 오혜정이 현민이와 나를 예의 곁눈질로 훑으며 한마디 거들었다.

"잘 어울리네."

내가 뭐라 해명하기도 전에 둘을 태운 버스는 떠나 버렸다. 맥이 탁 풀렸다.

"이 손, 치워 줄래?"

그제야 현민이는 제자리인 양 내 어깨에 얹었던 손을 쓱 거두었다. 그 애의 얼굴도 붉게 물들었다.

"오지랖 떨 시간에 너나 잘해."

다음 버스가 오자마자 번호를 확인하지도 않고 올라탔다. 현민이가 따라 타면 걷어차 버리려고 했는데 정류장에 서서 나를 바라보기만 했다. 정류장과 반대편으로 돌아서며 그 애를 외면했다. 버스가 출발한 후에도 내 뒤통수에 도깨비바늘처럼 붙박인 시선은 떨어지지 않았다.

* * *

"안나린, 양말 뒤집어 벗어 놓지 말랬지?"

현관문을 열고 들어서자마자 동생 나은이의 잔소리가 쏟아졌다. 엄마가 돌아가신 후로 살림과 잔소리는 중학생인 나은 이의 몫이었다.

"안나린이라고 부르지 말라고 내가 누누이 경고했을 텐데? 이게 똥기저귀 갈아 주고 업어 키웠더니 은혜도 모르고, 확 그 냥……."

나은이는 거실 소파에서 빨래를 개며 받아쳤다.

"사회 나가면 세 살 차이는 친구거든? 꼰대냐? 똥기저귀 차 고 같이 뒹군 처지에 키워 준 척하지 마셔, 안나린."

"언니라고 하랬지."

"싫은데, 안나린?"

"마지막 경고다."

"안 무섭다, 안나린."

내가 막 질풍노도의 시기에 접어들 무렵, 말대꾸로 성질을 돋울라치면 엄마는 주변의 물건들을 잡히는 대로 집어 던지며 소리치시곤 했다. "나가! 집 나가서 니 맘대로 하고 살어, 이년 아."라고.

나도 이런 때에는 천생 엄마 딸이다. 나은이에게 백팩을 내 던졌고, 나보다 운동신경이 출중한 그 애가 백팩 공격을 피하 자, 교복 주머니에서 잡히는 대로 내던졌다. 나은이는 투수가 던진 야구공을 붙잡는 포수처럼 손을 뻗어 제 머리 위로 날아 오던 물건을 붙잡았다.

"보올."

히죽 웃는 나은이를 보고서야 내가 던진 물건이 무엇이었는지 깨달았다. 네 소원을 이루어 줄 지니라던 진희의 목소리가 귓가에 생생히 되살아났다.

"뭐야, 이거? 깜짝 선물? 언니, 나 주려고 사 왔구나?"

말 잘 듣는 동생 모드로 바뀐 나은이가 헝겊 주머니를 붙들고, 입구를 봉한 끈의 매듭을 풀었다. 진희의 목소리가 또 한번 되살아났다.

'내가 톡할 때까지 열어 보면 안 돼, 절대로. 알았지?'

그 순간 나도 모르게 몸을 날렸다.

"열지 마!"

내 외침이 느리게 재생한 동영상의 음성처럼 죽죽 늘어지고, 그 기세에 놀라 토끼 눈으로 나를 바라보는 나은이의 얼굴이 눈에 들어왔다. 토끼를 낚아채는 흰머리독수리처럼 헝겊 주머니를 낚아채려고 했는데 포획물은 공기 한 줌뿐이었다. 낙법으로 착지하겠다고 다짐했건만, 현실은 철퍼덕 고꾸라지기였다. 내가 고통에 신음하며 거실 카펫을 긁는 동안 나은이는 옛날 한국 영화의 여주인공처럼 외쳤다.

"나 잡아봐라."

그 애는 화장실로 내뺐고 안으로 들어가자마자 문까지 잠가 버렸다.

"야, 열어! 안 열어?"

화장실 문을 두들겼지만 나은이는 대꾸도 없었다.

"셋 셀 때까지 안 열면 따고 들어간다? 하나!"

엄마가 살아 계실 때만 해도 이런 상황을 해결하기가 쉬웠다. 일러바치면 만사형통이었으니까. 좋은 말로 저것을 욕실 밖으로 유인한 뒤 등짝 스매싱! 위아래 모르는 철없는 어린것의 입에서는 비명이 꽥! 하지만 이런 상황에서 우리를 중재해 줄 엄마는 이제 세상에 없다.

"둘!"

열쇠가 없으면 문을 부수고라도 쳐들어 갈 작정으로 발을 치켜들었다. 셋의 'ㅅ'이 막 잇새로 빠져나왔을 때 문이 덜컥 열렸다.

"야야, 도로 가져가라. 치사해서 준다."

화장실에서 나온 나은이가 헝겊 주머니를 내게 던졌다.

"너, 열어 봤어?"

나은이는 어깨만 으쓱했다.

"열어 봤어, 안 봤어?"

소리를 빽 질렀지만 나은이는 능구렁이를 열네 마리쯤 삶아 먹은 얼굴로 웃을 뿐이었다.

"좋을 대로 생각해, 안나린."

나은이는 개어 놓은 옷들을 챙기더니 안방으로 쏙 들어가 버렸다. 쫓아가서 뭐라고 하려다 그만두었다.

이딴 헝겊 주머니 따위가 뭐라고······. 내 꼴이 우스웠다. 손에 쥔 헝겊 주머니를 눈앞에 번쩍 치켜들고 째려보았다. 진희의 그럴싸한 말발에 혹했지만, 사실 말도 안 되는 장난이었다. 제가 시키는 대로 하기만 하면, 사흘 후 내 소원이 이루어진다고? 그런 헛소리에 혹해 속마음까지 털어놓다니······.

거실 구석에 놓인 쓰레기통 앞으로 다가갔다. 쓰레기통 발판을 누르자 뚜껑이 입을 쩍 벌렸다. 잠시 망설이다 그 속에 주머니를 떨어뜨렸다. 20ℓ들이 원기둥 램프 속에 처박힌 지니는 영원한 동면에 들어갔다.

* * *

밤늦도록 진희의 연락은 없었다.

혹시 몰라서 베개 옆에 모셔둔 스마트폰은 자정이 넘도록 잠잠했다. 역시 장난이었다고 결론짓고 막 잠들려던 찰나, 문자메시지 도착 알림음이 울렸다. 가슴이 철렁 내려앉았다. 즉석복권을 긁는 기분으로 액정을 들여다보았다.

최다 인증 검증업체

매월 무료 베팅 쿠폰 지급!

먹튀 제보 시 200% 보상

TOTOGENIE.COM

스팸 문자였다.

그럼 그렇지. 문자를 차단, 삭제하고 이불을 뒤집어썼지만 잠은 오지 않았다.

오늘따라 집안이 휑했다.

아빠와 엄마가 남긴 이 단독주택 2층은 우리 두 자매만 살기에는 컸다. 호적상의 보호자인 할아버지마저 뇌졸중으로 노인 요양병원으로 들어가시고 식구라고는 우리 둘뿐이었다. 매달 정부에서 넣어주는 보조금은 생활비로 썼고 보험사에서 들어온 보험금은 건드리지 않았다. 아빠와 엄마의 목숨값이었으니까.

그나저나 이상한 하루였다.

짝꿍 진희에게 소원 타령을 듣지 않나, 현민이에게 진희를 조심하라는 경고를 듣지 않나. 버스정류장에서 있었던 일을 떠올리니 얼굴이 화끈거렸다. 도대체 걘 '내 말, 잘 들어.'란 말 다음에 뭐라고 말하려 했을까.

진희가 건넨 헝겊 주머니에 뭐가 들었는지도 궁금해졌다. 내용물이나 확인하고 버릴걸. 이런저런 잡생각들에 잠 못 이루다 깜박 잠이 들었다.

"카톡."

카톡 메시지 도착 알림음이 선잠을 흔들어 깨웠다. 전화를 열어보니 새벽 2시 53분이었다.

— 늦었지?

진희였다.

스마트폰을 진동으로 바꾸며 답장을 보냈다.

— 아냐 괜찮아

— 새벽 세 시에만 의식이 효험 있거든

— ??? 무슨 말이야?

— 그냥 의식 치르기에 가장 적당한 시각이라고만 알아둬

— 의식은 뭔데?

— 계약을 체결하는 날인 같은 거야 소원을 빌었으니 너랑 난 구두계약을 한 셈이야 물론 의식 전이니 파기해도 관계없어 뭐 계약금을 잃는 수준의 패널티야 있겠지만

계약금을 잃는 수준의 패널티? 궁금했지만 묻지 않았다.

— 주머니 아직 안 열어봤지?

물론 열어 보지는 않았다. 쓰레기통에 버려서 그렇지.

— 어

— 그럼 가서 주머니 꺼내 와

순간, 나도 모르게 침대에서 튕겨 일어났다. 온몸에 소름이 돋았다. 고개를 빼고 창문을 살폈다. 창이 간유리로 된 데다 커튼까지 쳐놓은 터라 밖에서 안이 보일 리 없었다. 혹시 이 방에 몰카라도 있나?

— 서두르자 세 시 다 됐다

진희가 재촉했다. 무슨 꼼수로 나를 지켜보는 걸까. 찝찝하고 섬뜩했다.

그냥 넘겨짚은 말이 맞아떨어졌는지도 몰랐다. 사실 그럴 가능성이 가장 컸다.

이제 어쩐다? 의지와 달리 몸은 진희의 분부대로 움직였다.

스마트폰의 손전등 앱을 켜고 방을 나와 관 속 같은 거실을 가로질렀다. 전등 불빛으로 거실 구석구석을 비추었지만 수상쩍은 물건이나 낌새는 전혀 없었다. 쓰레기통으로 한 걸음 한 걸음 다가가는 동안 가슴이 두근거렸다. 심장 박동이 내 귀에

도 들릴 지경이었다. 발판을 눌러 쓰레기통 뚜껑을 열면 속에서 뭐가 튀어나올세라 뚜껑을 손으로 붙들고 살며시 열었다. 그 손길도 떨렸다. 쓰레기통에서는 아무런 기척도 없었다. 불빛으로 쓰레기통 속을 비췄다.

없었다.

아까 버린 헝겊 주머니가 사라지고 없었다. 한 손으로 쓰레기통을 헤집었다. 바닥까지 헤집어 보았지만, 주머니는 나오지 않았다. 달걀 껍데기부터 비닐봉지, 영수증, 코 푼 휴지, 프라이팬을 닦은 종이행주, 머리카락 뭉치에 이르기까지 별의별 쓰레기가 다 나왔지만, 주머니만은 온데간데없었다.

혹시……? 나은이의 방을 돌아보았다. 내가 그 물건을 버리던 순간에 그 애는 제 방에 있었다. 방문 틈으로 몰래 지켜보다 내가 자리를 비우고 나서 꺼내어갔을 가능성도 없지는 않았다.

그때 스마트폰이 움직였다. 꿈틀. 하마터면 폰을 쓰레기통에 떨어뜨릴 뻔했다. 폰은 메시지 도착을 알리느라 진동했을 뿐인데, 그 진동이 꼭 손에 잡힌 설치류의 몸부림처럼 섬뜩했다.

─네 방 책상 위

불 꺼진 방으로 돌아와 책상으로 다가가는 동안 입이 바짝 타들어 갔다. 스탠드 스위치를 더듬어 누르자, 책상 위에 놓인 헝겊 주머니가 보였다. 누군가 얼음을 만지던 손으로 목덜미를 움켜쥔 듯했다.

기억을 더듬어보았다. 쓰레기통에 이 물건을 버렸고 그 후로 다시는 꺼내지 않았다. 방의 불을 끄기 전에도 책상 위에서 이 물건을 본 기억은 없었다. 조금 전이야 책상 위에 이 물건이 놓여 있었다 해도 어두워 눈에 띄지 않았을 터였다.

헝겊 주머니를 내려다보니 점점 두려워졌다. 어쩌면 이 모든 일이 단순한 장난이 아니라, 진희의 큰 그림대로 흘러가는 드라마인지도 모른다는, 말도 안 되는 의심이 들었다.

— 이제 주머니를 열어 봐

시키는 대로 했다. 주머니 봉한 끈을 푸는 손이 떨리고 손아귀에서 진땀이 나서 손을 주무르고 땀을 바지에 문질러 닦아야 할 정도였다.

헝겊 주머니를 벌리고 내용물을 끄집어냈다.

손가락만 한 헝겊 인형과 누런 종이, 작달막하고 빨간 양초였다. 커다란 머리와 짤막한 몸통에 자그마한 팔다리가 달렸고 삐뚤빼뚤하나마 눈코입까지 그려진 인형이었다. 검붉은 얼룩처럼 생긴 눈코입이 핏자국 같았다. 인형의 머리에는 속에 심어둔 머리카락까지 삐죽삐죽 튀어나왔는데 그것도 사람 머리카락처럼 보였다. 기겁하며 인형을 책상 위에 팽개쳤다. 인형 몸통을 칭칭 감은 붉은 실도 불길하게만 보였다.

— 종이를 펴 봐

떨리는 손으로 종이를 집어 들었다. 예전에 약국에서 가루약 싸던 방식으로 접은 크라프트지였다. 접은 종이를 펴 보았다. 의미 모를 꼬부랑 글씨가 잔뜩 적힌 부적이었다. 부적 속에는 초승달 같은 손톱 한쪽과 연가시 같은 머리카락 한 올이 들어 있었다.

― 누구 거야?

― 알 것 없어 넌 그냥 내가 하란 대로 해

명령조였다. 이쯤에서 포기하고 싶었다. 헝겊 인형이고 부적
이고 손톱과 머리카락 따위 죄다 멀리 내다 버리고 싶었다. 그
런데 이상했다. 가위에 눌린 듯 몸을 옴짝달싹하기 힘들었다.
가슴도 갑갑하고 숨쉬기도 버거웠다.

― 인형 감은 실 풀고 칼로 배를 따

진희가 시키는 대로 하거나 답장을 보낼 때만 손발이 움직
였다. 인형을 붙들고 실을 풀었다. 조종대로 움직이는 꼭두각
시처럼. 연필꽂이에서 문구용 칼을 꺼내어 칼끝을 인형 배에
갖다 댔다.

칼날이 인형의 배를 갈랐다. 인형 뱃속의 내용물은 쌀알이었
다. 구더기 같았다. 죽은 개나 고양이 뱃속에 바글거리는.

― 그 속에 손톱하고 머리카락 집어넣어

시키는 대로 했다. 입술까지 말라왔다.

― 바늘 찾아봐

책상 서랍을 뒤적였다. 서랍 구석에서 반짇고리가 나왔다.
중학교 기술가정 수행평가 때 쓰고 처박아두었던 물건이었다.

― 바늘로 손끝을 찔러서 인형 뱃속에 피를 떨어뜨려

― 세 방울

바늘로 검지 손끝을 찔렀다. 따끔했다. 빨간 점이 손끝에 맺
히더니 커졌다. 핏방울이 인형 뱃속으로 떨어졌다. 한 방울, 두

방울, 세 방울. 그 순간, 인형이 움직였다.

사람이 잠결에 몸을 움찔거리듯, 숨이 멎었던 사람이 심폐소생술에 몸을 떨 듯.

한기가 온몸을 훑고 지나갔다. 혈관 속의 피가 그대로 얼어붙는 기분이 들었다. 잠기운이 덜 가셔서 헛것을 봤나? 눈을 비비고는 인형을 내려다보았다. 인형은 언제 그랬냐는 듯 책상 위에 널브러진 채 꿈쩍하지 않았다.

— 인형 배를 봉해

반짇고리에서 가장 큰 바늘을 골라 바늘귀에 끈을 꿰어 인형의 배를 지그재그로 봉했다.

— 부적을 인형에 감고 두 손에 쥔 다음 거울 앞에 서

김밥을 말듯 인형에 부적을 둘둘 감아 손에 쥐고 거울 앞에 섰다. 책상 등 불빛을 등지고 거울 앞에 선 나는 영락없는 몽유병자였다. 멍하니 풀린 눈으로 부적에 싼 인형을 든 모습이 낯설었다.

— 눈 감고 소원을 세 번 말해

— 중간에 눈을 뜨면 안 돼

— 절대!

메시지를 읽고 눈을 질끈 감았다. 등 뒤로 누가 다가와 목덜미를 움켜쥘 듯 무서웠다.

"사랑이 이루어진다. 사랑이 이루어진다. 사랑이 이루어진다."

끝인가?

실눈을 뜨고 주위를 살폈다. 아무 일도 일어나지 않았다.

― 촛불로 부적이랑 인형을 태워

불? 그 말만은 따르기 어려웠다. 불이라는 단어만 들어도 얼굴에서 핏기가 가셨다. 불은 엄마와 아빠를 집어삼킨 괴물이었다.

작년 크리스마스였다. 홍주 변두리 맛집에서 저녁 먹고 돌아오던 길에 차가 미끄러졌다. 사선으로 도로를 벗어난 차는 논두렁을 데굴데굴 굴렀다. 깨어나 보니 뒤집힌 차 안은 연기로 가득했다. 앞 좌석의 엄마와 아빠를 불렀지만, 대답이 없었다. 보닛에서는 불길이 치솟았고 옆자리의 나은이도 정신을 차리지 못했다. 그 애를 붙들고 어떻게 차에서 빠져나왔는지 모르겠다. 하지만 우리가 밖으로 나오자마자 차체를 집어삼키던 불길만은 지금도 눈앞에 생생하다.

그날 이후로 불 공포증이 생겼다. 불만 보면 온몸이 굳고 숨이 막혔다. 주방의 가스레인지를 비싼 돈 들여 불꽃이 보이지 않는 인덕션으로 바꾸었을 정도였다.

― 시간 없어

― 이제 다 됐는데

진희가 재촉했다. 그 재촉에 몸이 움직였다. 주방으로 나가 싱크대에서 양은 냄비와 일회용 라이터와 집게를 찾아 들고 돌아왔다. 라이터 켜는 손이 떨렸다. 양초에 불이 붙자마자 라이터를 방바닥에 내팽개쳤다. 부적에 싸인 인형을 집게로 집어 촛불에 갖다 댔다. 눈앞이 확 밝아졌다.

"마녀를 불태워라! 독 있는 뱀처럼 박살 내 버려라!"

난데없는 환청이 귀청을 뒤흔들었다. 보이지 않는 꼬챙이가 머릿속을 꿰뚫는 듯했다. 비명을 지르며 머리를 감싸 쥐었다.

누린내가 났다.

눈을 떠 보니 부적과 인형에서 피어오른 연기 때문에 매캐했다. 인형 뱃속이 터지면서 쌀알들이 냄비 안에 쏟아져 있었다. 인형과 부적은 순식간에 잿더미가 되었다.

— 다 태웠어?

— 응

— 그럼 이제 먹어

환청의 충격이 채 가시기도 전에 망치로 뒤통수를 얻어맞은 듯했다.

— 어?

— 먹으라고 하나도 빠짐없이

— 저걸 어떻게?

— 넘기기 힘들면 물이랑 같이 삼켜

— 그래도 그건 좀

— 이 고비만 넘기면 니 소원이 이루어져 오늘부터 정확히 사흘 후에

난 못해. 다 때려치우고 싶은 마음이 간절한데도 내 손은 뭐에 홀린 듯 답장을 전송했다.

— 그럴게

— 수고했어 양초는 다 녹아 꺼질 때까지 그대로 둬

— ㅇㅇ

— 하나 더

— ?

— 오늘 일은 이 시간 이후로 절대 입 밖에 내지 마 나는 물론 누구한테든

— 알았어

— 이 톡도 삭제해 그럼 굿나잇

진희가 연락을 끊었다. 마지막 숙제를 눈앞에 두고 한참을 고민했다. 촛불 아래 뒹구는 쌀알과 인형의 재는 화장터의 잔해처럼 섬뜩했다.

'내가 지금 뭘 하는 거지?'

언뜻 그런 생각이 들었지만, 몸은 멋대로 움직였다.

주방에서 물 한 컵을 떠 와 책상 앞으로 돌아왔다. 심호흡을 세 번 한 후 재와 쌀알을 쓸어 담아 입에 털어 넣었다. 탄내가 났다. 욕지기를 눌러 삼키며 쌀알을 씹었다. 잇새에서 오독오독 쌀알이 깨질 때마다 선뜩선뜩 소름이 돋았다.

2. 불안

"나린아, 안녕? 피곤해 보인다. 어제 잠 못 잤어?"

교실에서 만난 진희는 평소처럼 인사를 건네며 안부를 물었다. 간밤에 무슨 일이 있었냐는 듯 천연덕스러운 얼굴이었다. 그 얼굴이 어찌나 해맑은지, 혹시 지난 새벽의 의식이 나만의 다중인격 놀이가 아니었나 의심스러울 지경이었다.

진희는 그 일을 입에 담지 않았다. 나도 모른 척했다. 누구에게도 말하지 말라던 그 애의 신신당부 때문만은 아니었다. 창피해서 말도 하고 싶지 않았다. 이토록 예쁘고 온화한 얼굴로 그토록 괴상망측한 의식을 시킨 진희도 진희였지만, 그 애가 시킨다고 그 미친 짓을 하란 대로 한 나도 미쳤다.

동준이에게도 이렇다 할 변화는 없었다.

그 애는 특유의 무심한 얼굴로 늦게 학교에 나와 수업 시간 대부분을 책상에 엎드린 채 보냈다. 행여 나를 대하는 태도가 전과 달라지지 않을까 싶었지만, 변화라고는 플랑크톤 눈곱만큼도 없었다. 전과 마찬가지로 녀석은 내게 눈길도 주지 않았다. 현민이 또한 평소처럼 에어팟을 꽂고 표지가 시커먼 책을 읽으며 내 쪽을 흘끔댔다. 나와 눈이 마주치면 눈을 돌리는 녀석에게 물어볼까도 했다. 버스정류장에서 '내 말 잘 들어.'라는 말 뒤에 무슨 말을 하려 했는지…… 하지만 긁어 뾰루지가 될까 봐 그만두기로 했다.

여느 때 같은 일상이 이어졌다.

1학기 중간고사 성적이 나왔는데 예전 학교에서보다 5등이나 하락한 등수였다. 사랑놀이에 연필 자루 썩는 줄 모른다더니…… 그깟 사랑 따위 개나 줘 버리고 짝사랑으로 만족하자고 마음을 다잡았다. 하루가 더 지나니 진희와 나눈 대화며 그 새벽의 미친 짓도 기억나지 않는 악몽처럼 흐릿해졌다. 잊을 일은 잊는 편이 정신건강에 이롭다. 진희가 말한 대로 사흘 후에 소원이 이루어지리라는 기대 따위는 접기로 했다.

그런데 그 일이 실제로 일어났다.

* * *

"너 가져라."

눈앞에 꽃다발이 불쑥 들어왔다. 안개꽃으로 둘러싸인 장미 세 송이였다. 고개를 드니 동준이가 내 앞에 서 있었다. 교실 안의 이목이 한꺼번에 나에게로 쏠렸다. 더러 교실 한편을 흘끔대는 아이도 있었다. 창가 쪽 자리에 앉은 오혜정을 의식한 행동이었다. 하지만 그 애는 꿈쩍도 하지 않았다. 아이들의 시선에는 아랑곳없이 오혜정은 스마트폰만 들여다보았다. 나는 어안이 벙벙해서 동준이를 올려다보았다. 그 애가 말했다.

"사귀자, 우리."

오오. 우리를 지켜보던 아이들이 환호를 보냈다. 얼굴이 화끈 달아오르고 심장 박동이 빨라졌다. 믿기지 않았다.

"장난하는 거야?"

내가 묻자 동준이는 고개를 가로저었다.

"진심인데?"

오혜정 쪽을 바라보았다. 그 애는 이쪽을 돌아보지도 않았다. 동준이도 마찬가지였다.

"오케이면 받아. 오늘부터 너만 본다."

이 황당한 상황은 뭔가 싶어 주위를 두리번거렸다. 정신이 말똥말똥하고 교실 안의 아이들은 물론, 교실 풍경까지 4K처럼 또렷한 품으로 보아 꿈은 아닌 듯했다. 그렇다면 혹시 몰래카메라는 아닐까? 구독자 만 명도 안 되는 유튜버가 교실 여기저기에 카메라를 설치해 두고 찍는 몰카 아닐까.

"혜정인?"

일부러 목청을 높여 물었다. 기다렸다는 듯 동준이가 곧바로 대답했다.

"헤어졌어."

헤어졌다니……? 오혜정과 싸우고 질투심과 소유욕을 유발하려는 속셈 아냐? 둘이 심하게 다퉜고 나를 끌어들여 화해하려는 속셈인지도 몰랐다. 하지만 당사자인 오혜정은 여전히 제자리에서 꿈쩍도 하지 않았다.

"미안한데 사양할게."

자리에서 일어나 교실을 나와 버렸다. 문을 닫고 복도를 방황했지만, 동준이는 따라오지 않았다. 다만 복도 저편에서 꽃다발이 불쑥 나타나더니 내 품으로 날아들었을 뿐이었다. 나도 모르게 꽃다발을 받아들었다.

"받았다."

동준이가 말했다. 교실 앞문으로 나와서 나를 앞지른 모양이었다.

"왜 날 줘? 혜정이 줘."

꽃다발을 도로 내밀었지만, 동준이는 팔짱까지 끼고 딴전을 피웠다. 어느 틈에 아이들이 교실과 복도 사이의 창에 얼굴을 붙이고 동준이와 나를 지켜보았다. 더러 복도로 나와 스마트폰으로 사진을 찍는 아이도 있었다.

"잘해보자."

동준이는 바지 주머니에 두 손을 찔러 넣고는 복도 저편으로 멀어져갔다. 그 잘생긴 뒤통수를 멍하니 바라보다 갈 데가 없어 교실로 돌아왔다. 오혜정은 여전히 제자리였다. 그 애에게로 머뭇머뭇 다가갔다.

"저기……"

어떻게 말해야 할지 몰라 망설이자 오혜정은 고개를 들지도 않고 말했다.

"잘해 봐, 우린 헤어졌으니까."

가시 돋친 말이었다. 당연한 반응이었다. 설령 그 말이 사실이라 해도 유쾌할 리 없을 테니까.

"할 말 끝났으니까 좀 비켜줄래? 햇빛 가리니까."

비켜 달라니 비켜주는 수밖에 없었다. 내 자리로 돌아와 옆자리를 돌아보자, 그 애가 나를 생글거리는 눈으로 말없이 바라보았다. 그 눈빛이 말하는 듯했다.

'거봐, 내 말이 맞았지?'

* * *

유체를 이탈한 기분으로 하루를 보냈다.

도대체 어찌 된 일인지 알다가도 모를 일이었다. 우연의 일치라 쳐도 시기가 절묘했다. 마침 내가 달밤의 의식을 치른 지 사흘 후였다. 설마……. 이내 고개를 가로저었다. 그럴 리 없었다. 꺼림칙하기는 해도 그 정도야 인터넷 검색만 해도 수두룩하게 나오는 애들 장난을 좀 더 정교하게 다듬은 수준에 불과했다.

"어떻게 된 거야?"

점심시간에 식당을 나서며 진희에게 넌지시 물었다.

"뭐가?"

"알잖아, 뭔지."

"아아, 동준이? 전부터 너한테 맘이 있었던 거 아냐?"

"그러니까 그…… 의식이랑은 아무 상관없는 우연의 일치란 거야?"

"의식? 무슨 의식?"

진희가 되물었다. 자기는 아무것도 모른다는 투였다.

"사흘 전 새벽에 말이야, 만약에 그때 내가 빌어서 소원이 이루어진 거라면 네가 말한 대가란 것도 진짜 있는 거야?"

아까부터 마음에 걸려 내려가지 않던 질문이었다. 욕조 배수구에 걸린 머리카락 뭉치처럼…….

"안나린, 도대체 무슨 소리야?"

진희가 걸음을 멈추고 물었다. 고개를 삐딱하게 기울인 진희의 얼굴은 무표정했다. 말투도 평소와 달리 차가웠다.

"무슨 소린지 네가 더 알잖아."

"아니, 난 전혀 모르겠는데?"

그렇게 말하고 내게서 돌아서기 직전, 아주 잠깐이었지만 진희의 얼굴에 뜻 모를 미소가 어렸다. 평소의 온화하고 상냥한 이미지와는 딴판인 냉소였다.

한숨을 불어내며 학교 건물로 들어서려다 교실 창 너머에서 나를 보던 현민이와 눈이 마주쳤다. 녀석은 황급히 고개를 돌렸다. 수상했지만 넘어가기로 했다. 급선무가 따로 있었으니까. 대체 무엇 때문에 진희가 사흘 전의 일을 전혀 모르는 척 시치미를 떼는 걸까.

교실에 들어가기 전, 화장실에 들렀다가 거울 앞에 선 오혜정과 마주쳤다.

　오혜정이 돌아보았다. 축축하고 붉어진 눈이었다. 하지만 그 애의 눈에 담긴 감정은 헤아리기가 어려웠다. 무덤덤해 보이 기도 했지만, 한편으로는 충격에 넋이 나간 듯하기도 했다. 안 쓰럽고 미안했다. 이럴 때 어떻게 해야 할지 난감했다. 눈인사 만 하고 볼일이나 보러 가는 편이 현명한 선택이었다. 화장실 칸으로 들어가면서도 불안했다. 당장에라도 오혜정이 쫓아와 내 머리끄덩이를 부여잡고 흔들어댈 듯했다. 친한 친구들과 칸막이 문을 박차고 들이닥쳐 집단폭행을 퍼부을지도 몰랐다. 홍주 지역구 의원인 아버지 덕인지 오혜정에게는 친구가 많았 다. 변기에 앉아 볼일을 끝낸 후에도 나가는 소리가 들리기를 기다렸다. 인기척이 없어. 칸막이 문틈에 눈을 대고 밖을 내다 보았다.

　눈동자.

　내 칸을 들여다보는 눈동자가 있었다. 하마터면 비명을 지를 뻔했다. 충혈된 눈이 칸막이 틈새로 안을 들여다보았다. 문틈 이 워낙 좁아서 그 눈의 주인을 알아보기는 어려웠다. 하지만 그 눈에 담긴 감정을 알아보기는 쉬웠다. 살의였다.

　"누구야?"

　내가 말한 순간, 화장실로 아이들이 들어서는 소리가 났다. 눈동자는 사라졌다. 그 후로도 수업 종이 울릴 때까지 그 자리 에서 꼼짝도 하지 못했다. 그 도끼눈이 사라지지 않고 나를 들 여다보는 기분이 들어서였다.

교실에서 다시 마주쳤을 때 오혜정은 아무 일도 없었다는 듯 나를 외면했다.

"혜정아, 혹시 나한테 할 말 있어?"

오혜정에게 다가가 묻자 그 애는 제 스마트폰에서 눈도 떼지 않고 대답했다.

"할 말은 아까 다 했는데?"

"좀 전에 화장실에서……."

내가 말끝을 흐리자 그 애가 쏘아붙였다.

"화장실에서 뭐?"

그 눈의 주인이 혜정이라는 증거도 없는데 따져봐야 나만 손해였다.

"아냐, 아무것도."

돌아서는 내 등에 대고 오혜정이 중얼거렸다.

"잘해보라니까 자꾸 앵기고 지랄이야."

* * *

"안나린."

하굣길, 교문을 나서는데 동준이가 내 이름을 부르며 따라붙었다. 걸음을 빨리했지만, 이내 우리 둘은 나란히 걷고 있었다. 동준이의 다리가 나보다 훨씬 길어 보폭이 크니 그럴 만도 했다. 그렇게 찝찝한 일들이 있었는데도 막상 나란히 걸으니 가슴이 설레고 다리가 후들거리고 명치끝이 찌릿찌릿했다. 허공에 한 뼘쯤 붕 떠서 걷는 기분이었다. 손에 든 꽃다발이 정신을 아찔하게 하는 향기를 뿜어대는 것만 같았다.

"장난하는 거면 하지 마."

내가 차갑게 내치자 동준이가 말했다.

"장난 아닌데."

"그럼 뭐 하자는 건데? 진희가 시켰어?"

"뭘?"

"나한테 사귀자고 하랬냐고."

"뭔 소리야."

동준이가 코웃음 쳤다.

"그럼 도대체 뭔데?"

"너 나 좋아하잖아. 나도 이제 너 좋아할 거고. 그러면 된 거 아니야?"

동준이가 내 마음을 읽은 듯 대놓고 정곡을 찌르니 뭐라 할 말이 없었다.

"혜정인?"

"끝냈다니까?"

"언제?"

"어제."

"중학교 때부터 사귀었다며 그렇게 단칼에 끝내? 그리고 혜정이랑 헤어지자마자 나랑 사귀잔 게 말이 돼?"

"전부터 끝내고 싶었는데 이제야 끝냈어. 너랑은 전부터 사귀고 싶었는데 이제야 들이댄 거고. 됐지?"

정류장에 다다라 내가 버스에 오르자 동준이도 자연스레 내 뒤를 따랐다. 버스가 출발하기 전, 정류장에 서 있는 현민이가 보였다. 나와 시선이 마주쳤을 때, 현민이는 평소와 달리 시선을 거두지 않았다. 오히려 나를 빤히 올려다보았다. 버스가 출발해서 정류장에서 완전히 멀어질 때까지. 녀석의 눈빛에 불안이 어른거렸다.

"영화 보자."

집 앞까지 따라온 동준이가 영화표를 건넸다.

동준이에게서 영화표를 받아든 순간, 오혜정과 현민이 때문에 생겼던 찝찝하고 불길한 기분 따위는 단숨에 날아가 버렸다. 영화표에 찍힌 영화 제목은 「안녕, 나의 소녀」였다. 상영 일시를 보니, 다음 날인 토요일 저녁이었다.

"이번만 내 시간에 맞췄다. 담부턴 네 시간에 맞출게."

닭살 돋는 대사를 읊는 품이 자연스러웠다. 아까처럼 지켜보는 눈이 없어 마음이 흔들렸다. 망설이던 순간, 동준이의 어깨 너머로 수상쩍은 그림자가 눈에 들어왔다.

해 질 녘의 노을빛을 받은 담벼락이 골목 어귀에 비스듬히 그림자 뒤로 길게 늘어진 사람 그림자가 보였다. 머리 모양과 치맛자락을 봐서는 여자였다. 모퉁이 너머로 드러나는 치맛자락은 체크 무늬였다. 그 색상과 디자인을 보니 내가 다니는 홍주고의 교복인 듯했다.

누구지?

크레타 미궁처럼 복잡해진 머릿속을 정리하기도 전에 동준이가 돌아섰다.

"상영 시작 10분 전에 극장 앞에서 보자."

내가 어물거리는 사이, 동준이는 내게 우산을 건넸던 그날처럼 멀어져갔다. 그날과 달리 팔을 들어서 내게 손을 흔들어 주기까지 했다. 멀어지는 뒷모습을 보다가 정신을 차리고 골목 너머를 돌아보니 그림자는 자리에서 사라지고 없었다.

"안나린, 지금 연애질이나 하고 다닐 때냐?"

계단을 오르는데 머리 위에서 나은이의 목소리가 들려왔다. 고개를 들어 보니 계단 꼭대기에서 팔짱을 끼고 나를 쏘아보는 그 애가 보였다. 안 그래도 정수리가 근질근질하더니 여태껏 나를 지켜보았던 모양이었다.

"그러는 넌, 지금 감시질이나 하고 있을 때냐?"

"나라도 감시 안 하면 누가 해? 딱 보니까 답 나오는고만. 날라리 양아치."

"내 일은 내가 알아서 하니까 네 일이나 잘하셔."

"아, 그러셔? 이건 또 뭔데?"

나은이가 손에 든 물건은 사흘 전에 내가 방바닥에 팽개친 일회용 라이터였다.

"담배도 피우냐, 안나린?"

"너 누가 내 방 뒤지래?"

"뒤지긴 누가 뒤져? 하도 돼지우리를 만들어 놨길래 친히 클리닝해 주다 봤고만. 발끈하는 게 구린 데가 있긴 하고만?"

"있긴 뭐가 있어?"

대답하고 보니 뭐가 있긴 있었다. 라이터 덕분에 사흘 전 새벽 내가 벌였던 미친 짓이 떠올랐기 때문이었다. 차라리 꿈이었기를 바랐는데 역시 아니었나.

"얼굴은 왜 빨개지는데?"

나은이가 약을 살살 올렸다.

"이게 진짜, 확 그냥!"

손에 든 물건을 던졌지만 나은이는 내 공격을 여유롭게 피했다. 난간 너머로 속절없이 포물선을 그리며 날아가는 물건을 본 후에야 그것이 동준이의 꽃다발이었고 여기가 2층이라는 사실을 알아차렸다.

"야! 그걸 피하면 어떡해? 평소엔 잘만 잡더니……."

난간 너머를 내려다보았다. 옆집 앞마당의 빨간 모닝 바로 뒤에 떨어진 꽃다발이 보였다. 하필 시동을 건 모닝이 막 주차장을 빠져나가려는 참이었다. 모닝이 후진하며 그릴 궤적과 꽃다발이 떨어진 지점을 계산해 보니 정확히 맞아떨어졌다. 잠시 후에 벌어질 참사가 눈앞에 그려졌다.

"아줌마, 안 돼요!"

애절한 내 외침 따위는 개나 주라는 듯 모닝이 후진했다. 계단을 달려 내려갔다. 몸을 날려서라도 꽃다발을 지켜내려 했는데 코앞에서 아작 소리가 났다.

"안 돼!"

내 외침 따위는 안 들린다는 듯 모닝은 꽃다발을 밟고 지나갔다. 납작해진 꽃다발에서 붉은 꽃잎들이 사방으로 떨어져

나와 아스팔트 위를 뒹굴었다. 찻길 사고로 죽은 길고양이의 시신을 보는 듯했다.

* * *

다음 날, 동준이와 「안녕, 나의 소녀」를 봤다.

밤새 동준이와의 데이트를 두고 고민한 끝에 일단 한번 만나 보기로 했다. 찝찝한 구석이 한둘이 아니었지만, 그 모든 훼방꾼을 단칼에 물리칠 만큼 콩깍지의 위력은 강력했다.

약속 시각에 맞춰 극장 앞에 서 있는 동준이를 본 순간, 간밤의 고민과 갈등 따위는 나노 입자로 공중 분해되었다. DSLR 카메라의 아웃포커스로 포착한 피사체처럼 동준이만 보였다. 나머지 배경과 엑스트라는 흐릿하기만 했다. 사람에게서 빛이 난다는 말을 들으면 코웃음만 쳤는데 막상 겪어 보니 사실이었다.

"들어가자."

그 애가 나와 나란히 걸으며 내뱉는 한마디에도 심장이 쿵쾅거렸다. 향수까지 뿌렸는지 은은한 향이 코를 자극하는 바람에 심장 박동은 수직으로 상승했다.

상영관으로 들어가 동준이의 뒤를 따라갔다가 우리 좌석 앞에서 우뚝 멈춰 섰다. 팔걸이가 없어서 나란히 앉으면 팔과 팔이 맞닿는 커플석이었다.

"앉아."

동준이가 길을 터주며 말했다. 내가 자리에 앉자 그 애가 내 옆에 앉았다. 스크린을 바라봤지만, 신경은 온통 녀석에게로 쏠렸다.

「안녕, 나의 소녀」는 고교 시절의 첫사랑이 죽고 난 뒤 거리에서 꽃 파는 아주머니가 내민 꽃향기를 맡은 주인공이 1997년으로 돌아가 다시 첫사랑과 만난다는 이야기였다.

"그녀를 놓치지 않았더라면 어떻게 됐을까? 며칠만이라도 그때로 돌아갈 순 없을까."

첫사랑의 장례식에 다녀온 주인공의 독백이 인상적이긴 했지만, 옆자리에 신경이 쏠려 영화에 집중하기가 어려웠다. 동준이에 비하면 스크린 속의 배우들은 오징어 외계인에 불과했다. 영화를 보다 그 애가 팝콘 봉지를 내 쪽으로 내밀었는데, 팝콘을 집어 먹으려다 서로 손이 닿아 정전기가 따끔 튀었다. 그 뒤로 영화는 아예 눈에 들어오지도 않았다. 얼굴로 열기가 확 쏠렸다. 어두운 극장 안이라 그나마 다행이었다.

영화가 중반에 접어들 즈음, 묘한 느낌이 들었다. 누가 나를 쏘아보는 듯한 느낌이었다. 처음에는 몰랐는데 시간이 흐를수록 뒤통수가 따가웠다.

"안나린."

누가 뒤에서 나를 불렀다. 여자 목소리였다. 동준이를 봤지만, 아무 소리도 못 들은 눈치였다. 고개를 돌린 순간 심장이 멎는 줄 알았다. 뒷줄 좌석 저편에서 나를 쏘아보는 눈총의 주인은 오혜정이었다. 화장실에서 나를 들여다보던 그 눈빛과 같았다.

"오혜정······."

나도 모르게 중얼거리자 동준이가 내가 바라보고 있는 지점을 돌아보았다.

"혜정이가 뭐?"

동준이에게로 눈을 돌렸다 다시 돌아본 순간 흠칫했다. 오혜정이 앉아 나를 노려보던 자리는 텅 비어 있었다. 고개를 빼고 통로 쪽을 살피니 다른 관객들의 눈총이 날아왔다. 놀란 자라처럼 움츠러들었지만 놀란 가슴은 가라앉지 않았다. 내가 중얼거린 뒤 동준이가 돌아보는 몇 초 안에 오혜정이 광속으로 달아났다는 것이 그나마 현실적인 추측이었다. 하지만 저 자리가 애초부터 빈자리였을 가능성은? 분명 저 자리에 앉아 나를 노려보는 그 애를 똑똑히 보았는데. 그 짧은 시간에 어디로 사라졌을까. 다시 영화에 집중하려 했지만 소용없었다. 꺼림칙했다. 스크린에서 만든 사람들 자막이 올라올 때까지 가시방석에 앉아 엉덩이를 찔러대는 가시와 씨름하며 시간을 보냈다.

"혜정이 얘긴 뭐야?"

상영관을 나서며 동준이가 물었다. 뭐라 대답해야 할지 난감했다.

"내가 잘못 봤나 봐."

그렇게 둘러대면서도 주위를 유심히 살폈다. 어디에 또 오혜정이 월리처럼 숨어 우리를 지켜볼지 몰라 신경 쓰였다.

"잠깐 들를 데가 있어."

동준이가 극장 근처의 대형 마트로 나를 잡아끌었다. 입구의 물품 보관함 앞에 이르자 녀석이 내게 열쇠 하나를 내밀었다. 숫자 3이 새겨진 열쇠였다.

"열어 봐."

3번 보관함으로 가서 열쇠를 꽂고 문을 열었다. 사물함에 든 물건은 커다란 선물상자였다.

"뭐야?"

"선물."

상자를 안고 근처 카페로 가서 창가에 자리를 잡았다.

포장을 뜯고 상자를 열어 보니 마녀 인형이 나왔다. 초승달과 별이 달린 고깔모자를 빨간 곱슬머리 위에 쓰고 까만 망토와 연두색 쉬폰 장식이 달린 보라색 드레스를 두른 헝겊 인형이었다. 기분 탓인지는 몰라도 나흘 전 내가 먹어치웠던 소원 인형이 떠올랐다.

"봐 봐."

동준이가 인형 엉덩이에 달린 태엽을 감아 인형을 탁자 위에 올려놓자 인형에서 오르골 멜로디가 흘러나왔고 인형이 목 운동하듯 서서히 고개를 돌렸다. 오르골이 연주하는 곡은 귀에 익은 「종소리」라는 동요였다.

종소리가 은은하게 들려온다
희망의 앞날을 알려주려

딩동댕동 딩동댕 들려온다
바람결 따아라 저 멀리서

희망찬 가사가 마녀 인형의 오르골 멜로디와 만나니 어쩐지 반대의 뜻으로 들렸다.

"맘에 안 들어?"

동준이가 물었다.

"아니, 너무 예뻐. 고마워."

인형을 꼭 끌어안으며 미소 지어 보이려 했다. 하지만 볼에 와 닿는 인형 드레스마저 까슬까슬해서 입술을 억지로 끌어올려야 했다.

* * *

월요일에 교실로 들어서자마자 오혜정부터 찾았다.

동준이와 내 뒤를 스토커처럼 밟고 다니는 이유를 물어볼 작정이었다.

"오혜정."

자리 앞으로 가서 불렀지만 그 애는 내 말이 안 들린다는 듯 책상 위에 엎드렸다.

"나, 너한테 할 말 있어."

말소리를 높여도 그 애는 엎드린 채 꿈쩍도 하지 않았다.

"야, 오혜정!"

아무리 불러도 대답 없는 메아리였다. 멱살을 잡아 흔들어도 내 말을 들어줄 모양새가 아니어서 일단 후퇴하기로 했다.

그날 오후, 문학 수행평가 때문에 찾아볼 책이 있어 학교 도서실에 들렀다. 책장을 둘러보다 책꽂이 중간에서 반쯤 불거져 나온 책 한 권을 보았다. 제프리 버튼 러셀이라는 종교사학자가 쓴 『마녀의 문화사』라는 책이었다. 누가 빼서 보고는 대충 넣고 갔나 싶어 책을 제자리에 밀어 넣으려다 멈칫했다. 책등 중간에 수정액으로 휘갈겨 쓴 '안나린'이라는 이름 석 자 때문이었다. 나는 이 책을 읽은 적도, 내 이름을 적어 놓은 적도 없었다. 책을 빼들고 펴 보았다. 무심코 책의 속지를 펼친 순간 책을 떨어뜨렸다.

ㅇㄴㄹ

널 박살내는 데에 내 목숨을 건다

혈서였다. 검붉은 피로 휘갈긴 글자들이 살얼음 조각처럼 가슴에 박혔다. 절절한 원한이 글자 한 자 한 자에서 묻어났다. 'ㅇㄴㄹ'이라는 자음은 분명 내 이름의 초성일 터였다. 책등에는 내 이름까지 적어두었으니. 두말할 나위 없이 나를 두고 쓴 글이었다. 누구인지는 몰라도 악감정을 넘어 원한을 품은 인물이었다.

주위를 둘러보았다 두 칸 너머의 책장 뒤에서 책들 사이로 나를 지켜보던 눈과 마주쳤다. 살의로 가득한 도끼눈. 이번에는 꼭 잡고야 말겠다고 마음먹고 그리로 내달렸다.

　문제의 장소에 도착했을 때 눈이 나를 지켜보던 자리는 텅 비어 있었다. 도서실 출입문을 돌아보았다. 그쪽에도 인적은 물론 달아나는 소리도 없었다. 뭐에 홀린 기분이었다. 나를 지켜보다 단 몇 초 만에 기척도, 흔적도 없이 내뺄 수 있을까. 퀵실버가 아니고서는 불가능한 일이었다. 답 없는 의문을 곱씹다 보니 울화가 치밀었다. 책을 빌려 손에 들고 교실로 내달았다.

　교실 문을 열자마자 자리에서 스마트폰을 들여다보는 오혜정에게로 다가갔다.

　"도대체 나한테 왜 이래?"

　내가 따지자 아까와는 달리 그 애도 나를 외면하진 않았다.

　"뭘?"

　"왜 날 스토커처럼 따라다녀? 방금 도서관에서도 너지!"

　옆에서 지켜보던 영미가 끼어들었다.

　"뭔 소리야? 얘 여기서 꼼짝도 안 하고 있었는데…….""

　다른 아이들도 동조하는 눈치였다. 이러다 나만 이상한 애가 되겠다 싶어 『마녀의 문화사』를 오혜정의 책상 위에 올려두고 속지를 펼쳐 보였다.

　"그럼 이건 뭔데? 이 저주글 이거 뭐냐고."

　교실 안의 모든 시선이 우리에게로 쏠렸다. 그런데 오혜정의 반응이 의외였다. 그 애는 울상을 지어 보였는데 그 표정이 실리콘 가면을 쓴 듯했다.

"왜 그래, 나린아. 내가 뭘 어쨌다고?"

"이거 네가 쓴 거잖아."

"나린아, 오해야. 이게 뭔지는 몰라도, 내가 한 거 아니야. 정말 너무하는 거 아냐? 동준이만으로는 부족해? 왜 생사람을 잡아? 내가 뭘 더 어떻게 해 줘야 만족할 건데?"

울먹이는 말투며 표정이 평소와는 달리 순진무구하기까지 했다. 어떤 꿍꿍이가 있다는 직감이 들자 등줄기로 식은땀이 흘렀지만 애써 태연한 척했다.

"말을 하려면 똑바로 해. 동준이, 너랑 헤어졌잖아. 그다음에 나랑 사귄 거고. 헤어졌으니까 잘해 보라며? 그래, 그 간격이 너무 짧았단 건 나도 인정해. 그렇다고 해서 동준이가 양다리 걸친 것도 아니잖아. 왜 자꾸 뒤에서 딴소리야? 애들이 다 본 거 몰라?"

그제야 오혜정이 나를 노려보았다.

"애들? 애들이 과연 진실을 알까?"

"진실?"

기가 막혔다. 삼자대면이라도 해야 할 판이었다. 동준이를 찾아 교실 여기저기를 훑었다. 하필 이런 때에 동준이는 보이지 않고 놀란 눈으로 나를 바라보는 현민이만 눈에 띄었다.

"나린아, 난 그래도 널 친구로 생각했어. 그래서 동준이랑 잘해 보라고 니 인스타에 응원까지 남겼잖아."

친구? 응원 글? 이건 또 무슨 소리야? 그 자리에서 스마트폰을 꺼내어 내 SNS를 확인했다. 반년 전에 만들었다가 버려둔

지 꽤 된 인스타그램이었다. 두 달 전, 마지막으로 라떼를 찍어 올린 인증 사진에 오혜정이 남긴 댓글들이 보였다.

라떼 JMT ㅋㅋㅋ

먹어도 먹어도 안 물림 ㄹㅇ~ ㅋㅋㅋ

죽고 못 사는 커플로 잘 사귈 거지, 너네?

내년까지… 내후년까지… 아니, 영원히…

수없이 많은 추억 쌓으며 행복하길…

온통 축복으로 가득한 사랑하길… 빠이링! ㅋㅋㅋ

여섯 개나 연달아 올라온 댓글을 읽고 나니 얼굴이 화끈 달아올랐다. 가식이 뚝뚝 묻어나는 내용이었지만 오혜정이 내 인스타에 이런 댓글까지 남겼는데 계속 닦달하기도 뭣했다.

"그만하자."

『마녀의 문화사』를 손에 들고 돌아서는데 오혜정이 내 등 뒤에 대고 말했다.

"안나린, 저주글인지 뭔지 나는 정말 모르는 일이야. 그렇지만…… 너 이거 하나만 알아둬. 남의 눈에 눈물 나게 하면 네 눈에선 피눈물 나."

눈물까지 찍어내는 오혜정에게 눈총을 한번 쏴주고 교실을 나와 버렸다. 가슴이 두근거리고 다리가 후들거렸다. 동준이의 꽃다발을 받아들었던 결정이 콩깍지에 씌어 내린 섣부른 판단이었던 건 아닐까? 복도 창 너머로 보이는 날씨는 '구름

한 점 없이 맑음'이었지만 내 마음의 날씨는 '전국이 흐리고 곳에 따라 천둥 번개를 동반한 비'였다.

그날 밤, 지독한 악몽을 꾸었다.

"언니, 왜 그래, 왜?"

평소에는 업어 가도 모를 만큼 잠귀가 어두운 나은이가 내 방까지 달려와 어깨를 흔들었을 정도였다. 그때까지도 나는 비명을 지르며, 보이지도 않는 불길을 끄느라 멀쩡한 팔다리를 비벼 댔다.

"꿈꿨어? 안나린, 정신 좀 차려 봐."

나은이가 뺨까지 두들긴 후에야 악몽을 꾸었다는 사실을 깨달았다. 내용은 기억나지 않았지만, 고통만은 뚜렷했다. 살이 타들어 가는 고통이었다. 불길이 온몸을 파고드는 고통이 아직도 생생해서 진저리를 쳤다.

"뭐냐, 다 커서 자다 경기를 다 하고…… 강도라도 들어온 줄 알았잖아."

내 발작이 잦아들자 나은이가 어이없다는 듯 피식 웃었다. 나도 놀랐다. 아빠와 엄마가 돌아가시고 한동안은 이렇게 꿈에서 깨어난 후에도 여파가 이어지는 악몽을 곧잘 꾸었다. 의사는 PTSD, 외상 후 스트레스 장애라고 했다. 그날 사고는 내 탓이 아니니 죄책감을 털어버리라고도 했다. 하지만 그날 사고는 내 탓이 컸다.

"내 친구들은 크리스마스에 선물도 받고 외식도 하고 그런다는데……. 올해도 우린 빈손에 방콕 크리스마스네."

내가 볼멘소리로 종일 외식 타령만 안 했어도 우리 가족이 눈길에 집을 나서는 일은 없었을 터였다. 죄책감과 트라우마로 인한 악몽이 잦아든 지 불과 한 달밖에 되지 않았다. 하지만 죄책감과 트라우마는 평생 잦아들지 않을 터였다. 내가 죽는 날까지…….

"이것 좀 마셔 봐."

나은이가 컵에 물 한 잔을 담아다 주었다. 목이 쩍쩍 갈라지도록 말라서 물 한 컵을 단숨에 들이켰다.

"괜찮으니까 가서 자."

오늘은 같이 자 주겠다고 고집하는 나은이의 등을 떠밀어 제 방으로 보냈다. 다시 혼자가 된 후 벽시계를 보았다. 3시를 갓 넘긴 시각이었다. 두 시간도 채 못 자고 깨어난 셈이었다. 장식장 위에 올려둔 마녀 인형이 눈에 띄었다. 그 검정콩 같은 눈으로 나를 빤히 내려다보는 듯해서 그리로 다가가 인형을 벽 쪽으로 돌려 앉혔다.

"종…… 소…… 리…… 가…….."

인형을 움직이며 태엽을 건드렸는지 오르골 멜로디 한 자락이 느릿느릿 흘러나오다 사그라졌다.

다시 불을 끄고 침대에 누웠지만 잠은 오지 않았다. 요 며칠 깊은 잠을 자기가 어려웠다. 공연히 불안하고 가슴이 뛰어서 깜박 잠들었다가도 번쩍 눈을 뜨기 일쑤였다.

물론 동준이와 영화를 보고, 이야기하고, 커피를 마시고, 함께 거리를 걷고, 전화 통화를 하고, 톡을 주고받는 순간들은 더

할 나위 없이 짜릿하고 행복했다. 그러나 마음 한편에서는 암덩어리가 무럭무럭 자라는 듯 꺼림칙했다.

단, 대가가 있어. 나도 책임 못 지는 대가. 그래도 해 볼래?

진희의 귓속말이 걸핏하면 귓가를 맴돌았다. 우연의 일치일 뿐이라고 웃어넘기려 해도 머릿속 한편에서는 불안과 공포가 푸른곰팡이 자라듯 스멀스멀 피어올랐다.

결국, 뜬눈으로 밤을 지새웠다. 어쩌면 그 꿈이 앞으로 내게 닥칠 대가의 예고일지도 모른다는 생각이 떠나지 않았다.

등굣길에도 가슴이 두근댔다. 설레서 뛰는 가슴이 아니라 불안해서 뛰는 가슴이었다. 하루를 시작하는 거리의 풍경은 평소와 같았다. 그러나 내 마음은 평소와 달랐다.

— 잘 잤어?

동준이에게 톡을 보냈지만, 답장도 없었다. '1'도 사라지지 않는 품으로 보아 확인도 안 하는 듯했다.

교실 문을 열고 들어서자마자 오혜정의 자리부터 살폈다. 그 애는 보이지 않았다. 시간이 일러서 그런지 빈자리가 그 애의 자리만은 아니었다. 교실 옆의 벽시계를 보았다. 자습 시작하는 8시까지는 아직 30분이나 남은 시각이었다. 아침잠이 덜 깬 얼굴로 등교한 아이들이 하나둘 자리를 채우는 동안에도 오혜정은 나타나지 않았다.

"나린아, 안녕."

에어팟으로 음악을 들으며 교실로 들어선 진희가 내 옆자리에 앉으며 인사를 건넸다. 마른 침을 삼키며 진희에게 물었다.

"진희야, 혹시 전에 나한테 했던 말…… 진짜야?"

"어? 방금 뭐라고 했어? 미안, 음악 땜에 못 들었어."

그제야 내 쪽으로 열린 귀에서 이어폰을 뺀 진희가 물었다.

"그날 네가 그랬잖아. 소원이 이루어지는 대신, 대가가 있다고……."

진희가 눈을 동그랗게 뜨고 나를 바라보았다.

"대가? 무슨 대가?"

잡아떼는 표정이 아니라 정말 모르겠다는 표정이었다.

"네가 그랬잖아. 그날 쉬는 시간에……."

"나린아, 미안한데 난 지금 네가 무슨 소리를 하는지 모르겠어. 소원은 뭐고, 대가는 또 뭐야?"

이번에도 어안이 벙벙한 표정이었다.

"진희야."

나도 어안이 벙벙해 이름을 부르자, 나를 빤히 바라보던 진희가 장난기 어린 표정을 지으며 내 어깨를 툭 쳤다.

"에이, 너 지금 장난하는 거지?"

내가 묻고 싶은 말이었다. 장난이 아니고서야 이렇게 시치미를 뗄 리가 없었다. 진희는 아예 나를 외면하고는 교실로 들어서는 아이들에게 인사를 건넸다. 온몸의 힘이 쭉 빠져나갔다. 도대체 왜 거짓말을 하는 걸까. 상황이 이렇게 된 이상, 진짜 장난일 리는 없었다. 보안상 소원과 관련된 정보는 누설하지 못하기 때문이 아닐까 싶었지만 영 꺼림칙했다.

0교시 시작을 알리는 벨이 울렸다.

오혜정은 오지 않았다. 동준이도 마찬가지였다. 0교시 종료를 알리는 벨이 울릴 때까지도 두 사람의 자리는 비어 있었다. 동준이에게 다시 톡을 보내도 답장이 없었다. 전화를 걸어 보았다.

"고객님의 전화기가 꺼져 있어 음성사서함으로 연결됩니다. 연결된 후에는 통화료가……."

통화료가 부과되기 전에 끊었다가 몇 번을 더 걸어 봐도 같은 음성 안내뿐이었다. 가슴이 덜컥 내려앉았다. 무슨 일 생겼나? 걱정이 되어 시시각각 속이 바짝바짝 타들어 갔다.

1교시가 시작되기 직전, 교실 문을 열고 동준이가 들어섰다. 하마터면 울음을 터뜨릴 뻔했다. 아아, 다행이다. 나도 모르게 자리에서 벌떡 일어섰다.

"어떻게 된 거야. 전화도 꺼 놓고……."

내가 다가가 묻자 동준이는 모아이 석상처럼 굳은 얼굴로 입을 열었다.

"이따 얘기하자."

낯빛이 흙빛이었다. 1교시 시작을 알리는 벨이 울렸기에 더는 다그치지 못하고 자리로 돌아왔다. 진희가 내게 물었다.

"왜, 무슨 일 있대?"

그런 진희의 얼굴을 뚫어지게 바라보았다. 그 애는 여전히 예뻤고 당장 화장품 광고 모델로 나서도 손색없도록 해맑았다. 창가로 새어드는 햇빛에 하늘거리는 머릿결도, 향수가 따로 없는 특유의 체취도 여전했다. 하지만 어쩐지 그 애가 전처럼 곱게만 보이지는 않았다. 저 여신급 미모 뒤에 시커먼 속내가 있다. 단기 기억상실증이 있지 않고서야 그날 일을 전혀 기억하지 못할 리가.

1교시 수업이 시작되었지만 내 귀에는 아무런 소리도 들어오지 않았다.

진희는 왜 제가 뻔히 했던 말들을 없었던 일인 양 시치미를 떼며, 동준이에게는 무슨 일이 있었기에 얼굴이 저럴까. 오혜정은 왜 결석했을까.

의문은 1교시 후에야 밝혀졌다. 밖에 나갔다가 교실로 뛰어들어온 영미가 외쳤다.

"혜정이 죽었대! 걔네 집에 불나서 소방차 오구 구급차 오구 난리였대. 근데 걔만 죽었대."

머릿속이 하얗게 바랬다. 얼이 빠진 채 옆자리의 진희를 돌아보았다. 진희도 입을 틀어막고 놀란 표정을 지었지만, 어쩐지 어딘가 부자연스러웠다. 얼마 전 분명 저런 표정을 본 적이 있었다. 내가 저주 글이 적힌『마녀의 문화사』를 들이대며 따졌을 때 오혜정이 지어 보였던 표정이 딱 저랬다.

그러다 진희와 내 눈이 마주쳤다. 1초도 되지 않는 순간이었지만, 저 눈빛 또한 분명 본 적 있었다. 진희가 눈으로 말했다.

'거 봐, 내 말이 맞았지?'

3. 저주

"이런 소식 전하게 돼서 유감이다. 나도 방금 연락받았는데 혜정이가⋯⋯."

2교시 영어 시간에 영어 선생님 대신 들어온 담임 선생님은 어두운 얼굴로 운을 떼고는 차마 말을 잇지 못했다. 아이들의 시선이 순식간에 동준이와 나에게로 쏠렸다.

"⋯⋯안 좋은 일을 당했다고 한다."

담임 선생님이 결심한 듯 말을 이었다.

"장례식장이나 추후 일정은 다시 공지할 테니 근거 없는 말 퍼뜨리는 일 없도록."

가슴이 철렁 내려앉았다. 영미가 떠들어댈 때만 해도 믿기지 않았는데 담임 선생님까지 같은 소식을 전하니 의심할 여지도 없었다.

오혜정이 죽었다.

담임 선생님이 나가자마자 아이들이 너도나도 '카더라 통신'들을 와글와글 쏟아냈다.

"몸이 홀랑 탔대. 그것도 새벽 3시에."

"타는 냄새가 나서 걔네 아빠가 방에 들어갔다가 식겁해서 담요로 불을 끄려고 했는데 벌써 새까맣게 타 버렸더래."

"아우, 토 나와. 어떻게 그렇게 돼?"

"모르지. 다 저 연놈 때문이지, 뭐. 좌우간 남의 눈에 눈물 나게 한 인간들치고 잘 되는 인간들 없는 거야."

"말은 바로 해야지. 임자 있는 놈한테 꼬리 친 년이 더 잘못한 거 아냐?"

아이들은 동준이와 나를 흘끔대며 교실 여기저기서 수군댔다. 할 수만 있다면 '조용히' 버튼을 눌러 소리 자체를 꺼 버리고 싶었다.

네가 말한 대가가 바로 이런 거였어? 진희를 바라보며 눈으로 물었지만 그 애는 나를 외면했다. 진희의 부추김에 소원을 빌고 의식을 치른 지 정확히 사흘 만에 동준이가 나에게로 왔고 내가 동준이랑 사귄 지 나흘 만에 오혜정이 죽었다. 이게 다 우연의 일치일까?

나와는 상관없는 일이라 자기최면을 걸려 해도 소용없었다. 진희가 했던 말이 전부 예언처럼 맞아떨어졌으니까. 온몸이 바들바들 떨렸다. 괴상한 장난쯤으로 보였던 그날 일 때문에 정말 이렇게 됐을까?

참고로, 소원이 이루어졌다고 해도 제삼자의 눈에는 우연의 일치 혹은 본인 행위의 결과 정도로밖에 안 보여. 그러니 그 소원으로 어떤 말썽을 겪는다고 해도 뒷감당은 소원을 빈 당사자의 몫이다, 이거지.

진희가 귀띔했던 소원 매뉴얼이 귓가에 되살아났다.

잠시 후 영어 선생님이 교실로 들어와 수업을 시작했지만, 수업에 집중하는 아이는 거의 없는 듯했다. 대부분 몰래 스마트폰을 들여다보았다. 옆자리 아이와 뭐라 귓속말하며 나를 돌아보는 아이들도 적지 않았다.

"대박, 혜정이가 페북에 유서까지 남겨놨어."

2교시 수업이 끝나자마자, 영미가 대단한 속보라도 발표하듯 외쳤다. 그 말이 떨어지자마자 교실 안의 대다수가 가방이나 주머니에서 스마트폰을 꺼내어 들었다. 이 순간 스마트폰을 들여다보지 않는 아이는 단 한 명, 현민이뿐이었다. 녀석은 그저 나만 바라볼 뿐이었다. 현민이의 시선에는 악감정이 담겨 있지 않았다. 그 눈길에 담긴 감정은 불안과 안타까움이었다. 이럴 때 보면 현민이야말로 다른 아이들과 늘 달랐다. 하지만 그런 생각도 아주 잠깐이었다.

결국, 나도 가방에서 전화기를 꺼냈다. 손이 떨려서 제대로 터치도 하기 어려웠다. 가까스로 오혜정의 페이스북으로 들어갔다. '울 똥쭈니♡'에서 '유서'로 바뀐 소개 글부터 눈에 띄었다. 다른 글들은 하나도 없었다. 단 하나만 빼고.

동준아.

사랑이라 생각했어.

우리 사랑이 맺은 결실을 세 번이나 눈물 속에 지우면서도

난 니가 나를 사랑한다 생각했어. 그런데 니 사랑은 거짓이었어.

나린아.

우정이라 생각했어. 하지만 너의 우정도 거짓이었지.

너희 둘은 제발 이러지 말라고 애원하던 나를 짓밟았어.

집에 찾아가 불러도, 전화를 걸어도, 톡을 해도 대답하지 않았지.

게다가 나린이 넌 나한테 억울한 누명까지 씌웠어.

내가 뭐하러 학교 도서실에 있는 책에 저주 글을 썼겠니?

하지만 난 너흴 원망하지 않아.

두 사람이 영원히 행복하길 하늘에서라도 기도해줄게.

엄마, 죄송해요. 불효만 하다 먼저 가는 딸을 용서하세요.

그럼 모두 안녕......

눈앞이 아득해졌다. 나는 오혜정과 우정을 운운할 만큼 친하
지도 않았고 그 애의 연락을 피한 적도 없었다. 그 애야말로 내
게 누명을 씌웠다. 죽으면서까지 나를 저주할 작정이었다. 내
게 남긴 말이 거짓말이듯 동준이에게 남긴 말도 마찬가지일
가능성이 컸다. 문제는 아이들의 반응이었다. 그 애의 글 밑으
로 아이들의 댓글이 실시간으로 속속 올라왔다.

— 혜정아, 가지 마.ㅜㅜ

— RIP ▶◀ㅠㅠㅠㅠㅠ

— 정말 넘했다 ㄷㅈ&ㄴㄹ 죗값 받을 거야 우리가 꼭 받게 해 줄게

— 나쁜 년놈들!!!! 용서 못해!!!!!!!

— ▶◀지옥 갈 인간은 버젓이 살아 있는데... 죄 없는 니가 가다니....

— 삼가 고인의 명복을 빕니다 ㅜ.ㅜ

— 동준이란 ㅅㄲ 언젠가 사고 칠 줄 알았다 ㄱㅅㄲ

— 안나린도 천하의 ㄱㅆㄴ!!!

— 니 원수는 내가 갚는다

아이들이 스마트폰 두드리는 소리를 빼면 교실은 고요했다. 나나 동준이 쪽을 곁눈질하는 아이도 있었지만, 대부분은 스마트폰에 얼굴을 파묻고 댓글 달기 바빴다. 어쩌면 거짓투성이인 오혜정의 유서를 자신의 SNS로 퍼다 나르는지도 몰랐다. 얼굴에 대고 욕을 하거나 화내는 아이는 아무도 없었다. 기묘한 열기와 광기가 내 목을 죄어왔다. 진희가 남긴 댓글도 눈에 띄었다.

— 어쩜 그럴 수가......ㅜㅜ

옆자리에 버젓이 앉아 천연덕스럽게 스마트폰을 들여다보는 진희를 곁눈질했다. 진희에게 톡을 보냈다.

— 너 진짜 너무한다

화면에 답장이 곧바로 떠올랐다.

— 내가 뭘?

— 혜정이 카스에 단 댓글 봤어

— 그게 왜?

— 내가 안 그랬단 거 너도 알잖아

— 안나린 너 디게 웃긴다ㅋㅋㅋ

— 그날 기억 안 나?

— 그날? 언제?

더는 참기 힘들어 자리에서 벌떡 일어났다.

"진희야, 미안하지만 나 좀 잠깐 볼래?"

학교 건물 뒤편으로 진희를 데려가 따졌다.

"어떻게 된 거야. 바른 대로 말해, 어떻게 한 거냐구!"

진희는 도무지 무슨 말인지 모르겠다는 얼굴이었다.

"뭘?"

"네가 시키는 대로만 하면 사흘 뒤에 소원이 이루어진다며? 대신 그 대가는 책임 못 진다며? 내가 빈 대로 동준이가 나한테 왔고 오늘 오혜정이 죽었어. 그런데도 아무것도 몰라?"

"무슨 소리야. 혜정이가 죽은 건 너무 안됐는데. 소원은 뭐고, 대가는 또 뭐야?"

눈을 동그랗게 뜨고 되묻는 진희를 본 순간, 현기증이 일어서 비틀거렸다. 가까스로 몸의 중심을 잡았다.

"내가 지금 없는 얘길 지어낸다 이거야? 그럼 이건 뭔데?"

주머니에서 스마트폰을 꺼내어 전화기에 남아 있는 최근 카톡 기록을 더듬었다.

그런데 없었다.

그날 밤 진희와의 대화 기록은 어디에도 없었다.

분명 그날 진희와의 대화 기록을 지우지 않았다. 그날 진희는 마지막에 '이 톡도 삭제해 그럼 굿나잇'이라는 메시지를 보냈다. 그런데 그 톡마저 사라졌다.

"너, 내 전화기 건드렸니?"

내가 묻자 진희가 코웃음 쳤다.

"하, 미안한데 나린아, 난 이만 갈게."

돌아서는 그 애의 팔을 덥석 붙들었다. 피부는 희고 매끄러웠지만, 대리석처럼 차가웠다.

"내 소원을 이루어줄 지니며 거기 들어 있던 재수 없는 인형하고 부적! 머리카락이랑 손톱도 다 네가 준 거잖아!"

진희가 돌아서더니 내 손을 꼭 붙들었다.

"나린아, 네 맘 이해해. 다 이해하니까 일단 진정해. 나중에 진정되면 다시 얘기하자. 응?"

진희는 내 어깨를 다독이기까지 하고는 돌아섰다. 멀어져가는 그 날씬한 뒷모습을 바라보다 온몸의 힘이 쭉 빠져나가서 벽에 등을 기댔다. 다리가 후들거리고 온몸이 바들거렸다. 이까지 닥닥 소리가 나도록 떨려서 어금니를 깨물어야 했다.

분명 그날 진희는 내게 소원이 뭐냐고 물었다. 그때 나를 바라보던 표정과 바람에 흔들리던 머릿결이며 몸에서 풍기던 향기 하나하나가 생생하기만 한데 저 애는 시치미를 떼며 도리어 나를 과대망상증 환자 취급했다.

그러고 보니 진희가 내게 소원을 물어온 일과 망할 놈의 헝겊 주머니를 내민 일은 모두 한날 일어난 일이었다. 미리 헝겊 주머니를 준비해 놓고 있었다는 의미였다.

계획적이었다. 램프에서 펑 하고 나타난 요정 지니처럼 소원을 들어주겠다고 알랑방귀를 뀌어대며 내게 저주를 내렸다. 하지만 그 어디에도 증거가 없었다. 톡 내용은 물론, 소원 인형도, 부적도 사라진 지 오래였다.

교실로 돌아와 보니 동준이의 자리는 텅 비어 있었다. 가방까지 사라진 품이 조퇴라도 한 모양이었다. 서운했지만, 어쩌면 동준이도 내가 원망스러울지 모른다는 생각이 들었다. 오혜정과 헤어지고 곧바로 나와 사귀지 않았더라면 이 사달이 나지도 않았을 테니까. 낯설어진 교실을 둘러보다 구석 자리에서 나를 바라보던 현민이와 눈이 딱 마주쳤다. 진희에게 헝겊 주머니를 받던 날, 녀석이 버스정류장까지 나를 따라와서 했던 말이 떠올랐다. 진희와 친하게 지내지 말라고, 조심하라고 했던 그 말이.

혹시 현민이야말로 이 모든 사건을 예상하고 나에게 경고한 건 아닐까. 그 후로도 녀석이 내 주변에서 보냈던 눈빛이 무언의 신호는 아니었을까.

현민이는 이내 고개를 돌려 나를 외면했다. 잠시나마 가슴속에서 피어올랐던 희망과 기대가 픽 꺼졌다.

결국, 나도 조퇴했다. 교실에 더 앉아 있다가는 나도 오혜정의 뒤를 따를 듯했다. 집으로 돌아와 이불을 뒤집어쓰고 끙끙 앓았다. 그러다 울음보가 터져 몇 시간을 펑펑 울었다. 세상에 홀로 남겨진 기분이었다. 아빠와 엄마가 보고 싶었다. 사진 액자에 담긴 아빠와 엄마는 지금도 손을 뻗으면 잡힐 듯 생생했지만, 지금은 세상에 없는 분들이었다. 마르지 않는 샘처럼 눈물은 펑펑 잘도 솟구쳤다.

정신이 좀 들자 영미에게 전화를 걸었다.

문제의 그날, 진희가 소원을 물었던 쉬는 시간에 영미는 내 앞자리에 앉아 있었다. 그 애라면 그날의 일을 기억할지도 몰랐다.

"저기, 영미야, 나 나린인데. 있잖아. 지난주 물리 끝나고 쉬는 시간에 진희가 나한테 소원이 뭐냐고 물어봤던 거 혹시 못 들었니?"

전화기 너머의 영미는 묵묵부답이었다.

"여보세요?"

— 야, 안나린, 너, 원래 이런 애였니?

"무슨 소리야."

— 남의 남친 뺏어서 혜정이 죽게 만들어 놓고 이제 와서 한단 소리가 뭐? 진희가 어쩌고 소원이 어째? 누군 너 땜에 죽었는데 헛소리 지껄일 여유도 있어서 좋겠다?

영미의 목소리는 평소와 달리 차갑기 그지없었다.

"혹시나 해서……."

— 인터넷이나 들어가 봐.

영미는 내 말허리를 끊고는 전화도 끊어 버렸다.

인터넷? 또 무슨 일이 터졌나 싶어 컴퓨터 책상 앞으로 다가갔다. 노트북 전원을 켜고 바탕화면 뜰 때까지 걸리는 시간이 너무도 길었다. 오늘따라 인터넷도 한없이 느린 듯했다.

영미는 별다른 단서도 없이 인터넷에 들어가 보라고만 했다. 일단 웹브라우저부터 띄웠다. 포털 사이트의 실시간 검색어에 낯선 단어 하나가 급상승 중이었다.

통수녀.

통수녀? 고개를 갸우뚱하며 내 아이디로 로그인했다. 블로그 안부 게시판에 새 글이 올라왔다는 알림이 보였다. 글쓴이는 '쩡이'였고 알림에 뜬 내용 일부는 '나린아...'였다. 날짜와 시간을 보니, 지난 새벽에 남긴 글이었다.

나린아...

너도 내 입장이 되어 보면 알 거야.

믿었던 친구한테 사랑을 빼앗긴 무참한 심정이 어떤지...

믿었던 친구한테 뒤통수 맞은 배신감이 어떤지도...

난 동준이를 빼앗아간 널 이해하고 용서하려 했어.

하지만 넌 끝까지 당당했고, 끝까지 나를 무시하더라.

게다가 누명까지 씌웠지.

남들 다 보는 책에 저주 글을 써놓았다고 덮어씌우는 건 너무한 거 아니니?

나린아...

딱 하나만 알아둬.

남의 눈에 눈물 나게 한 만큼 네 눈에서도 피눈물 나게 될 거야.

행운과 축복을 빈다.

페이스북에 남긴 유서 내용과 별 차이도 없는 글이었다. 그런 글을 왜 방문객도 없는 내 블로그 안부 게시판에까지 와서 따로 남겼을까? 의문은 이내 풀렸다. 평소에는 한 자릿수였던 내 블로그의 방문객이 하루 사이에 만 단위로 폭증했다. 오혜정의 글 밑으로 무수한 댓글들이 주렁주렁 달렸다. 3분의 1은 애도와 추모의 글이었고, 나머지는 동준이와 나에게 퍼붓는 욕설과 저주였다. 차마 입에 담지 못할 성적 모욕과 살해 예고도 심심치 않게 눈에 띄었다. 새로 고침을 누를 때마다 댓글은 무한 증식하는 세균처럼 불어났다. 금세 댓글 수가 300개를 넘겼고 맨 아래에 달린 댓글에는 내 신상정보마저 담겨 있었다.

머릿속이 형광등처럼 하얗게 바랬다. 실시간 검색어에 떠올랐던 '통수녀'라는 단어가 나를 가리키는 말인 줄은 상상도 못했다.

제 목숨을 버리면서까지 거짓으로 유서를 올리고 사람들의 공분을 일으켜 동준이와 나를 나락으로 끌고 들어가려는 오혜정의 사무친 원한이 무서웠다. 사건의 파문이 어디까지 퍼질지 몰라 숨이 막혔다. 블로그의 안부 게시판을 폐쇄하려 했지만, 설정 어디에도 폐쇄 설정은 없었다.

급한 대로 안부글 권한에서 익명 댓글을 차단하고 안부 게시판 스팸 차단 설정에서 '내가 맺은 이웃만 쓸 수 있게 합니다.'에 표시했다. 하지만 욕설과 저주는 잦아들지 않았다. 안부 게시판이 닫히자 쪽지가 날아들기 시작했다. 쪽지 내용도 욕설과 저주 일색이었다. 아무리 삭제를 해도 쪽지는 계속 날아들었다. 새로 고침 단추를 누를 때마다 수십, 수백 개가 쌓였다. 융단폭격이었다.

그러다 한 가지 의문이 고개를 들었다. 저 많은 이들이 어떻게 알고 내 블로그에까지 찾아와 난리를 치지? 그러다 개중에 기사 보고 왔다는 쪽지를 보았다. 오혜정의 안부 글에 댓글이 달리기 시작한 시점은 오후 7시 18분부터였다. 채 두 시간도 안 된 시점이었다. 포털 사이트의 뉴스로 들어가 보니 오혜정의 자살을 다룬 기사가 눈에 띄었다. 기사가 올라온 시각은 오후 6시 29분이었다.

16세 여고생, 남친 변심 충격으로 SNS에 유서 남기고 스스로 목숨 끊어

28일 오전 3시께 홍주시 자연동의 한 아파트 자신의 방에서 여고생 오 모 양(16)이 스스로 목숨을 끊었다. 오 모 양의 부친 오 씨(43)는 경찰에서 "딸 방에서 갑자기 타는 냄새가 나서 달려가 보니 딸이 온몸에 불이 붙은 채 쓰러져 있어 담요로 불을 껐으나 이미 숨진 후였다"고 진술했다.

경찰은 숨진 오 양이 최근 남자친구의 변심으로 괴로워했다는 주변인들의 진술과 오 양이 숨지기 직전 자신의 SNS에 유서를 남긴 점으로 미루어 볼 때 오 양이 남자친구의 변심을 비관, 자살한 것으로 보고 정확한 사망 경위 등을 조사 중이다.

기자는 친절하게도 오혜정의 페이스북 캡처 사진까지 실어 놓았다. 저 기사가 떡밥이 되어 수많은 이들에게 드리웠고 떡밥을 덥석 문 사람들이 '네티즌 수사대'를 결성해 내 신상을 터는 모양이었다. 욕지기가 치밀었다. 바닥없는 나락으로 떨어져 내리는 기분이었다. 이미 기사에는 3000개가 넘는 댓글이 달렸다. 오혜정의 안부 글에 달린 댓글들과 다를 바 없는 내용이었지만, 결정적인 개인 정보를 까발린 댓글까지 있었다.

― 안나린 폰번호 010-○○○○-4213 ㅋㅋㅋㅋㅋ

내 전화번호였다. 순간 스마트폰에서 문자메시지 도착 알림음이 울려 화들짝 놀랐다. 책상 위에 놓인 전화기를 만지기가 꺼림칙했다. 아니나 다를까, 문자메시지는 처음 보는 번호가 보내온 경고였다.

― 남의눈에눈물나게하면니년눈에선피눈물난다ㅆㄴㅇ

그 문자메시지를 필두로 무수한 메시지들이 쏟아지기 시작했다. 다음 순간에는 전화벨이 울리기 시작했다. 전화를 받자마자 다짜고짜 욕설이 튀어나왔다. 전화를 끊어 버렸지만 전화는 다시 울려댔다. 이번에는 다른 번호였다. 아무런 말도 없이 키득거리는 소리만 흘러나왔다. 전화를 끊어 버렸다. 전화는 쉴 새 없이 울렸고 문자메시지 알림음이 미친 듯 전화기를 흔들었다. 전화기의 전원 단추를 눌렀다. 그 와중에도 전화벨과 문자메시지가 아귀 떼처럼 달려들었다. 손이 떨려서인지 전화기도 잘 꺼지지 않았다. 아예 스마트폰의 뒷면 덮개를 열어 전화기와 배터리를 분리해 버렸다. 그제야 비로소 전화기는 잠잠해졌다.

책임 못 지는 대가가 있을 거라는 그 말의 의미를 이제야 알 만했다. 대가는 오혜정의 죽음이 아니었다. 소원은 입을 쩍 벌린 괴물들에게 나를 산 채로 바치는 인신 공양이었다.

하지 말았어야 했다. 진희가 소원 어쩌고 운을 뗐을 때 생각 없다고 말을 잘라 버렸어야 했다. 그냥 짝사랑으로 만족했어야 했다. 그러나 돌이키기에는 이미 늦었다.

휴대전화를 꺼 버린 후로 전화 테러는 집 전화로 이어졌다. 이내 거실의 전화가 울렸고 전화를 받은 나은이가 분통을 터뜨렸다.

"뭐? 야! 너 누구야! 누군데 전화로 욕질이야? 경찰에 신고할 테니까 기다려!"

전화는 끊기가 무섭게 다시 걸려왔다. 괴물들은 한둘이 아니었다. 거실로 달려가 전화기 콘센트도 아예 빼 버렸다. 얼빠진 내게 나은이가 물었다.

"뭐야, 안나린? 이게 도대체 무슨 난리야?"

　　　　　　　　　　* * *

　"안나린이 누구니?"

　다음 날, 1교시 수업이 시작되기도 전에 교실 문을 열고 들어온 아줌마가 물었다. 검정 치마 정장을 차려입은 40대 아줌마였다. 아이들이 일제히 나를 돌아보았다. 내가 머뭇거리며 손을 들자 아줌마가 내게 다가왔다. 거리가 가까워지면서 오혜정의 엄마라는 사실을 알아차렸다. 딱 20년 후의 오혜정이 저런 모습일 듯했다.

　"니가 나린이니?"

　아줌마가 다짜고짜 내 머리채를 움켜쥐고 흔들어 대지는 않을까 싶어 몸을 움츠렸다.

　"나 혜정이 엄마야."

　당장에라도 명함을 내밀 듯 사무적인 태도였다. 불과 하루 전에 딸을 잃은 엄마로는 보이지 않았다. 눈가에는 눈물 자국조차 보이지 않았다.

　"혜정이가 페이스북이랑 니 블로그에 올린 글, 사실이니?"

　악에 받쳐 고함을 질러대며 머리끄덩이를 흔들어 댈 줄 알았는데 오혜정의 엄마는 차분하기 그지없는 어조로 또박또박 내게 물었다.

　"아뇨."

　완강하게 고개를 가로저었다.

　"그럼 왜 혜정이가 자기 목숨을 버려가면서까지 그런 짓을 했을까?"

"저도 잘 모르겠어요. 동준이가 혜정이랑 헤어지자마자 저랑 사귀어서 배신감이 컸던가 봐요."

"그래서 혜정이가 자살했다?"

"저하고 동준이한테…… 복수하고 싶었던……."

'복수'라는 단어를 입에 담는 순간에는 울컥해서 목소리가 떨렸다. 가까스로 쥐어 짜낸 그 말을 채 끝맺기도 전에 불똥이 눈앞에 번쩍 튀었다. 왼쪽 귀뺨이 얼얼했다.

"목숨 버려 가며 하는 복수가 과연 의미가 있을까? 네가 혜정이면 그렇게 했겠니?"

오혜정 엄마의 목소리에 살기가 어렸다. 여전히 그녀는 무섭도록 차분했지만, 나를 쏘아보는 눈빛에도 살의가 어려 있었다. 내가 화끈거리는 뺨을 어루만지지도 못하고 고개를 가로젓자 아줌마가 착 가라앉은 목소리로 말했다.

"추측이 아닌 사실을 말해. 얘기가 길어지면 피차 피곤해지니까. 여기서 결론을 못 내면 우리 밖에서 따로 만나야 해. 그건 나도, 너도 원치 않는 일이고."

교실 안이 고요해졌다. 아이들이 숨죽이고 사태를 지켜보았다. 차라리 오혜정의 엄마가 나를 붙들고 악다구니를 쓰는 편이 마음 편할 성싶었다.

"저도 알고 싶어요, 혜정이가 왜 그랬는지. 근데 모르겠어요, 아무리 생각해 봐도……."

설움이 북받쳤다. 우는 모습을 보이지 않으려고 고개를 숙였더니 눈물이 교과서 위로 후드득 떨어졌다. 한동안 나를 바라보던 오혜정의 엄마가 짧은 한숨을 내쉬더니 말했다.

"아무래도 오늘 결론이 날 얘기는 아닌 거 같구나."

아줌마는 들어올 때처럼 하이힐 굽으로 또각또각 바닥을 짓이기며 교실 밖으로 나갔다. 그 후에도 아이들은 나에게 꽂힌 눈길을 거두지 않았다. 누구도 나를 동정하지 않았다. 누구도 내게 위로의 한마디 건네지 않았다. 악어의 눈물을 보는 듯 가증스러워하는 눈빛뿐이었다.

시선의 틈바구니에서 달아나듯 교실을 빠져나와 화장실로 갔다. 아무도 없는지 확인한 뒤 칸 안으로 들어가서 숨죽여 흐느꼈다. 그러다 어디선가 들려오는 울음 소리에 흐느낌을 멈추고 귀를 기울였다. 밖에서 나는 소리였다. 칸을 나와 화장실 창 너머를 내다보았다. 건물 뒤편의 주차장이 보였다. 울음소리의 근원지는 주차장 구석에 서 있는 차 안이었다. 그 차의 운전석에서 목메어 우는 오혜정의 엄마가 어렴풋하게 보였다. 울음이라기보다 절규에 가까운 통곡이었다.

* * *

그날 3교시가 끝난 후 담임 선생님의 호출을 받고 교무실로 불려갔다. 담임 선생님 옆에는 얼굴이 꺼칠한 아저씨가 자판기 커피를 홀짝이며 서 있었다. 담임 선생님이 말했다.

"여기 형사님이 혜정이 일에 대해서 몇 가지 물어보실 게 있다니까 사실대로 말씀드려."

형사까지……. 사건이 얼마나 커졌는지 실감이 났다. 담임 선생님은 형사와 나를 상담실로 안내했다.

"너도 본의 아니게 이렇게 돼서 힘들겠지만, 상황이 많이 안 좋아. 그건 나린이 너도 알지?"

상담실에서 마주 앉은 형사가 그렇게 운을 뗐지만 나는 대답하지 않았다. 대답을 요구한 질문도, 대답이 필요한 질문도 아니었다.

"아저씨가 너랑 혜정이 둘 사이에 무슨 일이 있었는지 잘 몰라서 그런데, 혜정이 그렇게 되기 전에 무슨 일이 있었는지 아저씨한테 있는 그대로 말해줄 수 있겠니?"

그제야 형사에게 되물었다.

"있는 그대로 말하면, 믿어 주실 거예요?"

형사가 나를 물끄러미 바라보았다.

"당연히 믿어야지."

말투는 조심스러웠지만, 나를 보는 눈빛이나 질문은 조심스럽지 않았다.

"동준이 때문에 혜정이랑 사이가 안 좋았다던데 사실이니?"

머뭇거리다 고개를 끄덕였다. 어쨌든 좋은 사이는 아니었으니까. 그는 그 질문에서 시작해 이번 사건과 관련이 없는 일까지 꼬치꼬치 캐물었다. 그날 어디서 뭘 했는지부터 혜정과는 몇 번이나 무슨 일로 다투었으며, 동준이와는 어디까지 진도가 나갔는지까지……. 질문에 대답하다 자리를 박차고 상담실에서 나가고 싶은 충동을 몇 번이고 참았다. 달리 뾰족한 수가 없었다. 다만, 진희와 있었던 일만은 끝내 털어놓지 않았다. 있는 그대로 말한들 믿어 줄 리 없었으니까. 조사를 마친 형사가 말했다.

"오늘은 이 정도로 끝내고, 또 추가로 궁금한 게 있으면 연락하기로 하자. 아, 그리고 혹시 ……이런 거 본 적 있니?"

그가 가죽가방에서 투명 지퍼락에 담긴 물건을 꺼내어 내게 내밀었다. 물건이 뭔지 알아차린 순간, 온몸이 차갑게 얼어붙는 듯했다.

"혜정이 방에서 나온 건데, 혜정이 부모님 말씀으론 처음 보는 물건이라길래……."

불에 반쯤 타다 만 헝겊 인형이었다.

4. 괴물들

"정동준 집 나갔대."

내가 교실에 들어서자마자 영미가 동준이의 가출 소식을 전했다. 고소해하는 얼굴이었다. 나는 주인을 잃어버린 빈자리를 곁눈질했다. 누가 마음 한 덩이를 뭉텅 베어간 듯 휑했다. 오혜정이 죽은 날부터 희미해졌던 녀석과의 연결고리가 이제는 아예 툭 끊겨 버린 느낌이었다.

일주일 만이었다. 내게는 산 채로 화형을 당하는 듯했던 일주일이었다. 하루아침에 나는 만인의 마녀가 되었다. '통수녀'는 사흘이나 포털 사이트의 실시간 급상승 검색어 상단에 머물렀다. 여러 커뮤니티에는 나를 조롱하고 희화화한 패러디와 '짤방'까지 등장했다. 얼굴도 모르는 사람들이 불만과 욕설과 저주라는 땔감 위에 나를 매달고 불을 지폈다.

일주일 내내 진희는 시치미였다. 오혜정의 방에서 소원 인형이 나온 품으로 보아 그 애도 죽기 전에 진희에게 소원을 빌었을 가능성이 컸다. 하지만 진희가 입을 다문 이상, 그 어떤 정보도 알아낼 길이 없었다.

"이야, 통수녀 하나가 여럿 보내는구나. 누구네 엄마 아빠도 딸 하나 잘못 둬서 세상 하직한 거라지, 아마?"

영미가 이죽거린 순간, 피가 거꾸로 솟구쳤다. 우리 가족 얘기까지 영미가 어떻게 알아냈는지는 모르겠지만, 해도 될 말이 있고 해서는 안 될 말이 있는 법이었다.

"야, 김영미!"

내가 소리를 빽 지르자 영미가 고개를 빳빳이 들고 받아쳤다.

"뭐? 뭐 이년아."

"딴 건 모르겠는데 우리 엄마 아빠까진 끌어들이지 마."

천장을 올려다보며 눈물샘에서 솟구치는 뜨거운 덩어리를 꾹꾹 억눌렀다. 아이들 앞에서까지 질질 짜고 싶지는 않았다.

"왜, 내가 틀린 소리 했어? 니네 차 사고 났을 때 너만 쏙 빠져나와서 니네 엄마 아빠 불에 타……."

영미는 말을 끝맺지 못했다. 내가 따귀를 올려붙였기 때문이었다. 그 애도 지지 않고 반격했다. 눈앞에 플래시가 번쩍번쩍 터졌다. 그 애의 머리채를 붙잡고 늘어졌다. 그 애도 내 머리끄덩이를 움켜쥐었다. 그 애와 몸싸움을 벌이다 교실 바닥을 나뒹굴었다. 영미의 위에 올라앉으려는 찰나, 누가 내 머리채를 홱 끌어당기는 바람에 뒤로 벌렁 나자빠졌다. 우르르 발길질이 쏟아졌다. 쏟아지는 몰매를 온몸으로 받아내며 숨을 헐떡였다. 아무도 말리지 않았다. 어쩌면 이 폭행이야말로 아이들이 고대했던 심판인지도 몰랐다. 응징 혹은 정의의 심판. 차라리 이렇게 죽었으면 좋겠다. 막상 그렇게 생각하니 마음이 편해졌다.

"그만해! 그만!"

굵직한 목소리가 머리맡에서 울렸고 아이들을 뜯어말리는 소리가 났다. 그래도 아이들이 멈추지 않자 발길질이 쏟아지는 틈새로 누군가 파고들어 나를 몸으로 덮었다. 한참 만에 발길질이 멎었다.

"하, 흑기사 납셨네. 꼴 같지 않아서, 정말."

"그만하라고 했다, 김영미."

어디서 많이 듣던 목소리였다. 의식이 흐리멍덩한 와중에도 목소리의 주인을 떠올리려 애썼다. 간신히 눈을 뜨고, 나를 끌어안다시피 감싼 팔과 어깨와 얼굴을 보았다. 그 애는 모현민이었다.

* * *

"그냥 놔두지, 왜."

현민이에게 말했다. 하지만 녀석은 보건실 침대에 누운 나를 묵묵히 들여다보기만 했다.

"원래 그렇게 말이 없어?"

내가 묻자 녀석이 피식 미소 지었다. 웃을 때 보니 조명발인지는 몰라도 제법 꽃미남이었다.

"웃으니까 잘생겼네."

내 말에 현민이의 귓불이 발그레 달아올랐다. 순간 옆구리가 결려 신음이 절로 나왔다. 아무래도 아까 정통으로 맞은 모양이었다. 병든 강아지처럼 낑낑대자 녀석이 물었다.

"아파?"

"넌…… 왜 날 감싸?"

잠시 뜸을 들이던 녀석이 대답했다.

"나쁜 애 아닌 거 아니까."

여태껏 들어본 중 가장 빠른 대답이었다. 쓴웃음이 나왔다. 옆구리가 찌르는 듯 아픈 게 갈비뼈에 금이라도 갔나 보다.

현민이가 교복 주머니에서 스마트폰을 꺼냈다. 한동안 화면을 들여다보며 터치하던 녀석이 내게 전화기를 들이댔다. 전화기 액정에 내 SNS가 떠 있었다. 계정을 아예 삭제하고 탈퇴하려고 했는데 정신이 하도 없어서 버려두기만 했다. 통수녀 사건이 터진 후로는 아예 전화기를 끄고 살았기 때문이기도 했다. 라떼 인증 샷에 오혜정이 연달아 남긴 댓글이 보였다.

라떼 JMT ㅋㅋㅋ

먹어도 먹어도 안 물림 ㄹㅇ~ ㅋㅋㅋ

죽고 못 사는 커플로 잘 사귈 거지, 너네?

내년까지… 내후년까지… 아니, 영원히…

수없이 많은 추억 쌓으며 행복하길…

온통 축복으로 가득한 사랑하길... 빠이룽! ㅋㅋㅋ

다시 봐도 울화가 치미는 글이었다. 진심이라고는 한 치도 담기지 않은 가식의 결정체. 이 글을 왜 또 보여 주나 싶어 현민이를 올려다보니, 녀석이 그 댓글을 맨 밑줄부터 손끝으로 가리키며 삐뚤빼뚤 지그재그로 선을 그어 올라갔다.

"봐 봐."

내가 무슨 의미인지 알아차리지 못하자, 녀석이 다시금 맨 밑 댓줄에서부터 위로 선을 그어 보였다.

라
　어
죽
　년
수
　통

"이런 걸 '역세로드립'이라고 해. 그중에서도 '지그재그형 역세로드립'이지."

현민이 설명했다. 이 추리가 맞는다면 오혜정이 저 댓글들로 내게 보낸 메시지는 응원이 아닌 저주가 분명했다.

통수년 죽어라.

***

"야, 야, 통수녀, 통수녀!"

방과 후, 버스정류장에서 버스를 기다리는데 옆에서 1학년으로 보이는 여자애들 한 무리가 나를 쳐다보며 수군댔다.

"어, 진짜…… 좆나 뻔뻔스럽게 생겼네."

내가 돌아보자 그 애들은 고개를 쳐들고 나를 노려보았다.

"뭘 꼴아봐?"

패거리 중 성깔이 있어 보이는 여자애가 툭 내뱉었다. 사방을 돌아보았지만 내 편이 되어 줄 사람은 단 한 사람도 없었다. 현민이가 집까지 바래다주려고 했는데 외할아버지께서 위독하다는 전화를 받고 먼저 갔다. 보건실을 나서기 전, 녀석은 말했다.

"혹시 무슨 일 있으면 연락해."

현민이에게 연락한들 당장 달려올 만한 상황도 아니었다. 다리가 후들거렸다. 저 애들의 맹목적인 적의는 나를 차도로 밀어 버리고도 남을 듯했다. 마침 버스가 정류장에 도착해서 황급히 버스에 올랐다.

"야, 이년아. 한 번만 더 우리 눈에 띄면 그땐 죽여 버린다."

패거리가 이죽거리는 소리가 뒤통수에 끈덕지게 따라붙었다. 내 사진은 이미 인터넷 여기저기에 퍼질 대로 퍼졌다. 낯모르는 네티즌의 SNS나 유튜브에 제멋대로 왜곡한 사건 개요와 함께 올라갔다. 이제 인터넷 검색창에 대고 '통수녀'만 쳐 봐도 군데군데 내 사진이 떴다. 하지만 오프라인에서까지 나를 알아보고 손가락질하는 애들이 있을 줄은 몰랐다.

동네 앞 버스정류장에서 내려 허둥지둥 걸었다.

누가 뒤를 밟는 소리가 들려서 돌아보았다. 마스크에 선글라스까지 쓴 건장한 남자였다. 내가 돌아보자 걸음을 멈춘 남자는 태연하게 딴전을 피웠다.

걸음을 빨리했다. 남자도 종종걸음으로 나를 쫓아왔다. 가슴이 쿵쾅대고 오금이 저리기 시작했다. 내가 사는 주택가로 들어서면서부터는 온 힘을 다해 내달렸다. 대문으로 들어서자마자 미친 듯이 계단을 올랐다. 중간에 발을 헛디디는 바람에 계단 모서리에 정강이를 찧었다. 눈앞이 아찔했지만 아파할 사이도 없이 다시 계단을 뛰어올랐다. 현관문 앞에 도착한 순간, 문짝을 뒤덮은 래커 낙서와 맞닥뜨렸다.

통수녀 죽어라!

도어락 커버를 올리고 비밀번호를 누르는 일마저 쉽지 않았다. 공포영화에서 살인마가 뒤쫓을 때 열쇠 구멍도 못 맞추는 희생자를 볼 때마다 비웃었는데 막상 이런 상황이 되니 그 심정이 백번 이해되었다. 뒤따라온 남자가 당장에라도 입을 틀어막고 나를 어디로 끌고 갈까 봐 조마조마했다. 가까스로 현관문을 열고 집 안에 들어선 순간, 그 자리에 얼어붙었다. 심상치 않은 냄새가 집 안에서 풍겼다.

휘발성 강한 유성페인트 냄새.

활짝 열린 욕실 문에서부터 발자국이 나 있었다. 흙발이었다. 발자국은 내 방으로 이어졌다. 내 가쁜 숨소리가 집안의 정적을 흩트렸다. 심장이 금방이라도 터져 버릴 듯 방망이질 쳤다. 현관에 멈춰선 채 들어갈지 말지 망설였다. 문밖으로 나가자니 아까 마스크 쓴 남자가 마음에 걸렸고 집 안에 있자니 저 발자국의 주인이 어디에 숨어 있을 듯해서 가만히 귀를 기울였다. 인기척은 없었다. 어쩌면 내가 현관문 여는 소리를 듣고 방문 뒤나 침대 밑, 혹은 옷장 속에 숨었는지도 몰랐다. 경찰에 신고할까? 하지만 시간이 없었다. 차라리 눈을 감고 백까지 세며 침입자가 빠져나갈 시간을 줘야 하나? 그랬는데 아예 죽치고 안 나가면?

죽기 아니면 까무러치기였다. 급한 대로 현관 옆에 세워둔 장우산을 들고 침입자와 맞서기로 했다. 달려들기만 하면 눈을 확 찔러 버릴 거야. 그래, 한번 해 보자.

길게 세 번 심호흡하고 우산을 움켜쥐었다. 신발을 신은 채 일부러 발소리를 크게 내며 내 방으로 다가갔다. 맥박이 관자놀이를 두들겨 댔다. 방문으로 다가가 문을 벌컥 열어젖혔다.

침입자는 어디에도 없었다.

방 안에 가득 밴 래커 냄새가 코를 찔렀다. 난장판이었다. 시뻘건 래커가 책상 위며 액자 사진, 침대에까지 피를 토한 듯 흩뿌려진 광경을 보며 그 자리에 얼어붙었다. 피가 질펀한 살인사건 현장을 보는 듯했다. 욕실로 달려가 변기를 붙들고 속엣

것을 몽땅 토했다. 비틀대며 몸을 일으키다 창틀에서 떨어져 나온 욕실 창문을 보았다. 침입자가 욕실 창문을 떼고 그 틈으로 들어온 모양이었다. 래커를 내 방 전체에 뿌려대며 희희낙락했겠지. 그러고는 저 창으로 꽁무니를 내뺐겠지. 만일 놈이 집 안에 들어와 있을 때 내가 돌아왔더라면 어떻게 되었을지 상상하니 소름이 돋았다. 한 가지만은 확실해졌다.

이제 괴물들이 내 보금자리에까지 기어들었다.

* * *

"아, 이거 잡기가 쉽지 않겠는데……."

신고를 받고 출동한 경찰 둘은 집 안을 빙 둘러보고는 고개를 가로젓기만 했다. 과묵한 경찰과 무좀 양말을 신은 작달막한 경찰이었다.

"장갑을 끼고 들어왔을 테고. 발자국이 유일한 단서인데 이거 갖고는 어렵겠는데. 범인이랑 마주치진 않았다고? 그럼 잡아도 무단가택침입죄나 재물손괴죄 정도밖에 안 될 거야."

무좀 양말 경찰이 반말 조로 말했다. 형식적으로 조서를 쓴 경찰들은 순찰을 강화하겠다는 말을 건넨 후 돌아섰다. 현관을 나서며 자기들끼리 나누는 말소리가 들렸다.

"아, 그놈 누군지 완전 또라이네."

"그러게요."

"아, 현관문에 딱 써 놨잖어. '통수녀 죽어라.' 통수녀 몰라?

나도 우리 딸내미 때문에 알았는데……."

경찰들이 가고 난 뒤, 2층 계단 꼭대기에서 골목 구석구석을
살폈다. 나를 쫓아왔던 마스크맨은 경찰을 보고 꽁무니를 내
뺐는지 어디에도 보이지 않았다. 근처 마트에서 현관문과 같
은 색 래커를 사다가 '통수녀 죽어라!'에 덧뿌렸다. 아무리 페
인트를 뿌려도 그 불그죽죽한 자모음이 얼비쳐서 몇 번이나
덧뿌려야 했다.

출장 기사를 불러 욕실에는 방범창을, 현관문과 창문에는 사
설 보안장치를 달았다. 그래도 불안감이 말끔히 가시지는 않
았다.

"히익, 이게 다 뭐야?"

학원에서 늦게 돌아온 나은이가 내 방 꼴을 보고 기겁했다.
내게 자초지종을 전해 들은 그 애는 군소리 없이 나를 거들었
다. 방을 치우고, 마트에서 풀 바른 벽지를 사다 래커 낙서가
된 부분에 새로 발랐다.

"언니, 이러니까 꼭 새로 이사 온 거 같다. 그치? 이사 기분도
낼 겸 짜장면이랑 탕수육이나 시켜 먹을래? 내가 쏠게."

겨우 방을 치우고 나자 나은이가 말했다. 전화로 탕수육세트
를 주문해서 먹었다. 맛은 예전 같지 않았지만, 짜장면과 탕수
육이면 온 세상이 내 것 같았던 어린 시절로 오랜만에 돌아간
기분이 들었다.

"언니, 오늘 같이 잘래?"

아까부터 살가운 동생 모드로 변신한 나은이가 베개를 안고

내 방으로 왔다. 안 그래도 요사이 밤마다 못 자던 참이라 반가웠다. 고등학교에 입학하면서부터 각방을 써 왔지만, 오늘은 함께 잠들고 싶었다. 그날 밤, 나란히 침대에 누운 나은이가 귓말을 속삭였다.

"나린이, 오랜만에 나란히 누워 보는군."

옛날 한국영화의 남자 성우 흉내였다.

"나린이라고 하지 말랬다. 너?"

"알았어. 근데 언니."

"왜?"

"있지, 사람들이 뭐라고 해도 난 언니 믿는다."

"그 거짓말, 정말이야?"

"그래, 속고만 살았냐, 안나린?"

"또, 또."

"알았어, 알았어. 통수녀라고 부를게. 됐지?"

"까분다."

"근데 그 말 알아?"

"뭐?"

"'이 또한 지나가리라.' 알잖아, 사람들 냄비근성. 우르르 몰려갔다가 또 다른 떡밥 있으면 우르르 몰려가고……."

"그래, 제발 그랬음 좋겠다."

그렇게 이 악몽이 끝났으면……. 한참을 도란거리다 그 애를 끌어안고 까무룩 잠들었다. 모처럼 맞는 평화였다. 하지만 평온은 오래가지 못했다.

집 안을 뒤흔든 굉음에 눈을 번쩍 떴다.

폭탄이라도 날아든 줄 알았다. 뒤이어 와장창 유리 조각 떨어지는 소리가 이어졌다. 나은이의 방에서 난 소리였다.

"뭐지? 뭐야."

자리에서 튕겨 일어났다. 나은이도 놀란 눈으로 사방을 둘러보았다.

"나오지 마. 경찰에 신고부터 해."

나은이에게 속삭이고는 자리에서 일어났다. 모든 창이 방범창이라 침입하기에는 쉽지 않은 일이었다. 게다가 사설 보안 장치까지 달지 않았던가. 억지로 창문을 열고 들어오려고 하면 경보기가 울리고 경비업체 직원이 5분 안에 출동하게 되어 있었다. 그런데 경보기도 울리지 않았다. 창문을 열려는 시도가 없었다는 의미였다.

현관의 장우산을 또 챙겨 들었다. 눈을 씻고 찾아봐도 만만한 무기라고는 그것뿐이었다. 이럴 줄 알았으면 아까 동네 철물점에서 장도리라도 사다 둘걸. 거실에 불을 켜고, 문이 닫힌 안방으로 다가가는 동안에도 우산 쥔 손에서 진땀이 났다. 마른침 삼키는 소리가 유독 커서 방문 안쪽에 누가 침입했다면 내 접근을 단박에 알아차릴 듯했다. 경찰이 올 때까지 기다려야 하나. 아니면 도대체 뭐가 집안으로 들어왔는지 확인을 해야 하나. 후자를 택했다. 방문 손잡이를 붙들고 심호흡을 세 번한 후 방문을 열었다.

침대 위를 뒹구는 시커먼 형체가 보였다. 불을 켰다. 벽돌이었다. 족히 한 뼘은 되는 크기였다. 창유리를 깨고 날아온 벽돌이 떨어진 지점은 정확히 침대 한복판이었다. 만일 평소처럼 나은이가 이 침대에 누워 잤더라면……. 상상만으로도 끔찍했다.

경찰이 또 왔다 갔다. 아까 그 경찰들이었지만 이번에는 사태의 심각성을 파악한 표정이었다.

"어허, 큰일이네. 어디 가 있을 데 없어요? 아가씨 둘만 집에 있는 줄 알면 계속 이럴 텐데……. 우리가 이 집에 24시간 잠복하고 있을 수도 없는 노릇이고……."

가 있을 데가 없었다. 요양원에 들어간 할아버지를 제외하면 가장 가까운 친척이 제주도에 사는 고모였다.

"여기가 2층인데 벽돌을 방범창 틈새로 골인시켰으니까 옆집 베란다 아니면 옥상에 올라와 던졌다 이거지. 솜씨가 대단하네. 야구했던 놈인가?"

누군가 나은이의 방 창 근처까지 와서 벽돌 테러를 하고 달아났다. 나한테 하는 해코지는 그나마 감수하겠는데 나은이에게까지 이러다니 피가 거꾸로 솟을 지경이었다.

다음 날, 학교에 가려고 현관문을 열었을 때 문손잡이에 묵직한 뭔가가 매달려 이리저리 덜렁거렸다. 우유 주머니였다. 이상했다. 우유 끊은 지가 언젠데……. 처음에는 배달 아저씨가 실수했나 싶었다. 그런데 주머니의 윤곽이 너무 두둑했다. 그러고 보니 바닥에 점점이 떨어진 자국들도 보였다. 피였다. 눈을 질끈 감고 우유 주머니의 입구를 벌렸다. 제발, 제발……. 실눈을 뜨고 안을 들여다보았다. 목이 돌아간 길고양이 사체. 이번에는 나도 참지 못하고 비명을 질렀다.

"우리, 확 집 팔고 이사나 가 버릴까?"

고양이를 집 근처의 야산에 묻고 내려오며 나은이가 말했다. 동물 사체를 야산에 묻는 일은 불법이었지만 한때 생명이었던 녀석을 쓰레기봉투에 넣어 버리기도 미안했다. 지각하는 한이 있더라도 죽은 고양이의 넋을 달래주고 싶었다.

"너 어젯밤에 그랬잖아. 이 또한 지나가리라."

"지나가기야 하겠지. 그전에 뭔 일 날까 봐 그러지."

나은이의 목소리에 두려움이 어른거렸다. 나도 무서운데 이 애는 오죽할까 싶어 속이 아렸다. 하지만 집은 아빠와 엄마의 유산이었다. 곳곳에 흔적이 남았고 그 흔적에는 추억이 어렸다. 무섭다는 이유로 추억마저 도매급으로 처분하고 싶지는 않았다.

테러가 불과 몇 시간 간격으로 벌어졌다.

범인은 동일인일까. 그럴 가능성이 컸다. 혹시 이웃은 아닐까. 골목 근처에 CCTV가 있어서 녹화되었다면 잡기가 쉬울 텐데…….

"무슨 일 있으면 언니한테 전화해."

나은이와 헤어져 버스에 오른 뒤 휴대전화의 전원을 켜 보았다. 동준이의 전화나 문자메시지는 단 한 통도 와 있지 않았다. 대부분 낯모르는 이들에게 걸려온 부재중 전화나 욕설 문자, 톡이 전부였다. 개중에 단 하나, 눈에 띄는 메시지가 있었다.

— 안나린, 별일 없는 거지?

현민이였다. 그 몇 자 안 되는 메시지에 가슴이 찡해졌다. 다들 나를 못 잡아먹어 안달인데 얘만은 예외였다.

답장을 보냈다.

— 어

한동안 녀석은 말이 없었다. 현실에서나 모바일에서나 말수 적고 오래 뜸 들이기는 여전했다.

— 정말 괜찮은 거 맞아?

꼭 내가 겪은 사건들을 훤히 들여다보기라도 한 듯한 말투였다.

— 괜찮아

— 다행... 학교에서 보자

— 그래

상황을 알리는 건 나중으로 미루기로 했다. 아직 나는 이 애의 속내를 몰랐다. 이제는 누구도 쉽사리 믿지 못할 듯했다.

버스를 타고 가는 동안에도 나를 알아본 눈들이 째려보았다. 이 지긋지긋한 상황에서 벗어나려면 이 또한 지나갈 때까지 넋 놓고 기다리는 수밖에는 없을까. 동준이를 따라 가출했다면 차라리 나았을까. 그렇다고 나은이를 혼자 버려둘 수도 없는 노릇이었다. 눈 딱 감고 현민이에게 도와 달라고 해 볼까 하다 이내 고개를 가로저었다. 동준이와 섣부른 연애질에 빠졌다가 신세 망친 판국에 무슨 낯짝으로 현민이에게……. 그때 머릿속에 커다란 백열전구가 켜졌다. 내가 왜 여태 그 방법을

까맣게 잊고 지냈는지 몰랐다. 버스에서 내리자마자 학교까지 단숨에 내달렸다. 교실 문을 열고 들어서자 제자리에서 음악을 듣는 진희가 보였다. 여전히 인형보다 예쁜 마녀, 나의 망할 지니. 진희의 옆자리에 앉았다.

"안녕, 나린아."

그 애가 평소와 다름없이 인사를 건넸다. 다짜고짜 본론을 꺼냈다.

"나, 지니가 필요해."

진희가 눈을 동그랗게 떴다.

"뭐?"

입을 한 일 자로 길게 벌리며 또박또박 말했다.

"지니 말이야. 내 두 번째 소원을 들어 줄 지니."

이번에도 그 애가 나 몰라라 외면할 줄 알았다. 그런데 아니었다.

"그래? 소원이 뭔데?"

그 애의 말을 들은 순간, 찌릿한 전류 한 줄기가 온몸을 꿰뚫고 지나갔다. 고개를 약간 기울여 나를 빤히 바라보는 얼굴과 나지막한 말투도 그날과 똑같았다. 첫 번째 소원을 묻던 문제의 그날.

한 가지만은 확실해졌다.

그날 이후로 진희가 줄곧 굳게 지켜온 시치미는 의도적인 연극이었다. 한편으로는 의아했다. 대체 무슨 꿍꿍이로 이번에는 빗장을 풀고 본색을 드러냈을까.

"소원을 빌기 전으로 돌아가고 싶다거나, 없었던 걸로 해 달라거나, 뭐 그런 건 아니지?"

진희가 피식 웃으며 물었다.

"당연히 아니지."

태연한 척 대답하면서도 속으로는 뜨끔했다. 솔직히 털어 놓자면, 두 번째 소원은 첫 번째 소원의 취소였다. 리셋. 돌아가고 싶었다. 아무 일도 없었던 예전의 일상으로……. 그런데 꿈도 꾸지 말라는 소리였다.

처음 소원을 묻던 날, 진희가 말한 다섯 가지 제약 중에 취소 불가라는 항목이 있기는 했던가. 물론 있었다. 다만 내가 까맣게 잊었을 뿐이었다.

분명 취소 불가라는 말이 있었다. 속셈은 모르겠지만, 모처럼 진희 마음의 잠금을 해제한 순간이 지금이었다. 이 기회를 놓치면 또 언제 기회가 올지 몰랐다.

"그럼 뭔데?"

진희가 살갑게 물었다. 막상 태도를 바꾸어 이렇게 나오니 선뜻 입이 떨어지지 않았다. 내가 생각해 둔 묘책이, 묘책은커녕 실책은 아닌지도 의심스러웠다.

"내 소원은……."

막 운을 떼려던 순간, 교실 문이 드르륵 열렸다. 등교 시간이라 교실 문은 수시로 열리고 닫혔지만, 양복을 빼입은 낯선 남자가 문틈으로 얼굴을 불쑥 들이미는 일은 흔치 않았다.

"혹시 이 반에 안나린……이라고 있나요?"

남자가 교실을 둘러보며 물었다. 실수로 끝까지 잡아 뺀 서랍처럼 가슴이 덜컥 내려앉았다. 요즘은 누가 교실 문을 열고 내 이름을 부르기만 해도 온몸이 굳고 식은땀이 났다. 이번 일로 생긴 후유증이었다.

아이들이 동시에 나를 돌아보았다. 나도 모르게 현민이의 자리로 눈길이 갔지만 아직 등교 전이었다. 그 빈자리를 보니 괜스레 아쉽고 허전했다.

"학생이 안나린인가요?"

내게 성큼성큼 다가온 남자가 상냥하게 물었다. 내가 대답도 못 하고 간신히 고개만 끄덕이자 남자가 말했다.

"SBS「그것이 알고 싶다」에서 나왔는데…… 나린이, 아저씨랑 잠깐 얘기 좀 할 수 있을까?"

그 말에 교실 안의 아이들이 웅성댔다. 나도 적잖이 놀랐다. 사건이 터진 후로 이런저런 언론사의 기자가 전화나 문자로 취재 요청을 해온 적은 더러 있었지만 유명 TV 프로그램의 관계자가 이렇게 교실에까지 찾아오는 처음이었다. PD인가 싶어 그를 올려다보았다. 늘씬한 체구에 무테안경을 쓴 미남이었다. 그가 내게 미소를 지어 보였다. 가지런한 이가 표백제에 담갔다 뺀 듯 유난히 하얬다. 그 얼굴이 어쩐지 낯익었다. 언제인지는 몰라도 본 적 있는 얼굴이었다.

"아뇨, 싫은데요."

자고 나니 통수녀가 되어 버린 지금, TV에 나가는 일은 자살 행위였다.

"잠깐이면 돼. 아저씬 일을 더 악화시키려고 온 게 아니라 나린이의 억울함을 조금이라도 덜어주려고 왔거든."

사근사근한 목소리에 거부감과 경계심이 누그러졌다. 그래도 못내 꺼림칙했다.

"절대 나린이한테 피해 안 가게 할게. 약속!"

그가 내 속마음을 읽기라도 한 듯 새끼손가락까지 내밀었다. 초조해진 기분으로 진희를 돌아보았다. 그 애가 고개를 끄덕이며 찡긋 윙크로 말을 대신했다.

'다녀와, 우리 얘기는 그때까지 킵해 둘게.'

진희의 반응에 또 한 번 마음이 기울었다. 다른 방송 프로그램이라면 모를까, 명색이 유명한 시사 고발 프로그램이니 내 편에 서서 변호를 해 줄지도 모른다는 생각이 들었다. 그가 다시금 물었다.

"어때, 잠깐 나가서 얘기할래?"

교실의 벽시계를 보았다. 0교시 자습 전까지는 15분 정도 남은 시각이었다. 무테안경은 내 대답을 듣기도 전에 교실 문 쪽으로 앞장섰다. 교실 안 아이들의 눈길이 내게로 한껏 쏠린 마당에 더 버티기도 뭣해서 따라나섰다.

* * *

"요즘 맘고생 많지?"

본관 뒤편의 등나무 그늘까지 나를 데리고 나온 무테안경이 물었다. 울컥하는 마음에 하마터면 '네!'라고 대답할 뻔했다. 그만큼 마음이 약해졌다는 증거였다. 벤치에 앉으면서도 복도 창에 따개비 떼처럼 다닥다닥 붙어 여기를 염탐하는 아이들의 징글징글한 시선이 느껴졌다.

숨고 싶었다. 라면상자에 들어가 숨던 어린 시절처럼 눈앞에 작은 상자라도 하나 있으면 거기에 타조처럼 머리를 파묻고 싶었다. 그 시선들과 마주칠세라, 눈길을 땅바닥으로 떨어뜨렸다. 제 몸뚱이의 세 곱절은 되어 보이는 똥파리 사체를 입에 물고 바닥을 기어가는 개미 한 마리가 보였다. 제 할 일만 하면 장땡인 저 녀석의 단순한 일상이 부러웠다.

"마실래?"

무테안경이 가죽 크로스백에서 비타민 드링크 한 병을 꺼내어 뚜껑을 따더니 내게 내밀었다. 별로 생각이 없어서 고개를 가로저었다. 그는 더 권하지 않고 도로 뚜껑을 잠가 벤치 위에 올려두었다.

"다름이 아니라, 요새 온라인 마녀사냥을 취재 중이거든. 그러다 이번 사건을 알게 됐는데 딱 봐도 굉장히 심각하더라. 좀 어떠니?"

"참을 만해요."

이틀 새에 세 번이나 테러를 당한 거만 빼면요.

"새벽엔 누가 나린이네 집 현관문에 몹쓸 짓까지 해 놓고 갔다며?"

어떻게 알았지? 누구에게도 말한 적이 없었다. 사전 조사를 치밀하게 했다고 보기에는 어쩐지 미심쩍었다.

"그런 사람들이 정말 무서운 게 그러면서도 그게 나쁜 짓이라곤 절대 생각 못 한단 거야. 그게 정의이고 응징이라고 믿지. 굉장히 위험한 생각이야. 아저씬 나린이 얘기도 들어봐야 공정하다고 보는데, 어떻게, 취재에 협조를 좀 해 줄 수 있을까?"

그런 뜻으로 학교까지 찾아왔다면야 기꺼이 협조할 의향이 있었다. 똥파리를 끌고 무테안경의 발치로 뒷걸음질 치는 개미를 내려다보다 고개를 끄덕였다.

"그래, 고맙다. 나린이는 이 일의 원인이 어디에 있다고 생각하니?"

문득 궁금해졌다. 진희와의 소원놀음을 그에게 털어놓으면 어떤 반응이 나올까.

"잘 모르겠어요."

정말이었다. 어디서부터 일이 잘못되었는지, 내가 왜 국민마녀가 되어야 하는지 아무리 생각해 봐도 모를 일이었다.

"혹시 이 일이 말이야, 다 너 때문이란 생각은 안 드니?"

"네?"

"이 모든 일이 다 자업자득 아니냐, 이 말이야."

맞은편 벤치에 앉은 그를 바라보았다. 나를 바라보는 무테안경의 눈빛이 낯익지만 절대 익숙해지지는 않는 감정으로 번뜩였다. 적개심, 증오 아니면…… 살의.

"이게 다 니년 때문이라고."

마냥 살갑기만 했던 무테안경이 가래침을 뱉듯 거친 말을 씹어뱉었다. 온몸이 그대로 얼어붙었다.

"꼼짝하지 마라. 손가락 까딱만 해도 죽는다."

무테안경이 말했다. 그는 내게 눈을 붙박은 채로 제 옆에 놓아두었던 비타민 드링크 병을 집어 들더니 다시 뚜껑을 땄다.

"이거 그냥 음료수 같지?"

그가 나를 빤히 바라보며 병을 기울였다. 병 속의 투명한 액체가 두어 방울 그의 발치로 떨어졌다. 파리를 물고 가던 개미 위였다. 부연 연기가 피어올랐고 파리와 개미가 순식간에 오그라들었다. 난데없는 날벼락에 소스라치며 버르적거리던 개미가 형체를 잃고 뭉개졌다. 강산성 액체가 풍기는 악취에 코가 아찔했다.

이제야 비로소 남자의 얼굴이 기억났다. 머릿속으로 몽타주를 그리듯 남자의 얼굴에 무테안경 대신 선글라스를 씌우고 마스크까지 그려보니 틀림없었다. 어제 우리 집 근처까지 내 뒤를 밟았던 마스크맨이었다.

꿈이기를 바랐다. 현실처럼 생생하지만, 현실은 아닌 꿈. 황당하고 괴상하고 끔찍하기까지 해서 깨고 나면 '휴, 꿈이었구나. 아아, 다행이다.' 싶은 악몽. 나를 둘러싼 이 모든 사건과 상황들이 그런 꿈이었으면 좋겠다고 생각했다. 하지만 꿈이기를 바라던 일이 정말 꿈이었던 적은 한 번도 없었다. 이번에도 마찬가지일 터였다.

눈앞의 상황이 아무리 황당하고 괴상하고 끔찍해도 결국은 현실. 내가 앉은 벤치의 반들반들한 촉감, 주위의 사물과 잔디

밭의 색감, 미세먼지 자욱한 아침 공기도 마냥 생생하기만 했다. 그래도 현실을 부정하고픈 마음은 운동화 바닥 골 틈새에 박힌 껌처럼 떨어지지 않았다. 내가 현실을 부정하든 긍정하든, 상황은 간단치가 않았다. 한 가지만은 분명했다. 내 눈앞에서 개미를 태워 죽이며 실실대는 마스크맨이 무슨 짓을 저지를 작정이든 나한테 이로운 일은 아니다. 불행 중 다행이라면, 이곳을 지켜보는 눈들이 많다는 점이었다.

"애들 많이 보는데……."

내가 간신히 입을 떼자 무테안경, 아니, 마스크맨이 코웃음을 쳤다.

"그렇게 말하면, 내가 겁 먹고 도망이라도 갈까 봐? 너 아직도 상황 파악이 안 되는구나. 애들 많이 보라고 일부러 여기까지 온 거야."

도대체 무슨 소리야.

"쟤들이 널 도와줄 거 같아? 안 도와줘. 내가 너한테 황산을 뿌리면 신나게 찍어다 개미처럼 열심히 지들 SNS에 올릴걸? '좋아요'나 '대박 소오름' 같은 댓글이나 기대하면서."

그렇게 말하며 마스크맨은 제 발치에서 오그라든 개미를 내려다보았다.

"쟤들은 관중이야. 마녀재판 구경하는 관중."

마녀재판. 그 단어가 돌팔매처럼 날아와 가슴팍에 명중했다.

"마녀를 불태워라! 독 있는 뱀처럼 박살내 버려라!"

환청이 머릿속을 꿰뚫었다. 전에도 들은 적 있었던 환청이었다. 돌아보지 않아도 내 등 뒤의 광경은 뻔했다. 창가에 다닥다닥 붙어서 여기를 내다보는 아이들. 더러 스마트폰으로 여기를 찍거나 마스크맨처럼 히죽댈 몇몇. 영락없이 마녀재판에 동참하는 관중이었다.

저중에 딱 한 명이라도 내가 손을 내밀면 나를 구하러 달려올 사람이 있을까. 애석하게도 대답은 부정적이었다. 내가 살려 달라고 애원한다 해도 저들은 욕지거리를 퍼부으며 돌을 던질 듯했다.

"거리도 딱 적당해. 네가 도와 달라고 소리쳐서 누가 퀵 실버처럼 튀어나온들 개가 널 구해주는 것보단 내가 널 해치우는 게 빠르지."

멀쩡한 남자가 미친 소리를 하니 더 섬뜩했다.

"백날 집까지 쫓아가서 벽돌 던지고 고양이 새끼 시체 매달고 해 봤자 누가 알아주냐고. 인증샷까지 찍어서 올려봐야 키워 새끼들은 합성이네 주작이네 똥플이나 찍찍 싸고 믿지도 않거든. 똥파리 같은 새끼들."

목덜미에서 성에꽃처럼 피어난 한기가 등허리를 타고 온몸으로 퍼져나갔다. 벽돌 테러라면 몰라도 고양이 테러는 경찰에 신고도 하지 않았다. 그런데도 이 인간이 그 일을 알고 있다면 둘중 하나였다. 그 일을 지켜봤거나, 몸소 저질렀거나. 후자가 분명했다.

"사실 니네 현관문에 라카 칠하고 집안에도 인테리어 좀 해주려고 했거든. 근데 누가 갑자기 현관문을 막 두들기더라, 니 이름 부르면서. 아, 식겁해서 그냥 나왔네."

이상했다. 분명 어제 내 방 안은 시뻘건 래커 범벅이었다. 그런데 그냥 갔다니······. 현관문을 두들기며 내 이름을 불렀다는 사람은 또 누구지? 머릿속이 하얗게 질린 와중에도 의문이 꼬리를 물었다.

"제 방에 래커······ 아저씨가 뿌린 거 아녜요?"

내가 묻자 그가 갸우뚱했다.

"네 방에?"

잠시 멈칫했던 그가 아하 하는 표정을 지으며 피식 웃었다.

"나 말고도 한 놈 더 있나 보네."

커다란 벽돌이 갈비뼈를 깨고 들어와 가슴 한복판에 쿵 내려앉는 듯했다. 그 말이 사실이라면, 어제오늘 우리 집에 테러를 저지른 인간이 최소한 둘 이상인 셈이었다.

"시간 됐네. 대화 즐거웠다."

마스크맨이 병을 꾹 움켜쥐었다. 행동 개시 태세였다. 이럴 때 내게 엄청난 반사 신경이 있다면 얼마나 좋을까. 순식간에 양발 차기로 저놈을 때려눕히고 저 흉물스러운 용액을 멀찌감치 날려 버리는 상상을 했지만, 현실은 그저 볼썽사납게 움찔대기였다. 그때였다.

"잠깐만요."

마스크맨의 뒤편에서 귀에 익은 목소리가 들렸다. 멈칫하더니 돌아보는 그의 어깨너머에서 낯익은 얼굴이 불쑥 나타났다. 현민이였다.

눈에 번쩍 뜨였다. 하마터면 왈칵 눈물이 쏟아질 뻔했다. 살다 살다 저 시커먼 녀석의 등장이 이렇게 반갑기는 처음이었다. 한편으로는 의아했다. 학교 건물은 내 등 뒤에 있는데 저 녀석은 왜 반대편에서 나타났지? 돌아가는 상황을 눈치채고 허를 찌르려고 뒤에서 나타났나?

"취재하려고 오셨어요?"

다가온 현민이가 마스크맨에게 물었다. 그가 황급히 병을 잠그며 얼버무렸다.

"어, 근데 학생은 무슨 일로······."

"죄송하지만, 명함 좀 볼 수 있을까요?"

녀석이 자연스레 마스크맨과 나 사이에 끼어들었다.

"명함은 왜?"

"취재 전에 신분부터 제대로 밝히셔야죠."

평소의 과묵한 모습은 온데간데없었다. 미리 연습이라도 하고 온 듯 또박또박하고 딱 부러지는 말투였다.

"아, 어쩌지? 지갑을 차에 두고 왔는데······."

마스크맨이 뒤통수까지 긁적이며 얼버무렸다.

"그럼, 가져오세요."

현민이가 딱 잘라 말했다. 일순, 두 남자 사이에 정적이 흘렀다. 학교 건물에서 이쪽을 내다보는 아이들은 물론, 교정의 모든 사물이 숨죽인 듯 사방이 고요했다. 현민이를 빤히 올려다보던 마스크맨의 시선에 살기가 어렸다 사라졌다.

"학생, 어른한테 말투가 좀 그렇네? 당사자는 가만히 있는데 왜 학생이 나서지?"

"당사자가 가만히 있어서요."

"학생이 나린이 대변인이라도 돼?"

"저 나린이……."

잠시 말을 끊었던 현민이가 결심한 듯 말을 이었다.

"……남친인데요."

그 말이 임기응변임을 뻔히 알면서도 귓불이 화끈 달아올랐다. 눈치 없는 심장은 또 왜 이리 두근거리는 거야.

"그래? 이상하네. 나린이 남친은 동준이가 아니었나?"

"아뇨, 이젠 접니다."

기 싸움에서 한 치도 밀리지 않을 정도로 녀석의 말발은 상당한 수준이었다. 자객의 기습공격을 척척 받아치는 고수의 몸놀림을 보는 듯했다.

"그래? 잘 어울리네, 둘이."

마스크맨이 할 말을 잃었는지 슬그머니 꼬리를 내렸다. 그때 0교시 시작을 알리는 벨이 울렸다.

"더 할 말 없으시면 저흰 이만 들어갑니다."

현민이가 내 손목을 잡더니 제 쪽으로 끌어당겼다. 손목을 감싸 쥔 녀석의 손길이 자못 믿음직스러웠다.

"가자."

녀석은 나를 내려다보며 재촉했다. 마스크맨을 등진 자세라 그에게는 보이지 않겠지만 간절한 눈빛이었다. 빨리……. 엉거주춤 벤치에서 일어섰다. 마스크맨은 벤치에 앉은 채 우리를 빤히 올려다보았다. 그때 그가 이를 악무는가 싶더니 드링크 병을 집어 들었다.

"병!"

내가 현민이에게 외쳤다. 마스크맨이 허공을 내리긋듯 드링크 병을 휘둘렀고 병 속의 내용물이 왈칵 쏟아져 나왔다. 허공에 칼날처럼 솟구친 내용물은 곧장 내 얼굴로 날아들었다.

"엄마!"

비명을 지르며 몸을 움츠렸다. 이대로 죽는구나 싶었다. 죽는 편이 낫도록 고통스러울지도 몰랐다. 그 순간 시커먼 그림자가 내 눈앞을 뒤덮었다. 처음에는 용액이 내 얼굴을 뒤덮으며 눈앞이 캄캄해진 줄로만 알았다. 하지만 그림자는 따스하고 부드러웠다. 현민이의 교복 재킷 안감이었다. 연인을 망토로 감싸 적의 총탄에서 보호하던 슈퍼맨처럼 녀석이 교복 재킷 자락으로 나를 막아준 셈이었다. 옷감이 산성 용액에 타들어 가는 냄새가 코를 찔렀다. 재킷에 구멍이 뚫리자 구멍 너머로 독기 어린 마스크맨의 얼굴이 보였다. 현민이는 재킷을 벗어 바닥에 팽개쳤다. 바닥에 떨어진 재킷이 자욱한 연기를 피워 올리며 타들어 갔다.

"어쭈."

마스크맨이 또 한 번의 용액 세례를 퍼부으려던 순간, 현민이의 돌려차기가 그의 명치로 날아가 적중했다. 마스크맨이 저 뒤로 벌렁 나가떨어졌다. 그 바람에 허공으로 튀어 오른 용액 몇 방울이 그의 뺨에 튀었다.

"아 뜨거! 아 뜨거!"

마스크맨은 바닥을 데굴데굴 뒹굴며, 보이지 않는 말벌이라도 들러붙은 듯 제 뺨을 털어냈다.

"괜찮아?"

현민이가 내게 물었다. 고개를 끄덕였다. 그런데 녀석은 괜찮지 않은 듯했다. 얼굴을 찡그리는 녀석을 보자 가슴이 덜컥 내려앉았다.

"왜, 왜 그래?"

교복 와이셔츠 팔에 튄 용액이 옷감에 스며들어 발갛게 부풀어 오른 팔뚝이 보였다.

"수돗가!"

화학 용액에 닿은 환부는 흐르는 물에 씻어야 한다는 말이 기억났다. 녀석의 손목을 붙들고 수돗가로 내달았다. 수돗가에 도착해 물에 팔뚝을 헹구는 녀석을 보다 눈앞이 부옇게 흐려졌다.

막 눈물을 쏟아내려던 찰나, 현민이가 내 마음을 읽기라도 한 듯 말했다.

"괜찮아. 너만 괜찮으면……."

그 말을 듣고 나니 설움이 더 심하게 북받쳤다. 목젖까지 치밀어 오르는 울음기를 꾹꾹 밀어내느라 몇 번이나 마른침을 삼켜야 했다.

"왜? 왜 넌 나한테 잘해 줘?"

현민이가 수도 밸브를 잠갔다. 수도꼭지에서 똑똑 떨어지는 물방울과 눈싸움을 벌이며 묵묵부답인 품새가 다시 예전의 뜸 들이기에 돌입한 모양이었다.

"말했잖아, 너 나쁜 애 아닌 거 안다고……."

그 짧은 대답이 위험수위에 다다른 울음보의 수문을 건드렸다. 바늘에 찔린 물풍선처럼 설움이 툭 터져 버렸다. 그 자리에 서서 목 놓아 펑펑 울었다. 현민이가 말없이 내 어깨를 다독였다. 아예 그 품에 얼굴을 묻고 눈물샘이 바닥날 때까지 울었다.

"니들 교실 안 들어가고 거기서 뭐 해?"

나이 지긋한 아저씨의 목소리가 등 뒤에서 들려왔다. 그제야 비로소 정신이 들었다. 돌아보니 경비원 아저씨였다. 그러고 보니 어정쩡하나마 현민이가 나를 품에 안은 듯한 자세였다. 화들짝 놀라 후다닥 뒤로 떨어졌다.

다행히 현민이의 팔뚝에 난 상처는 심각한 수준이 아니었다.

그 위험천만한 순간에 현민이가 정원 뒤편에서 나타난 일도, 그 애가 교복 재킷 자락으로 산성 용액을 막아낸 기지도 천만다행이었다. 특히 그 돌려차기는 예술이었다.

"싸움 잘하더라. 격투기 같은 거 배웠어?"

등나무 그늘로 돌아가는 길에 현민이에게 물었다.

"어릴 때."

"그 사람이 그거 뿌릴 줄은 어떻게 알았어?"

"몰랐어."

"그럼 그 사람이 나쁜 의도로 날 찾아왔는지는 알았어?"

현민이가 고개를 끄덕였다.

"어떻게?"

현민이가 멀찌감치 보이는 정원 어디쯤을 응시하며 대답했다.

"그냥…… 느껴져."

그냥 느껴진다니……. 그러고 보니 내가 진희에게 첫 번째 소원을 빌던 날에도 현민이는 비슷한 말을 했다.

"그게 무슨 말이야?"

물어보았지만 현민이는 입을 굳게 다물었다.

정원 벤치로 돌아왔을 때 마스크맨은 온데간데없었다. 그새 도망간 모양이었다.

"신고부터 하자."

현민이가 경찰에 신고하는 동안 나는 바닥에 널브러진 교복 재킷을 집어 들었다. 산성 용액이 재킷 한복판을 녹인 자국이 보였다. 그런데 그 자국이 이룬 모양이 이상했다.

한가운데에 뻥 뚫린 구멍이 사람의 왼쪽 눈동자 같았고, 그 둘레를 에워싼 자국은 아이라인과 눈썹, 눈 밑으로 늘어진 두 갈래의 선은 왼쪽 획이 길게 늘어난 사람 인(人)자처럼 보였다.

"이 모양, 어디서 본 적 있는 거 같은데?"

내 말에 어깨너머에서 현민이가 중얼거렸다.

"호루스의 눈."

5. 호루스의 눈

"그 PD 사칭한 사람, 혹시 폰카로 찍은 학생 있나?"

현장을 조사하고 난 경찰이 교단에서 아이들에게 물었다. 복도 창에서 현장을 지켜봤던 아이만 수십 명이었다. 개중에서 스마트폰으로 사진이나 동영상을 찍은 아이가 적어도 한둘은 나올 줄 알았다. 그런데 아무도 나서지 않았다.

"없어?"

경찰이 거듭 물었지만 다들 묵묵부답이었다. 그가 내 얼굴을 돌아보았다. 교실로 가는 동안, 사진이나 동영상을 찍은 아이가 분명 있으리라고 그에게 장담한 사람이 나였기 때문이었다. 아차 싶었다. 내가 우리 반 아싸라는 사실을 깜빡했다.

"다들 공부하느라 바빴나 보네. 김 순경, 행정실에 얘기해서 CCTV 녹화된 거 있음 보자고 해."

김 순경이라는 경찰과 행정실로 갔다. 경찰이 담당 직원에게 사정을 설명하니 직원은 우리를 전산실로 안내했다. 거기서 CCTV의 녹화 내용을 확인했다.

"등나무 그늘 쪽에 달린 카메라부터 봅시다."

경찰의 말에 직원이 녹화 내용을 재생했다. 그런데 이상했다. 멀찌감치 마스크맨인 듯한 사람 윤곽이 나타날 즈음부터 카메라 각도가 돌아가더니 화면이 벽을 비추었다. 꼭 보이지 않는 손이 억지로 카메라를 벽 쪽으로 돌린 듯했다.

"어? 이거 왜 이러지."

직원이 화면을 뒤로 돌렸다. 내내 벽만 비추던 카메라는 30분이 다 지나서야 다시 원위치로 돌아왔다. 등나무 그늘 주위를 두리번거리는 현민이와 내가 보였다. 현민이가 전화기를 들고 통화하는 품으로 보아 상황이 끝난 뒤인 듯했다. 마스크맨은 코빼기도 보이지 않았다.

"누가 카메라를 건드렸나? 학생들, 혹시 저때 저기서 누구 못 봤어요?"

경찰이 내게 물었다. 나도, 현민이도 고개를 가로저었다. 곰곰이 더듬어봐도 저 즈음에서 수상쩍은 사람을 본 기억은 없었다. 직원이 거들었다.

"카메라가 높이 달려서 사다리 같은 거 없음 사람 손도 안 닿는데요."

손이 닿지 않는 높이에 달린 카메라가 멋대로 돌아갔다가 마스크맨이 사라진 뒤에야 원위치로 돌아왔다. 대체 무슨 조화일까.

"혹시 여기나 다른 데서 카메라 각도를 조작할 수 있게 돼 있나요?"

"아뇨, 원래 고정식 카메라라 한 방향만 찍게 돼 있어요."

현장의 동영상 확보는 말짱 꽝이 되었다. 학교 정문과 후문에 설치된 CCTV에 찍힌 동영상을 확인했다. 그 시간 즈음을 아무리 돌려봐도 마스크맨으로 보이는 사람의 출입은 눈에 띄지 않았다.

"담치기했나 보네. 담으로 넘어왔다 담으로······."

모니터를 들여다보던 경찰이 중얼거렸다. 그의 말이 맞을 가능성이 컸다. 학교 담장 길이만 해도 수백 미터였다. 인적 없는 지점을 고르면 담치기는 어려운 일도 아니었다.

"복도 건 없나?"

직원이 복도에 설치된 CCTV을 확인했지만, 이번에는 복도 출입구에서 마스크맨이 들어설 즈음부터 화면이 조각조각 깍두기처럼 깨지더니 아예 먹통이 되어 버렸다.

"어, 얜 또 왜 이래?"

"이상하네요."

당황한 직원이 영상을 뒤로 돌리자 어느 시점부터는 영상이 정상으로 돌아왔다. 딱 마스크맨이 나를 데리고 화면 너머로 사라진 직후부터였다. 몇 번을 돌려보아도 마찬가지였다.

"뭐 이래, 누가 손을 썼나."

경찰이 혀를 찼다. 고정식 카메라가 돌아가고 복도의 카메라가 먹통이 되어 마스크맨을 동영상으로 잡지 못했다. 경찰의 말대로 누가 손을 쓰지 않고서는 벌어지기 힘든 일이었다. 우연의 일치일까. 아니면 누가 손이라도 썼을까. 진희 말고는 딱히 떠오르는 인물이 없었다. 하지만 어떻게?

현민이와 나란히 경찰차 뒷좌석에 올랐다. 수사를 시작하려면 진술서도 필요하고 몽타주도 만들어야 한다고 했다. 마스크맨을 찍은 아이가 분명 한둘쯤은 있으리라는 미련이 가시지 않았지만 포기하기로 했다. 마스크맨의 말대로 자업자득이었다. 진희의 감언이설에 속아 섣부른 소원을 빈 대가. 혹은 감히 동준이를 넘본 대가. 나아가 남자에 눈멀어 오혜정을 죽음에 이르게 한 대가. 그 모든 일이 내 의도는 아니었다 해도 이 지경에 이른 데에는 내 책임도 있었다. 절로 한숨이 나왔다. 그러다 무심코 옆자리의 현민이를 보았다. 묵묵히 창밖을 내다보는 현민이는 믿음직스러웠다. 차창으로 흘러든 초여름 햇빛을 받은 그 애의 조각 같은 옆모습에 지친 마음이 좀 달래지는 듯했다.

그나저나 앤 대체 뭘 믿고 나를 도와주는 걸까. 왜 나를 감싸느냐고, 왜 나한테 잘해 주느냐고 물었을 때마다 대답은 한결같았다. 보건실에서도 수돗가에서도.

나쁜 애 아닌 거 안다거나, 그냥 느껴진다거나.

독심술이라도 하나? 내 시선을 느낀 현민이가 나를 돌아보았다. 눈이 마주치자 화들짝 놀라 눈길을 떨어뜨렸다. 넋 놓고 옆모습을 감상하다 딱 걸린 일이 우연인 양 스마트폰을 꺼내어 자연스레 액정을 터치했다. 전화기는 먹통이었다. 진작 전화기 전원을 꺼두고 깜빡했다. 전원 버튼을 눌러 전화기를 켰다. 통신사 로고가 뜨고 바탕화면이 뜨는 데에도 한참 걸렸다. 이마에 식은땀이 날 지경이었다. 전화기가 켜지자마자 인터넷에 들어가 검색어를 입력했다.

호루스의 눈.

검색 결과가 화면에 주르륵 떠올랐다. 첫 번째로 뜬 지식 답변을 보니 현민이의 말이 맞았다. 아까 황산이 교복 재킷 자락을 녹이며 만들어낸 묘한 문양은 영락없는 '호루스의 눈'이었다.

"맞지, 이거?"

나도 모르게 현민이에게 스마트폰을 보여 주며 물었다.

"어."

현민이가 고개를 끄덕였다. 신기했다. 마스크맨이 일부러 그렇게 황산을 뿌렸을 리는 없었다. 그저 우연일 텐데도 상황이 상황이라 어떤 계시나 경고 아닌가 싶었다.

위키백과의 검색 결과를 터치했다.

호루스의 눈(우제트, Wedjat, Wadjet, Udjat, Udjet)는 고대 이집트의 신격화된 파라오의 왕권을 보호하는 상징이다. 태양의 눈, 라의 눈 또는 달의 눈이라고도 불린다. 호루스의 눈은 건강과 총체적인 인식과 이해를 상징한다. 오른쪽 눈은 라의 눈으로 태양을 상징하고 왼쪽 눈은 토트의 눈으로 달을 상징한다. 파라오와 왕권을 지켜 주는 상징 외에, 이집트 장례의식에서 미라가 착용하는 귀금속으로 사용되었으며, 근동지역에서는 뱃머리에 그려 넣는 용도로 사용되었다.

신격화된 파라오의 왕권을 보호하는 상징? 아하, 그래서 고대 이집트 유물 중에 저 눈이 그려놓은 녀석들이 많구나 싶었다. 그 밑에 보이는 '호루스 신화'를 터치했다.

호루스는 죽음과 부활의 신 오시리스와 최고의 여성신 이시스의 아들이며 사랑과 미의 여신인 하토르의 남편이다. 오시리스가 동생 세트의 질투로 죽임을 당하자 이시스가 주술로 오시리스를 부활시키고 호루스를 잉태하였다. 이시스는 지식과 달의 신 토트의 도움을 받아 세트로부터 멀리 피해 호루스를 낳고 길렀다. 호루스는 원래 매우 허약했으나 이시스의 지혜와 주문으로 강하게 자랄 수 있었다. 언제까지나 세트로부터 피해 호루스를 기를 수 없음을 깨달은 이시스는 꾀를 부려 태양신 라의 성질과 힘을 빌려 호루스를 키웠다.

결국 성년이 된 호루스는 아버지로부터 병법을 물려받고 토트의 도움을 얻어 원수인 세트를 죽여 복수를 하고 이집트의 왕이 되었다. 그러나 세트가 죽기 전에 호루스의 왼쪽 눈을 먹어 버렸는데, 토트가 마법의 힘으로 왼쪽 눈을 다시 치유해 주었다고 한다.

그리하여 토트의 마법으로 회복된 왼쪽 눈은 검은 빛을 띠며 치유와 달을 상징하게 되었고, 오른쪽 눈은 태양신 라의 성질로 인하여 태양을 상징하게 되었다. 또한 세트를 죽이고 이집트의 왕이 됨으로써, 호루스는 파라오와 왕권을 수호하는 상징이 되었다.

호루스도 참 굴곡이 많은 인생을 산 양반이었다. 무슨 놈의 신들이 질투심은 그리도 많은지 신화란 신화는 죄다 패륜에 막장 드라마였다. 호루스 신화도 매한가지였다. 형을 질투해 죽인 동생이 조카의 왼쪽 눈까지 먹어 버렸다니 막장도 그런 막장이 없었다. 한데 토트의 마법으로 회복된 호루스의 왼쪽 눈이 치유와 달을 상징하게 되었다는 후일담이 어쩐지 의미심장해 보였다. 더 찾아보니 호루스의 눈에는 광범위한 뜻도 있었다.

'모든 것을 보는 것' 혹은 '완전한 자(者)'.

다른 말로 '전시안'이라고도 부르며, 무수한 환생을 거듭해 최고의 경지에 이른 자에게 생기는 눈이라는 말도 있었다. 현민이를 다시 돌아보았다가 고개를 가로저었다. 녀석의 교복 재킷 자락에 난 황산 자국이 용케 호루스의 눈과 비슷하다 해서 거기에 그렇게 심오한 의미가 있으리라는 생각은 아무리 봐도 확대 해석이었다.

"다 왔다, 내리자."

경찰이 말했다. 우리는 경찰서로 들어가 나란히 책상에 앉아 현민이는 목격자 진술서를, 나는 피해자 진술서를 썼다.

"혹시 신변보호요청서도 쓸 수 있을까요?"

현민이가 순경에게 물었다.

"신변보호요청서도 알아? 똘똘하네."

순경이 서랍을 뒤지더니 서류 한 장을 가져와서 내 앞에 내밀었다.

신변보호등요청서

요청인 신상과 요청 사유를 적는 칸을 채워 넣었다. 요청 사유 밑의 요청 사항에는 네 가지 항목이 있었다.

□ 특정 시설에서의 보호

□ 신변 경호

□ 주거지에 대한 주기적 순찰

□ 기타

마음 같아서는 네 항목에 모두 표시하고 싶었다. 하지만 무리였다. 특정 시설에서까지 보호해 달라고 하고 싶지는 않아서 '신변 경호'에 표시를 하려는 찰나, 현민이가 말했다.

"신변 경호는 내가 해 줄게."

잠시 귀를 의심했다. 신변 경호를 해 주겠다니…….

"네가? 어떻게?"

내가 물었지만, 현민이는 대꾸하지 않았다.

세 번째 항목에 표시하고 기타에 '주거지에 방범용 CCTV 설치'를 적었다. 달아 달라고 한들 달아줄 가능성은 희박하겠지만……. 신변보호요청서까지 낸 후로는 몽타주 담당자와 면담을 하며 몽타주 만드는 작업을 도왔다. 몽타주를 그리는 데에도 현민이가 한몫했다. 그 애는 내가 미처 떠올리지 못한 이목구비의 특징까지 짚어냈다. 그 애의 도움으로 그럴싸한 몽타주를 완성했다. 몽타주 담당자가 이렇게 감탄했을 정도였다.

"몽타주 경력 10년 만에 학생만큼 눈썰미 예리한 친군 처음 보네."

* * *

"마성의 통수녀 납시셨네."

점심시간, 내가 교실 뒷문을 열고 들어서자 영미가 이죽거렸다. 아이들의 눈이 현민이와 나에게로 쏠렸다. 이제는 저런 눈길들이 새삼스럽지도 않았다. 단 한 명, 우리를 돌아보지 않고 제자리에서 음악을 듣는 진희의 존재가 오히려 신경 쓰일 정도였다.

자리로 돌아가다 무심코 칠판을 보고 걸음을 우뚝 멈추었다.

온갖 낙서들이 칠판에 빼곡했다. 나로 보이는 여자애가 고깔모자를 쓰고 빗자루를 타고 허공을 날며 윙크를 날리자, 현민이로 보이는 남자애가 눈에서 하트를 뿅뿅 날리며 침까지 흘리는 그림이 칠판 한복판에 자리를 잡았다. 차마 입에 담지 못할 성적인 낙서까지도 눈에 띄었다. 그리로 걸어가 칠판지우개를 들고 칠판을 싹싹 지웠다.

자리로 돌아오다, 아직도 교실 뒤편에 붙박여 칠판을 바라보던 현민이와 눈이 마주쳤다. 내가 어리석었다. 나만 살겠다고 정말 중요한 사실을 깜빡했다. 나와 가까워질수록 쟤한테도 불똥이 튄다는 사실을…… 아까 황산이 튀었을 때 진작 알아봤어야 했다. 자리로 돌아와 앉으며 진희의 어깨를 두드렸다.

"어, 나린아."

그 애가 한쪽 에어팟을 빼며 나를 돌아보았다.

"아까 두 번째 소원이 뭐냐고 물었지?"

내가 속삭이자 진희가 고개를 끄덕였다.

"어, 뭔데?"

심호흡을 한 번 깊게 했다. 그러고는 그 애의 귓가에 또박또박 두 번째 소원을 속삭였다.

"벗어나고 싶어, 이 지옥에서……."

진희의 반응은 첫 번째 소원을 빌던 그날과 똑같았다.

"그래? 그거야?"

'애걔, 겨우 그거?'라고 말하는 듯한 얼굴. 그 뒤에 이어진 말까지도 판박이었다.

"딱 사흘 후면 그 소원, 이루어질 거야. 단, 이번에도 대가는 있어. 나도 책임 못 지는 대가. 그래도 해 볼래?"

그 대가가 무엇이든 이 지옥에서 벗어나기만 한다면 달게 받을 용의가 있었다. 무슨 일이 터지든 이보다 더 나쁠 수는 없을 테니 까짓것 부딪쳐 보기로 했다. 굳은 결심을 하고 고개를 끄덕였다.

"오케이, 그럼 계약한 거다?"

진희의 말에 가슴 한편이 서늘해졌다. 이제 또 돌아갈 수 없는 강을 건너려고 막 나루터에서 발을 뗀 기분이었다. 내 기분 따위는 제 알 바 아니라는 듯, 수업 시간을 알리는 벨이 울리자마자 진희는 시치미를 뗐다. 그 뒤로도 진희의 행동은 첫 번째 소원을 빌었던 그날과 같았다. 평소처럼 수업을 듣고, 쉬는 시간에는 음악을 듣거나 아이들과 어울렸지만 내게는 방과 후까지 이렇다 할 말 한마디 없었다. 하지만 그 애가 아무리 시치미를 떼도 내 두 번째 소원놀음이 시작되었다는 사실이 느껴졌다. 착각인지도 모르지만 적어도 느낌은 그랬다.

수업이 끝났다. 이제 진희가 내 주머니에 지니만 넣어 주면 두 번째 소원의 2단계는 마치는 셈이었다. 그런데 예기치 않은 변수가 생겼다.

진희와 막 교문을 나서는데 까만 차 한 대가 눈에 띄었다. 거울처럼 반들반들한 고급 중형차였다.

"타."

굵직한 목소리가 들려 돌아보니 현민이였다. 그 애와 눈앞의
승용차를 번갈아 보았다. 차 문 손잡이도 손잡이 모양의 거울
이라 손대면 지문이 3D로 묻어날 듯했다. 진희를 돌아보았다
가 현민이를 다시 보았다. 현민이가 고개를 가로저었다. 진희
는 빼고 나만 타라는 뜻이었다.

"난 괜찮으니까 타고 가, 나린아."

진희가 생글거리는 얼굴로 말했다.

"하이고, 저것들 드라마 찍고 앉았었네."

영미가 빈정거리며 지나갔다. 현민이는 그 애를 쳐다보지도
않았다. 영미만이 아니라 진희도 마찬가지였다. 내가 차에 오
르기 전까지는 핵폭탄이 떨어져도 꿈쩍하지 않을 태세였다.

"나 진희랑 할 말……."

머뭇거리던 내가 입을 열자 현민이가 단칼에 내 말허리를
잘랐다.

"내일 해."

현민이는 차 문을 열더니 떠밀다시피 나를 뒷좌석에 태우고
차에 올랐다. 옆자리에 앉은 현민이는 차 문을 닫자마자 운전
석에 대고 말했다.

"출발하세요."

차가 출발하기 직전, 진희가 차창에 대고 뭐라고 말했다. 입
모양으로 보아 '톡할게.'였다. 곧바로 차는 출발했고 진희는 순
식간에 저만치 멀어졌다. 차 꽁무니를 바라보던 그 애의 눈에
살기가 어린 듯했지만 내 착각인지도 몰랐다. 여하튼 지니를

받지 못했다는 사실이 못내 꺼림칙했다.

"뭐하는 거야?"

내가 묻자 현민이가 대답했다.

"말했잖아, 신변 경호는 내가 해 주겠다고."

그러고 보니 드라마 운운했던 영미의 말에도 뼈가 있는 듯했다. 영미의 말과 이 승용차의 위용으로 미루어보건대, 현민이의 배경이 의외로 탄탄하다는 결론이 나왔다. 내가 빤히 들여다보자 그 애는 내 눈길을 피하며 손을 내밀었다.

"줘 봐."

"뭘?"

"전화기."

"전화긴 왜?"

현민이는 대답도 없이 내게 내민 손을 거두지 않았다. 내가 전화기를 주지 않으면 평생토록 손을 내밀 기세였다. 교문 앞에서부터 계속 막무가내였다. 기분 나쁘지는 않았다. 그 애의 말 한마디, 행동 하나하나가 배려로만 느껴졌다. 묘한 일이었다.

결국 주머니에서 전화기를 꺼내어 현민이에게 건넸다. 현민이는 폰을 꺼 버렸다.

"뭐 하는 거야, 지금?"

현민이는 내 말에는 대꾸도 없이 운전석 쪽으로 손을 내밀었다. 차를 몰던 중년 남자가 난데없는 쇼핑백을 녀석에게 건넸다. 현민이가 그 쇼핑백을 받아 내게로 건넸다. 이동통신사 로고가 커다랗게 박힌 쇼핑백이었다.

"뭔데, 이게?"

"꺼내 봐."

엉겁결에 쇼핑백을 받아 내용물을 꺼내어 보니 요즘 TV 광고에 곧잘 나오는 최신형 스마트폰이었다.

"개통했고 전번은 바꿨어."

전화기와 현민이의 얼굴을 번갈아 가며 보았다.

"이걸 왜 나한테 줘?"

"생일선물이야."

내 생일은 앞으로 반년은 더 남았다.

"내 생일 12월이야."

"미리 준 거야."

현민이는 내 원래 폰과 배터리를 제 가방에 집어넣었다.

"이건 당분간 내가 보관할게."

진희와의 소원놀음을 들켜 버린 듯해 당황스러웠다. 얼굴이 화끈 달아올랐다. 창피한 기분에 언성을 바락 높였다.

"내 폰을 왜 네가 보관해? 연락처며 문자 같은 건 다 어떡하라고……. 새 폰은 또 뭐고. 바꾸더라도 내가 바꿔. 그니까 이 딴 거 필요 없어. 내 폰 내놔."

짐짓 앙칼지게 쏘아붙이며 쇼핑백을 현민이에게 돌려주었다. 녀석은 쇼핑백을 받지 않았다.

"안 내놓으면 내린다?"

아예 차 문 레버까지 붙들고 으름장을 놓았다. 내 협박에 못 이긴 현민이가 제 가방에서 내 폰과 웬 박스 하나를 꺼냈다. 금속 재질에 작은 문과 다이얼까지 달린 미니 금고였다. 박스 윗면에는 빨간 단추도 하나 보였다. 현민이는 그 박스의 문을 열더니 내 폰을 그 속에 넣고 문을 닫았다. 다이얼을 아무렇게나 돌린 그 애가 금고를 내게 내밀었다.

"비번은 나도 몰라."

이로써 반년이나 일찍 생일선물을 두 개나 받게 된 셈이었다. 내 폰을 삼킨 미니 금고와 새 스마트폰. 금고에 넣긴 했어도 현민이가 폰을 돌려주었고, 새 폰까지 선물했으니 딱히 할 말은 없었다. 안 그래도 조만간 전화번호를 바꿀 생각이었으니 차라리 잘 되었는지도 몰랐다. 하지만 마냥 좋아하자니 자존심이 상했다. 집에 가면 망치로라도 금고를 부수어 전화기를 꺼내고 말겠어.

"특수 합금으로 된 금고야."

내 속마음을 읽기라도 한 듯 현민이가 말했다.

"진짜 왜 이래? 제대로 된 이유 못 댈 거면 당장 관둬. 나 있지, 너 아니어도 힘들어 죽기 일보 직전이야."

이번에는 곧바로 대답이 날아왔다.

"지켜주고 싶어."

그 말이 화살처럼 핑 날아와 내 가슴 한복판에 콱 박혔다. 갑자기 말문이 막혔다. 방심하다 한 방 맞은 기분이었다. 차마 얼굴을 마주볼 수 없어 눈길을 창밖으로 돌렸다.

"그것도 너였어?"

"뭐?"

"우리 집 문 두들기며 내 이름 불렀단 사람."

내 말에 현민이는 대답하지 않았다. 긍정의 침묵이었다. 마스크맨은 그 소리에 놀라 집안 테러를 포기하고 달아났다고 했다. 그런데 내가 집에 왔을 때 왜 현민이는 자리에 없었을까. 마스크맨을 뒤쫓아가기라도 했나. 그럴 수도 있었겠다. 그럼 내 방에 래커를 뿌린 범인은 대체 누구였을까.

"내일 아침 7시 반에 데리러 올게."

차가 우리 집 앞에 멈춰 서자 현민이가 말했다. 애써 부정하고 싶었지만, 솔직히 든든하긴 했다. 입이 잘 떨어지지 않지만, 인사는 해야 했다.

"고마웠어, 오늘."

현민이는 내 인사에 묵묵부답이었다. 하지만 내가 대문으로 들어서고 2층에 올라설 때까지도 승용차는 그 자리에 붙박인 채 움직이지 않았다.

집으로 들어서자 쇼핑백 속의 스마트폰이 울렸다. 확인해 보니 현민이가 보낸 문자메시지였다.

— 진희랑 연락하지 마 절대

그제야 현민이가 내 폰을 금고에 집어넣고 새 폰을 건넨 이유도 짐작이 갔다. 진희의 연락을 원천봉쇄할 작정이었다. 진희가 새 폰 번호를 알아내거나 내가 먼저 진희에게 연락하지 않는 한, 진희와 나의 연락망은 끊긴 셈이었다.

녀석이 진희와의 일을 알아차렸을까. 확실치 않았다. 하지만 이 모든 사건 저편에 진희가 있다는 사실은 분명 녀석도 눈치

챘다. 애초에 진희와 친하게 지내지 말라고 경고했던 장본인
도 녀석이었으니까.

　— 어 그렇게

　답장을 보내고 집안으로 들어섰다. 내 방에서 뭐가 땡그랑
떨어지는 소리가 났다. 또 뭐지? 동작을 멈추고 귀를 쫑긋 세
웠다. 그 뒤로는 아무 소리도 이어지지 않았다. 벽시계 초침 소
리와 냉장고 소음이 유독 크게 들렸다. 혹시나 하는 마음에 살
금살금 방 쪽으로 다가가 방 안에서 나는 소리에 귀를 기울였
다. 아무런 기척도 없었다.

　"누구야!"

　목청을 높여 외쳤다. 대꾸가 없었다.

　"안나은?"

　묵묵부답. 방망이질 치기 시작한 가슴을 억누르며 방문 손잡
이를 홱 열어젖혔다.

　아무도 없었다.

　대신 래커 특유의 휘발성 냄새가 코를 쿡 찔렀다. 침대 밑에
서 래커 통 하나가 도르르 굴러 나와 내 발끝을 툭 건드렸다.
조금 전, 누군가 이 래커를 뿌렸다. 통이 굴러 나온 곳은 침대
밑이었다. 그렇다면 지금 침입자는 침대 밑에 숨어 있을 가능
성이 컸다. 이상했다. 현관문 앞에서 보안장치를 확인했을 때
이상 징후는 없었다. 보안장치에 걸리지 않고 집 안에 숨어들
정도라면 보통이 아닌 인간이었다. 이럴 줄 알았으면 호신용
전기충격기라도 하나 사둘걸. 아쉬운 대로 현민이가 준 미니

금고를 꽉 움켜쥐며 이를 꽉 깨물었다. 이번에는 정말이지 죽기 살기로 붙어볼 작정이었다. 무섭기보다는 화가 났다. 머리 끝까지 치민 울화를 품고 침대로 성큼성큼 다가갔다.

"나와!"

소리를 빽 지르며 침대 밑을 가렸던 침대보를 확 젖혔다.

아무것도 없었다.

묵은 먼지 쌓인 어둠이 나를 반겼을 뿐이었다. 저 래커는 뭐지? 그러고 보니 어제와 달리 마구잡이 래커 칠도 보이지 않았다. 그때 뭐가 내 어깨 위로 툭 떨어졌다. 액체 한 방울이었다. 손을 대 보니 빨간 페인트가 묻어났다. 고개를 들고 천장을 올려다보았다. 천장을 비스듬히 가로지른 익숙한 글귀가 눈에 들어왔다.

통수년 죽어라!

새빨간 래커로 휘갈긴 그 커다란 여섯 글자가 천장에 빼곡했다. 래커와 낙서는 있는데 낙서를 남긴 장본인은 흔적도 없었다. 어제처럼 발자국이 남아 있지도 않았다.

방을 뛰쳐나가 거실과 욕실, 나은이의 방까지 샅샅이 뒤졌다. 하지만 어디에도 침입자의 흔적은 없었다. 내가 집에 들어오기 전에 낙서하고 도망갔나? 그래도 영 꺼림칙했다.

다시 방으로 돌아와 천장을 올려다보았다. 바닥에서 천장까지의 높이는 최소한 2.5미터. 사다리나 받침대 없이 천장에 저런 낙서를 남기기는 어려웠다.

주방에서 비닐장갑을 찾아 끼고 돌아왔다. 래커 통을 집어 들어 까치발까지 들고 천장에 뿌려 보았다. 페인트 입자가 넓게 퍼졌다. 한 획 한 획이 뚜렷한 '통수년 죽어라!'와는 획의 너비나 밀도부터가 확연히 달랐다.

의자 위로 올라가 천장과 한 뼘 정도 떨어진 높이에서 래커를 뿌려 보았다. 그제야 낙서와 비슷한 획이 그려졌다. 의자에 올라가서 뿌렸나? 그래도 의문은 남았다. 낙서는 천장 전체를 뒤덮을 정도로 글자 한 자 한 자가 큼직큼직했다. 획의 폭이나 자모음 크기도 일정하고 획 중간중간에 끊긴 흔적도 없는 품으로 보아 일정한 높이에서 일필휘지로 뿌린 모양새였다. 의자로 일일이 옮겨 다니며 저런 낙서를 남기려면 어지간한 시간과 노력으로는 어림도 없었다. 대체 왜 그런 수고를 감수하며 저런 낙서를 남기고 갔을까.

바로 그때였다.

장식장 위에서 익숙한 멜로디가 들려왔다. 오르골이 연주하는 「종소리」였다. 하마터면 중심을 잃고 의자에서 떨어질 뻔했다. 돌아보지 않아도 뻔했다. 멜로디의 근원지는 마녀 인형이 놓인 장식장이었다. 하필 지금 저기서 멜로디가 흘러나올 이유가 없었기에 감미롭고 잔잔한 오르골 멜로디가 그 어느 때보다도 무섭고 끔찍하게 들렸다.

내가 아무리 외면한다 해도 어차피 일어날 일은 어김없이 일어나기 마련이었다. 매번 그랬듯 몸은 의지와 상관없이 움직였다. 장식장 쪽을 돌아본 순간, 그 위에 올라앉은 마녀 인형과 눈이 마주쳤다. 태엽 감아 준 사람이 없는데도 인형은 목운동하듯 머리를 빙글빙글 돌리며 나를 마주 보았다. 까맣게 잊었던 기억이 되살아났다.

"엄마아!"

소스라치며 중심을 잃고 방바닥에 꽈당 나동그라졌다. 아픈 줄도 몰랐다. 행여 기억이 잘못되었는지 몰라 몇 번이나 뒤집었다가 다시 짜 맞추었다. 그래도 결과는 같았다. 머리카락이 잔디 인형의 머리처럼 쭈뼛 곤두섰다.

나는 분명 저 인형을 벽 쪽으로 돌려 앉혀 놓았다. 오혜정이 죽던 새벽이었다. 그날 나는 온몸이 불타는 악몽을 꾸었고 오혜정은 실제로 불에 타 죽었다. 두 사건이 일어난 시각은 거의 일치했다.

뉴스 기사에서는 오혜정이 새벽 3시 경에 죽었다고 했다. 내가 불에 타는 악몽을 꾸고 깨어나 벽시계를 본 시각도 새벽 3시를 갓 넘긴 시각이었다. 꿈과 현실이라는 점이 다를 뿐 불이라는 연결고리가 있었다.

우연의 일치일까. 아니면 그렇게 보이는 필연일까.

이 와중에도 마녀 인형은 「종소리」를 콧노래처럼 흥얼거렸다. 자리에서 벌떡 일어나 장식장으로 다가갔다. 손만 뻗으면 닿도록 인형과 가까워진 순간 멜로디가 뚝 끊겼다. 인형이 동작을 멈추고 나를 빤히 바라보는 듯했다. 저 검정콩 같은 눈알도 어쩐지 망막과 홍채와 시신경으로 이루어진 진짜 눈처럼 보였다. 음흉한 꿍꿍이를 감추고 내 일거수일투족을 지켜보는 진짜 눈.

곰곰이 기억을 더듬었다. 그날 이후로 무수한 일들이 펑펑 터져서 이 인형을 건드릴 여유 따위는 없었다. 면벽 수행하던 인형이 스스로 돌아앉았을 리도 없었다. 나은이가 방을 청소하다 인형에 손댔을 가능성이 가장 컸다. 어쩌면 호기심에 태엽을 감아 놓았는데 뭐가 걸려서 태엽이 감긴 채 고정되었다가 좀 전에야 태엽이 풀리며 오르골 멜로디가 흘러나왔는지도 몰랐다. 이유야 어찌 됐든 저 혼자 오르골 멜로디를 내는 마녀 인형을 보는 기분이 유쾌하지만은 않았다.

"넌 그냥 인형이야."

마녀 인형을 노려보며 중얼거렸다. 마음속에서는 자꾸만 터무니없는 망상이 고개를 들었다. 과연 그럴까? 한동안 그 자리에서 붙박여 인형과 눈싸움을 계속했다. 그러다 이 무슨 바보 짓인가 싶어 다시 의자 쪽으로 돌아섰다. 괜한 우연에 시간 낭비할 때가 아니었다. 바로 그때였다.

종소리가 은은하게 들려온다
희망의 앞날을 알려주려
딩동댕동 딩동댕…….

나와 마주 보던 조금 전만 해도 멈췄던 오르골 멜로디가 보란 듯이 이어졌다. 소름이 목덜미와 등허리와 팔뚝을 타고 돌았다. 홱 되돌아섰다.

오르골 멜로디와 인형의 목운동이 멈췄다. '무궁화 꽃이 피었습니다'를 외치는 술래 뒤로 살금살금 다가오다 돌아보면 그대로 멈추는 아이처럼.

둘 중 하나였다. 저 망할 인형이 살아 있거나, 인형에 동작 감지 센서가 들어 있거나. 이도 저도 아니면 내 정신이 나갔거나. 그나마 가능성이 있는 쪽은 동작 감지 센서 내장이었다. 동작을 감지해 열리는 자동문처럼 저 인형도 그 비슷한 원리로 작동하는지도 몰랐다. 동준이는 인형에 그런 기능이 있다고 말하지 않았다. 여태껏 인형이 이런 식으로 동작한 적도 없었다. 마음이 서서히 맨 후자 쪽으로 기울었다. 그래, 안나린, 점점 미쳐 가는구나.

"야, 너 뭐야."

나 자신에게 묻듯 인형에게 물었다. 대답이 나올 리 없었다.

"너 지금 나 갖고 놀아? 내가 그렇게 만만해 보여? 어?"

개나 고양이도 아닌 인형에 대고 언성을 높이자니 정말이지 미쳐 간다는 실감이 절로 났다.

"한 번만 더 띵동거려 봐. 그땐 확 쓰레기봉투에 넣어서 내다 버릴 줄 알아."

내 말을 알아듣기라도 한 듯 인형은 입을 다물었다. 인형 따위와 씨름하고 있을 때가 아니었다. 천장의 낙서부터 해결해야 했다. 경찰에 또 신고하려다 일단 접어두기로 했다. 사건이 터질 때마다 신고해도 아무런 도움이 되지 않았다.

현민이가 생각났다. 연락을 한번 해 볼까. 천장 사진이라도 찍어 보내면 만사 제쳐두고 달려오지 않을까. 바로 달려오지는 못해도 어떻게 해야 할지라도 일러주지 않을까. 힘들 때 생각나는 사람이 정말 소중한 사람이라던데…… 그렇다면 지금 나한테 정말 소중한 사람이……? 뭐야, 그렇게 당하고도…….

주위에 사람이 없어 다행이었다. 막상 현민이의 얼굴을 떠올리니 가슴이 두근두근 방망이질 쳤다. 전화기를 집어 들었지만 안 그래도 온종일 나 때문에 생고생한 녀석에게 또 연락하기가 미안해서 일단 천장의 낙서나 찍어 두기로 했다. 사진을 찍고 래커 통을 집어 들었다. 통은 가벼웠다. 내용물을 거의 다 뿌렸다는 증거였다. 이 물건은 방금 내 침대 밑에서 굴러왔다. 그렇다면 이것이 어제 래커 테러의 도구였는지도 몰랐다. 어제는 당황해서 침대 밑을 살펴보지도 못했다. 이 통을 하루 동안 남몰래 침대 밑에 놓아두었다가 오늘도 썼나?

래커 통을 형광등 불빛에 이리저리 비춰보았다. 눈에 띄는 손 자국은 없었다. 이번에도 장갑을 끼고 일을 저지른 모양이었다. 유독 내 방 천장에만 래커를 뿌리는 품으로 보아 동일범의 짓일 가능성이 컸다. 동일범이 같은 물건으로 어제오늘 테러를 저지르고 증발했다고?

보안장치부터 살펴봐야겠다 싶었다. 온 집안을 뒤져도 안 나오는 침입자가 저런 낙서를 하고 달아났다면 보안장치에 문제가 있을 가능성도 있었다. 하지만 가능성은 가능성으로 끝났다.

"감지기에는 전혀 이상 없는데?"

집으로 찾아온 보안업체 기사는 꼼꼼히 점검하고는 고개를 갸우뚱했다. 그의 말로는 오늘 하루 동안 우리 집에서는 그 어떤 이상 신고도 들어오지 않았다고 했다.

"그럼 혹시 감지기를 무력화시키고 침입했을 가능성은 없을까요?"

내가 묻자 기사가 고개를 가로저었다.

"감지기가 하나라면 그럴 수도 있는데 어제 내가 이 집에 셔터 감지기부터 해서 자석 감지기, 오디오 감지기까지 2중, 3중으로 감지기를 설치해 놨거든. 전문가가 아니면, 저걸 뚫고 들어왔다가 빠져나갈 수가 없어."

그 말도 일리가 있었다. 현관문의 우유 주머니에 고양이 시신을 담아두고 달아난 마스크맨도 집 안에까지 들어오지는 못했다. 기사가 돌아가고 방으로 들어왔다. 보안장치가 제대로 작동했다면 오늘 우리 집에 침입한 사람은 아무도 없는 셈이었다. 그럼 저 낙서의 범인은 어디로 들어왔다가 어디로 사라졌을까. 알 수가 없었다. 래커 테러의 범인이 보안장치를 통과하는 실력자이거나, 벽을 통과하는 초능력자가 아니라면 결론은 하나였다.

지금도 놈이 집안 어디에 숨어 있다!

어제부터 지금까지 쭉······.

집 안을 또 한 번 뒤집었다. 장롱 속이며 여행 가방, 세탁기며 김치냉장고에 이르기까지 사람이 들어가 숨을 가능성이 있는 공간이란 공간은 모조리 뒤졌다. 결과는 마찬가지였다. 사람 코빼기도 보이지 않았다. 그제야 눈길이 서랍장 위로 갔다. 마녀 인형.

누가 현관문을 두들겼다. 나은이는 아니었다. 도어록의 비밀 번호를 아는 나은이는 저렇게 문을 두들길 일이 없었다.

"누구세요?"

문으로 다가가 물었다. 때가 때이니 섣불리 문을 열어 주었 다가 무슨 봉변을 당할지 몰라 경계했다. 문 너머에서는 대답 이 없었다.

"누구신데요?"

목청을 돋워 묻자 나지막한 여자의 목소리가 들렸다.

"나린이니?"

귀에 익은 목소리였다. 지난주 교실로 나를 찾아와 내 뺨에 선명한 흔적을 남기고 갔던 장본인.

"나, 혜정이 엄마야."

내 예상이 맞았다. 오혜정의 엄마가 왜 우리 집에까지 찾아 왔을까. 모르기는 해도 반가운 소식을 전하러 오지는 않을 터 였다.

"제가 아는 건 그날 다 말씀드렸는데요."

"오늘은 다른 일 때문에 찾아왔어. 잠깐만 문 좀 열어 줄 수 있을까?"

다른 일 때문에? 경계심은 가시지 않았다. 섣불리 문을 열었 다가 또 무슨 봉변을 당할지 몰랐다. 문밖에 괴한 서넛이 잠복 하고 있다가 나를 덮쳐서 인근 야산으로 끌고 가는 광경이 생생하게 그려졌다.

"저희 집은 어떻게 알고 찾아오셨어요?"

"혜정이 학급주소록에 나와 있었어. 저, 이 문 좀 열어 주면 안 될까?"

지난주와 달리 말투가 살가워서 더 의심스러웠다.

"담에 오시면 안 될까요?"

"잠깐만 문 좀 열어 봐. 응? 아줌마가 급해서 그래."

그러고 보니 차분하고 사무적이기까지 했던 지난주와 달리 오늘 아줌마의 목소리는 톤이 높고 속도도 빨랐다. 누구에게 쫓기는 중이라 해도 믿길 정도였다.

"죄송한데, 하실 말씀 있으시면 거기서 하세요."

"한 번만 좀 열어 주면 안 될까? 부탁할게."

울음기마저 섞인 애원 조였다. 그토록 당당하고 차분했던 말투는 온데간데없었다.

그때였다. 제3의 발소리가 복도를 따라 저벅저벅 현관문 쪽으로 다가왔다.

"어, 누구세요?"

나은이의 목소리였다.

"아, 너, 여기 사니?"

"누구신데요?"

"아, 너 나린이 동생이구나? 나는 네 언니랑 한 반인 혜정이 엄마야."

안나은! 하필 이럴 때……. 발만 동동 구를 때가 아니었다.

오혜정의 엄마가 나은이에게 무슨 해코지라도 할세라 반사적으로 잠금장치를 풀고 현관문을 벌컥 열어젖혔다.

"안나은, 얼른 들어……."

'와.'라고 끝맺으려다 말문이 턱 막혔다. 현관문 앞에 서 있는 여자는 지난주에 봤던 오혜정의 엄마가 맞았다. 그런데 행색이 지난주와 완전히 달랐다. 헝클어진 머리와 충혈된 눈, 붕 뜬 화장과 푸석한 얼굴, 짓무른 입술과 겁먹은 표정에 이르기까지 지난주의 세련된 인상과는 하늘과 땅 차이였다. 도대체 일주일 동안 무슨 일이 있었던 걸까.

"나린아, 아줌마가 어디 하소연할 데도 없어서 여기까지 왔어."

아줌마가 내 손을 덥석 잡으며 말했다. 차갑게 나를 몰아붙이다 뺨을 올려붙이던 기세도 온데간데없었다. 다음에 나온 말은 여태껏 들어온 말 중 가장 황당하고 어처구니없는 말이었다.

"우리 혜정이가 여기 있대. 안 믿어질 거 아줌마도 알아. 근데 지난 일주일 동안 하루도 안 빼놓고 이 집이 꿈에 나왔어."

들으면 들을수록 더 믿기지 않았다. 당장에라도 나를 끌어안을 듯 다가드는 기세가 부담스러워 주춤주춤 물러섰다.

"잠들기만 하면 혜정이 목소리가 들려, '엄마, 나 여깄어. 엄마, 나 좀 살려 줘.' 정신 들어 보면 내가 이 집에 와 있는 꿈이야. 나 오늘 이 동네 처음 와 보는데 이 집 딱 보고 알아봤어. 꿈에서 나왔던 그 집이란 거……."

딸을 잃은 충격이 뒤늦게 찾아왔는지도 몰랐다.

"혜정인……."

"나도 알아, 혜정이 죽고 없단 거. 그치만 하루도 안 빼놓고 혜정이가 꿈에 나타나 똑같은 소릴 하는 거 보면 분명 뭔가 있는 거 아닐까?"

고개를 쭉 빼고 안을 들여다보는 혜정 엄마의 눈빛이 귀기에 가까운 광기로 희번덕거렸다.

"죄송한데요, 저희도 요새 엄청 힘들거든요? 그러니까 이만 가 주실래요."

뒤에서 나은이가 손목을 잡아끌자 아줌마는 막무가내로 그 애의 손을 뿌리치며 외쳤다.

"한 번만, 한 번만 들여다보고 갈게. 더는 부탁 안 할 테니까 딱 한 번만……."

끝내 집 안에 발을 들인 아줌마는 잃어버린 물건을 찾으러 온 주인처럼 여기저기를 샅샅이 헤집었다.

"언닌 가만있어. 내가 상대할 테니까."

허리에 손을 얹고 바라보던 나은이가 그 뒤를 따라다녔다. 그 애는 요 며칠 동안 무슨 일이 있었는지 미주알고주알 늘어놓았다.

"그러니까 이제 그만 가세요. 경찰에 신고하기 전에……."

거실과 안방과 욕실에 이어 내 방에까지 들어가려는 오혜정네 엄마를 나은이가 붙들었다. 하지만 아줌마는 방문을 열고 기어이 내 방에 발을 들였다. 다음 순간, 아줌마는 비명을 지르며 그 자리에 풀썩 주저앉았다. 아줌마가 천장을 올려다보며 입술을 달싹였다. 천장을 수놓은 래커 낙서가 흔히 보이는 인테리어는 아니었다. 저 정도로 큰 충격을 받고 혼비백산할 정도도 아니었다. 하지만 한참 만에 아줌마가 더듬더듬 꺼낸 말에는 나도, 나은이도 아연실색할 수밖에 없었다.

"혜, 혜정이 글씨야, 우리 혜정이⋯⋯."

6. 사투

"도대체 무슨 소리 하시는 거예요?"

나은이가 오혜정 엄마의 팔을 잡아당기며 물었다.

"내 배로 낳은 자식 글씨를 내가 못 알아보겠어? 저건 분명 혜정이 글씨야!"

그제야 기억났다. 낙서의 필치가 마냥 낯설지만은 않았던 이유.『마녀의 문화사』에 휘갈긴 혈서. 그 글씨체가 바로 저 낙서와 비슷했다. 다리에서 힘이 쭉 빠져나갔다. 방바닥에 고꾸라질 뻔했지만, 문틀을 붙들고 버텼다. 그럴 리 없었다. 이미 세상에 없는 오혜정이 내 방에 나타나 저런 낙서까지 남기고 사라졌을 리 없었다. 꿈에서 오혜정의 목소리가 들린다는 아줌마의 말을 곱씹어보았다. 딸을 잃은 충격과 슬픔이 만들어낸 악몽과 환청일까. 작년에 나와 상담했던 의사는 그런 증상을 PTSD라고 했다. 오혜정이 우리 집에 있다는 말이야 딸의 죽음을 내 탓으로 돌리는 마음이 반영되었을 테고……. 그런 심리를 뭐라 한다더라? 투사였던가. 글씨체야 래커로 쓰는데 특유의 글씨체가 나오기도 어렵고 저렇게 휘갈겨 쓴 글씨야 거기서 거기일 터였다. 그때 희미한 목소리가 들려왔다.

— 엄마…….

귀를 의심했다. 오혜정의 목소리였다. 잠결에 들리는 환청처럼 희미했지만 알아듣기에는 충분했다. 하지만 나 말고는 누구도 그 소리를 듣지 못한 눈치였다. 아줌마는 물론, 아줌마의 팔을 잡아당기며 씨름하는 나은이도 마찬가지였다.

— 엄마!

이번에는 좀 더 컸다. 틀림없는 오혜정의 목소리였다. 온몸의 신경이 그 목소리에게로 쏠렸다. 그런데도 나은이와 아줌마는 옥신각신할 뿐이었다.

"아줌마, 여기서 이러지 마시고요, 가세요. 얼른요."

"이거 놔, 혜정이가 어딨는지 난 알아야겠어!"

"뭔 소리야. 안 그래도 우리 언니 힘든데 왜 더 힘들게 해요, 진짜! 경찰 부를 거예요!"

"마음대로 해. 혜정이가 어딨는지 알아낼 때까지 여기서 한 발짝도 못 움직이니까."

장식장 위에 놓인 어항이 주르륵 미끄러졌다. 작은 행운목이 가운데에 자리 잡은 구형의 미니 어항이었다. 어항은 내가 붙잡을 새도 없이 방바닥으로 곤두박질했다.

퍽!

바닥에 떨어진 어항이 박살 나며 파편이 사방으로 튀었다. 나은이가 비명을 질렀고 아줌마가 얼빠진 얼굴로 박살 난 어항을 돌아보았다. 장식장 위의 마녀 인형이 기다렸다는 듯 「종소리」를 오르골로 연주하기 시작했다.

"혜정아……."

오혜정의 엄마가 반색하며 장식장으로 다가갔다. 인형을 바라보는 아줌마의 눈에 섬뜩한 기운이 어렸다. 발을 디딜 때마다 어항 파편이 으득으득 밟히는데 아픈 줄도 모르는 듯했다.

"혜정아, 엄마야."

"아줌마, 왜 이래요, 진짜. 언니, 안 되겠어. 이 아줌마 좀 말려, 경찰 부르게."

나은이가 전화로 경찰을 부르는 동안 아줌마를 뜯어말렸다. 아줌마가 손가락을 갈퀴처럼 오그리고 인형을 움켜쥐려 드는 완력은 내가 감당하기 버겁도록 거셌다. 아줌마는 나를 밀어내고 마녀 인형을 와락 끌어안았다.

"혜정아, 무서웠지? 이제 엄마가 지켜줄게."

잠시 후, 어제 출동했던 경찰이 우리 집으로 들어와 뜯어말릴 때까지도 아줌마는 막무가내로 인형을 붙들고 놓지 않았다.

"에헤이, 왜 남의 집 물건 갖고 이래요?"

경찰이 아줌마에게 가까스로 인형을 빼앗아 내게 내밀며 물었다.

"이거 학생 거 맞아요?"

대답도 못 하고 겨우 고개만 끄덕였다.

"저 아줌만 왜 저래? 인형에 금붙이라도 들었나?"

아줌마는 경찰이 진땀 뺄 정도로 양팔을 허우적대며 인형을 되찾으려 용을 썼다.

"별별 일이 다 있고만, 진짜."

두 경찰이 힘을 합쳐 아줌마를 끌고 나가다시피 하며 중얼거렸다. 내 방 천장에 새로 생긴 래커 낙서는 보지도 못한 눈치였다. 아니면 어제 그 낙서인 줄 알았든가. 경찰 둘 사이에서도 오혜정의 엄마는 돌아보는 눈길을 떼지 않았다.

"혜정이가 여깄어. 난 알아. 여기 있단 말이야."

아줌마는 바들바들 떨며 그런 말을 쥐어 짜냈다. 헝클어진 머릿결 사이로 부릅뜬 눈에서 눈물이 뚝뚝 떨어졌다. 교실로 찾아왔던 때와는 딴판이어서 더 충격이었다. 지구가 날달걀처럼 두 쪽이 나도 치마의 구김이나 서류의 오타에 더 신경 쓸 듯했던 아줌마를 무엇이 저렇게 망가뜨렸을까. 딸을 잃은 슬픔? 밤마다 찾아오는 환청?

아줌마가 헤집고 간 집안은 토네이도가 휩쓸고 지나간 듯했다. 정신은 아예 블랙홀에 풍덩 빠졌다 나온 듯했다.

"언니, 어제 벽지 쓰고 남았나?"

나은이의 말에 정신이 들었다. 그 애가 천장을 올려다보며 한숨지었다.

다시 보니, 천장의 래커 낙서는 현관문의 낙서와 달리 '통수녀 죽어라!'가 아닌 '통수년 죽어라!'였다. 받침 하나 차이이긴 했지만 '녀'와 '년'의 차이는 컸다. 내 SNS에 오혜정이 남긴 역세로드립은 '통수녀 죽어라'가 아닌 '통수년 죽어라'였으니까.

이 방에 오혜정의 귀신이라도 붙은 걸까. 손에 든 마녀 인형을 내려다보았다. 혹시 범인이……. 처키가 나오는 영화에서처럼 이 마녀 인형이 천장에 래커 낙서를 하는 광경을 상상해 보았다. 터무니없는 망상이었다.

그럼 아까 내가 들었던 오혜정의 목소리는 뭘까. 한 번도 아니고 두 번이나. 이 집에 있던 세 사람 중에 나만 그 목소리를 들었다. 몸과 마음이 약해진 탓일까. 아니면…….

장식장을 바라보았다. 어항이 있던 데는 인형을 두었던 뒤편에서 불과 한 뼘 앞쪽이었다. 장식장 상판의 끄트머리와는 반 뼘쯤 여유가 있었다. 어항이 있던 부근을 손으로 쓸어 보았다. 물기도 없고 미끄럽지도 않아서 어항이 저 혼자 미끄러질 일은 없었다. 그때 누가 장식장을 건드리기라도 했나? 오혜정의 엄마는 천장을 바라보며 넋이 나갔고 나은이는 아줌마를 끌어내리려고 낑낑대느라 정신이 없었다. 둘 다 장식장에서는 꽤 떨어진 데에 있었다. 나는 문턱에 서 있었고 장식장은 건드리지도 않았다. 어항이 떨어질 만큼의 진동도 없었다.

마녀 인형을 다시금 내려다보았다. 오혜정의 엄마가 손에 쥐던 순간부터 인형은 오르골 멜로디를 멈추었다. 그 후로는 여태껏 잠잠했다. 한숨을 불어내며 인형을 장식장 속에 처박고 문을 닫아 두었다. 인형 처리는 차차 고민하기로 했다.

깨진 어항을 치우고 늦은 저녁을 먹었다. 천장의 낙서도 지우려 했지만 남은 힘이 없어 뒤로 미루었다. 방으로 돌아와 현민이가 준 전화기를 만지작거렸다. 현민이에게 오늘 일을 털어놓을까 말까 망설였다. 한참을 생각하다 짧은 톡을 보냈다.

— 밥 먹었어?

바보 같은 질문이었다. 밤 9시를 진작 넘긴 시각이었다. 답장은 금세 날아왔다.

— 어, 별일 없어?

— 오혜정네 엄마 왔다 갔어

— 왜?

— 혜정이가 맨날 꿈에 나와서 우리 집에 있다고 살려 달라고 그런대

한동안 현민이는 말이 없었다. 한참 만에야 답장이 왔다.

— 혹시 동준이가 선물 준 적 있어?

장식장을 돌아보았다. 장식장 유리 너머로 아까 넣어둔 마녀 인형이 보였다.

— 어 인형

— 그거 지금도 집에 있어?

— 어 왜?

한동안 또 답장이 없었다. 무슨 생각을 골똘히 하는지, 아니면 다른 일을 하는지 몰랐다.

— 요 며칠 동안 집에 이상한 일 없었어?

그 문자를 받고 허리를 곧추세웠다.

— 있었어

답장을 적고 천장의 낙서를 폰카로 찍어 문자메시지에 첨부

해 보냈다. 곧바로 전화벨이 울렸다. 현민이였다.

"어, 나야."

내가 입을 떼기가 무섭게 현민이가 전화기 너머에서 외쳤다.

— 그 인형, 당장 내다 버려.

다급한 목소리였다.

"왜?"

— 이유는 묻지 말고 일단 버려. 되도록 멀리!

상황이 상황인지라 그냥 두자니 꺼림칙하긴 했다. 저 인형을 선물 받은 뒤로 안 좋은 일만 쉴 새 없이 터졌으니까. 그렇다고는 해도 현민이의 반응은 의외였다. 마녀 인형이 무슨 시한폭탄이라도 되는 듯했다. 안 그래도 찝찝하던 참에 현민이까지 난리를 치니 저 인형을 굳이 놔둘 이유가 없어 보였다.

"알았어, 일단 끊어."

장식장에서 인형을 꺼내 들고 주방으로 나갔다. 싱크대 서랍 속에서 10리터들이 쓰레기봉투를 하나 끄집어냈다. 인형을 봉투에 집어넣으려다 잠시 망설였다. 나중 일이야 어찌 됐든 내게는 의미 있는 선물이었다. 첫사랑이 준 선물. 그래서 뭐 어쩌라고. 지금 그 첫사랑이 어디에 있는데? 마음속에서 튀어나온 날 선 질문에 선뜻 대답이 나오지 않았다. 대답 대신 인형을 쓰레기봉투에 넣었다. 동준이에게 남은 두더지 눈알만큼의 옛정일랑 이 인형과 더불어 쓰레기봉투에 담아 버리기로 하고 봉투 입구를 질끈 동여맸다.

"나은아, 이거 버리러 같이 갈래?"

막상 혼자 밖으로 나가자니 엄두가 나지 않아서 나은이에게 부탁했다.

"내가 언니가 아니라 동생을 키우지. 언니는 나 없었음 어쩔 뻔했냐."

그 애는 그렇게 투덜거리면서도 집 밖까지 나와 함께했다. 이럴 때 동생이라도 있어서 얼마나 든든한지 몰랐다.

아까 어항 파편을 담아 대문 앞에 내놓은 쓰레기봉투 옆에 버리려다가 현민이의 신신당부가 떠올라 골목 모퉁이까지 걸어갔다. 골목길을 이리저리 살폈지만 수상쩍은 낌새는 없었다.

"얼른 들어가자."

모퉁이에 쌓인 쓰레기봉투들 옆에 인형이 담긴 봉투를 버리고는 나은이의 팔짱을 끼고 집까지 종종걸음쳤다. 행여 누가 목덜미라도 낚아챌까 불안했다.

두 번째 소원 따위는 그냥 덮어두기로 했다.

진희에게 두 번째 지니를 받지도 못했을뿐더러 연락도 끊긴 상황에 소원 의식 치를 방법이 없었기 때문이었다. 진희와 나를 떼어놓으려는 현민이의 마음을 헤아려서라도 진희를 멀리해야만 했다. 진희는 분명 의식을 치르지 않으면 그 전에 구두 계약을 파기해도 된다고 했다. 계약금을 잃는 수준의 패널티가 있다고는 했지만 달게 받아들이기로 했다.

불을 끄고 침대에 누웠다. 침대에 누워서도 현민이의 얼굴이 눈에 삼삼했다.

스카이라운지나 놀이공원이 데이트 장소로 좋다는 뉴스를

본 기억이 났다. 불안감에 가슴이 뛰면 엉뚱하게도 함께 있는 이성에게 호감을 품게 된다는 이유였다. 뇌가 가슴 뛰는 원인을 장소가 아닌 이성으로 착각한다나 뭐라나.

오늘 이런저런 사건을 겪는 동안 현민이가 나와 함께 있었다. 그 애에게 생기는 호감도 그런 유의 호감일 가능성이 컸다. 그렇게 넘기려 해도 갤 생각하기만 하면 두근대는 가슴을 어찌할 길이 없었다.

— 버렸어 인형

별로 할 말도 없으면서 톡으로 보고했다. 곧바로 답장이 왔다.

— 그래 잘했어 잘 자

— 어 너두

하마터면 그 뒤에 하트 이모티콘을 넣을 뻔했다. 발그레 달아오른 얼굴을 누가 볼 리도 없는데 홑이불을 와락 뒤집어썼다. 침대에서 뒤척이며 이런저런 생각을 하다 깜박 잠들었다.

* * *

누가 이불을 끌어 내리는 촉감에 잠에서 깼다.

침대 밑으로 내려간 이불이 무게를 못 견디고 미끄러지는구나 싶어 잠결에 다시 이불을 끌어당겼다. 그런데 이불이 스르륵 미끄러져 내려갔다. 누가 끌어내리지 않고서는 저절로 내려갈 리 없었다.

눈을 번쩍 떴다. 문구용 칼이 보였다. 칼집에서 반쯤 밖으로 빠져나온 칼날이 창으로 새어든 희미한 가로등 불빛을 받아 번뜩였다. 칼은 코앞의 허공에 머문 채 내 쪽으로 칼날을 겨눴다. 목표물은 나였다.

처음에는 꿈인 줄 알았다. 사람도 없는데 칼만 혼자 허공에 둥둥 떠 있을 리 없었으니까. 그런데 꿈이 아니었다. 내 눈앞의 문구용 칼과 천장의 낙서 '통수년 죽어라!'가 한눈에 들어오면서 비로소 눈앞의 광경이 무엇을 의미하는지 뒤늦게 알아차렸다. 칼날이 내게로 날아들기 직전, 귀에 익은 목소리가 들렸다.

— 설마 너만 진희한테 소원 빌었다고 착각한 건 아니지?

오혜정의 목소리였다. 귓가에 속삭이는 듯 또렷해서 아니라고 할 수가 없었다. 오혜정이 되살아났을 리는 없었다. 오혜정의 영혼일까. 사람이 아니라면 영혼일 수밖에 없었다. 오혜정의 방에서 나왔던 소원 인형을 보고 짐작했던 대로였다. 오혜정도 진희에게 소원을 빌었다.

칼날이 칼집에서 득득 빠져나오는 소리가 소름 끼쳤다. 보이지 않는 손가락이 칼날을 거의 끝까지 밀어냈다. 그 직후 허공에 떠 있던 문구용 칼이 내게로 날아들었다.

초등학교 3학년 때 한 반 아이 중에 철모라는 개구쟁이가 있었다.

말이 좋아 개구쟁이지, 실은 개망나니였던 녀석은 유독 나를 이유 없이 괴롭혔다. 하루는 운동장 모래밭에서 놀던 내게 주먹만 한 돌멩이를 던졌다. 돌멩이는 내 눈앞으로 곧장 날아왔다. 그 돌멩이가 얼마나 커다랗게 보이던지 눈앞을 가득 메웠을 정도였다. 어디서 그런 반사 신경이 튀어나왔는지 모르지만 나도 모르게 허리를 홱 수그렸다. 돌멩이는 간발의 차로 내 뒤통수를 스치고 지나가 뒤편의 철봉 기둥을 텅 맞췄다. 돌에 맞은 쇠기둥이 내지르던 비명이 지금도 생생했다. 그날 내가 그 돌멩이를 피하지 못했다면 어떻게 됐을까.

칼날은 그날처럼 눈앞을 가득 메웠다. 몸이 절로 옆으로 움직였다. 도마 위의 생선을 내리치는 부엌칼처럼 떨어진 칼날이 내 귓가를 스치고 베개에 박혔다. 칼날이 베개를 푹푹 들쑤시는 소리가 섬뜩했다. 베갯속 오리털들이 튀어나와 진눈깨비처럼 흩날렸다.

무기가 될 만한 물건을 찾아 주위를 더듬었다. 단단하고 네모진 물건이 손에 잡혔다. 현민이가 준 스마트폰이었다. 칼날이 방향을 틀더니 다시금 내 쪽으로 날아들었다. 전화기를 방패 삼아 들이댔다. 칼날이 금속 재질의 폰 뒷면에 부딪히며 삭삭 쇳소리를 냈다. 전화기를 쥔 약손가락에 날카로운 통증이 일었다.

외마디 비명을 내지르면서도 전화기로 칼날을 떠밀었다. 전화기를 떨어뜨릴 뻔했지만 이를 악물고 버텼다. 여기서 폰마저 놓치면 무방비나 마찬가지였다.

— 제법인데?

오혜정의 목소리가 들리더니 칼이 뒤편의 허공으로 두어 뼘쯤 물러났다. 그 틈을 놓치지 않고 상체를 반쯤 일으켜 세웠다.

"덤벼!"

눈앞의 문구용 칼에 대고 나직이 말했다. 사실 칼이 아니라 칼을 조종하는 주인에게 한 말이었다. 이 지긋지긋한 꼭두각시놀음의 장본인. 그러자 세로로 곤두섰던 칼날이 서서히 가로누웠다.

"그래, 와 봐."

칼 손잡이를 고쳐 쥐는 검객처럼 폰을 꽉 그러쥐었다.

칼날이 가로로 반원을 그리며 목 왼편으로 날아들었다. 폰을 쥔 손을 뒤로 휙 젖혔다가 칼날이 목 가까이 다가든 순간, 있는 힘껏 전화기를 휘둘렀다. 폰에 맞은 칼날이 뚝 부러졌다. 파편이 내 목을 스치며 날아갔고 칼은 파리채에 맞은 장수말벌처럼 방구석으로 나가떨어졌다.

방이 고요해졌다.

허공을 맴돌던 오리털이 내 머리 위와 어깨에 내려앉았지만 털어내지 않았다. 재빨리 침대 위에 걸터앉아 다음 공격에 대비했다. 내 적은 문구용 칼이 아니었다. 그 칼을 조종하는 장본인이었다.

"나와."

허공에 대고 말했지만 돌아오는 대답은 없었다. 직감으로 알아차렸다. 이 방에 나 말고도 다른 누가 있다. 오혜정이든, 오혜정을 흉내 내는 다른 존재든…….

불을 켜야 했지만, 방의 조명 스위치는 방문 옆에 있었다. 그리로 가는 동안 어디서 뭐가 튀어나올지 몰랐다. 폰을 열어 손전등 앱을 켰다. 전화기에서 나간 불빛이 눈앞을 동그랗게 밝혔다. 그 빛의 원 너머로 시커먼 물체가 휙 지나갔다. 그쪽으로 불을 비추었다. 물체는 장식장 밑으로 사라졌다.

주위를 휘둘러보았다. 무기가 필요했다. 전화기만으로는 역부족이었다. 책상을 비추니 그 위에 올려둔 미니 금고가 보였다. 금고를 집어 들고 장식장 쪽으로 살금살금 다가갔다. 빨라진 맥박이 관자놀이를 두들겼다. 장식장 다리 밑에 한 뼘 정도의 공간이 있었다. 가만히 무릎을 꿇고 불빛을 휙 비췄다.

아무것도 없었다.

먼지가 수북한 그 바닥을 뭐가 헤치고 지나간 흔적이 보였다. 등 뒤로 뭐가 또 휙 지나갔다. 자리에서 일어나 문 옆의 조명 스위치를 눌렀다. 불이 켜지지 않았다. 몇 번씩 스위치를 눌러도 헛일이었다. 전기가 나갔나? 아니면…… . 손전등 불빛으로 천장의 형광등을 비추었다. 없었다. 형광등이 사라지고 없었다. 하나도 아니고 둘 다 사라졌다.

— 이거 찾니?

오혜정의 목소리가 들린 직후, 책장 위에서 길쭉한 물체가 나타나더니 빙글빙글 휘돌며 날아와 내게로 달려들었다. 형광등이었다. 나도 모르게 내민 미니 금고에 형광등이 부딪쳐 박살 났다.

— 또 있지.

이번에는 옷장 위에서 형광등이 날아왔다. 옆으로 피했다. 내 어깨를 스치고 날아간 형광등이 벽에 부딪히며 펑 터졌다.

형광등이 날아온 방향을 불빛으로 이리저리 비추었다. 아무것도 없었다.

— 무궁화 꽃이 피었습니다.

오혜정의 목소리가 또 들려왔다. 바닥을 뒹굴던 형광등 조각이 화살촉처럼 날아와 왼뺨을 긁고 지나갔다.

"아!"

후끈한 통증이 일었다. 저만치 날아갔던 형광등 조각이 부메랑처럼 돌아왔다. 왼손에 든 금고로 후려쳤다. 유리 조각이 박살 났다.

곧바로 이어질 공격을 대비해 전열을 가다듬었다. 문구용 칼과 형광등을 조종하는 장본인은 이 방 안에 있다. 보이지 않는 어디쯤에서 숨죽이고 나를 지켜보며 히죽대겠지.

'널 잡을 거야.'

놈을 잡아야만 이 괴상한 술래잡기가 끝날 터였다.

— 니가 나를?

목소리에 이어 오혜정의 웃음소리가 이어졌다.

'그래, 너, 내 마음속까지 읽는 너 말이야. 넌 오늘 나한테 죽었어.'

— 잘해 봐. 난 준비됐으니까.

목소리가 빈정거렸다. 오혜정의 말투 그대로였다.

"잘해 보라면 뭐, 못할 줄 알아?"

방 안 구석구석을 불빛으로 샅샅이 뒤졌다. 어디에도 보이지 않았다. 불빛으로 살피지 않은 공간은 딱 두 군데였다. 옷장 속과 침대 밑.

서릿발처럼 번뜩이는 형광등 파편을 밟지 않으려 주의하며 옷장으로 살금살금 다가갔다. 옷장 문이 빠끔 열린 품이 뭐가 들어간 모양새였다. 옷장 앞에 이르러 문을 왈칵 열어젖혔다.

없었다. 눈에 띄는 물건이라고는 옷걸이에 잔뜩 걸어둔 옷뿐이었다.

— 옷 밑에 공간 있어요.

목소리가 약을 살살 올렸다. 옷 밑의 공간도 비추어 보았지만 역시 허탕이었다. 남은 공간은 침대 밑뿐이었다. 침대로 살금살금 다가갔다. 침대 옆에 이르러 무릎을 꿇었다. 허리를 수그리고 손에 든 폰으로 침대 밑을 휙 비추었다.

거기에 있었다.

분명 내가 잠들기 전에 쓰레기봉투에 담아서 내다 버린 마녀 인형이 잠을 자듯 반듯하게 누워 나를 맞았다. 어디서 어떻게 굴러다녔는지 몸뚱이가 새카맸다. 저 요망한 물건이 어떻게 또 우리 집에 기어들었을까. 금고를 내려놓고 손을 뻗어 인형을 붙든 순간, 인형이 고개를 돌려 돌아보았다.

— 어머, 들켰네.

인형이 내 얼굴을 확 덮쳤다. 그 바람에 놀라 뒤로 발랑 자빠졌다. 내 얼굴을 짓누르는 인형 몸뚱이에 숨이 턱 막혔다. 내가 호흡곤란으로 죽을 때까지 안 떨어질 기세였다. 영화에서 베개에 눌려 질식사하는 장면은 절대 과장이나 허풍이 아니었다.

— 반갑다, 안나린. 나 보고 싶었지?

오혜정의 웃음기 어린 목소리가 나를 조롱했다. 눈앞이 아득해졌다. 산소가 끊기자 심장이 갈비뼈를 뚫고 튀어나올 듯 세차게 뛰었다. 손을 뻗어 방바닥을 더듬는데 잡히는 게 없었다. 인형을 마구 잡아 뜯었다.

— 아! 아! 아파! 제발 살려줘, 나린아.

목소리는 그렇게 외쳤지만, 인형은 꿈쩍도 하지 않았다.

— ……라고 할 줄 알았지? 하나도 안 아픈데 미안해서 어쩌지?

이제 정말 죽는구나 싶었다. 손에서 힘이 빠져나갔다. 한낱 인형 따위에 질식해 죽게 된다니 내 인생도 참 기구하고 어이없었다. 다음으로는 나은이 생각이 났다. 나까지 죽으면 그 애 곁에는 아무도 없는데……. 눈물이 핑 돌았다. 그때 손아귀의 스마트폰이 진동하기 시작했다. 손을 허우적대다 어떻게 통화가 연결된 모양이었다. 폰에서 나직이 웬 노랫소리가 흘러나왔다.

진희의 목소리였다. 아니라고 말을 못하는 자신이 싫고, 후회와 혼잣말로 잠들지 못하는 밤이 괴롭다는 내용의 노래가 이어지자 인형이 움찔했다. 내 얼굴을 옥죄던 힘이 조금씩 풀리기 시작했다.

인형이 내 얼굴에서 툭 떨어져 나갔다. 숨통이 서서히 트였다. 한동안 기침을 콜록거리며 숨을 몰아쉬었다.

노래가 끝나자 마녀 인형은 생기를 잃고 방바닥에 툭 널브러졌다.

— 나린아.

전화기 너머에서 진희가 나를 불렀다. 굳었던 머릿속에 피가
돌자 대뜸 물음표부터 떠올랐다.

"이 번호는 어떻게 알았어?"

일어나 앉으며 전화기에 대고 물었다. 바닥에 널브러진 마녀
인형은 움직이지 않았다. 오혜정의 목소리도 더는 들리지 않
았다. 대체 어떻게 된 일일까. 진희의 노래에 저 인형을 봉인하
는 힘이라도 있었나? 진희가 이 상황을 어떻게 알아차리고 전
화했는지도 의문이었다.

— 지금 그게 중요한 게 아니잖아. 3시 다 됐어. 두 번째 의식
을 치러야지.

전화기의 시계를 보니 오전 2시 54분이었다. 3시까지 남은
시간은 불과 6분. 그 안에 의식을 치르는 일이 가능할까? 무엇
보다 내 손에는…….

"지니도 없는데…….'

— 지니가 왜 없어? 바로 네 눈앞에 있잖아.

눈앞에? 눈길이 바닥에 널브러진 마녀 인형에게로 갔다. 설
마…….

"마녀 인형?"

— 어, 그거면 충분해.

"잠깐만, 저 인형 배를 따고 거기에 내 피를 넣으란 말이야?"

내 말에 폰 너머의 진희가 말했다.

— 저걸 해치우지 않으면 네가 죽어.

"그게 무슨 소리야?"

― '설마 너만 진희한테 소원 빌었다고 착각한 건 아니지?'

그 말뜻이 뭘까?

폰을 든 손이 떨리기 시작했다. 진희가 내 일거수일투족을 꿰뚫어 본다는 사실이 확실해졌다.

"오혜정이 너한테 무슨 소원을 빌었는데?"

― 죽어서도 끝까지 널 괴롭히게 해 달라고 했어. 네 옆에 서…….

가슴이 철렁 내려앉았다. 오혜정의 목소리가 들리고 인형이 나를 죽이려 들었던 이유를 알 만했다.

"왜? 왜 그런 소원을 빌었대?"

― 그냥, 네가 죽도록 싫대.

내가 죽도록 싫어서 제 목숨을 버리면서까지 나를 괴롭히겠다니……. 미쳤다. 오혜정의 밑도 끝도 없는 증오와 악의에 치가 떨렸다. 전생에 원수라도 지지 않고서야 나를 그토록 미워할 이유가 없었다.

― 소원의 유효기간은 따로 없어. 당사자가 이 세상에서 완전히 사라지지 않는 한……. 그 말은 혜정이가 앞으로도 쭉 너와 함께할 거란 뜻이야. 저 인형을 없애버려도 혜정인 어떤 방식으로든 너한테 돌아올 거야. 자, 선택은 너한테 달렸어.

낭떠러지로 떠밀린 기분이 들었다. 등 뒤로는 나를 죽이려 드는 자들이 날 선 칼을 빼 들고 달려들고 눈앞으로는 깎아지른 절벽이 입을 벌린 듯했다. 현민이가 생각났다. 그 애라면 지금 내게 제일 나은 선택이 무엇인지 일러줄 듯했다.

진희와 연락하지 말라던 말이 떠올랐다. 현민이는 전화기를 새로 해 주면서까지 진희와 나를 떼어놓으려 애썼다. 그런데 인제 와서 내가 날름 두 번째 의식을 치러 버린다면 그 애의 호의를 깡그리 무시하는 셈이 된다. 마음을 독하게 먹고 진희에게 말했다.

"나, 그냥 이대로 살래. 진희야."

폰 너머의 진희는 한동안 말이 없었다. 그 침묵에 담긴 의미가 무엇인지 알 길이 없어 불안하고 무서웠다. 잠시 후, 피식 웃음소리가 들려왔다.

— 안나린, 너 아직 상황 파악이 덜 됐구나. 내가 지난번에 말 안 했나? 소원을 한 번 빌기 시작했으면 중간에 네가 죽지 않는 이상, 세 가지는 끝까지 빌어야 된다고…….

이건 또 무슨 소리야. 어처구니가 없었다.

"그땐 그런 말 없었잖아."

— 그래? 그럼 내가 깜박했나 보네.

진희가 웃었다. 목덜미가 서늘해지는 웃음이었다.

"내가 거부하면, 그땐 어떻게 되는데?"

— 약간의 페널티가 있지.

"페널티가 뭔데?"

내가 묻자 진희가 아무렇지 않은 듯 대답했다.

— 너한테 가장 소중한 사람이…… 죽어.

진희의 그 말이 내 가슴에 던진 충격파는 어마어마했다. 뭐라 말을 하려 했지만 입도 떨어지지 않았다. 바들거리는 입술의 떨림이 느껴질 지경이었다.

나한테 가장 소중한 사람이 죽는다. 상상만으로도 눈앞이 샛노랗게 변하는 듯했다. 어금니를 깨물며 고개를 세차게 가로저었다.

래커로 얼룩진 천장과 난장판이 된 방을 둘러보았다. 이 모든 난리도, 어제 하루 동안 내게 일어났던 온갖 사건들도 따지고 보면 사실 아무것도 아니었다. 내게 가장 소중한 사람이 죽는 일에 비한다면…….

"그게 어떻게 약간의 페널티야?"

한참 만에 간신히 입을 떼고 물었다.

— 나한텐 약간의 페널티 맞는데?

여전히 웃음기 어린 목소리였다. 진한 악의가 풍겼다. 애초에 현민이가 내게 진희와 가까이하지 말라고 경고했던 이유도 진희의 본모습을 꿰뚫어 봐서가 아닐까.

"첫 번째 소원 때 말한 '계약금을 잃는 수준의 페널티'도 그거였어? 나한테 가장 소중한……."

뒷말은 차마 입에 담기도 끔찍해 말끝을 흐렸다.

— 살짝 다르지만, 비슷해.

그 무덤덤한 대답에 전화기를 든 손이 바르르 떨렸다. 손과 얼굴에서 진땀이 났다. 뺨과 맞닿은 폰이 축축해질 정도여서 잠옷에 문질러 닦아야 했다. 시간을 보니 오전 2시 58분이었다. 초조하고 화가 났다.

"해도 해도 너무하는 거 아냐? 소원도 제대로 이뤄준 게 아니잖아. 나 동준이랑 데이트 몇 번 해 본 게 다야. 오혜정 죽곤 개 얼굴도 못 봤어. 그게 어떻게 사랑이 이뤄진 거야?"

— 말했잖아, 소원의 유효기간은 따로 없다고. 그러니 네 첫 번째 소원도 이미 성취된 게 아니라 성취되는 중인지도 모르지. 안 그래?

그러고 보니 기억났다. 첫 번째 소원을 빌던 밤에도 동준이의 이름을 입에 담지는 않았다. 그저 사랑이 이루어지기를 빌었을 뿐이었다. 그렇다면 그 상대가 동준이가 아니라 다른 누구일지도 모른다? 백번 양보해 그렇다 치더라도 여전히 의문은 남았다.

"그래. 그렇다 쳐. 그럼 이건 뭔데? 소원은 쥐꼬리만 한데 대가가 너무하잖아. 등가 교환까진 아니라도 정도껏 해야지. 최소한 그 두 개가 엇비슷하기라도 해야 되는 거 아냐?"

— 두 가지 약한 술을 섞으면 폭탄주가 돼. 너도, 혜정이도 비슷한 시기에 서로에게 영향을 주는 소원을 빌었어. 두 소원이 일으킨 시너지라고 이해하면 될 거야.

두 소원이 일으킨 시너지? 언젠가 인터넷에서 읽은 기사가 떠올랐다. 락스와 표백제를 따로 쓰면 아무런 문제가 없지만, 그 두 가지가 섞이면 위험해진다는 기사였다. 락스에 든 차아염소산나트륨이라는 성분이 표백제의 염산 성분과 화학 반응을 일으켜 황록색의 염소가스가 나오기 때문이라고 했다. 사람이 그 가스를 조금만 들이마셔도 눈물, 콧물, 기침이 나오고 오래 마시면 죽기도 한다고 했다. 내 소원이 차아염소산나트름, 오혜정의 소원이 염산이란 말이야? 헤어나지 못할 수렁으로 빠져드는 기분이 들었다. 영영 벗어나지 못할 가위에 눌린 기분.

— 오케이, Q&A는 여기까지. 3시야. 이제 1분이라도 지체하면 다신 기회 없어. 어떡할래?

바닥에 널브러진 마녀 인형을 바라보았다. 인제 와서 저 인형의 배를 가르고 의식을 치르기에는 시간이 턱없이 부족했다.

"부적도, 뭐도 아무것도 없는데 뭘 어떻게 해?"

— 상관없어. 이번엔 네 피 세 방울만 인형 뱃속에 넣으면 되니까.

내 피 세 방울만? 소원에 따라 의식이 달라지기도 하는 모양이었다. 스마트폰의 손전등을 켜고 주위를 비추었다. 칼날처럼 깨진 형광등 조각이 보였다. 그 조각을 집어 들었다.

— 인형 배를 갈라.

마녀 인형의 치마를 들어보니 하얀 속살이 드러났다. 그 살이 꼭 사람의 맨살 같아서 흠칫했지만, 그것도 잠시였다. 조금 전까지 이 인형이 나를 죽이려 들었던 일 따위는 잊어버리기로 했다. 세상 누구에게 털어놓아도 비웃음만 살 괴담이었다. 이 인형은 그냥 헝겊과 솜과 태엽장치로 이루어진 물건일 뿐이었다.

마음속으로 수없이 그 말을 되풀이하며 형광등 조각 끝을 인형 배에 갖다 댔다. 조각으로 배 위부터 아래로 내리긋는 동안 온몸에 소름이 돋았다.

— 피 세 방울.

진희가 시키는 대로 조각 끝으로 검지 손끝을 찔렀다. 따끔했다. 빨간 핏방울이 볼록 솟아올랐다. 인형 배 속에 핏방울을 떨어뜨렸다.

— 시간 없으니 곧바로 인형을 품에 안고 거울 앞에 서서 소원을 빌어.

손전등 불빛이 천장을 비추도록 폰을 뒤집어 내려놓고 벌떡 일어났다. 거울 앞으로 다가가 인형을 꼭 끌어안고 소원을 빌었다.

"이 지옥에서 벗어나고 싶어. 이 지옥에서 벗어나고 싶어. 이 지옥에서 벗어나고 싶어."

그때 깨달았다. 서두른 탓에 눈을 감지 않았으며 눈을 감지 않으면 무슨 일이 일어나는지를……. 거울에 비친 내 모습은 분명 나였는데 그 표정이 달랐다.

거울 밖의 나는 웃지 않는데 거울 속의 나는 웃었다. 마녀 인형을 품에 안고 나를 바라보며 웃는 저 얼굴은 내 얼굴이 아니었다. 입을 손으로 틀어막았다. 그런데도 거울 속의 나는 움직이지 않고 여전히 웃는 얼굴로 나를 바라보았다.

전화기에서 진희의 목소리가 흘러나왔지만, 귀에 들어오지도 않았다.

가위눌림에서 벗어나는 가장 좋은 방법은 아무것도 하지 않기였다. 애써 가위눌림에서 벗어나려 하지 않고 될 대로 되라는 마음으로 자포자기하고 기다리기. 그러면 어느새 가위는 햇빛에 안개가 걷히듯 물러갔다.

그런 마음으로 거울을 바라보았다. 거울 속 얼굴에 웃음기가 가시더니 이질감이 사그라지기 시작했다. 이윽고 거울 속의 내가 오롯이 내 얼굴로 돌아왔을 때 다리에 힘이 풀려 그 자리에 주저앉았다. 방바닥을 더듬어 전화기를 집어 들었다.

"말해."

대답이 없었다. 통화는 이미 끊긴 후였다. 다시 전화를 걸어 봐도 받지 않았다. 어쩌면 지난번처럼 마무리 요령을 일러주고 전화를 끊었는지도 몰랐다. 태우기와 먹기. 뒤처리는 내가 알아서 해야 했다.

빗자루로 형광등 조각을 쓸어 길을 트고 주방으로 나왔다. 나은이의 방을 돌아보았다. 내가 이 난리를 치는 동안에도 나은이의 방에서는 인기척이 없었다. 그 애의 어두운 잠귀가 부러웠다.

싱크대 서랍에서 일회용 라이터를 찾아 책상 앞으로 돌아와 서랍 속에서 양초를 꺼내어 불을 붙였다. 그때까지도 품 안의 인형은 죽은 듯 꿈쩍도 하지 않았다. 진희가 이상한 노래로 아예 소멸시켰는지도 몰랐다. 그렇다면 차라리 잘된 일이었다.

막상 인형에 불을 댕기려니 망설여졌다. 지난번 지니는 크기라도 작았지, 이번에는 크기부터가 만만치 않았다. 그래도 선택의 여지가 없었다. 인형의 발끝을 촛불에 가져다 댔다. 막 불이 붙으려는 순간 인형이 꿈틀 움직였다. 그와 동시에 오혜정의 새된 비명이 귀청을 울려댔다.

— 앗 뜨거! 뭐야, 이게 뭐야. 너무 뜨거워! 하지 마!

화들짝 놀라 책상 위에 인형을 내팽개쳤다. 인형은 겁먹은 고슴도치처럼 몸을 동그랗게 웅크리고 움찔움찔 몸을 떨었다.

— 안나린! 살려 줘. 나, 불에 타 죽었잖아. 세상에서 불이 제일 무서워. 너무 뜨거워. 뜨거워 죽겠어. 나린아, 우린 친구지? 친구 맞잖아. 제발 나를 두 번 죽이지 말아 줘. 제발…….

오혜정이 다급한 목소리로 울먹이며 애원했다. 이 비현실적이고 어이없고 황당한 광경에 어찌할 바를 모르고 마른세수를 했다. 머리를 쥐어뜯고 싶은 심정이었다. 내가 인형 태우기를 망설였던 이유는 오혜정의 애원이 안쓰러워서도 아니었고 그 애와 내가 친구여서도 아니었다. 우리는 절대 친구가 아니었다, 철천지원수라면 또 모를까.

그저 불 때문에 세상을 떠난 우리 아빠와 엄마가 떠올라서였다. 그 무섭고 슬픈 기억이 되살아나서 인형을 태우기가 망설여졌다.

— 나린아, 뭐든지 할게. 네가 원하는 건 뭐든지 할게. 제발 날 태우지만 말아 줘. 제발!

애원 따위는 무시하고 인형을 집어 들었다. 여기서 의식을 끝내면 또 무슨 부작용이 생길지 몰랐다.

— 안 돼! 태우지 마! 뭘 해도 괜찮으니까 그것만은 참아줘, 나린아! 내가 네 종이 될게. 딸랑딸랑!

"닥쳐! 날 이 지경으로 만들어 놓고 그딴 소리가 나와?"

인형의 발끝을 촛불에 갖다 댔다.

— 뜨거워! 뜨겁단 말이야! 살려 줘, 엄마!

마지막 단어에 맥이 탁 풀렸다. 어제저녁 집을 찾아왔던 오혜정 엄마의 창백한 얼굴과 넋 나간 표정이 떠올랐다.

도대체 나더러 어쩌란 말이야. 인형을 책장에 내던지고 책상에 엎드려 한숨을 길게 불어냈다. 가만히 생각해 보니 오혜정도 불쌍했다. 죽어서까지 날 괴롭히겠다더니 결국 인형 따위에 영혼이 깃들어 이러지도 저러지도 못하게 된 아이.

소원은 분명히 빌었으니 거부하지는 않은 셈이었다. 통화가 끊겨 이후에는 뭘 해야 할지 듣지도 못했다. 따라서 진희가 말한 '약간의 페널티'도 비껴갈 명분이 충분했다. 인형을 내 앞으로 끌어다 앉히고 말했다.

"좋아, 널 태우진 않겠어. 대신 조건이 있어."

— 뭔데? 뭐든 말만 해, 나린아.

"지금부터 묻는 말에 사실대로 대답해. 만일에 거짓말하면 그땐 진짜 인정사정없이 태워버릴 테니까."

— 알았어, 뭐든지 사실대로 말할게. 고마워, 나린아.

"고마워하긴 아직 일러. 일단 네 정체부터 확실히 밝혀. 너 오혜정 맞아?"

— 어, 맞아. 확실해.

"그 인형에는 어떻게 들어가게 됐어?"

— 몰라, 그날 불에 타서 죽은 줄 알았는데 정신을 차려보니까 이 인형 속이었어.

"그 불, 네가 낸 거야?"

― 아니, 난 그냥 진희한테 소원을 빌었을 뿐이야.

"날 죽어서도 괴롭히고 싶단 소원?"

― 아니, 난 그런 소원 빈 적 없어.

"진희는 네가 죽어서도 날 괴롭히고 싶다고 빌었다던데?"

― 아니, 절대 아냐. 난 그렇게 빈 적 없어.

그렇다면 둘 중 한 명은 거짓말을 한 셈이었다. 둘 다 못 미더웠지만, 거짓말을 한 아이는 진희일 가능성이 더 컸다.

"그럼 뭐라고 빌었는데?"

망설이던 오혜정이 말을 이었다.

― 그냥…… 널 괴롭히고 싶다고 빌었어.

"그게 다야?"

오혜정이 머뭇머뭇 덧붙였다.

― 영원히…….

오혜정의 자백에 두 번 놀랐다. 애가 나를 저주하는 소원을 빌 정도로 내게 앙심을 품었다는 사실에, 그 어이없는 소원을 들어주는 대가로 진희가 오혜정에게서 목숨을 앗아갔다는 사실에…….

― 안나린을 영원히 괴롭히고 싶어.

― 안나린을 죽어서도 괴롭히고 싶어.

언뜻 보면 혜정이 털어놓은 소원과 진희가 내게 말해준 소원에는 '영원히'와 '죽어서도'라는 조건의 차이가 있을 뿐 큰 차이가 없는 듯했다. 하지만 진희가 강조한 두 번째 제약을 떠올려 보면 이야기가 달라졌다. 누굴 죽게 해 달라거나 이미 죽은 사람을 살아나게 해 달라는 소원도 안 된다는 그 부분 말이다.

물론 '안나린을 죽어서도 괴롭히고 싶어.'라는 소원은 살아서도 나를 괴롭히고, 죽어서도 나를 괴롭히고 싶다는 의미일지도 몰랐다. 하지만 '죽어서도'라는 조건이 성립하려면 혜정이 죽어야만 했다. 따라서 그 소원은 죽음과 관련된 소원이 되고, 진희가 강조한 두 번째 제약에도 살짝 어긋난다.

후자에도 '영원히'라는 단어에 한없이 오래 계속되거나, 시간을 초월하여 존재한다는 뜻이 있기는 했다. 하지만 한없이 오래 계속 존재하거나 시간을 초월하여 존재한다는 말이 꼭 죽음을 의미하지만은 않는다. 적어도 오혜정은 제 죽음을 조건으로 달지는 않았다. 또한 '영원히'의 주체는 혜정일 수도, 내 괴로움일 수도 있었다.

"혹시 진희한테 그런 소원을 빌 만큼 내가 너한테 잘못한 거 있어?"

전부터 궁금했다. 오혜정이 왜 그렇게 나를 싫어했는지……. 오혜정은 내가 전학 오던 날부터 나를 따돌렸고 나와 마주칠 때마다 눈을 치떴다.

— 그런 건 없어.

"그런 건 없으면 다른 건?"

오혜정이 마지못해 대답했다.

— 아예 없다고 할 순 없지.

"뭔데?"

오혜정이 망설였다. 바로 옆에 놓아두었던 라이터를 집어들었다. 라이터에서 불똥이 튀자 오혜정이 다급히 외쳤다.

— 정동준!

"동준이?"

— 어, 동준이 때문에…….

녀석을 짝사랑했던 내 속마음을 오혜정에게 들킨 듯해 뜨끔했다. 누구에게도, 심지어 나은이에게조차 털어놓지 않은 비밀이었다.

"동준이? 왜?"

짐짓 시치미를 떼고 물었다.

— 너 전학 오던 날부터 동준이가…… 널 좋아했거든.

심장이 멎을 뻔했다. 이 무슨 말도 안 되는 소리인지 몰라 머리가 띵했다. 여태껏 나 혼자 동준이를 짝사랑한 줄로만 알았다. 그런데 실은 걔도 나에게 관심이 있었다는 말이었다.

— 동준이가 너한테 우산 준 날 있지? 사실 그 우산 내 거였어.

비가 쏟아지던 저녁, 버스에서 내린 내게 동준이가 내밀었던 빨간 접이식 우산. 다음 날 돌려주려 했을 때 동준이가 귀찮다는 듯 툭 내뱉던 자기 것 아니라던 말.

어쩐지 걔가 쓰기에는 색이 화려하다 싶었다.

— 그날 버스정류장에서 우산 없이 버스에 타는 널 보더니 우산 좀 빌리자면서 내 걸 확 뺏더니 버스에 따라 타더라. 다음 날 네가 동준이한테 그 우산 돌려주는 거 보고 촉이 왔지.

그렇다면 그날 우산 사건도 우발적인 행동이 아니었다는 말이었다.

— 동준인 절대 아니랬어. 자기한텐 내가 있는데 무슨 소리냐는 거야. 근데 너도 알잖아, 여자의 촉이란 거……. 눈빛 하나, 행동 하나로도 속마음이 어떤지 감이 딱 오는 거.

이리저리 찾아 헤매도 안 보이던 퍼즐 조각 하나가 장롱 밑에서 불쑥 나온 듯했다.

누가 내게 말이라도 걸라치면 그 애에게 말을 걸어서 대화의 맥을 끊어놓고, 나와 눈이 마주칠라치면 위아래로 나를 훑다 피식 비웃고, 내가 지나가면 뭐라고 수군대다 키득거리고, 내가 수업 시간에 질문하면 꼭 한마디씩 토를 달던 오혜정. 거기에 동준이라는 퍼즐 조각을 끼워 맞추니 비로소 그 의문의 해답이 눈앞에 드러났다.

동준이도 나를 좋아했다. 다만 아닌 척했을 뿐…….

그렇다면 굳이 진희한테 소원을 빌 필요도 없는 일이었다. 긁어 부스럼이라는 속담은 딱 이런 경우를 두고 한 말이었다. 가만있으면 녀석이 알아서 오혜정과 헤어지고 내게로 왔을 텐데 괜히 진희에게 소원을 빌어 이 사달을 내고 말았다.

"진희가 소원을 들어준다는 건 어떻게 알았어?"

— 진희가 먼저 나한테 물어봤어, 소원이 뭐냐고.

"언제?"

— 동준이가 너한테 꽃다발 줬던 날.

역시 같은 수법이었다. 어쩌면 진희에게는 소원이 뭐냐고 꼬드겨 인생을 파탄 내는 악취미가 있는지도 몰랐다.

"그날 화장실에서 날 들여다본 것도 너였어?"

내가 앉은 칸 안을 들여다보던 충혈된 눈동자.

— 그게…… 내 일부가 맞긴 하는데 완전히 나는 아니야.

"그게 무슨 소리야?"

— 소원 계약을 한 다음 진희가 그랬어. 소원을 이루려면 내가 꼭 세 번 치러야 하는 의식이 있다고……. 네가 어디서 뭘 하는지 궁금할 때마다 눈을 꼭 감고 네 이름을 세 번 중얼거리랬어. 그럼 내 도플이 너한테로 갈 거고, 네가 뭘 하는지도 보일 거라고…….

"도플? 도플갱어의 도플?"

— 아마도.

"그러니까 그게 진짜 네가 아니라 네 허깨비 같은 거였다 이 말이지?"

— 아마도.

오혜정이 죽기 전까지 있었던 일들을 곰곰이 떠올려 보았다.

화장실 칸막이 너머에서 나를 들여다보던 눈동자.

담벼락 모퉁이 너머에서 나를 지켜보던 수상한 그림자.

극장 뒷줄에 나타났다 사라졌던 오혜정.

횟수를 따지니 도합 세 번이었다. 그 셋이 모두 오혜정의 도플이었다면 앤 진희가 일러준 대로 소원의식을 충실히 치른 셈이었다. 사람이나 소원에 따라 의식도 조금씩 달라지는 모양이었다.

"세 번이나 내 뒤를 따라다녔던 게 바로 네 도플이었다 이 말이지?"

— 그런 셈이지.

소름 돋은 팔뚝을 나도 모르게 쓱쓱 문질렀다.

이상한 나라에 떨어진 앨리스가 된 기분이었다. 진희는 회중시계를 보는 토끼였고 소원놀음은 이상한 나라로 통하는 토끼굴이었다. 정확히는 이상한 나라가 아니라 괴상하고 끔찍한 나라였지만······.

"네 목소린 왜 내 귀에만 들리는데?"

지난 저녁에도 그랬다. 나는 '엄마!'라는 오혜정의 외침을 똑똑히 들었는데 아줌마와 나은이는 듣지 못했다. 지금 이 광경도 누가 본다면 분명 내 정신 상태를 의심할 터였다. 이슥한 밤에 책상 앞에 앉아 마녀 인형과 마주 보며 중얼대는 여고생이라니······.

— 나도 잘 몰라. 입이 없으니까 텔레파시 같은 걸로 의사를 전달할 수밖에 없는데 그게 통하는 대상이 한정되어 있나 봐. 인형 주인이 너니까 너한테만 내 목소리가 들리는 거 아닐까?

일리 있는 말이었다.

"우리 집엔 어떻게 들어왔어? 내가 분명 봉투째로 내다 버렸는데······."

— 주위에 뒹구는 병 조각으로 쓰레기봉투를 찢고 나왔어.

"병 조각을 어떻게 움직여?"

— 내 몸보다 가벼운 물건은 내 의지대로 움직일 수 있어. 무거울수록 힘들긴 하지만.

"네 몸은 인형을 말하는 거야?"

— 어.

인형으로 되살아난 오혜정은 염력도 쓸 줄 안다는 얘기였다. 천장을 수놓은 래커 통도, 나를 공격했던 문구용 칼이며 형광등도 전부 인형보다 가벼운 물건들이었다. 그럴싸한 대답이었다.

"집 안으론 어떻게 들어왔고?"

— 환풍구.

거실 위쪽에 싱크대의 환풍기와 연결된 환풍구가 있었다. 거실로 나가 싱크대를 확인해 보았다. 인덕션 위에 달린 환풍기의 망을 고정한 나사가 풀려 인덕션 위를 뒹굴고 망도 반 뼘쯤 빠끔 열려 있었다. 인형 몸뚱이가 왜 그렇게 지저분해졌는지도 알 만했다. 환풍기로 기어든 인형이 비좁은 환풍구를 타고 집 안으로 기어드는 광경을 상상하니 절로 몸서리가 났다.

"자, 이제부터 진짜 중요한 얘기. 네가 죽은 그날, 도대체 무슨 일이 있었던 거야?"

책상 앞으로 돌아와 인형과 마주 보며 물었다.

기사에서는 오혜정이 목숨을 끊은 시각이 새벽 3시 경이라 했다. 오혜정이 SNS에 유서를 남긴 시각도, 내 블로그 안부 게시판에 글을 남긴 시각도 그 직전이었다.

— 그날 밤 자정이 다 돼서 깜빡 잠이 들었는데 뭐가 내 몸을 기어 다니는지 간질간질한 거야. 내가 벌레라면 질색하거든. 깜짝 놀라서 벌떡 일어났는데 느낌이 이상했어. 무슨 통로 같은 데서 쑥 빠져나온 느낌이랄까. 휙 돌아봤는데……

오혜정은 거기서 말을 멈추고 잠시 뜸을 들였다.

"돌아봤는데 뭐? 뭘 봤는데?"

— 나.

"너?"

— 어, 침대에 누워 자는 나.

"네가 널 봤다고? 유체이탈 같은 거야?"

— 몰라, 그게 뭐였는지. 아무튼, 너무 놀라서 어리벙벙하고 있는데 갑자기 서서히 떠오르는 거야. 왜, 수영장에서 바닥까지 잠수했는데 부력 때문에 몸이 점점 물 위로 떠 오를 때 있잖아. 꼭 그런 느낌. 내 몸은 침대에 누워 자고 있는데 나는 천장 쯤까지 둥둥 떠올라서 내 몸을 내려다봤어. 그때 내 몸이 갑자기 침대에서 벌떡 일어나는 거야. 꼭 무슨 작동 스위치를 누른 것처럼. 그쪽으로 다가가고 싶은데 도저히 못 움직이겠어. 뭐가 날 꽉 붙잡고 있는 거 같더라.

"네가 네 몸을 움직인 건 아니고?"

— 절대 아냐. 내 의지랑은 전혀 상관없이 몸이 움직였어.

조종. 그 단어가 또 한 번 머릿속을 스치고 지나갔다. 오혜정의 염력으로 칼날이 베개를 들쑤시던 순간 머릿속에 떠올랐던 단어였다.

"네 몸이 움직여서 뭘 했는데?"

— 머리맡에 놔뒀던 폰을 잡고 페북에 들어가더니 혼자 뭘 막 입력하더라.

유서. 오혜정의 SNS에 유서가 올라온 시각이 바로 그즈음이었다. 지금 이 말이 사실이라면 바로 그 시각 오혜정은 유서를 썼다. 자의가 아닌 타의로…….

"그다음엔 뭘 했어?"

— 폰으로 인터넷에 접속하더니 어느 블로그로 들어가서 뭘 막 쓰기 시작했어.

내 블로그 안부 게시판에 남긴 글. 내가 국민 마녀에 등극하는 데에 일등공신이 된 그 글을 그때 남긴 셈이었다.

"그다음엔?"

— 침대에서 내려서더니 방을 나갔어. 나도 따라 나가 보고 싶었는데 못 움직이겠더라. 할 수 없이 기다렸어. 한참 만에 내가 방문을 열고 들어왔는데 한 손엔 생수병, 한 손엔 아빠 라이터를 들고 있었어.

창문을 꼭 닫아놓은 탓에 바람 한 점 들지 않는데도 온몸에 오한이 일었다.

— 그러더니 생수병에 든 물 같은 걸 온몸에 막 끼얹는 거야. 내려다보는 날 빤히 올려다보면서……. 병이 텅텅 빌 때까지.

물이 아니었다. 인화성 물질, 개중에서도 시너였을 가능성이 컸다. 다용도실이나 창고에 페인트와 시너를 보관하는 경우는 흔하니까.

— 아아, 그때 생각만 하면 미칠 거 같아. 너무 무서워. 내 얼굴이고 내 눈인데도 그땐 완전히 딴 사람 같은 거야. 정신 나간 얼굴, 미친 눈빛, 히죽 웃는 입……. 그건 내가 아니었어.

그때 오혜정의 몸은 분명 조종대로 움직였다. 평범한 여고생이 제 의지로 그런 짓을 벌이기는 거의 불가능했다.

— 그러다 갑자기 내 몸이 입을 쩍 벌리더라. 그랬더니 거기로 확 빨려 들어가는 느낌이 들었어. 정신을 차려보니까 온몸에 불이…….

별안간 오혜정이 말을 멈추었다. 방 안에 정적이 흘렀다. 무슨 일이 터지기 직전의 정적.

— 앗 뜨거아아악……!

고주파에 가까운 비명이 내 머릿속을 송두리째 흔들었다. 머리가 터져 버릴 듯해 양손으로 움켜쥐었다. 인형이 발작하듯 팔다리를 구르며 머리를 빙글빙글 돌렸고, 책꽂이 앞에 놓아 둔 액자와 로션, 스킨이 책상 위로 우수수 쏟아졌다. 발작하는 인형을 붙드는 동안 직감에 가까운 확신이 들었다. 그날 오혜정의 죽음은 자살이 아닌 타살이었다.

그리고 오혜정을 죽인 장본인은 바로 진희였다.

7. 마녀

"오, 대박!"

등굣길에 대문을 나서던 나은이가 눈앞의 자가용을 보고 입을 떡 벌렸다. 현민이가 차에서 내려 내게 손을 흔들었다.

"언니 델러 온 거?"

나은이가 호들갑을 떨며 반색하자 현민이가 뒷문을 열어 주며 말했다.

"타, 동생도 학교까지 데려다줄게."

"아냐, 괜찮아."

내가 손사래를 쳤지만 나은이는 보란 듯이 뒷좌석으로 쏙 들어가 버렸다. 하릴없이 뒷좌석에 셋이 나란히 앉았다. 차가 출발했다.

"오빠, 언니랑 한 반이에요?"

나은이가 현민이에게 물었다.

"어."

"오빠, 울 언니 좋아하죠?"

나은이의 거침없는 질문에 현민이가 헛기침을 하며 고개를 돌렸다. 팔꿈치로 옆구리를 쿡쿡 찔렀지만, 나은이는 아랑곳하지 않았다.

"좋아하니까 이렇게 학교까지 보이콧하는 거 아녜요?"

"보이콧이 아니라 에스코트겠지. 좋은 말로 할 때 그만해."

어금니를 지그시 깨물며 속삭여도 나은이는 눈치도 없이 목청을 높였다.

"나도 알거든? 이 과잉교정러야."

현민이 보기가 민망해서 얼굴이 화끈거렸다.

"미안, 내 동생이 좀 개념이 없어."

"와, 이 시대 최고의 무개념 안나린이 사돈 남 말 하시네. 언니도 이 오빠 좋아하는구나?"

"그만해라."

"지난번 그 오빠랑은 깨졌어? 동준이랬나?"

마음 같아서는 차 문을 열고 그 애를 걷어차고 싶은 심정이었다. 그러거나 말거나 나은이는 차가 제 학교 정문 앞에 멈출 때까지 재잘재잘 신나게 떠들어댔다.

"미안해. 쟤가 눈치가 좀 없어서……."

나은이가 내리고 차가 다시 출발한 뒤 현민이에게 사과했다.

"아냐, 언니 닮아서 귀여운데, 뭐."

다시 어색한 침묵이 흘렀다. 차창 너머를 무심히 바라보던 현민이가 물었다.

"별일 없었어?"

"어? 어."

거짓말이었다. 간밤의 일을 곧이곧대로 털어놓자니 뭣했다. 지금 내 백팩 속에 오혜정이 깃든 마녀 인형이 들었다는 사실은 더더욱…….

— 아, 답답해. 나 좀 꺼내주면 안 돼?

백팩 속에서 오혜정의 목소리가 들려왔다. 모른 척했다. 집에 두고 나오면 또 무슨 짓을 저지를지 몰라 인형을 백팩에 넣고 나왔는데 괜한 짓이었다.

차가 학교에 닿았다. 차에서 내리는 현민이와 나를 본 몇몇 아이들이 속닥거렸지만, 신경 끄기로 했다. 교실에 도착해서 보니 진희의 자리는 아직 비어 있었다.

"다른 애랑 앉는 게 어때?"

현민이가 말했다. 그 말뜻은 충분히 알 만했다. 하지만 막 두 번째 소원을 빌고 난 시점에 진희와 따로 앉았다가는 또 무슨 후폭풍이 있을지 몰랐다.

"생각해 볼게."

현민이가 뭐라고 말하려던 순간, 누가 뒷문을 열고 교실로 들어서는 소리가 났다. 아이들이 그쪽을 바라보며 웅성거렸다. 왜들 그러나 싶어 돌아보았다.

동준이였다.

잘못 보았나 싶어 눈을 감았다 떠 보았다. 역시 동준이가 맞았다. 특유의 무심한 표정과 껄렁한 눈빛도 여전했다. 절로 눈길이 가는 길쭉한 팔다리와 잘생긴 얼굴은 못 본 사이에 더 업그레이드된 듯했다. 패션 화보를 찍고 왔다고 해도 믿길 정도였다. 동준이는 아무 일도 없었다는 듯 내 쪽으로 다가왔다. 의지와는 상관없이 가슴이 두근거렸다.

'착각하지 마, 안나린. 지금 네 심장이 두근거리는 건 설레고 기대돼서가 아니라 짜증 나고 열 받아서야.'

스스로에게 그렇게 당부하는데 오혜정의 목소리가 불쑥 끼어들었다.

— 왜? 무슨 일이야? 심장이 왜 두근대는데?

아차 싶었다. 오혜정이 내 속마음을 읽을 때가 있다는 사실을 깜빡했다. 역시 얘를 학교에 데려오지 말았어야 했다.

'누가 알았나, 저 녀석이 갑자기 나타날지……'

— 저 녀석은 또 누군데?

백팩 속이라 안 보이는 모양이었다. 마녀 인형에 깃든 오혜정이 어떻게 주변을 보는지는 확실치 않았다. 하지만 그 검정콩 같은 눈을 가리면 주변을 못 본다는 사실만은 확실했다. 그나저나 '저 녀석'이 동준이라는 사실을 알게 되면 오혜정이 무슨 일을 벌일지 몰랐다. 오혜정이 이렇게까지 된 데에는 동준이의 탓도 컸으니까.

'넌 몰라도 되니까 가만있어. 혹시라도 허튼짓했다간, 알지?'

백팩에 대고 으름장을 놓았다. 혹시 모를 상황을 대비해 교복 주머니 속에 라이터를 챙겨왔다.

— 쳇, 신경을 써 줘도 지랄이야.

툴툴대던 오혜정은 이내 입을 다물었다. 살아생전에도 까칠했지만, 인형에 깃들면서 더 까칠하고 괴팍해졌다. 인형에 깃드는 과정에서 생긴 부작용인지도 몰랐다.

오혜정을 이대로 놔두자니 아무래도 불안했다. 등교 전에 단단히 일러두기는 했어도 교실에서 어젯밤처럼 소동극이라도 벌이면 낭패였다.

내게 다가오던 동준이를 그대로 지나쳐 교실 뒤편의 사물함으로 다가갔다. 내 사물함을 열고 백팩을 통째로 집어넣었다.

— 야! 답답하다고 하소연했더니 오히려 깜깜한 데에 처넣냐? 내보내 줘!

'쫌만 참아, 수업 끝나면 꺼내 줄 테니까.'

사물함 문을 잠그고 막 돌아서는데 어느새 뒤따라온 동준이가 내게 말했다.

"나 좀 봐."

뜨끔했다. 사물함 속의 오혜정도 이 목소리를 들었을 터였다. 하지만 어찌 된 영문인지 사물함 속은 잠잠했다. 철제 사물함 문이 바깥 소리를 가로막기라도 했는지, 아니면 허튼짓하지 말라는 내 협박이 먹혀들었는지, 이도 저도 아니면 토라진 오혜정이 동준이의 목소리를 듣고도 못 들은 척하는지도…….

"여기서 봐."

현민이가 끼어들었다. 동준이는 현민이를 뚱한 눈으로 바라보았다. 현민이가 왜 끼어드는지 이해하지 못하는 눈치였다.

그럴 만도 했다. 현민이와 내가 가까워지기, 아니, 친해지기 전에 집을 나갔다가 이제야 돌아왔으니까.

"너하곤 볼일 없는데?"

동준이의 말에 현민이도 지지 않고 받아쳤다.

"나린이도 없어."

날 선 목소리였다. 두 사람 사이에 긴장감이 흘렀다. 가만 놔뒀다가는 주먹다짐이라도 할 낌새라 얼른 동준이부터 잡아끌었다.

"나가서 얘기해."

현민이에게는 눈짓으로 그만하라는 신호를 보냈다. 하지만 현민이는 동준이를 계속 쏘아보았다. 알고 지낸 이후로 처음 보는 사나운 눈이었다.

"너 도대체 어디서 뭘……."

학교 건물 뒤편으로 나오자마자 돌아서며 물으려는데 동준이가 말허리를 잘랐다.

"아팠어."

"난 더 아팠어. 너 없는 동안 내가 무슨 일을 당했는지 알기나 해?"

울컥해서 콧날이 시큰거렸지만 울지 않기로 했다. 울어서 해결되는 일은 없으니까.

"알아."

"그래, 모르면 이상하지. 검색창에 '통수녀'만 쳐도 검색 결과가 주르륵 뜨니까."

"그게 뭔데? 검색 같은 건 못해 봤어."

"왜 못 해?"

"의식불명이었어."

기가 막혔다. 삼류 드라마에서도 요새는 웬만하면 안 써먹는 뻔한 수작을 어디서…… 동준이의 얼굴은 태연했다. 거짓말하는 눈치가 아니었다.

"왜, 기억상실증은 아니고?"

"교통사고."

동준이가 교복 셔츠 앞자락을 추켜올렸다. 불쑥 드러난 복근 위로 왼쪽 갈비뼈를 한 뼘 남짓 가로지른 흉터가 보였다. 실밥을 뽑은 지 얼마 안 되었는지 흉터의 실밥 자국이 도도록하고 발그스름했다. 말문이 막혔지만 의심이 완전히 가시지 않았다.

"의식불명이었다며 왜 배를 보여 줘? 머리를 다쳤어야 말이 되는 거 아냐?"

내 말에 동준이가 기다렸다는 듯 고개를 돌리고는 뒤통수 오른편의 머리카락 한 줌을 들어 보였다. 과연 손가락 두 마디 남짓한 상처가 있었다.

"학교엔 왜 안 알렸어?"

담임 선생님을 비롯해 누구도 동준이의 입원 소식을 전한 적이 없었다. 영미가 가출 소식을 떠들어 댔을 뿐이었다.

"여태 무연고 의식불명 환자로 있었어."

바람이나 쐬려고 집을 나와 정동진에 갔다가 신호를 위반한 차에 치였다고 했다. 그 후로 근처 병원에 입원 치료를 받다 엊그제에야 기적적으로 깨어났고 이만큼 시일이 지났다는 사실도 깨어난 후에야 알게 되었다는 사연이었다.

"눈 감았다 뜨니 엊그제더라."

이 말이 사실이라면 동준이에게 톡을 보내도 확인하지 않았던 이유며 여태 아무런 연락도 없었던 이유도 충분히 설명되었다. 하지만 어쩐지 믿기지 않았다.

"어떻게 무연고가 돼? 지갑이나 핸드폰도 안 갖고 갔어?"

"다 놓고 갔어. 현금 몇만 원만 챙겨서……."

이랬으니 가출했다는 소문이 퍼졌구나.

그때였다.

"입퇴원확인서 보여 줘 봐."

등 뒤에서 끼어든 현민이의 목소리에 동준이가 고개를 삐딱하게 기울이며 내 어깨너머를 내다보았다. 동준이가 미간을 찌푸렸다.

"넌 뭔데 자꾸 끼어드냐?"

"입퇴원확인서 안 받아 왔어?"

동준이가 콧방귀를 뀌었다.

"그걸 왜 너한테 보여 줘야 되는데?"

"누가 봐도 수긍이 갈 만한 증거를 대야지."

"니가 뭔데. 보험사냐?"

동준이가 현민이에게로 다가섰다. 이번에는 정말 한 대 칠 기세였다.

"왜 그래? 그만해."

둘 다 말려도 들은 척 하지 않았다. 오히려 서로에게 다가들었다.

"너 때문에 나린이가 얼마나 수모를 당했는지 알아?"

"됐고, 넌 뭐냐고, 이 새끼야."

동준이의 목청이 높아지자 현민이가 당당히 대답했다.

"나린이 남친이다."

동준이가 나를 바라보았다.

"뭐야, 그동안 둘이 눈이라도 맞았냐?"

얼굴이 펑 달아올랐다.

"남친은 무슨……. 야, 모현민, 너 왜 있지도 않은 소릴 해?"

손사래까지 치며 현민이를 째려보았다. 현민이는 내 말은 아예 듣지 못한 양 동준이에게 큰소리쳤다.

"그래! 눈 맞아서 사귀기로 했다."

"넌 닥치고, 안나린 니가 대답해. 이 새끼 말 진짜냐?"

동준이가 서슬 퍼런 기세로 물었다. 두툼한 빵 사이에 낀 햄버거 패티가 된 기분이었다.

"아니라니까? 야, 모현민, 너 자꾸 이럴래?"

두 남자 사이의 알력이 팽팽해졌다. 동준이가 현민이의 가슴팍을 양손으로 툭툭 떠밀었다.

"본인이 아니라잖아, 새끼야. 뭘 믿고 껴들어?"

현민이도 못 참겠다는 듯 동준이의 멱살을 와락 움켜쥐었다. 여차하면 패대기라도 칠 기세였다.

"너야말로 껴들지 마. 나린이가 죽도록 힘들 땐 코빼기도 안 보이다 이제야 나타나서 남친 행세야? 진짜 남친이 뭔지 알아? 힘들 때 옆에 있어 주는 남자야."

일촉즉발이었다. 느닷없이 이런 상황이 닥치니 어떻게 해야 할지 난감했다. 두 남자를 지켜보다 나도 모르게 고함을 빽 질렀다.

"둘 다 그만해!"

두 남자가 동작을 우뚝 멈추고 나를 돌아보았다.

"요즘 내 하루하루가 얼마나 지옥 같은지 알아? 너넨 죽었다 깨어나도 모를 거야."

동준이를 바라보았다. 여전히 동준이에게서는 번쩍번쩍 빛이 났다. 동준이가 내 첫사랑'이었다'는 사실만은 앞으로도 변함없을 터였다. 하지만 이제 과거형이었다. 동준이의 얼굴만 봐도 설레던 예전으로 돌아가기에는 짧은 시간 동안 너무 많은 것이 변해 버렸다.

"동준이 너, 일단 고마워, 무사히 돌아와 줘서……. 내가 얼마나 걱정했는지 모를 거야. 네가 말한 사정, 사실이라고 믿을게. 근데 우린 이미 틀렸어. 혜정이가 죽었는데 무슨 낯으로 사귀겠어. 난 마음 접었으니까 너도 이제 그만해."

이번에는 현민이를 바라보았다.

"너도 그만해. 새 폰도 고맙고 어제오늘 에스코트까지 해 줘서 정말 고마운데 앞으론 안 그래도 돼. 미안하지만, 이 폰 돌려줄게."

현민이에게 더는 짐이 되고 싶지 않았다. 직접 건네면 받지 않을 듯해서 전화기를 수풀 위에 고이 내려놓았다.

"뒷면에 흠집이 좀 났어. 이거 때문에 혹시 문제가 되면 변상할게."

간밤의 난투극이 전화기에 남긴 생채기를 보자, 그제야 교실 사물함에 넣어두고 온 오혜정 생각이 났다.

"이만 가 볼게. 너희 둘, 내 앞에서 한 번만 더 싸우면 그땐 진짜 너희들 다신 안 볼 거야."

얼빠진 얼굴로 나를 바라보는 둘을 뒤로하고 교실로 종종걸음쳤다.

교실 문을 열어젖히며 오혜정 때문에 난장판이 된 광경을 상상했다. 하지만 교실은 여느 날과 다름없었다. 내가 자리를 비운 동안 등교한 진희가 자리에서 나를 돌아보며 손을 흔들었다. 그 애에게 손을 흔들고는 사물함으로 걸어갔다. 문을 열어 보니 백팩은 얌전히 그 자리에 놓여 있었다.

'오혜정, 뭐해?'

대답이 없었다.

'삐쳤냐?'

묵묵부답. 백팩 지퍼를 열어 안을 들여다보았다. 마녀 인형의 고깔모자와 곱슬곱슬한 보라색 머리카락이 보였다. 조금 전까지만 해도 귀가 따갑도록 떠들어 대던 애가 갑자기 조용해지니 왠지 불안했다. 누가 봐도 그냥 인형이었다. 평범한 마녀 인형.

"오혜정."

나지막이 이름을 불러보기까지 했지만 역시 대답은 없었다. 혹시……? 진희를 돌아보았다. 진희는 제자리에 앉아 나를 빤히 돌아보고 있었다. 그 애가 무슨 일 있느냐는 듯 눈을 동그랗게 떴다. 그리로 가서 자리에 앉았다.

"안녕, 나린아."

"어, 안녕."

그 애는 분명 평소와 달랐다. 아니나 다를까, 진희가 내 귀에 대고 나직이 속삭였다.

"혹시 몰라서 혜정인 내가 재웠어."

가슴이 쿵 내려앉았다. 역시 진희는 오혜정의 존재까지도 알아차렸다. 그렇다면 오혜정을 이 지경에 이르게 한 장본인도…….

"진희 너지?"

내가 묻자 진희가 그 예쁜 눈을 동그랗게 뜨며 되물었다.

"응?"

"오혜정 죽인 거."

"뭐?"

멍하니 나를 바라보던 진희가 이내 장난기 어린 표정을 짓더니 내 어깨를 툭 쳤다.

"에이, 너 지금 장난하니?"

저 시치미 떼기도 이제 지긋지긋했다.

"너야말로 장난하지 마."

진희의 귓가에 대고 속삭였다.

"다 알아, 그날 네가 오혜정 죽인 거……."

진희의 얼굴에 어떤 감정의 동요가 스치고 지나갔다. 금세 천연덕스러운 얼굴로 돌아왔지만 분명 그 애도 흔들렸다.

그 애가 내게로 불쑥 다가들었다. 나도 모르게 움찔 뒤로 물러났다. 진희가 피식 웃더니 내 귓가에 나직이 속삭였다.

"알든 모르든 상관없어. 룰을 어겼으니 페널티도 감수해야 할 거야."

페널티? 설마 간밤에 말했던 그 '약간의 페널티'? 페널티는 분명 내가 소원의식을 거부했을 때 생긴다고 했다. 맹세하건대, 나는 소원을 빌었고 의식까지 치렀다. 인형을 태우고 먹는 의식을 치르지 않았을 뿐……. 그래도 페널티는 어떤 식으로든 주어진다는 말인가? 솔직히 두려웠다. 여태까지도 죽도록 버거웠는데 더한 일이 닥친다면 못 배길 듯했다.

교실은 물론, 온 세상에 진희와 나만 남은 듯했다. 살아남으려면 목숨을 걸고 눈앞의 마녀와 싸워 이겨내야만 했다.

"마음대로 해. 근데 이거 하난 똑똑히 알아둬. 나도 이제 당하고 있지만은 않을 거야."

진희에게 또박또박 덧붙이자, 그 애가 눈을 동그랗게 뜨고 나를 바라보았다.

전혀 놀라는 눈치가 아니었다. 오히려 이 상황을 재미있어하는 듯했다. 내 딴에는 선전포고에 가까운 선언이었는데 그렇게 나오니 무안해졌다.

"그래, 바로 그거야, 나린아. 이렇게 강인한 자세!"

그 애는 장하다는 듯 내 어깨를 다독이기까지 했다.

"비꼬지 마. 너랑 농담 따먹기나 하고 있을 기분 아니니까."

"그래, 알았어, 릴렉스."

울분을 삭이며 자리에서 일어서는 내 등 뒤에서 진희가 덧붙였다.

"아무튼, 절차는 정해진 대로 진행될 거야."

* * *

방과 후, 홀로 교문을 나섰다.

현민이는 점심시간에 외할아버지가 위독하다는 연락을 받고 또 조퇴했다. 이번이 두 번째이니 정말 위독하신 모양이었다. 조퇴하기 전 현민이는 나를 바라보았다. 걱정으로 가득한 눈이었다. 현민이에게 괜찮다고 고개를 끄덕였다.

현민이가 교실 문을 나서자 영미가 말했다.

"쟤네 외할아버지가 화성그룹 회장이잖아."

화성그룹이라면 우리나라에서 손꼽히는 대기업이었다. 전에 영미가 드라마 운운했던 말의 의미를 그제야 알 만했다.

백팩 속의 오혜정은 여전히 잠잠했다. 진희가 손을 어떻게 썼는지 몰라도 오혜정은 종일 입도 뻥끗하지 않았다. 그 애라도 떠들어 대면 차라리 덜 심란하겠는데……. 마음은 온통 진희가 말한 페널티로 쏠려 다른 생각이 들지 않았다.

버스정류장에 이를 즈음, 등 뒤에서 요란한 모터사이클 소리가 다가오더니 내 바로 뒤에서 끽 멈췄다. 화들짝 놀라 돌아보니, 모터사이클을 탄 사람은 동준이였다. 그 방면에는 까막눈이라 기종이 뭔지는 몰라도 번쩍번쩍 빛나는 모터사이클이였다. 현민이도 그렇고, 동준이도 그렇고 교통수단이 다들 으리으리한 것이 먹고 살 만한 모양이였다.

무시하고 그냥 지나치려는데 동준이가 내 손목을 덥석 붙들었다.

"타. 데려다 줄게."

앞에는 오혜정과 몇 년을 사귀었던 동준이가, 뒤에는 오혜정의 영혼이 깃든 마녀 인형이 백팩에 담긴 상황이었다. 동준이와는 손목으로, 오혜정과는 등으로 이어져 있으니 내가 헤어진 연인을 이어주는 오작교라도 된 기분이었다.

"됐어, 너나 실컷 타."

손을 뿌리치며 퉁명스레 쏘아붙였지만, 동준이는 다시금 내 팔을 붙들었다.

"데려다준다니까?"

또 뿌리쳤다. 동준이가 내 손목을 잡기만 했는데도 죄를 짓는 기분이었다. 이러다 오혜정이 깨어나기라도 하면 무슨 일이 벌어질지 몰랐다.

"내 다리 튼튼해. 그리고 너도 이제 웬만하면 버스 타고 다녀, 괜히 폼 잡느라고 오토바이 타다 또 사고 나서 잠수 타지나 말고."

"왜, 이건 싸구려라 타기 싫냐?"

버스만 타고 다니는 내 기준으로 보자면 이 모터사이클도 고급 교통수단이기는 매한가지였다.

"무슨 소리야."

"영미한테 들었어. 그 새끼네 차 타고 다녔다며?"

두말할 나위도 없이 현민이를 두고 한 말일 터였다. 둘이 왜 이리 유치하게 서로를 견제하는지 몰랐다.

"그래서 넌 차 대신 오토바이 끌고 왔다 이거야?"

"여지를 주니 그 새끼가 남친이니 뭐니 떠들어대잖아."

아까 동준이에게 힘들 때 옆에 있어야 진짜 남친이지 않냐고 받아치던 현민이가 떠올랐다.

"너 현민이가 왜 그랬는지 아직도 모르는구나."

그렇게 말하자 동준이가 말끝을 흐렸다.

"그야 네가 틈을 보이니까……."

나도 모르게 녀석의 뺨에 손을 휘둘렀다. 하지만 동준이가 우스울 정도로 간단히 피하는 바람에 내 손은 허공을 갈랐다. 억눌렀던 감정이 봇물 터지듯 쏟아져 나왔다.

"그래, 여지도 엄청 주고 틈도 많이 보였다. 어쩔래? 오혜정 죽은 뒤로 세상 사람들이 전부 날 천하의 마녀 취급했어. 날 죽이겠다고 덤비는 사람밖에 없었다고! 어떤 놈은 우리 집에 벽돌을 던지고도 모자라 학교까지 찾아와 황산까지 뿌리고 도망갔어. 그럴 때마다 현민이가 얼마나 도와줬는지 알기나 해? 그래, 걔만은 날 사람으로 대해 줘서 여지 좀 줬어. 그럼 어때서?"

바락바락 악을 쓰자 녀석이 어이없다는 얼굴로 나를 바라보왔다.

"진심이냐?"

"아니, 내 진심은 이미 말했어. 너희 둘이 뭘 어떻게 해도 내 맘 변하지 않아."

단호하게 말하고 돌아섰지만, 한편으로는 좀 찔렸다. 사실 오늘 큰맘 먹고 현민이와 이런저런 상의를 하려고 했다. 그런데 동준이가 학교에 나타나면서 일이 얼크러졌다. 그러고 보니 이 모든 악몽의 시작에는 동준이가 있었다. 녀석을 홱 돌아보았다.

"하나만 대답해, 너 이 일 있기 전부터 나 좋아했어?"

동준이가 멈칫했다.

"누가 그래?"

'백팩 속의 혜정이가……'

만일 오혜정이 아직 이 세상에 있고, 제가 선물한 마녀 인형에 깃들었다는 사실을 알게 된다면 녀석은 어떻게 반응할까.

"사실인지 아닌지만 대답해."

녀석이 잠시 머뭇거리더니 대답했다.

"아냐."

— 거짓말!

오혜정의 목소리였다. 느닷없이 끼어든 그 목소리에 화들짝 놀랐다. 언제부터인지는 몰라도 깨어나 동준이의 목소리를 들었던 모양이었다.

"깜짝이야."

"왜 그래?"

흠칫 놀라는 나를 본 동준이가 물었다.

"아냐, 아무것도……."

백팩 속의 오혜정이 깨어났다고 할 수도 없고.

― 내가 그랬다고 해 봐.

오혜정이 부추겼다. 조금 전 대화까지도 엿들은 모양이었다.
이럴 때 어찌해야 할지 몰라 난감했다.

"오혜정이 그러더라. 네가 전부터 나 좋아했다고……."

녀석이 또 한 번 멈칫했다.

"언제?"

― 언제가 중요해? 이 발정 난 놈아!

오혜정이 고함을 바락 내질렀다. 귀청이 얼얼하도록 큰소리
였지만 이번에도 그 목소리를 들은 사람은 나뿐이었다.

"그게 중요한 게 아니잖아. 안 그래?"

순화해서 오혜정의 말을 전달했다. 녀석은 묵묵부답이었다.

― 나쁜 새끼, 저주할 거야. 꼴도 보기 싫으니까 얼른 썩 꺼
지라고 해.

"대답 못 하겠으면 따라오지도 마."

아예 휙 돌아서서 가던 길을 가기 시작했다. 녀석이 모터사
이클을 몰고 내 속도에 맞춰 졸졸 뒤따라왔다.

"따라오지 말라니까?"

"안 따라가. 내 갈 길 가는 거지."

동준이는 둘러대며 내 걸음에 맞춰 저속으로 달렸다.

대로로 접어들면서 길이 인도와 차도로 나뉘자 녀석은 도로변에 바짝 붙어 느릿느릿 달렸다. 슬쩍 곁눈질로 보니 헬멧도 안 쓰고 머리칼을 흩날리며 모터사이클 모는 모습만큼은 제법 그럴싸했다.

내 시선을 느낀 녀석이 돌아보았다. 얼른 시선을 피하며 중얼거렸다.

"잘하는 짓이다, 헬멧도 없이……."

— 꺼지라고 해. 안 꺼지면 확 던져 버린다고 해.

오혜정이 씩씩대며 말했다. 뭐든 제 몸보다 가벼운 것만 움직일 수 있다면서 뭘 던져 버린다는 말인지. 그런데 이내 그 답이 나왔다.

눈앞 인도 구석에 뒹구는 보도블록 조각이 보였다. 그 보도블록이 부르르 몸을 떨더니 무릎 높이의 허공까지 붕 떠올랐다.

심장이 내려앉았다. 저 보도블록을 움직인 장본인이 누구며, 저 돌덩이의 목표물이 어디일지는 뻔했다.

주위를 둘러보았다. 불행 중 다행인지 주위에서 그 광경을 본 사람은 나뿐이었다. 동준이도 앞을 보느라 옆에서 무슨 일이 벌어지는지 전혀 모르는 눈치였다. 재빨리 그리로 달려가 보도블록을 발로 꾹 내리눌렀다. 보도블록은 제 의지를 지닌 생명체처럼 요리조리 뻗대며 내 발길질에 저항했다.

"확 태워 버린다?"

나도 모르게 외쳤다. 그제야 보도블록이 힘을 잃고 바닥에 툭 떨어졌다.

― 진정해, 안나린. 그냥 심심해서 건드려 본 거야. 다른 뜻은 없었어. 오해하는 거 아니지?

오혜정이 구차한 변명을 늘어놓았다.

'너 진짜 한 번만 더 해 봐. 그땐 화형이야.'

내가 으름장을 놓자 오혜정이 토라진 목소리로 대답했다.

― 쳇, 알았어, 알았다고.

"뭐하냐? 뭘 태워?"

동준이가 모터사이클을 멈추고 나를 바라보며 물었다.

"아, 길에 쓰레기가 많아서 다 태우고 싶다고. 사람들이 어째 쓰레기통 놔두고 쓰레기를 길에다 버리나 몰라."

동준이에게 구차한 변명을 늘어놓자 오혜정이 덧붙였다.

― 옆에도 하나 있네, 쓰레기.

그러고 보니 아까까지만 해도 백팩 속에서 아무것도 안 보인다던 오혜정이 무슨 수로 인도의 보도블록을 움직였는지 의심스러웠다. 등 뒤를 돌아보니 백팩의 지퍼가 절반 이상 열렸고 그 틈으로 눈을 내민 마녀 인형이 밖을 내다보는 중이었다. 백팩을 등에서 내려 지퍼를 확 잠그며 오혜정에게 속삭였다.

'자꾸 지퍼 열래? 확 그냥……'

― 거, 되게 치사하네. 세상 구경 좀 하려고 그랬다.

백팩을 다시 등에 메며 따졌다.

'세상 구경이 보도블록으로 전 남친 뒤통수치기냐?'

― 통수치기는 네 전문이지.

'어디 불 잘 타게 생긴 공터라도 찾아볼까?'

— 하, 웃자고 한 말에 죽자고 덤빌래?

오혜정이랑 옥신각신하는 사이, 멀찌감치 사거리 도로변에서 있던 정복 경찰이 동준이를 발견하고 이리로 다가왔다. 동준이에게 경찰을 가리켰다.

"야, 경찰, 경찰!"

"어……."

녀석도 경찰을 발견하고 모터사이클을 세웠다.

"학생, 헬멧도 안 쓰고 오토바이 타게 돼 있나?"

경찰이 범칙금 통지서를 꺼내며 동준이를 나무랐다.

"깜빡했는데요."

"깜빡하다가 큰일 나, 이 친구야."

— 맞아, 나도 깜빡했다가 요 모양 요 꼴이 됐지.

오혜정이 미운 시누이처럼 거들었다. 경찰은 벌금 딱지를 끊어 동준이에게 내밀며 당부했다.

"내 동생뻘이라 해 주는 말인데 오래 살고 싶으면 오토바이 타지 말어. 헬멧 쓰기 전엔 타지 말고 끌고 가."

"딱지 뗐는데……."

"한 장 더 떼 줘?"

경찰의 으름장에 동준이는 마지못해 모터사이클에서 내려 그 물건을 끌고 인도로 올라왔다. 나는 나대로 동준이와 함께 걷기가 껄끄러워 종종걸음쳤다. 버스정류장만 나오면 곧바로 아무 버스나 타고 갈 작정이었다.

"먼저 간다, 따라오지 마."

저만치 버스정류장이 보일 즈음이었다. 오혜정이 등 뒤에서 느닷없이 외쳤다.

— 가지 마, 안나린.

'왜 또 그래, 어딜 가지 말라고?'

— 스톱하라고!

오혜정의 목소리가 높아졌다. 처음에는 장난인 줄 알았다. 내가 걷는 길은 인도였고 눈앞에 아무 장애물도 없었다. 무슨 엉뚱한 소리인가 싶어 걸음을 멈춘 순간, 심상치 않은 느낌이 들었다.

발밑의 땅바닥이 쏙 사라졌다. 정확히 말하자면, 발밑의 인도가 푹 꺼지며 무너져 내렸다. 발밑에 도사린 어둠이 나를 집 어삼켰다. 싱크홀이었다.

때로 순간은 영원처럼 길게 늘어나기도 한다. 시커먼 싱크홀로 곤두박질하던 그 순간이 바로 그랬다. 발밑으로는 보도블록들이 거무죽죽한 흙덩이들과 뒤섞여 우수수 떨어져 내리는 광경이 느릿느릿 보였고, 사고를 목격한 행인들의 비명도 느리게 재생한 동영상 속의 말소리처럼 죽죽 늘어났다. 이 사고가 진희가 말한 절차일까. 그럴지도, 아닐지도 몰랐다. 어쩌면 마녀 인형을 태우지 않은 '약간의 페널티'인지도…….

바닥 없는 어둠으로 몸이 내려앉았다. 이제 다 끝이라고 생각하니 차라리 마음이 편해졌다. 눈을 감았다.

그때 누가 내 등을 홱 낚아챘다.

정확히는, 누가 내 백팩을 꽉 붙들었다. 곤두박질하던 내 몸이 허공에 턱 걸리며 대롱대롱 매달렸다. 위를 올려다보니 내 백팩 손잡이를 붙든 동준이가 보였다. 녀석의 팔뚝과 얼굴에서 힘줄과 핏줄이 툭툭 불거졌다. 부르르 떨리는 팔이 내 체중을 지탱하기에는 버거워 보였다. 아니나 다를까, 녀석이 나를 따라 싱크홀 쪽으로 주르륵 미끄러지기 시작했다. 동준이에게 말했다.

"그냥 놔."

녀석은 나를 붙든 손을 놓지 않고 힘겹게 내뱉었다.

"그냥…… 놔 주려면…… 돌아오지도 않았어."

멋진 말이었다.

하지만 이미 타이밍이 너무 늦었다. 언뜻 내려다보기에도 싱크홀은 깊었다. 나 정도야 흔적도 없이 집어삼키고도 남을 만큼……. 빠지면 무사하지 못할 깊이임은 확실했다. 바닥이 안 보였으니까.

싱크홀로 미끄러지던 동준이의 몸이 멈추었다.

"잡았어, 잡았어!"

동준이의 등 뒤에서 어른 목소리가 들려왔다. 사람들 얼굴은 보이지 않았다. 가까이 다가오면 더 무너져 내릴지도 몰라 동준이의 다리나 허리쯤을 붙든 듯했다.

머리 뒤에서 실밥 뜯기는 소리가 났다. 내 무게를 버티지 못한 백팩 손잡이가 서서히 뜯기는 소리였다. 겨드랑이 밑에서도 소식이 왔다. 내 겨드랑이를 V자로 파고든 어깨끈의 버클에서 끈이 제 의지를 지닌 생명체처럼 스르륵 빠져나가기 시작했다.

"손잡아, 손!"

동준이가 다른 한 손을 내게 뻗으며 외쳤다.

— 손잡으라잖아! 이대로 죽을 거야?

오혜정의 목소리가 머릿속을 울렸다. 물속에 가라앉았다가 물 밖으로 빠져나온 듯 현실 감각이 돌아왔다.

가장 먼저 떠오른 사람은 나은이었다. 나마저 죽으면 그 애는 혼자 살아가야만 했다. 그다음으로는 신기하게도 현민이의 얼굴이 떠올랐다. 수돗가에서 그 애에게 안겨 울 때 가만히 받아 주던 따뜻한 품과 특유의 심사숙고하던 얼굴, 늘 나만 바라보던 눈빛이 눈에 선했다. 가장 힘들 때 날 지켜주던 호위무사 같은 녀석이 지금은 어디서 무엇을 하는지 궁금했다.

— 안 돼! 나는 못 죽어!

오혜정이 외쳤다.

'넌 벌써 죽었잖아?'

— 죽긴 뭘 죽어? 이렇게 두 눈 새까맣게 뜨고 살아 있는데? 얼른 손이나 잡아!

오른팔을 동준이에게로 번쩍 치켜든 순간, 팔이 백팩 어깨끈에서 쑥 빠져 버렸다. 당연한 일이었다. 여태 팔을 밑으로 내린 덕에 겨드랑이 위에서 백팩을 끌어당기는 힘의 버팀목이 되어주었는데 한쪽 팔을 위로 뻗는 바람에 버팀목 하나가 사라진 셈이었다. 한쪽 어깨가 빠지며 몸이 시계추처럼 기우뚱하자 다른 쪽 어깨도 순식간에 어깨끈에서 빠져나왔다.

생명줄을 잃어버린 몸이 허공에 붕 떠올랐다.

몸이 어둠으로 떨어지던 순간, 허공을 허우적대던 손이 가까스로 어깨끈을 붙잡았다.

동준이는 싱크홀 위에서 백팩 손잡이를 붙들고, 나는 싱크홀 밑에서 백팩 어깨끈에 매달려 대롱거렸다. 디딜 데도 없는 허공을 발로 휘저었다. 발뒤꿈치에 차인 흙무더기가 우수수 떨어져 내렸다. 조금 있으면 저 흙무더기들이 내 길동무가 될 터였다.

— 안나린, 놓치지 마!

오혜정이 백팩 속에서 외쳤다.

동준이가 움켜쥔 백팩 손잡이의 실밥이 더 뜯겼다. 올려다보니 백팩 손잡이는 꼭 입 벌린 끈끈이주걱 같았다. 내가 붙든 어깨끈의 버클에서 끈이 풀려나가는 속도에 가속도가 붙었다. 그나마 버클이 금속 재질이어서 천만다행이었다. 플라스틱 버클이라면 진작 무게를 지탱하지 못하고 부러졌을 터였다.

백팩이 내 몸집에는 좀 큰 편이라 백팩이 등에 닿도록 어깨끈을 바짝 당겨 놔서 버클 밑으로도 끈이 한 뼘 넘게 나풀거렸는데, 이제는 다 빠져나가고 박음질된 끄트머리만 간신히 버클에 걸려 버티는 중이었다. 이러다 버클이 어느 순간 뚝 부러지거나 끈이 훅 빠져 버리기라도 하면 끝장이었다. 제아무리 금속이라 해도 50kg 가까운 무게를 지탱하기는 어려우니까.

"발 걸 데 없어?"

동준이가 외쳤다. 다리를 허우적거려 흙벽 쪽으로 몸을 돌렸다. 비죽비죽 튀어나온 돌덩이와 흙덩이며 나무뿌리, 썩은 비닐 등이 눈에 띄었지만, 발 디딜 데는 좀처럼 보이지 않았다. 밑을 내려다보다 무릎 즈음에 튀어나온 쇠파이프 끄트머리를 보았다. 거기에 발을 걸치고 올라섰다. 지반이 약해서인지 쇠파이프도 이내 무게를 못 버티고 떨어져 내렸다. 떨어진 지 한참 만에 첨벙 물에 잠기는 소리가 났다.

"어깨끈 붙잡고 올라와 봐!"

동준이가 외쳤다.

"힘들어."

매달리기도 벅찼다. 그나마 죽을 힘으로 버티는 중이었다. 어깨끈 끄트머리를 지탱하던 버클 틈이 점점 벌어지기 시작했다.

동준이와 시선이 마주쳤다. 녀석의 턱에서 대롱거리던 땀방울이 내 이마로 떨어졌다.

그 순간 어깨끈 끄트머리가 버클에서 쑥 빠졌다. 어깨끈을 놓친 내가 허공에 붕 떠올랐다. 이번에는 진짜 틀렸다. 오혜정이 비명에 가까운 고함을 질렀다.

— 포기하지 마, 안나린!

눈이 휘둥그레진 동준이 얼굴이 보였다. 마지막 순간, 녀석에게 웃어 보이고 싶었지만, 현실은 늘 그렇듯 오만상이었다.

어둠으로 곤두박질하던 나를 누가 낚아챘다.

아니, 어떤 힘이 내 손목을 붙들고 위로 쑥 잡아당겼다. 동준이의 손은 아니었다. 녀석의 손은 아직 반 뼘은 족히 떨어진 위쪽에 있었으니까. 사람의 손길이라기보다는 공기 그 자체였다. 내 손 주변에 어떤 힘이 깃들어 그 공기가 내 손목을 휘감고 끌어당기는 듯했다. 내 몸이 위로 쑥 떠올랐다. 백팩을 놓은 동준이가 내 손목을 붙들었다.

"잡았어!"

백팩이 싱크홀로 떨어졌다.

— 안녕, 안나린.

백팩이 눈앞을 스치던 순간 오혜정이 내게 인사를 건넸다.

'안 돼, 이렇게는 못 보내!'

닥치는 대로 손을 허우적댔다. 어깨끈 버클에서 빠져나온 끈 끄트머리가 손에 걸렸다. 그 끈을 꽉 붙들었다. 백팩이 내 손에 걸려 대롱거렸다. 동준이는 내 손목을 붙들고 나는 오혜정이 든 백팩을 붙든 모양새였다.

"당겨야죠, 뭐합니까, 다들!"

동준이의 등 뒤에서 누가 외치는 소리가 들렸다.

"하나, 둘, 영차! 하나, 둘, 영차!"

그 목소리에 맞춰 몸이 점점 위로 떠올랐다.

싱크홀 입구에까지 몸이 올라왔다. 동준이를 끌어당기는 몇몇 어른들이 보였다. 사람들을 지휘하는 목소리는 조금 전 동준이에게 딱지를 끊었던 경찰이었다.

상체가 싱크홀 밖으로 빠져나오자 백팩부터 안전지대로 내던졌다. 싱크홀 턱에 다리를 얹고 위로 올라왔다. 동준이와 내가 안전지대로 빠져나오자 구경꾼들이 손뼉을 쳤다. 더러 스마트폰으로 사진을 찍는 사람도 있었다.

"아이고, 세상에, 큰일 날 뻔했네."

"그 와중에 가방 챙긴 거 좀 봐, 모범생인가 보네."

"그나저나 뭔 싱크홀이 다 생겼대?"

사람들의 말소리를 들으며 동준이와 엇갈려 길바닥에 벌렁 드러누워 가쁜 숨을 몰아쉬었다.

살았다.

양털 구름이 한가로이 떠다니는 파란 하늘을 보니 그제야 실감이 났다.

내가 싱크홀로 떨어지지 않은 데에는 동준이의 공도 컸지만, 어깨끈마저 놓친 순간, 나를 끌어올려 준 기묘한 힘이 결정적이었다.

'혹시 너였어, 오혜정?'

백팩에 대고 물어보았다.

— 뭐가?

'좀 전에 날 끌어당겨 준 거.'

— 무슨 소리야? 난 너 못 들어. 말했잖아, 난 내 몸보다 가벼운 물건만 움직일 수 있다고…….

'싱크홀이 생길지는 어떻게 알았어?'

— 나도 몰랐어.

'근데 왜 멈추라고 했어?'

— 그냥 느껴졌어.

아무래도 요새 '그냥 느껴져 증후군'이 유행인 모양이었다. 가쁜 숨과 놀란 가슴이 진정되자 몸을 일으켰다.

"괜찮아?"

동준이가 물었다. 무릎이 살짝 까지기는 했지만 이만하면 토끼 굴에 빠졌다 나온 상태치고는 준수한 편이었다.

"어, 넌?"

"나도."

옷을 털고 일어나 싱크홀 쪽을 들여다보았다. 싱크홀은 그 자체로 입을 쩍 벌린 괴물이었다. 폭이 2미터는 되어 보였고, 깊이는 짐작도 되지 않았다.

"학생, 가까이 가지 마. 구멍이 더 커질 수도 있으니까. 그나저나 안 다쳤어?"

경찰이 나를 말렸다.

"네, 괜찮아요. 도와주셔서 고맙습니다."

힘을 합쳐 우리를 구해 준 행인들에게도 90도로 인사했다. 자리에서 일어난 동준이는 뒤편에 쓰러진 모터사이클을 일으켜 세웠다. 따라오지 말라던 내 말을 듣고 녀석이 제 갈 길 갔더라면 어떻게 되었을지 상상해 보니 끔찍했다.

진희가 아까 했던 말이 떠올랐다. 룰을 어겼으니 페널티도 감수해야 할 거라던 말.

싱크홀도 내가 간밤에 마녀 인형을 태우지 않아서 생긴 페널티일까. 그렇지 않고서야 하필이면 내 발밑에 난데없는 싱크홀이 생기고 거기에 빠져 죽을 뻔할 리가 없었다. 우연의 일치일 가능성도 있겠지만, 싱크홀에 빠지는 일은 로또 당첨보다도 확률이 더 희박한 우연이었다.

두 번째 소원의식을 치른 지 만 하루도 채 지나지 않았다.

이 사건이 소원의 대가라 해도 너무 일렀다. 소원은 이루어질 기미도 안 보이는데 대가만 덜렁 찾아올 리가 있을까. 마녀 인형을 태우지 않은 페널티라 쳐도 갑작스러웠다.

들여다보고 싶지 않은데 눈길은 자꾸만 싱크홀로 갔다. 시커먼 구멍을 보면 볼수록 출구가 아니라 입구 같았다. 토끼 굴 밖으로 빠져나온 상황이 아니라 토끼 굴 안으로 막 빠져든 듯한 느낌이랄까. 그러니까 나는 이제 막 이상한 나라로 접어들었는지도 몰랐다.

두 번째 이상한 나라.

8. 두 번째 이상한 나라

　경찰과 소방대원들이 현장을 수습하는 동안 동준이는 나를 끌고 근처의 모터사이클 가게로 찾아갔다. 거기서 동준이는 헬멧 두 개를 샀다. 하나는 무적 파워레인저나 쓸 법한 디자인의 남성용 헬멧이었고 하나는 눌러 써도 얼굴이 보이는 여성용 헬멧이었다. 녀석이 헬멧을 내게 건넸다.

　"써."

　"됐어, 그냥 버스 타고 갈래. 일진도 사나운데……."

　녀석이 말도 없이 내 머리에 헬멧을 씌웠다. 그러더니 나를 번쩍 들어 모터사이클 뒷좌석에 턱 앉혔다. 아까 직접 체험했지만 애는 힘이 헐크 같았다.

　"야, 뭐 하는 거야!"

　벌게진 얼굴로 따져도 녀석이 들은 척 만 척 모터사이클 헬멧을 쓰더니 앞에 올라타 시동을 걸었다.

"꽉 잡아."

녀석이 곧장 출발할 기세여서 엉겁결에 허리를 손으로 붙들었다.

─ 안나린, 잠깐만.

백팩 속의 혜정이 말했다.

'왜?'

─ 동준이한테 닿게 해 줘. 소원이야.

무슨 말인지 몰라 머뭇거리다 백팩을 앞으로 메기로 했다. 죽은 사람 소원도 들어준다는데…….

"잠깐만!"

동준이에게 외치고 백팩을 앞으로 돌려 멨다. 만일 오혜정이 감촉까지 느낀다면 동준이 등짝이라도 실컷 느껴 보라는 생각으로 등에 밀착했다. 이번에야말로 제대로 오작교가 제대로 된 셈이었다.

'됐어?'

─ 어, 딱 좋아.

오혜정의 목소리에서 만족감이 묻어났다.

'동준이랑 닿았는지는 어떻게 알아?'

─ 그냥 느껴져, 체온이…….

'어련하시겠어.'

"간다."

동준이가 외치자마자 모터사이클이 붕 출발했다.

모터사이클을 언제부터 탔는지는 몰라도 운전 솜씨가 수준급이었다. 속도가 빨라질수록 롤러코스터를 타는 듯 신이 났다. 상쾌하고 짜릿했다. 조금 전 싱크홀에 빠져 죽을 뻔했던 일도 저 멀리 날아가 버렸다. 옛날 영화나 드라마에서 여자애들이 남자친구가 모는 모터사이클에 매달려 '오빠, 달려!'를 외쳤던 이유도 알 만했다. 머리카락이 흩날렸고 귓가를 바람이 긁고 지나갔다.

집까지 무사히 도착하니 아드레날린이 떨어진 듯 긴장이 풀렸다. 동준이의 모터사이클에서 내리는데 다리에 힘이 풀려서 하마터면 길바닥에 털썩 주저앉을 뻔했다. 헬멧을 벗어 동준이에게 건넸다.

"오늘…… 고마웠어."

'어쨌든 내 생명의 은인이니까.'

— 난 그렇게 생각 안 해.

백팩 속에서 오혜정이 끼어들었다. 이제 이 염탐꾼 덕분에 생각도 바른 생각만 해야 할 판이었다. '생명의 은인'은 인사한마디 없이 모터사이클을 몰고 골목길 너머로 사라져 버렸다. 멍하니 동준이가 사라진 쪽을 바라보다 천천히 돌아섰다.

현관문을 열고 들어서니 도배 풀 냄새가 진동했다.

"왔어?"

후줄근한 작업복 차림의 나은이가 내 방에서 나와 나를 맞았다.

"뭐야, 이 냄새는?"

안으로 들어서며 물었더니 나은이는 배시시 웃기만 했다. 그 애가 내 방의 문을 열어 안을 보여 주었다.

"짜잔!"

방으로 들어갔다가 깜짝 놀랐다. 아침에 집을 나설 때까지만 해도 난리였던 천장이 헬로키티가 군데군데 뛰노는 분홍색 벽지로 말끔하게 도배되어 있었다.

— 왜, 왜, 뭔데?

오혜정이 또 끼어들었다.

"이걸 너 혼자 다 했어?"

"나 착하지? 부비부비해 줘, 언니."

나은이가 내 가슴에 얼굴을 비비며 혀짧은 소리로 어리광을 부렸다.

"아우, 징그러. 야!"

그러면서도, 그 애를 안고 다독여 주었다. 기특하고 고마웠다. 가끔 나은이는 깜찍한 배려로 나를 깜짝 놀라게 하곤 했다. 벽지 디자인이 내 취향은 아니었지만, 취향 따질 때가 아니었다. 이토록 사랑스러운 아이를 두고 죽을 뻔했다니…….

나은이가 주머니에서 뭔가를 꺼내어 내게 내밀었다.

"참, 그리고 이거. 아까 아침에 태워다 줬던 그 오빠가 주고 갔다?"

그 애가 내민 물건은 현민이가 선물했던 스마트폰이었다. 폰을 열어 보니 현민이가 보낸 톡이 떠 있었다.

— 유치한 짓 해서 미안

반가웠다. 메시지가 길지도, 대단치도 않았지만 진심이 듬뿍 담긴 듯했다. 혼자만의 착각인지도 모르지만……. 우리 집까지 찾아와 폰을 돌려주고 간 배려도 고마웠다. 하지만 현민이에게 이 폰을 돌려주겠다는 마음에는 변함이 없었다.

"얼굴 빨개지는 거 보래요. 언니도 그 오빠 좋아하는구나? 그 오빠도 언니 말만 나오면 얼굴 빨개지던데……."

나은이가 놀려댔다.

— 어디, 어디? 나도 한번 보자.

백팩 속의 오혜정까지 끼어들었다.

"그런 거 아냐. 너넨 알지도 못하면서……."

"너네? 나 말고 누가 또 있어?"

나은이가 어리둥절해진 눈으로 물었다. 아차, 오혜정의 목소리를 나만 듣는다는 사실을 깜빡했다. 수시로 끼어드는 목소리가 하도 자연스러워서 오혜정이 사람 모습으로 옆에 있는 줄 착각했다.

"아, 그냥 말이 헛나온 거야."

"그 폰은 뭔데? 그 오빠가 언닐 왜 줘?"

진희와 연락하지 말라고……. 그 마녀가 떠오르니 새삼 꺼림칙해졌다. 현민이가 가슴 따스해지는 햇볕이라면 진희는 가슴 서늘해지는 어둠이었다. 싱크홀처럼 입을 벌리고 나를 집어삼키는 어둠. 그 어둠을 몰아내듯 고개를 가로저으며 말했다.

"생일선물이래."

"생일선물? 언니 생일 12월이잖아."

"미리 주는 거래."

"대박, 나도 그런 남친 하나 있으면 소원이 없겠다."

"남친 아니야. 남사친이야."

"남친도 아닌 남사친이 차로 에스코트도 해 주고 핸드폰까지 선물해? 이야, 최고네. 언니 안 쓸 거면 나나 줘. 이참에 내 폰 바꾸게. 언니 방 도배비로 퉁치지, 뭐."

"됐어, 돌려줄 거야."

"왜? 오늘 내가 짜장면 쏠게, 콜?"

"최소한 양장피 세트는 되어야지."

"탕수육 세트. 더는 안 돼."

그때 오혜정이 또 끼어들었다.

— 아아, 나도 탕수육 먹고 싶다!

나은이를 억지로 내보내다시피 하고 방문을 닫은 뒤 현민이에게 톡을 보냈다.

— 괜찮아? 외할아버지는 좀 어떠셔?

답장은 금방 날아왔다.

— 오늘 밤이 고비래

— 어떡해 잘 넘기셨음 좋겠다

— 어 걱정해줘서 고마워

상황이 상황인지라 폰 돌려주겠다는 말은 꺼내지도 못했다. 화성그룹 회장이 병세가 위중하다는 소식은 뉴스로 몇 번 떠서 익히 알았다. 그 사람이 현민이의 외할아버지였다니 놀라울 따름이었다.

싱크홀에 빠졌다가 동준이 덕에 살았다는 말을 꺼낼까 하다

가 그만두었다. 안 그래도 심란할 텐데 나까지 보탤 필요는 없
었다. 그냥 평범한 인사가 나을 성싶어 답장을 보냈다.

— 그럼 월요일에 봐

— 어 주말 잘 보내

'너도'라는 글자를 적다 지웠다. 외할아버지가 위독하신데
주말을 잘 보낼 리가 없었다. 그러고 보니 주말을 앞둔 금요일
이었다. 이번 주말은 어디 안 가고 나은이와 집에서 보내기로
했다. 진희가 말한 소원 성취일은 사흘 뒤인 월요일이었다.

* * *

"오늘 오후 5시쯤 홍주시 이원동 모 아파트 앞 인도 일부가
갑자기 무너져 내리는 싱크홀 사고가 일어났습니다. 인근에
고등학교가 있어 학생들의 통행이 빈번한 인도라 자칫하면 큰
사고로 이어질 뻔했습니다. 오대기 기자가 보도합니다."

배달된 탕수육 세트를 거실 탁자에 차리고 막 먹기 시작할
즈음, 거실에 켜둔 TV 뉴스에서 오늘 사건이 보도되었다.

"딴 데 뭐하지?"

슬그머니 리모컨으로 채널을 돌리려고 했는데 나은이가 가
로막았다.

"봐 둬 봐. 홍주래."

나은이는 구경났다는 듯 집중한 얼굴로 탕수육을 우물거리
며 뉴스를 바라보았다.

"싱크홀이 발생한 지점은 지하로 하수관이 지나는 지점으로 인근에 아파트단지와 고등학교, 버스 정류장이 있어 보행자 통행이 빈번한 곳입니다. 측정 결과 이번 싱크홀 크기는 가로 세로 폭 2미터에 깊이는 무려 8미터에 달합니다. 이 사고로 당시 인도를 지나던 고등학생 A 양이 싱크홀로 추락할 뻔했으나 주변을 지나던 행인들의 도움으로 무사히 빠져나왔으며 경미한 타박상을 입은 것으로 알려졌습니다."

접근금지 테이프와 경고문이 에워싼 싱크홀 앞에 선 기자가 보도했다.

"오, A 양이래."

나은이의 말에 뜨끔했다. 경찰에 이름 알려 주지 말걸. 나은이에게 걱정을 더하고 싶지 않아 시치미를 뗐다.

"그러게."

"소리가 나서 달려가 봤더니 여학생이 빠질라고 매달린 걸 남학생이 붙들고 있었습니다. 주변 시민들이 바라만 보아서 제가 경찰된 신분으로 시민들과 합심하여 여학생을 구조하였습니다."

동준이에게 딱지를 끊었던 경찰까지 나와 인터뷰했다. 인터뷰가 어색한지 말투가 부자연스럽고 간간이 얼굴에 웃음기도 어른거렸다.

"당시 사고 현장을 우연히 현장을 지나던 시민이 촬영했고 그 동영상을 저희 방송국에서 단독 입수했습니다."

동영상이라고? 그 순간을 찍은 동영상이 있다니 대단한 우연이었다.

"우와, 저거 그냥 유튜브에 올렸음 대박났을 건데."

동영상이 나왔다. 세로로 길쭉한 화면이 스마트폰으로 찍은 영상인 듯했다. 멀찌감치 저 앞에 동준이와 나의 뒷모습이 찍힌 영상이었다.

"한 여학생이 인도를 걸어갑니다. 여기까지는 그냥 여느 때와 다름없는 하굣길입니다. 그런데 갑자기 굉음이 들리고 여학생이 시야에서 사라집니다. 싱크홀이 생긴 겁니다."

기자는 영상을 앞으로 돌려 내가 싱크홀에 빠지는 순간을 느리게 보여 주기까지 했다.

"뒤따라가던 남학생이 재빨리 몸을 던져 여학생을 붙듭니다. 놀란 시민들도 하나둘 주위로 몰려듭니다."

영상은 거기까지였다. 화면 밑에 '동영상 제보 : 익명 시민'이라는 자막이 떠올랐다.

— 어디, 어디? 나도 좀 보자.

오혜정의 목소리가 내 방 쪽에서 들렸다. 돌아보니 빠끔 열린 내 방문 틈으로 얼굴을 비죽 내민 마녀 인형이 보였다. 절대 방 밖으로 나오지 말라 신신당부했건만!

허공에 둥둥 떠 있는 인형을 나은이가 보면 기겁할세라 재빨리 소파 뒤의 쿠션을 집어 들어 방문 쪽으로 던졌다. 인형은 아래로 쑥 내려가며 여유롭게 쿠션을 피했다.

— 못 맞췄지롱!

"왜, 뭔데 그래?"

나은이가 방문 쪽을 돌아보았다. 이제 꼼짝없이 들켰구나 싶었는데, 사람이 나타날 때마다 죽은 듯 동작을 멈추던 「토이 스토리」의 인형들처럼 오혜정은 방바닥에 툭 나동그라졌다.

— 아야야! 내 다리! 다리 부러졌나 봐. 119 불러, 119!

인형 오혜정은 엄살도, 호들갑도 심했다. 인형이 되며 성격이 바뀐 건지, 원래 이런 성격인데 숨기고 살았던 건지.

"뜬금없이 왜 방석은 문에 던지고 그래?"

나은이가 무심히 중얼거리며 다시 TV 쪽으로 눈길을 돌렸다. 바닥에 떨어진 인형은 신경도 안 쓰는 것 같았다. 나은이가 둔한 편이어서 다행이었다. 사고 동영상의 주인공이 나라는 사실도 눈치채지 못한 듯했다.

"관계 당국은 복구 작업과 함께 현장을 통제하는 한편 정확한 사고 원인을 조사하고 있습니다. 특정 지역에 편중되어 발생했던 싱크홀이 이제 전국적으로 발생함에 따라 시민들의 불안과 공포도 커지고 있습니다. JBS뉴스 오대기입니다."

"이원동이면 언니네 학교 근처잖아? 언니 조심해야겠다."

나은이는 그렇게 말하고는 다시 탕수육 먹는 일에 열중했다. 속으로 안도의 한숨을 내쉬며, 바닥을 뒹구는 인형을 쫙 째려보았다.

'너 안 나오기로 약속했어, 안 했어?'

— 쳇, 네 동생은 탕수육 흡입하고 뉴스 보느라 내 쪽엔 관심도 없었거든? 네가 괜히 쿠션 던져서 돌아본 거잖아.

"아, 감질나서 못 먹겠네."

소스에 탕수육을 찍어 먹던 나은이가 소스 대접을 들어 탕수육에 들이부었다. 그러자 오혜정이 외쳤다.

— 소스 붓지 마! 부먹은 죄악이야!

***

저녁상을 치우고 방으로 돌아와 오랜만에 노트북을 켰다. 인터넷에 접속해 아까 봤던 뉴스 동영상을 다시 확인해 볼 작정이었다.

— 풀어 줘. 다신 멋대로 안 돌아다닐게. 야, 안나린! 친구끼리 이러기냐?

오혜정이 징징댔다. 내가 마녀 인형을 책상 등의 기둥에 기대어놓고 노끈으로 칭칭 감아두었기 때문이었다. 연필꽂이 속의 가위가 허공으로 스르륵 떠올랐다. 가위를 재빨리 낚아챘다.

"하지 말랬어. 진짜 확 태워 버린다."

인형의 눈앞에 촛불을 들이대며 으름장을 놓자 오혜정이 쩔쩔맸다.

— 너 혹시 가위 쓸 데 있으면 쓰라고. 릴렉스!

인터넷에 접속해 보니 벌써 실시간 검색어 순위에 '홍주 싱크홀 동영상'이 급상승 중이었다. 클릭해 보니 아까 TV 뉴스를 발 빠르게 편집한 동영상이 유튜브나 카페, 커뮤니티 등에 속속 올라오는 중이었다. 개중에 동영상이 포함된 TV 뉴스 기사를 찾아 들어갔다.

사고 동영상은 뉴스 중간부터였다. 동영상 재생 바를 조정해 익명 시민이 제보했다는 사고 동영상부터 영상을 재생했다. 동준이와 내 뒷모습을 찍은 영상이 흘러나왔다. 촬영자의 위치는 우리와 약 10여 미터 남짓 떨어진 뒤편이었다.

사고 동영상은 대개 두 가지 경우였다. 일상을 찍다 우연히 사고 장면을 포착한 경우와 미리 사고를 예견하고 일부러 찍은 경우. 911 테러 당시 첫 번째 여객기가 무역센터빌딩에 충돌하는 순간을 찍은 동영상은 대부분 전자였지만, 2차 충돌과 그 충격으로 무역센터빌딩이 무너져 내리는 순간을 찍은 동영상은 대부분 후자였다. 이번 싱크홀 사고를 찍은 영상은 언뜻 보기에 전자처럼 보였지만 곱씹어볼수록 후자가 아닌지 의심스러웠다.

싱크홀이 생기기 직전, 동영상 주인이 하필 동준이와 내 뒤를 찍었다는 점부터가 미심쩍었다. 폰카로 영상을 찍는 경우는 자신의 얼굴을 담거나 주변의 멋진 풍경을 담는 용도가 보통일 텐데, 이 영상은 어쩐지 동준이와 내 뒤를 밟으면서 찍은 듯했다. 학생 둘이 걸어가는 뒷모습이 무슨 멋진 풍경이라고 군이 폰카로 찍었을까. 물론 영상을 입수한 방송국 뉴스팀에서 이전 장면을 편집했을 가능성은 있었다.

게다가 동영상 촬영자가 이상하게 침착했다. 눈앞에 싱크홀이 생기고 사람이 빠지는 와중에 촬영자는 별로 흔들리지도 않고 사고 순간을 영상에 담았다. 그러고는 사람들이 싱크홀 주위로 몰려들 즈음 촬영을 끝냈다. 이 부분은 방송국에서 편집했다고 하기에도 뭣했다. 영상이 끝날 즈음 폰카의 촬영 정지 버튼을 눌렀을 때 나는 소리까지 담겼으니까.

"너, 진짜 옐로카드. 다음번엔 퇴장이야. 알았어?"

거듭 강조하고 인형을 풀어 주었다. 오혜정의 의견을 들어보고 싶었다.

— 알았어, 내 이름을 걸고 약속할게. 역시 안나린 넌 좋은 친구야.

"친구는 무슨……."

오혜정의 알랑방귀에 헛웃음이 나왔다. 그러면서도 노트북 화면이 보이게 인형을 품에 안고 다시 영상을 재생했다.

"봐 봐, 뭔가 이상해. 이 영상."

영상 재생이 끝나고 오혜정에게 물었다.

"네가 보기엔 어때?"

— 음…… 역시 동준인 뒷모습도 멋지네.

"에이, 진짜. 그런 거 말고!"

— 알아, 알아. 내가 보기에도 쫌 이상하긴 하다.

"그치?"

— 어, 우리가 폰카로 찍다 눈앞에서 무슨 큰일이 터졌다 쳐. 그럼 그리로 가서 더 찍지, 바로 끄진 않잖아. 근데 이 사람은 바로 촬영을 끝냈어.

"쫓아가서 나 꺼내는 걸 도운 거 아닐까?"

— 그랬을 수도 있지. 근데 이상한 건 또 있어.

"뭔데?"

— 영상을 앞으로 쫌만 돌려 봐. 너 빠지기 전으로……

오혜정의 말을 따라 영상을 사고 직전으로 돌렸다. 싱크홀이 생기고 내가 거기에 빠지는 영상을 다시 봤지만, 특이점은 눈에 띄지 않았다.

"뭔데 그래?"

— 다시 돌려 봐. 네가 빠지는 쪽 말고 화면 아래쪽 보다가 내가 정지하라면 정지해 봐.

영상을 앞으로 돌렸다. 내가 빠지기 직전 화면 가장자리를 보니 뭐가 번뜩 지나갔다.

— 스톱!

오혜정의 외침에 재생을 멈췄다. 화면 왼쪽 귀퉁이에 시커먼 물체 몇 개가 나타났다. 하나 둘 셋 넷…….

자세히 들여다보니 그것은 쫙 벌린 손끝이었다.

오른손으로 폰을 들고 찍으며 왼손을 들어 손가락을 펼친 듯했다. 길쭉한 손가락과 기다란 손톱으로 보아 동영상을 촬영한 주인은 여자일 가능성이 컸다.

— 어때, 이상하지?

오혜정이 물었다. 이상하긴 했다. 하지만…….

"깜짝 놀라서 손을 펼친 거 아닐까?"

— 아니, 내 말은 지금 저 시점이 싱크홀 생기기 전이었단 거야. 싱크홀 생긴 순간이 아니라……. 싱크홀 생기는 순간이었음 깜놀해서 저럴 수도 있지. 근데 저 때까진 그런 조짐이 전혀 없었다 이거지. 오히려 저렇게 손을 펼친 다음에 꽝 하면서 싱

크홀이 생겼어. 꼭 저 손짓이 무슨 신호처럼…….

다시 동영상 재생 버튼을 눌렀다. 오혜정의 말이 맞았다. 펼친 손끝이 화면에 나타난 순간은 싱크홀이 생기기 직전이었다. 싱크홀 때문에 놀라서 나온 손짓이 아니었다는 의미였다. 손끝이 화면에서 사라진 직후 굉음이 울리고 싱크홀이 생기며 내 뒷모습도 화면에서 사라졌다.

* * *

주말 내내 집에 콕 박혀 꼼짝도 하지 않았다.

밤에는 오혜정의 테러에 대비해 책상에 아로마 향 촛불을 켜두었다.

— 야, 친구끼리 자꾸 그럴래? 나 못 믿어?

오혜정이 볼멘소리를 할 때마다 대답했다.

"어, 못 믿어."

잘 때는 아예 인형을 끌어안고 잤다.

— 야, 왜 이래? 징그럽게…… . 난 남자가 좋거든?

말은 그렇게 해도 오혜정 역시 싫지는 않은 눈치였다. 자기전에는 진희가 불렀던 노래를 자장가 삼아 불러 주었다. 가사로 검색해 보니 그 노래는 자우림의 김윤아가 부른 「착한 소녀」라는 곡이었다.

— 착한 소녀! 아침이다, 일어나!

오혜정의 외침에 눈을 떴다. 곱고 밝은 햇살이 창으로 한가득 새어드는 상쾌한 월요일 아침이었지만 가슴이 두근거리고 입이 바짝바짝 말랐다. 무슨 일이 일어날지 기대 반 불안 반이었다.

— 아이고, 삭신이야. 잠을 잘못 잤나?

오혜정의 엄살을 들으며 몸을 일으키자마자 책상 앞으로 가서 노트북부터 켰다. 어쩐지 인터넷부터 들여다봐야 할 듯한 예감 때문이었다. 예감은 제대로 들어맞았다.

포털 사이트에 접속하자 실시간 검색어에 급상승 중인 익숙한 단어가 보였다.

'통수녀 사건 진실'.

그 검색어를 클릭하자 결과가 주르륵 떠올랐다. 개중에 한 포털사이트의 게시판에 익명으로 올라온 글이 눈에 띄었다. 글 제목도 '통수녀 사건의 진실'이었다. 그 글을 클릭했다.

저는 일명 '통수녀 사건'의 가해자로 지목받은 친구와 같은 반 남학생입니다. 괜히 말을 보탰다가 오히려 상황이 더 나빠질지도 모른다는 판단에 그동안 침묵했습니다. 하지만 돌이켜 생각해 보니 섣부른 판단이었습니다. 제가 침묵하는 동안에도 그 친구는 너무도 큰 오해와 핍박 속에 상상할 수 없을 만큼 고통 받았으니까요. 뒤늦은 감이 있지만, 이제라도 진실을 밝히고자 어렵사리 컴퓨터 앞에 앉았습니다.

네, 맞습니다.

저는 같은 반 친구의 전 남친과 사귀었다는 이유로 무시무시한 마녀사냥의 제물이 되어 지옥 속에 살아야 하는 제 친구의 진실을 밝히려고 합니다.

— 얼른 스크롤 내려 봐. 현기증 난단 말이야.

오혜정의 목소리가 재촉했다. 내려다보니 어느새 내 품을 소파 삼아 아늑하게 드러누운 마녀 인형이 노트북 모니터를 들여다보는 중이었다.

"야, 내가 지금 너 보라고 컴퓨터 켠 줄 알아?"

— 아, '통수녀 사건의 진실'이래잖아. 나도 엄연히 알 권리가 있는 사건 당사자야, 왜 이래?

"아하, 사건 당사자셨어요? 사건 유발자는 아니시고요?"

— 엄연히 따지면 난 피해자라고. 솔까말 진정한 사건 유발자는 정동준이나 진희다, 뭐. 특히 진희 고년! 아오, 생각하면 할수록 열 받네.

"어, 그래, 생각도 못 했던 사실 알려줘서 엄청나게 고맙다."

— 유어 웰컴.

오혜정은 한마디도 안 지고 받아쳤다. 이 애와 말씨름이나 하고 있을 때가 아니어서 스크롤을 내렸다.

편의상 그 친구를 A라 하겠습니다.

지난 5월 초 A와 한 반인 B라는 남학생은 같은 반 아이들이 지켜보는 앞에서 A에게 꽃다발을 내밀며 사귀자고 제안합니다. 아래 사진은 반 아이들 중 한 명이 당시 상황을 폰카로 찍은 사진입니다.

사진 한 장이 글 밑에 떡하니 붙었다. 자리에 앉은 내게 동준이가 꽃다발을 내미는 광경을 뒤편에서 찍은 사진이었다. 동준이를 비롯해 아이들의 얼굴은 부옇게 처리했지만, 정황만은 누가 봐도 분명했다. 이 글을 올린 사람이 누구인지는 몰라도 전부터 치밀하게 자료를 수집하고 준비했음이 틀림없었다.

— 나쁜 새끼! 어떻게 저럴 수 있어?

"그래, 네 맘 아니까 진정해, 좀."

분통을 터뜨리는 오혜정을 어르고 달래며 사진 밑으로 이어지는 글을 읽어 내려갔다.

당시 B에게는 중학교 때부터 사귀었던 C라는 여자친구가 있었고 A도 그 사실을 알고 있었기 때문에 처음에는 B의 제의를 거절합니다. 하지만 B는 C와 이미 헤어졌다고 말하고 C 또한 그 사실을 인정합니다. 그때 C는 A에게 잘해보라고, 우리는 헤어졌다고 분명하게 이야기합니다.

— 쳇, 난 왜 C야? 씨…….

이번에는 그냥 못 들은 척했다.

사실 B는 호감 가는 외모에 여학생들에게도 인기가 많은 남학생이었습니다. 그날부터 B는 끈질기게 A를 따라다녔고 그 광경은 여러 아이에게도 목격되었습니다. 저 또한 그중 한 명이고요.

또 한 장의 사진이 글 밑에 붙었다. 동준이가 내 뒤로 따라붙으며 뭐라고 이야기하는 장면을 뒤에서 찍은 사진이었다. 위 사진과 마찬가지로 얼굴은 모두 부옇게 처리되었지만, 사진만 봐도 그날 동준이가 내게 했던 말이 절로 떠오를 만큼 사진은 선명했다.

너 나 좋아하잖아. 나도 이제 너 좋아할 거고. 그럼 된 거 아냐?

대체 이 사진을 언제 누가 찍었을까. 그러다 번뜩 머리에 스치고 지나가는 얼굴이 있었다. 모현민. 그날 동준이가 나를 따라 버스에 탔을 때 그 애는 분명 정류장에 서서 나를 바라보았다. 그렇다면 이 사진도 현민이가 찍었나? 그럴 가능성도 있었다. 서둘러 스크롤을 내렸다.

심지어 집 앞까지 따라와 부탁하는 B를 차마 거절하지 못한 A는 결국 B와 사귀게 됩니다. 그리고 그것이 바로 모든 불행의 씨앗이 되었습니다.

동준이가 우리 집 앞까지 따라왔다는 사실은 또 어떻게 알았지? 혹시 그날 현민이가 내 뒤를 밟았나 싶어 오혜정에게 물었다.

"야, 너 그날 말이야. 네가 도플인지 뭔지 돼서 담벼락에서 동준이랑 날 지켜봤단 날 혹시 딴 사람 못 봤어?"

— 딴 사람 볼 정신이 어딨냐? 니들만 봐도 눈 뒤집히는 마당에…….

C는 분명 B와 헤어졌지만, B와 사귀게 된 A를 지켜보며 앙심을 품었습니다. 그 앙심과 피해의식이 어느 정도였는지는 당시 C가 학교 도서관에 비치된 책 속지에 써놓은 저주 글만 봐도 충분히 짐작할 수 있습니다.

오혜정이 『마녀의 문화사』 속지에 써 놓은 혈서를 찍은 사진이 글 밑에 따라붙었다.

ㅇㄴㄹ

널 박살내는 데에 내 목숨을 건다

다시 읽어 봐도 섬뜩한 혈서였다. 아니, 단어가 아니라 도끼였다. 날이 시퍼렇게 선 도끼. 혀 아래 도끼 들었다는 속담은 이럴 때를 두고 한 말일 테지.

"너, 저 글 왜 썼어?"

오혜정에게 따지자 그 애가 머뭇거리다 대답했다.

— 사실은…… 저것도 진희가 시켰어.

"이게 진짜! 뭐든 다 진희가 시켰대."

가방 속에서 라이터를 꺼내어 불을 켜고 인형의 눈앞에 들이댔다.

"솔직히 말해. 진희가 시켜서 쓴 거 맞아?"

— 진짜야! 진희가 시켰다니까! 뜨거워! 가까이 대지 마. 불붙으면 난 끝장이야!

"진희가 왜?"

— 저 책에 혈서를 쓰면 효력이 더 강력해진다고 했어.

"무슨 효력?"

— 내 소원.

"아, 날 괴롭히고 싶단 그 잘난 소원? '영원히'인지 '죽어서도'인지……."

— 어, 근데 저거 나 혼자 쓴 거 아니야.

"그건 또 무슨 소리야?"

— 진희가 불러줬단 소리야. 한 자, 한 자……. 난 불러 주는 대로 받아 적기만 했어.

진희가 저런 저주 글을……? 그러고 보니 오혜정이 죽기 전에 페북과 내 블로그 안부 게시판에 남긴 글도 엄밀히 따지고 보면 오혜정이 썼다고 보기 어려웠다.

진희.

어쩌면 진희야말로 내게 피 맺힌 원한을 품은 장본인인지도 모른다는 생각이 번뜩 들었다. 도대체 왜? 무엇 때문에? 풀리지 않는 의문을 뒤로하고 떨리는 손으로 스크롤을 내렸다.

C는 A의 SNS에도 찾아가 기묘한 댓글들을 남깁니다. 언뜻 보면 A와 B를 응원하는 글로 보이지만 맨 앞의 글자를 밑에서부터 지그

재그로 올라가 보면 이 또한 위의 글과 다름없는 저주의 메시지를 담고 있다는 사실이 밝혀집니다.

그 밑으로는 오혜정이 내 인스타그램에 남긴 댓글의 캡처 사진이 보였다. 지그재그형 역세로드립으로 남긴 '통수년 죽어라'를 구별하기 쉽도록 빨간 동그라미로 표시했다.

"이것도 진희가 시켰어?"

— 어? 어, 이것도 불러 줬어.

손이 바들거리기 시작했다. 팔뚝에서 시작된 한기가 목덜미와 등줄기를 지나 온몸을 미친 듯이 훑고 다녔다.

C가 A에게 이 정도로 엄청난 앙심을 품은 이유를 저는 모릅니다. 하지만 한 가지 분명한 사실은 이 복수심이 C의 죽음에도 적잖은 영향을 미쳤다는 겁니다.

문제의 그날, 오혜정이 페북에 남긴 유서와 내 블로그 안부 게시판에 남긴 글 캡처 사진이 이어졌다.

위 두 글은 여러분도 익히 아시는 C의 유서입니다. 네, 맞습니다. 이 글을 남긴 직후 C는 스스로 목숨을 끊었습니다. 분명 큰 불행이고 절대 일어나서는 안 될 일이었습니다.

그런데 아이러니하게도 C의 죽음은 이 두 글에 어마어마한 설득력을 실어주었습니다. C의 죽음이 기사화되고 C가 남긴 이 글들이 인터넷에 일파만파로 퍼지면서 A를 죽어 마땅한 '퉁수녀'로 만들어 주었으니까요.

그런데 여러분이 믿어 의심치 않았던 저 두 글에는 몇 가지 미심쩍은 부분들이 있습니다. 그러니까 저 글이 담고 있는 내용 중 일부는 어쩌면 진실이 아닌 거짓일 수도 있다는 말입니다.

— 홍, 「그것이 알고 싶다」 찍고 있네. 아주 그냥 실시간 음성 지원된다, 야.

오혜정이 빈정거렸다. 아닌 게 아니라, 정말로 그 프로그램의 진행자 말투가 떠오르는 글투였다.

일단 저는 B에게 C가 찾아와 '제발 다시 돌아와 달라고, 이제 너 없인 못 산다고' 빈 적이 있는지 확인했습니다. B는 절대 그런 적이 없다고 못 박았습니다.

'못 살겠으면 살지 말라'고 말한 적은 물론, '성가시게 할 거면 차라리 죽어 버리라고' 말한 적도 없다고 했습니다.

이 글을 쓴 인물이 현민인지 아니면 제삼자인지는 몰라도 내게 저런 사실을 확인한 사람은 사건을 담당했던 형사뿐이었다. 설마 저 글을 올린 사람이 그 형사는 아닐 테지. 조사를 받았던 그날, 내게 그가 했던 말이 아직도 귓가에 생생했다.

"그러게, 인마. 남의 눈에서 눈물 나게 하면 자기 눈에선 피눈물 나는 거야. 알아?"

형사는 나를 변호해 줄 만큼 내게 호의적이지 않았다. 절대.

'그럼 저 글을 올린 사람은 도대체 누구야?'

동준이는 일단 제외. 녀석은 이렇게 조목조목 글을 남길 만큼 논리적이지도 않을뿐더러 오혜정 사건이 터지자마자 잠적해서 옆에서 나를 쭉 지켜보지도 못했으니까.

가장 유력한 인물은 현민이었다. 내가 겪은 사건의 A부터 Z까지 바로 옆에서 지켜본 아이였으니까. 하지만 어쩐지 석연치 않았다.

이 모든 정황으로 미루어 보면, C가 A의 블로그에 남긴 'A가 B를 꼬드겨 양다리를 걸치게 했다'는 C의 주장은 물론, '친구 남친 뺏어가고도 큰소리'쳤다는 말도 결국 사실무근이 되는 셈입니다.

여러분은 C가 SNS에 올린 왜곡된 정황과 그걸 그대로 기사화한 언론 보도만을 믿었습니다. C가 세상을 떠났다는 이유만으로 진실을 왜곡한 거짓이 정당화될 수는 없습니다. A에게 쏟아진 마녀사냥도 마찬가지입니다.

그 밑으로는 유튜브 동영상이 링크되어 있었다. 교실이었다.

"이야, 통수녀 하나가 여럿 보내는구나. 누구네 엄마 아빠도 딸 하나 잘못 둬서 세상 하직한 거라지, 아마?"

영미가 내게 시비를 걸던 날이었다. 앞선 사진 자료들에도 그랬듯 동영상 속의 얼굴도 부옇게 처리했고 음성은 변조했지만 분명 영미와 내가 분명했다. 변조된 음성을 알아듣기 어려울까 배려했는지 영상 밑으로는 자막까지 깔렸다. 영상은 서로 따귀를 때리던 영미와 내가 머리채를 붙들고 교실 바닥에 나뒹굴고 어느새 가세한 아이들이 내게 몰매를 퍼붓는 광경을 그대로 재생했다.

"그만해! 그만."

동영상은 현민이의 목소리가 들릴 즈음에 이르러 끝났다. 오혜정이 분통을 터뜨렸다.

— 아오, 영미 저거 나한텐 쪽도 못 쓰던 게……. 같잖아서 못 살겠네.

마녀사냥의 제물이 된 A가 반 친구와 다투다 집단 폭행당하는 장면을 찍은 동영상입니다. 이제 와 말씀드리지만, A는 작년에 교통사고로 부모님을 잃는 불행을 겪었습니다. 이런 A의 아픈 과거까지 들추어내어 집단폭행까지 하는 반 친구들의 행태가 과연 이성적인 행동이었는지 저는 여러분께 묻고 싶습니다.

그 밑으로 우리 집 현관문에 마스크맨이 뿌려 놓았던 '통수녀 죽어라!'라는 래커 낙서 사진이 이어졌고 또 하나의 유튜브 동영상이 따라붙었다. 놀랍게도 마스크맨이 내게 황산 테러를 하던 날, 멀리서 나를 찍은 동영상이었다. 복도에서 창 너머를 찍은 영상이어서 아이들이 옆에서 웅성대는 소리까지 담겼다.

"뭐야, 저 사람 왜 저래?"

"내가 그걸 어떻게 알아, 이년아."

그 무심한 목소리들을 뒤로하고 영상은 현민이가 등장하기 전에 끝났다. 영상에는 마스크맨이 황산으로 개미를 태워 죽이며 나를 위협하는 부분까지만 담긴 셈이었다. 거리가 워낙 먼 탓에 개미니 황산이니 하는 것들이야 코빼기도 안 보였지만…….

방송사 PD를 사칭한 괴한이 학교에까지 찾아와 A를 밖으로 불러낸 현장을 찍은 동영상입니다. 영상에는 담기지 않았지만, 이날 괴한은 A에게 황산 테러를 시도했고 이를 이상히 여긴 같은 반 친구 D와 격투 끝에 달아납니다. A의 증언에 따르면 이날 괴한은 자신이 A의 집에 벽돌 테러와 래커 테러를 한 장본인이라고 자백했다고 합니다. 현재 경찰은 괴한을 상해 혐의로 수배하고 수사 중입니다.

제가 위에 열거한 자료들은 빙산의 일각에 지나지 않습니다. A가 오해와 매도로 겪어야 했던 정신적 고통은 상상을 초월할 정도였고 그 고통은 여전히 현재 진행 중입니다.

이것이 제가 망설인 끝에 여러분께 드리는 '통수녀 사건의 진실'입니다.

간곡히 부탁드립니다. 지금, 이 순간부터라도 A를 향한 근거 없는 비난과 테러를 멈춰 주시기를.

글은 그렇게 끝났다. 밑으로는 댓글들이 보였다.

― 역시 사람 말은 양쪽 다 들어봐야 해

― 어쩐지 이상하더라 ㅋㅋㅋ

― 알고 보니 B가 ㅆㅂㄴ이네

― 통수녀 통수녀 난리 칠 때부터 알아봤다 아무튼 냄비 근성은
반도 종특이라니까 ㅋㅋㅋㅋ

― 대반전!!!!!

― 이분 최소 통수녀 ㅋㅋㅋㅋㅋ

놀라운 점은 예전 오혜정의 자살 기사와 내 블로그에 무수
히 달렸던 악플에 비하면 그 댓글이 비교도 안 될 만큼 적다는
사실이었다.

교실로 들어서는 나를 본 아이들의 반응도 평소와 그리 다
를 바 없었다.

나를 돌아보며 수군거리거나 겸연쩍어하는 얼굴로 시선을
피하는 아이도 있었지만, 대개는 무관심했다. 적개심으로 번
뜩이던 시선들은 줄었지만 단지 그뿐이었다. 그 무심한 얼굴
들이 드러낸 네 글자의 심리가 절로 와 닿았다. 아, 님, 말, 고.

"네가 쓴 거야?"

현민이가 교실 뒷문으로 들어서자마자 그 애에게 다가가 물
었다. 더는 신세 지고 싶지 않아서 평소보다 일찍 등교했고 현
민이가 보낸 톡에도 답장하지 않았다.

"아니."

고개를 가로젓는 현민이에게 거듭 확인했다.

"정말이야?"

"어, 맹세코."

거짓말하는 눈치는 아니었다. 현민이가 그런 일을 해놓고도 시치미 뗄 위인 같지는 않았다. 어쨌든 '통수녀 사건의 진실'을 인터넷에 올린 장본인은 이 사건을 처음부터 끝까지 가까이에서 자세히 지켜본 인물이 분명했다.

현민이와 내 시선이 약속이라도 한 듯 한 지점으로 날아가 꽂혔다.

평소와 다름없이 제자리에 앉아 귀에 에어팟을 꽂고 태연히 음악을 듣는 아이.

진희였다.

9. 죽은 사람 소원

"통수녀, 든든한 빽 생겨 좋겠네."

영미가 빈정거렸다. 현민이가 집에서 걸려온 전화를 받느라 교실 뒷문으로 나간 직후였다. 그쪽을 흘끔대는 품이 '통수녀 사건의 진실'을 쓴 사람이 현민이라고 확신하는 눈치였다.

"뭘 봐, 동영상 찍어 줄 빽 없을 때 또 한 판 떠 줘?"

영미가 나를 째려보며 말했다. 아예 시비조였다. 유튜브에 올라온 동영상도 현민이가 찍었다고 믿는 모양이었다. 하긴 글쓴이도 서두에서 자신의 신분을 나와 '같은 반 남학생'이라고 밝히기는 했다.

그 점이 수상쩍었다. 그냥 '같은 반 학생' 혹은 '같은 반 친구'라고만 해도 충분한데 익명 글에 굳이 '남학생'이라고 자신의 성별까지 밝혔을까? 글쓴이가 정말 남학생일 가능성도 없진 않았다.

그렇지만 자신과 다른 성별을 내세워 자신의 정체를 감추려는 여학생일 가능성도 있었다. 익명 글에 성별쯤이야 얼마든지 위장 가능하니까. 사람들은 글에 든 정보를 곧이곧대로 믿으려는 경향이 있고. 일단 나부터도 그 말을 믿고 현민이와 동준이를 의심했으니까.

유튜브에 올라온 동영상 촬영자와 글쓴이가 동일인이라 가정했을 때 글쓴이가 동준일 가능성은 제로였다. 동준이는 그때 아예 학교에 오지도 않았다.

현민이일 확률도 그리 높지는 않았다. 현민이가 아니라고 하지 않았어도 아니라는 결론이 나왔을 터였다. 등교 전, 글에 링크된 동영상을 몇 번이나 돌려보았다.

첫 번째 유튜브 동영상은 그만하라는 현민이의 외침이 들릴 즈음 끝났다. 그 뒤에 현민이는 아이들을 뜯어말리고 아예 몰매의 한복판에 뛰어들기까지 했다. 현민이의 외침은 영상을 촬영하던 폰과 가까운 데가 아닌 멀리서 들렸다. 동영상을 찍다 외쳤다면 폰에 내장된 마이크와 입의 거리가 끽해야 팔 길이 정도이니 외침이 훨씬 가까이에서 들렸어야 했다.

두 번째 동영상도 마찬가지. 마스크맨이 나를 위협하는 광경을 교실 복도에서 폰카로 찍다 말고 학교 건물에서 나와 빙 돌아 현장을 덮쳤다고? 그러기에는 시간이 턱없이 부족했다.

저는 A에게도 사실을 확인했습니다. A에게서도 마찬가지의 대답이 돌아왔습니다. A는 C가 자신의 집에 찾아온 일도 없으며 전화는 물론, 문자나 톡을 보낸 적도 없다고 했습니다.

따지고 보면 저 부분도 거짓이었다. 당사자에게는 입도 뻥긋
안 하고는 직접 사실 확인을 했다며 저런 거짓말을 뒤섞은 본
새도 현민이와는 어울리지 않았다. 저렇게 뻔뻔한 위인은 내
주위에 오로지 한 명뿐이었다.

"너 때문에 나, '매장녀' 됐어. 동영상에서 너 매장시킨댔다
고 인터넷에서 '매장녀'래. 인제 내가 매장되게 생겼어. 벌써
신상털기 들어갔더라."

영미는 내가 그 글을 올리기라도 한 양 삿대질까지 해가며
침을 튀겼다. 영미가 도끼눈 뜨고 덤비는 이유를 알 만했다. 그
말에 백팩 속의 오혜정이 낄낄댔다.

— 아이고, 꼬셔라. 주둥이로 흥한 자 주둥이로 망한다더니
잘됐네, 아주.

나는 웃을 수 없었다. 오히려 무섭고 끔찍했다.

사람들에게 정의와 처벌과 응징이란 그저 허울뿐인 핑곗거
리인지도 몰랐다. 애초에 사람들에게 필요한 가치는 정의 구
현이나 진상규명 따위가 아닌지도 몰랐다. 남의 일이야 자기
들 알 바가 아니니까, '나'만 아니면 상관없으니까. 사람들에게
필요한 대상은 바로잡아야 할 불의나 부조리가 아니라 물어뜯
기에 만만한 먹잇감인지도.

다들 하이에나 떼 같았다. 누가 하나 잘못 걸리면 너도나도
달려들어 물어뜯고 새로운 먹잇감이 나오면 그리로 우르르 몰

려가는 하이에나 떼.

간밤에 올라온 글 덕분에 나는 '통수녀' 오명을 벗었다. 하지만 내게 사과하는 이는 아무도 없었다. 잘못을 인정하는 이도 없었다. 그동안 얼마나 힘들었냐고, 이제 괜찮다고, 위로하는 사람 또한 없었다.

대부분은 '아님 말고'로 은근슬쩍 넘어갔고 몇몇은 '매장녀'라는 새로운 먹잇감을 만들어 그리로 옮아갔을 뿐이었다. 지금 아이들에게는 '통수녀 사건의 진실'보다 지난 금요일에 학교 근처에 생긴 싱크홀이 더 흥밋거리였다. 만일 그 두 사건의 당사자가 모두 나라는 사실을 알게 되면 아이들 반응이 어떨까.

"야, 안나린, 어차피 이렇게 된 거 까놓고 말해 봐. 그 글, 네가 올린 거 아냐? 현민이랑 짜고 나 엿 먹어 보라고."

영미가 눈에 쌍심지를 켜고 내게 다가들었다.

— 미친년, 적반하장도 유분수지. 안나린, 맞장 떠. 아주 그냥 찍소리도 못하게 밟아 버려!

오혜정이 부추겼다. 그럴 작정은 아니었지만 이대로 참아 넘기고 싶지도 않았다.

"어? 그 글 영미 네가 올린 거 아니었니? 왜, 옛말에도 있잖아. '제 무덤 제가 판다.'"

내가 받아치자 영미의 얼굴이 붉으락푸르락해졌다.

"이게 진짜 뚫린 주둥이라고……. 그렇게 싸가지가 없으니 통수녀 독박이나 뒤집어쓰고 부모도 제 명에 못 죽……."

"넌 할 줄 아는 게 패드립밖에 없니? 너, 오늘부터 '매장녀'라며? 그럼 입조심 해야 할 때 아냐?"

재빨리 영미의 말허리를 잘랐다. 그 애의 입에 우리 엄마 아빠가 오르내리는 일은 정말 참기 힘들었다.

오혜정이 속삭였다.

— 요새 야뇨증 치료는 잘 받고 있냐고 물어 봐.

"누가 그러더라. 남 일에 오지랖 그만 떨고 야뇨증 치료나 잘 받으라고…….."

말해 놓고 아차 싶었다. 내가 듣기에도 비겁한 인신공격이었다. 아무튼, 제대로 먹히기는 한 모양이었다. 영미는 허를 찔린 듯 벌게진 얼굴로 입술만 벙끗댈 뿐 받아치지 못했다.

— 전에 우리 집에서 밤새다 진실게임 하면서 그러더라고. 아마 나 빼곤 아무도 몰랐을걸?

오혜정이 신난 듯 시시덕거렸다.

'아무리 그래도 그렇지, 애들 다 듣는데 야뇨증은 좀 심했던 것 같아. 말하고 보니 후회되네.'

— 부모님 욕하는 것은 괜찮고? 눈에는 눈 이에는 이 몰라?

현민이가 돌아왔을 때는 이미 모든 상황이 종료된 후였다.

"야뇨증은 지랄……. 아, 진짜 어이없어. 기가 막혀서 말도 잘 안 나오네."

영미가 제 친구들을 돌아보며 둘러댔다.

"니들 저 웃기지도 않는 개소리를 믿는 건 아니지?"

진희의 옆에 앉자 그 애가 인사를 건넸다.

"안녕, 나린아. 주말 잘 보냈어?"

그래, 덕분에 무척이나. 눈앞의 예쁘고 가증스러운 얼굴에 침이라도 뱉고 싶었다. 하지만 아직 때가 아니었다.

"어, 너는?"

내 물음에 진희가 심드렁하게 대답했다.

"나야 뭐 늘 똑같지, 뭐."

그래, 너야 늘 똑같겠지. 똑같이 꿍꿍이짓을 꾸미고 어떡하면 날 괴롭힐지 연구하며 지냈겠지. '통수녀의 진실'도 네 작품 맞지? 묻고 싶었지만 돌아올 대답이 뻔했기에 입을 다물었다. 그런데 진희가 어깨를 으쓱하더니 말했다.

"퀘스트 하나를 무사히 수행했으니 보상받고 다음 스테이지로 넘어가야지?"

* * *

현민이는 생각에 잠긴 듯 말이 없었다.

학교 건물 뒤의 공터는 매미 소리로 요란했지만 어쩐지 적막하다는 느낌이 들었다. 0교시가 시작되기도 전인 아침나절인데도 더웠다. 이제 새로운 계절, 여름이었다.

교실을 나오기 전, 진희가 했던 말이 굶주린 모기처럼 귓가를 빙빙 맴돌며 떠나지 않았다. 나는 입도 벙끗하지 않았는데 그 애는 내 속생각을 읽기라도 한 듯 말했다.

오혜정처럼 내 속생각을 읽는 능력이라도 있는 걸까? 그런지도 몰랐다. 어쩌면 진희는 내 예상치를 뛰어넘는 상대인지도 몰랐다. 나를 제 손아귀에 올려놓고 마음대로 가지고 노는 능력자.

그나저나 그 말뜻은 뭐였을까. '퀘스트 하나'는 첫 번째 소원 아니었을까. 다음 스테이지는 말할 나위도 없이 두 번째 소원일 테고…….

한참 만에 침묵을 깬 현민이가 운을 뗐다.

"이제 말할 때가 된 거 같아. 진희랑 너 사이에 무슨 일이 있었는지……."

나를 빤히 바라보는 현민이의 깊은 눈을 보니 내가 터무니없는 사연을 털어놓아도 얘는 나를 이해해 줄 듯했다. 하지만 말이 쉽게 나오질 않았다.

— 아이고, 답답해. 뜸 들이지 말고 얼른 말해라, 안나린.

현민이는 가만히 내 말을 기다리는데 백팩 속에서 오혜정이 재촉했다. 인형을 교실에 두고 오면 지난번처럼 진희가 어떻게 할지도 몰라서 백팩을 매고 나왔다.

그래, 까짓것 말하자. 심호흡을 한 번 하고 현민이에게 털어놓았다.

"소원이 뭐냐고 물었어, 진희가."

진희와 얽힌 사연을 A부터 Z까지 털어놓는 동안 현민이는 묵묵히 듣기만 했다. 내가 말을 마쳤을 때도 현민이는 특유의 심사숙고 모드로 이렇다 할 대꾸가 없었다. 할 수만 있다면 현민이의 머릿속을 들여다보고 싶을 정도였다. 침묵이 길어지자

괜한 말을 했나 싶었다. 매미 소리와 풀벌레 소리가 유독 크게 들릴 즈음, 더는 못 참고 덧붙였다.

"미쳤다고 생각해도 할 수 없어."

현민이가 고개를 가로저었다.

"그렇게 생각 안 해."

눈을 내리깔고 한숨까지 내쉬는 모습이 깊은 우수에 잠긴 듯했다.

"그럼?"

벽에 등을 기대고 생각에 잠긴 현민이는 로댕의 '생각하는 사람'보다 더 진지해 보였다. 살짝 멋있기까지 했다. 이윽고 뭔가 결심한 듯 고개를 한 번 끄덕이고는 말했다.

"당분간은 진희랑 전처럼 지내."

— 애개, 그런 말은 나도 하겠다. 안나린, 이참에 진희랑 베 프해라. 혹시 알아? 걔가 하란 대로 하면 선심 써 줄지, 살려는 드릴게.

오혜정이 끼어들었다. 나도 허탈하긴 했다. 큰맘 먹고 구구 절절 털어놓았는데 돌아온 대답이 고작 진희와 전처럼 지내라 니……. 하지만 이내 마음을 고쳐먹었다. 현민이도 제 나름대로 생각이 있어서 한 말일 테니까.

0교시 시작을 알리는 종이 울렸다.

"들어가자."

몸을 일으킨 현민이가 교실로 돌아가며 덧붙였다.

"그동안 난 뭐 좀 알아볼게."

*　*　*

— 나 소원 좀 들어줄래?

방과 후, 학교를 나설 즈음 백팩 속의 오혜정이 물었다. 나는 양옆에서 나란히 걷는 현민이와 동준이의 눈치를 보았다. 좌청룡 우백호가 아니라 이번에는 좌현민 우동준이었다.

수업을 마치고 학교 건물을 나서자, 둘은 내 경호원이라도 된 양 양쪽에 나란히 서서 걸었다. 아무리 마다해도 막무가내였다.

"너 혼자 가다 또 무슨 일 생기면……."

동준이가 말했다. 그 뒤에 생략된 말이 무엇일지 대충 짐작이 갔다.

든든하기는 했다. 동준이에게는 여전히 풀리지 않은 앙금이 남아 있었지만, 싱크홀 사건으로 동준이가 생명의 은인이 된 뒤로는 대하기가 전처럼 꺼림칙하지는 않았다.

'뭔데 또?'

오혜정에게 물었다.

— 또는 무슨 또야. 죽은 사람 소원도 들어준다는데 죽은 친구 소원도 못 들어줘?

오혜정이 새침하게 되물었다. 이럴 때는 얘도 참 안쓰러웠다. 어찌 보면 얘도 피해자였다. 멋모르고 진희에게 소원을 빌었다가 송두리째 망가진 인생. 불타 죽고 영혼이 인형에 깃들게 되었다는 점에서는 나보다 더한 피해자였다.

— 안나린, 나 말이야, 오늘······ 우리 엄마 좀 보게 해 주면 안 될까?

오혜정이 머뭇머뭇 말했다.

— 엄마 보고 싶어. 엄마가 날 못 보더라도······. 그게 내 소원이야.

나도 모르게 우뚝 걸음을 멈추었다. 현민이와 동준이도 덩달아 걸음을 멈추고 의아해하는 눈으로 나를 돌아보았다.

진희와 있었던 대부분의 일을 현민이에게 털어놓았지만, 백팩 속에 오혜정이, 아니, 오혜정이 깃든 마녀 인형이 들었다는 말까지는 차마 하지 못했다. 진희의 소원 이야기도 황당무계하기는 매한가지였지만, 죽은 친구의 영혼이 마녀 인형 속에 깃들어서 수시로 쫑알쫑알 떠든다는 소리는 정신과 중환자 병동에서나 어울릴 법한 소리였다.

'어떡하려고?'

오혜정에게 물었다. 언젠가 케이블 채널에서 봤던 영화에서 남자 주인공 영혼이 영매 아줌마에게 빙의되어 여자 주인공과 춤추던 장면이 떠올랐다.

'네가 나한테 빙의된 시늉이라도 해 달란 거야, 뭐야?'

— 아니, 그냥 엄마한테 꼭 하고 싶은 말이 있어서······. 어젯밤 네 꿈에 내가 나와서 엄마한테 꼭 전해 달라고 했다고 하면 안 될까?

안 될 일은 아니었다. 그 애 말대로 죽은 사람 소원도 들어주는 판에 말 전해주는 정도야 소원도 아니었다.

'너네 집이 어딘데?'

* * *

"왔구나."

현관문을 열어 준 오혜정의 엄마는 내가 찾아올 줄 미리 알고 있었다는 듯 담담하게 나를 맞았다. 며칠 전보다 더 수척해진 얼굴이었다. 처음 봤던 날의 반듯한 이미지와는 아예 딴판이었다.

홍주 지역구 의원인 아버지를 둔 덕인지 아파트 안은 대가족이 살아도 남을 정도로 드넓었다.

— 이야, 우리 집 오랜만에 오니 반갑네, 살았을 땐 그렇게 싫더니…….

백팩 속의 오혜정이 말했다. 그 말이 어쩐지 서글펐다.

"뭐 마실래? 오렌지주스랑 우유밖에 없는데……. 아줌마가 장 본 지가 오래돼서……."

오혜정의 엄마가 주방으로 가며 물었다.

— 시원한 물에 매실액 타 달라고 해.

"그냥 시원한 물에 매실액이면 돼요."

오혜정의 말을 그대로 따라 하자 아줌마가 우뚝 걸음을 멈추었다.

— 내가 그렇게 음료수 먹는대도 엄마는 몸에 안 좋다고 매실액 탄 물을 음료수 대신으로 줬거든.

"예전에 혜정이가 그랬어요. 어머님 매실액이 그렇게 맛 좋다고……."

아줌마가 권한 소파에 엉거주춤 앉으며 백팩 속에서 마녀 인형을 꺼내어 품에 안았다. 그래야 오혜정도 제 엄마와 마주 볼 테니까.

"그랬구나."

오혜정의 엄마는 물기 어린 목소리로 대답하며 냉장고에서 매실액 병을 꺼냈다. 컵에 매실액을 붓고 정수기에서 물과 얼음을 받는 아줌마의 손이 눈에 띄게 떨렸다. 얼음 몇 조각이 우수수 떨어져 거실 바닥을 뒹굴었다.

"내가 이렇게 칠칠치 못한 사람이 아닌데……."

아줌마가 나를 바라보며 억지로 웃어 보였다.

"제가 도와드릴게요."

"아냐, 괜찮아."

아줌마는 탁자 위에 컵을 내려놓고 나와 마주 앉았다.

"마셔 봐, 어떤가."

컵을 들고 몇 모금 마셨다. 살짝 시큼했지만 달고 시원했다. 오혜정이 한숨 섞인 목소리로 말했다.

— 아아, 나도 먹고 싶다. 얼음 동동 띄운 매실…….

"맛 좋네요."

"다행이네."

한동안 아줌마와 나 사이에 묵직한 침묵이 내려앉았다. 먼저 침묵을 깬 사람은 오혜정의 엄마였다.

"인터넷에 올라온 글 봤어."

'통수녀 사건의 진실'을 아줌마도 읽은 모양이었다. 역시 인터넷은 초광속 매체였다.

"몰랐는데 친한 친구가 전화했더라. 한번 읽어 보라고…….
봤는데 아줌마도, 우리 혜정이도 널 오해했던 거 같아."

뭐라고 대꾸해야 할지 난감했다.

"아녜요, 저도 바보 같았는걸요."

진희라는 마녀의 꾐에 속아 소원을 빌고 어리석은 의식과 끔찍한 대가를 치른 소원 바보. 오혜정도 한마디 거들었다.

— 미 투.

"엊그제 혜정이가 꿈에 나왔더라. 조만간 엄마를 찾아오겠다고……."

아줌마 말에 마녀 인형을 내려다보았다.

'야, 너, 꿈에 나오는 능력도 있어?'

— 아냐, 난 그냥 엄마 보고 싶다는 생각밖에 안 했어.

부모와 자식은 보이지 않는 끈으로 이어져 있다더니 그 말이 맞는지도 몰랐다.

"실은 어젯밤 제 꿈에도 혜정이가 나왔어요. 엄마한테 꼭 전하고 싶은 말이 있다고……."

아줌마의 얼굴에 반짝 화색이 돌아왔다. 매우 궁색한 핑계였지만, 내가 안은 인형에 오혜정이 깃들었다고 털어놓기보다는 나아 보였다.

"아, 역시 그랬구나."

인형을 내려다보며 오혜정에게 말했다.

'자, 이제 하고 싶은 말 있으면 해. 그대로 전해드릴게.'

— 있는 그대로 전해줄 수 있어?

'어, 그럴게.'

"지금부턴 혜정이가 전한 말이에요."

내가 고개를 들고 목청을 가다듬자 오혜정의 엄마도 고쳐앉았다.

"엄마……."

오혜정이 전한 말을 그대로 옮겼을 뿐인데 울컥해서 목소리가 떨려 나왔다. 나도 엄마를 잃은 지 얼마 지나지 않은 상황이라 그런 듯했다. 아줌마의 눈빛도 흔들렸다.

"미안해, 엄마 가슴에 대못 박고…… 먼저 가 버려서……."

목이 메서 제대로 말하기가 힘들었다.

"아냐, 엄마가 미안해. 너한테 늘 잔소리만 하고 기죽이기만 해서……."

"그날 죽기 전에 엄마한테 마지막으로 한 말이 '짜증나니까 다신 나한테 말 시키지 마.'였던 게 너무 후회돼."

오혜정 엄마의 눈이 휘둥그레졌다. 아줌마가 바들거리는 손으로 입을 틀어막았다. 오혜정의 말이 사실인 듯했다. 엄마가 죽기 전에 나는 엄마에게 마지막으로 무슨 말을 했더라? 기억나지 않았다.

"그날 그렇게 될 줄 알았으면 그런 말 안 했을 거야. 솔직히 난 엄마가 날 미워하는 줄 알았어. 하도 차가워서……. 근데 죽고 나서야 아니란 걸 알았어."

아줌마가 자리에서 일어나 다가오더니 나를 와락 끌어안았
다. 놀랐지만 가만히 있었다. 사이에 인형이 끼어 있었기에 오
혜정도 엄마 품을 느꼈으면 해서였다.

"우리 딸…… 엄마도 우리 딸한테 너무 미안해. 다른 엄마
들처럼 살갑게 못 해주고 맨날 정떨어지게 쌀쌀맞은 말만 해
서……. 엄만 엄말 쏙 빼닮아 차가운 우리 딸이 너무 걱정됐어.
그래서 더 타박하고 혼을 냈어."

"알아, 나도. 그래도 엄마 정이 고팠어."

나를 끌어안은 오혜정 엄마의 몸에서 떨림이 느껴졌다. 아줌
마는 흐느꼈다.

"그러게, 그렇게 보낼 줄 알았으면 그날 방에라도 한번 들
어가 볼걸……. 한 번만이라도 꼭 안아 줄걸……. 한 번만이라
도 따뜻한 말 한마디 해줄걸……. 엄마가 너무 미안해, 우리
딸……."

대답하는 아줌마의 목소리에도 울음기가 어렸다.

― 알아, 엄마. 근데 죽고 나서 생각해 보니까…… 그런 거
전부 아무것도 아니더라.

순간, 멈칫했다. 아줌마에게는 오혜정이 어젯밤 꿈으로 전한
말이라고 둘러댔는데 그대로 전하니 실시간 대화가 되어가는
듯해서였다. 하지만 약속은 약속이었다. 나는 그대로 전했다.
아니나 다를까, 아줌마가 고개를 들고 나를 똑바로 바라보았다.

"혜정아……! 지금 여기에 있구나, 너."

아줌마의 눈에서 눈물이 주르륵 흘러내렸다.

"응, 엄마. 나 지금 여깄어."

"미안해, 혜정아……. 이렇게 갈 줄도 모르고…… 엄마가 너한테 너무 많은 걸 바랐어……. 너 하고 싶다던 건 무조건 다 하지 말라고 하고……. 엄마가 시킨 거만 하라고 강요해서……. 놔둘걸, 그냥 너 하고 싶단 거 하게 놔둘걸……."

"아냐, 엄마……. 가끔 엄마가 밉기도 했지만, 엄마 기대에 못 미쳐서 늘 미안했어. 그리고 엄마보다 먼저 가게 돼서 정말 정말 미안해. 세상 누구보다 엄말 사랑한다는 데에 내 전 재산과 이름을 걸게. 사랑해, 엄마……."

* * *

"그 인형, 두고 가면 안 될까?"

지하주차장으로 통하는 엘리베이터 안에서 혜정이의 엄마가 내게 물었다. 아직도 울음기가 가시지 않아 푹 잠긴 목소리였다. 나도 간만에 눈물을 1리터는 쏟았더니 눈이 퉁퉁 부은 듯했다. 돌아가신 엄마 아빠 생각이 나서 더했다. 한 번만이라도 좋으니 엄마 아빠와 대화해 보고 싶었다.

'어떡할래? 네 결정에 따를게.'

혜정이에게 물으니, 그 애도 망설이는지 한동안 대답이 없었다. 지하 1층에 다다를 즈음에야 그 애가 어렵사리 대답했다.

— 그냥 갈래. 지금 나랑 얘기할 수 있는 사람은 세상에 너

하나밖에 없잖아. 정 엄마가 보고 싶음 너한테 말할게.

"혜정이가 가끔 엄마 보러 오겠대요."

"아, 그래, 그럼……."

혜정이의 엄마는 못내 서운하고 아쉬워하는 눈치였지만 더는 말이 없었다.

— 지하, 1층입니다.

엘리베이터 문이 열리자, 문밖으로 나서려던 혜정이의 엄마가 이마를 쳤다.

"아, 집에 차 키를 두고 왔네. 미안……. 얼른 갔다 올게."

— 암튼 못 말려, 건망증 여사.

백팩 속의 혜정이가 혀를 찼다.

"그냥 저 택시 타고 가도 돼요. 집이 얼마 안 멀어서……."

"아냐, 늦었는데 태워다 줄게. 기다려, 금방 갔다 올게."

— 그래, 타고 가. 엄마가 얼마나 베스트 드라이번데, 가끔 문콕도 하고 접촉사고도 내지만…….

혜정이가 거들었다. 마냥 거절하기도 뭣해서 기다리기로 했다. 아줌마가 엘리베이터를 타고 올라간 사이, 주차장 한편에서서 아줌마를 기다리는데 눈앞이 확 밝아졌다. 승용차의 상향등이었다.

타이어가 주차장 바닥을 긁는 굉음이 났고 승용차가 무서운 속도로 달려왔다. 눈이 멀 정도로 밝은 전조등 때문에 차 안이 보이지는 않았지만, 운전자가 어떤 의도로 저러는지는 뻔했다.

— 조심해, 안나린!

혜정이가 외쳤다. 조심하고 싶었지만 때는 늦었다. 승용차는 피할 여유도 주지 않고 확 다가들었다.

승용차의 목표물은 나였다.

눈앞이 하얘졌다.

액션 영화에 나오는 주인공처럼 몸을 붕 날려 차창을 뚫고 운전석의 악당에게 분노의 양발 차기를 날리거나, 아예 차를 뛰어넘거나 이도 저도 아니면 권총을 꺼내 운전석에 빵빵 쏴 대면 참 멋지고 통쾌하겠지만, 늘 그렇듯 현실은 볼썽사납게 허공에 대고 손 허우적대기가 고작이었다.

승용차가 나를 덮치기 직전, 하얘진 눈앞에 이상한 영상이 번뜩였다. 눈발 날리는 길 한복판에 한 여자애가 서 있는 광경이었다. 눈발에 가려 얼굴도 보이지 않던 여자애가 순식간에 가까워진 순간, 타이어 끌리는 괴성이 그 영상을 산산이 날려 버렸다.

내게로 달려들던 승용차가 나를 스치듯 휙 비켜 지나갔다. 같은 극을 만나 서로 미끄러지는 자석처럼……

운전자가 운전대를 틀지는 않았다. 뭔가가 승용차의 돌진을 밀어냈다.

힘.

지난주 싱크홀에 떨어지던 순간에 나를 끌어 올려준 힘이었다. 정체가 뭔지는 몰라도 이 힘이 그날과 같은 종류라는 사실만은 느껴졌다.

"느껴져."

현민이의 말뜻을 이제 알 것 같았다. 뭐라고 딱 부러지게 설명하기는 뭣하지만, 그 존재감만은 뚜렷했다.

직선 주행에서 곡선 주행으로 나를 절묘하게 비껴간 승용차는 다시 직선 주행으로 돌아가 이리저리 위태롭게 휘청거리다 왼편 몸뚱이로 주차장 벽면을 긁었다. 요란한 소리가 나며 불똥이 튀고 사이드미러가 날아갔다. 순식간에 한 일 자가 벽면에 쭉 그어졌다.

승용차가 요란하게 멈춘 순간, 룸미러에 비친 운전자의 얼굴을 보았다.

마스크맨이었다.

— 빗나갔지롱!

혜정이가 외쳤다. 그 외침에 덩달아 안도했지만 그때뿐이었다.

'후진으로 달려들면 어쩌지?'

내 걱정에 혜정이가 응수했다.

— 어쩌긴 뭘 어째! 확 부숴 버려!

'장난해?'

혜정이와 옥신각신하는 사이, 승용차에 후진등이 들어왔다.

— 저거 봐, 저거. 말이 씨가 됐잖아, 이것아!

'내가 이렇게 될 줄 알았나?'

그때였다.

— 문이, 열립니다.

등 뒤로 엘리베이터 문이 열리고 혜정이의 엄마가 나왔다.

승용차의 후진등이 꺼졌다.

승용차는 또 한 번 주차장 바닥을 요란하게 긁으며 출구까지 그대로 내달렸다. 출구로 통하는 오르막이 시작되는 바닥에 엉덩방아를 찧으며 불똥을 튕겨낸 차는 곧장 주차장을 빠져나갔다.

— 가다가 급발진이나 해라!

내 품에 안긴 혜정이가 빽 고함을 내질렀다.

"왜, 왜, 무슨 일 있었니?"

수상쩍은 낌새를 눈치챈 혜정이의 엄마가 달려와 물었다.

— 아, 글쎄, 어떤 미친놈이 우릴 죽이려고 주차장에서 시속 100킬로로 날아오잖아. 엄마, 저놈 잡아서 콩밥 좀 먹여 줘.

혜정이가 어리광 섞인 목소리로 칭얼댔다.

"그냥, 이상한 사람……."

— 그냥 이상한 사람이 뭐야, 완전 미친놈이지. 번호판 봤어? 번호판!

'그러는 넌?'

— 나도 눈뽕 땜에 못 봤지. 아오, 저런 인간은 살인미수로 운전면허증을 아예 말소시켜 버려야 되는데…….

"다친 덴 없고?"

아줌마가 물었다.

"네, 괜찮아요."

— 뭐가 괜찮아. 하마터면 죽을 뻔했고만. 아무튼, 안나린 너랑 있다간 제명에 못 죽겠…… 아, 난 이미 제명에 못 죽었구나.

"세상에, 아까 그 차가 저래놓고 간 거야?"

혜정이의 엄마가 한 일 자를 새긴 벽과, 바닥에 뒹구는 사이드미러를 가리키며 물었다.

"네."

"술 마셨나 보네. 그만하길 다행이다."

— 10년 감수했다니까?

혜정이가 볼멘소리를 터뜨렸다.

"미안해. 내 건망증만 아니었어도……."

"아녜요. 괜찮아요."

속으로 덧붙였다.

'며칠 전에는 싱크홀에도 빠졌었는데요, 뭘.

그나저나 내가 본 여자애는 대체 누구고 왜 그 순간 눈앞에 나타났을까? 차가 나를 덮치기 직전에 차를 밀어낸 힘은 대체 뭐였을까. 마스크맨은 내가 여기에 온 줄 어떻게 알고 지하주차장에서 기다렸을까. 나를 미행했다 쳐도 내가 이리로 나올 줄은 또 어떻게 알았을까.

무엇보다 그놈은 왜 저토록 끈질기게도 나를 못 잡아먹어 안달일까. 래커 테러와 벽돌 테러, 황산 테러로도 모자라 이제 자동차 테러까지…….'

— 여자애는 또 뭐고 힘은 또 뭐야, 마스크맨은 또 뭐고?

내 생각을 읽은 혜정이 물었지만, 딱히 대답해 줄 말이 없었다. 나도 모르니까.

"다 왔다."

혜정이의 엄마가 우리 집 대문 옆에 차를 세웠다.

"태워다 주셔서 고맙습니다."

"고마운 건 아줌마지. 나린이 네 덕에 혜정이랑 얘기도 해 보고……."

— 엄마아, 또 놀러 갈게…….

혜정이가 울먹이며 말했다.

"또 찾아뵐게요."

"그래, 그럼 나야 고맙지."

오늘 만난 혜정이의 엄마는 지난 두 번의 만남과는 또 느낌이 달랐다. 첫 번째가 얼음이고 두 번째가 불이었다면 오늘은 물이었다.

"그럼 조심히 들어가세요."

— 엄마, 안녕.

인형을 품에 안고, 혜정이의 엄마의 차가 골목 너머로 사라질 때까지 그 자리에 우두커니 서 있었다. 혜정이가 울먹였다.

— 힝, 남자들 입대할 때 기분을 이제야 알겠네.

* * *

집에 들어와 보니, 나은이가 거실 소파에 비스듬히 누워 팝콘을 먹으며 케이블TV 영화를 보는 중이었다. 화면 구석에 붙은 19금 딱지가 보였다.

"언니, 저 영화 봤어? 겁나 무서워."

"무서우면 보질 말어. 그리고 너 19금 딱지 붙은 영화 보냐, 지금?"

"내가 너냐? 저 영화 이상한 영화 아니거든?"

"또 너래. 리모컨 어디 갔어, 확 꺼 버려야지."

— 놔둬라, 애들이 다 저런 거 보면서 크는 거지, 뭐.

혜정이가 세상 다 산 노인처럼 훈수를 두었다.

— 아아, 팝콘 냄새! 팝콘 땡긴다.

도대체 무슨 영화인가 싶어 TV를 보니 '보이지 않는 연쇄살인마, 죽음과 맞서라!'라는 부제가 붙은 「데스티네이션」이었다. 오래 전 채널을 돌리다 본 기억이 났다. 대형 참사를 예지하고 죽음을 모면한 10대 아이들이 죽음의 손길에 하나둘 죽어가는 공포영화였다. 흑인 장의사가 시신을 앞에 두고 주인공에게 경고하는 장면이 나왔다.

"죽음에 사고란 없단다. 우연도, 실수도 없고, 탈출구도 없지."

시신을 내려다보던 남자가 덧붙였다.

"우리 모두 죽음 앞에선 고양이 앞의 쥐일 뿐이지."

* * *

늦은 저녁을 먹고 방으로 들어와 액자 속의 엄마 아빠를 들여다보았다. 사진 속의 엄마와 아빠는 웃는 얼굴이었다. 돌아가시기 한 달 전에 찍은 사진이었다.

'저 사진을 찍을 때 엄마 아빠 한 달 뒤에 자기들이 죽게 될 줄 알았을까?'

하나 마나 한 질문을 했다.

— 당연히 모르셨겠지. 한 달 전만 해도 내가 이 모양 이 꼴이 될 줄 나라고 알았겠니?

혜정이가 불쑥 끼어들었다.

"낄 데 안 낄 데 좀 가려 줄래?"

— 쳇, 낄 덴지 안 낄 덴지 내가 알 게 뭐야.

혜정이가 투덜대든 말든, 사진 속의 엄마 얼굴을 손끝으로 가만가만 쓸어내렸다. 생전의 엄마는 살결이 나보다 더 고왔다. 그 보드랍고 따스한 감촉이 손끝에 생생했다. 그리고 엄마 냄새. 그리웠다. 혜정이와 그 애 엄마의 재회를 지켜보고 온 참이라 그리움이 더 사무쳤다.

눈물이 또 찔끔 나왔다.

아까 하도 울어서 눈물샘이 바닥난 줄 알았는데 아닌 모양이었다.

어쩌면 나도 한 달 뒤에, 아니, 어쩌면 그보다 더 일찍 엄마 아빠를 만나게 될지도 모른다는 생각이 들어 다시 눈물이 났다.

그때 부드러운 감촉이 눈가를 닦아 주었다. 내려다보니 허공에 떠오른 티슈 한 장이었다.

— 살아서 누구를 그리워하고 눈물 흘릴 수 있다는 건 좋은

거야, 이것아. 개똥밭을 굴러도 이승이 낫다, 몰라?

혜정이가 착 가라앉은 목소리로 나를 위로했다. 세상에, 내가 살다 살다 애한테 위로를 받게 될 줄이야…….

* * *

"어? 너희 여기서 뭐해."

다음 날, 학교에 가려고 대문을 나서다 현민이와 동준이를 맞닥뜨렸다. 현민이는 범고래 중형차를, 동준이는 지난번 모터사이클을 대동했다.

'평소보다 일찍 나왔는데 쟤들이 어떻게 알고 미리 와 있지?'

의문은 이내 풀렸다.

"문자 보냈잖아, 네가."

현민이가 제 스마트폰을 내밀었다. 녀석은 은근슬쩍 동준이에게도 액정이 보이게 폰을 들어 보였다. 동준이는 무심한 척했지만, 폰을 곁눈질했다. 액정에 뜬 톡 내용이 보였다.

— 7시에 데리러 올래?♥

발신자는 '나린'이었다. 하지만 나는 현민이에게 톡을 보낸 적이 없었다.

— 미안, 싱크홀에 자동차 테러까지 좀 불안해야 말이지.

백팩 속에서 혜정이가 킥킥댔다. 내가 등교 준비하는 동안 혜정이가 스마트폰의 터치펜으로 톡을 보낸 모양이었다.

'너 진짜……. 누가 맘대로 내 전화기 만지래? 저 하트는 또

264

뭐야!'

— 너의 마음을 담았다고나 할까?

혜정이가 키득거렸다.

"꼭 톡을 받아야 오냐? 새벽부터 기다리면 되지."

동준이가 그렇게 말하고는 현민이를 또 슬쩍 곁눈질했다. 현민이를 견제하는 기색이 역력했다.

— 잘났다, 잘났어! 이 발정 난 자식아.

혜정이가 볼멘소리를 터뜨렸다. 아직 동준이에게 악감정이 남은 모양이었다.

"내가 보낸 거 아니야, 그리고 난 버스 타고 갈 거니까 너흰 너희끼리 알아서 해."

"난 저 오빠 오토바이 타 보고 싶은데⋯⋯."

내 등 뒤에서 눈치 없는 나은이가 중얼거렸다. 그 애를 돌아보며 입 모양으로 '확 그냥!'이라는 엄포를 보내고는 성큼성큼 걸어 버스정류장으로 향했다.

불안하기로 치자면 당사자인 내가 가장 불안했다.

우리 모두 죽음 앞에선 고양이 앞의 쥐일 뿐이지.

어제 들은 영화 대사가 귓가를 웽웽 맴돌았다.

신축 공사에 들어간 건물 옆을 지날 즈음, 현민이의 외침이 들렸다.

"안나린!"

화들짝 놀라 돌아보았다. 먹이에 달려드는 사자의 기세로 내 달려온 현민이가 몸을 날려 나를 확 덮쳤다. 현민이와 나는 한 덩어리가 되어 허공에 붕 떠올랐다. 그때야 눈에 들어왔다. 공사 건물에서 머리 위로 우수수 떨어져 내리는 벽돌들이…….

현민이와 나는 그대로 길바닥에 나동그라졌다. 간발의 차로 떨어진 벽돌들이 굉음을 내며 아스팔트 위에 처박혔다. 그 충격이 얼마나 컸는지 사방에 파편이 튀었고 먼지가 자욱하게 일었을 정도였다.

— 야아! 내가 무슨 에어백이냐!

내 등에 깔린 백팩 속에서 혜정이가 비명을 질렀다. 정신이 들고 보니 내가 현민이와 부둥켜안은 자세로 아스팔트 위에 누워 있었다. 현민이의 무게와 온기가 그대로 전해졌다. 나를 내려다보는 현민이와 눈이 딱 마주친 순간, 숨이 멎는 듯했다. 살짝만 움직여도 입술과 입술이 닿을 거리였다.

"괜찮아?"

현민이가 물었다.

아니, 안 괜찮아! 그 잘생긴 얼굴로 눈앞을 가득 메우고 있는데 괜찮으면 이상하지! 잘생긴 콧대와 입술을 보니 방망이질 치는 심장 박동이 현민이한테 전해지리란 확신이 들었다.

얼굴이 아예 폭발해 버릴 듯 펑 달아올랐다. 귓불부터 불이 붙어 자연발화가 되어도 이상하지 않을 지경이었다. 그대로 얼어붙은 채 눈알만 굴리다 우리에게서 불과 1미터도 떨어지지 않은 그곳을 바라보았다.

벽돌이 떨어지던 순간, 내가 지나던 자리였다.

표적. 목표물. 내가 지나던 자리에 내리꽂힌 벽돌 무더기를 보며 그 단어가 절로 떠올랐다.

현민이가 조금만 더 나를 늦게 밀어냈더라면 저 벽돌들은 내 정수리로 쏟아졌을 터였다. 그다음이야 뻔했다. 크게 다쳤거나, 죽었거나.

벽돌이 떨어진 건물을 올려다보았다.

공사 중인 건물의 5층 창틀에 벽돌 몇 개가 걸린 품으로 보아 거기서 떨어진 듯했다.

의문 하나. 저 건물에서 벽돌이 떨어질 이유가 없었다. 아직 창도 없는 상태라 벽돌이 떨어지기에 충분한 공간이 외벽에나 있기는 했다. 하지만 아래에서 올려다보면 아무것도 보이지도 않는 모양으로 보아 창가에서 떨어진 곳에 벽돌을 둔 듯했다. 누가 일부러 던지지 않는 이상, 벽돌이 5층 아래로 떨어질 이유가 없는 셈이었다.

의문 둘. 벽돌이 안전망을 어떻게 통과했을까. 건물 1층과 2층 사이에 안전망이 설치되어 있었다. 벽돌이 떨어진다 해도 안전망 그물에 걸려 길바닥에는 떨어질 일이 없는 구조였다. 그런데 벽돌들은 안전망 따위야 우습다는 듯 통과했다.

두 번째 의문은 금세 풀렸다. 벽돌들이 통과한 자리만 유독 안전망이 뻥 뚫려 바람에 너풀거렸다. 누가 일부러 뚫어놓은 듯한 구멍이었다. 내가 그 밑을 지나던 순간, 벽돌들은 겨냥이라도 한 듯 그 구멍을 지나 내 정수리로 우수수 떨어졌다. 그

구멍이 꼭 커다란 눈 같았다.

"학생들, 괜찮아?"

5층 현장에서 인부 한 명이 고개를 내밀고 우리를 내려다보며 외쳤다.

"예."

현민이가 나 대신 외쳤다.

"아이고, 천만다행이네. 하마터면 큰 날 뻔했고만."

"아니, 멀쩡한 벽돌이 왜 거기로 떨어졌지?"

"그러게 창가 쪽에 쌓아두지 말자니까 사람 말 안 듣더니만……."

다른 인부들도 아래를 내려다보며 고개를 갸웃거렸다.

재빨리 주위를 휘둘러보았다. 황급히 자리를 뜨는 괴한이나 내가 아는 인물이 있을지도 몰랐다. 하지만 걸음을 멈추고 구경하는 행인들은 보여도 수상쩍은 사람은 눈에 띄지 않았다.

흐릿한 형체로 스멀거리던 불안감이 이제 또렷해졌다.

싱크홀에 빠졌던 날부터 긴가민가했지만, 아니라고 믿고 싶었다. 로또 당첨 확률이긴 해도 우연의 일치라 넘기고 싶었다. 어젯밤 아파트 지하주차장에서 마스크맨의 승용차가 달려들었을 때도 그랬다. 전부터 나를 노렸던 놈이 어제 또 나를 차로 치려 했던 일도 황당무계한 사건은 아니었다. 하지만 벽돌 추락 사건까지 겪고 보니 도저히 우연의 일치로 넘기기가 어려웠다. 그러기에는 나를 따라다니는 사고 발생 주기가 너무나 짧았다.

일련의 사건을 겪으며 몸소 깨달은 진리는 그것이었다.

우연도 되풀이되면 필연이 된다.

세 개의 문장이 머릿속에 전광판 문구처럼 잇따라 떠올랐다.

두 번째 소원의 대가가 작동하기 시작했다.

첫 번째 소원의 대가는 마녀사냥이었다.

두 번째 소원의 대가는 내 목숨이다.

10. 미노타우로스

"언니, 괜찮아?"

헐레벌떡 달려온 나은이가 물었다. 동준이가 탄 모터사이클도 우리 앞에 끽 멈춰 섰다.

"어? 어…….."

정신이 번쩍 들었다. 아직 나와 포개져 있던 현민이를 후다닥 밀어내자, 그 애도 얼굴이 빨개져 얼른 몸을 일으켰다. 현민이의 이마 위로 한줄기 액체가 주르륵 흘러내렸다.

"피!"

내가 외치자 현민이도 상황을 파악한 듯 제 이마를 문질렀다.

"괜찮아. 돌조각에 좀 스쳤나 봐."

현민이가 대수롭지 않게 손등으로 이마를 쓱쓱 닦았다. 하지만 피는 이내 새로운 물꼬를 트고 흘러내렸다.

"어디 봐 봐."

머리카락을 헤치고 상처 부위를 살펴보려다 멈칫했다. 현민이 정수리 바로 밑의 두피에 뭐가 눈에 띄었기 때문이었다.

처음에는 상처인 줄 알았다. 하지만 상처라 보기에는 그 부위의 두피가 멀쩡했다. 점이라기보다는 문신에 가까운 문양이었다. 별.

신기했지만 경황이 없어 더 자세히는 못 보고 넘어갔다. 상처가 심각했다. 돌조각에 좀 스친 정도가 아니었다. 손가락 두 마디 정도나 죽 찢겨 피가 흘러나왔다. 백팩을 열고 속에서 손수건을 찾았다. 백팩 안쪽 주머니에 넣어두었던 손수건이 어느새 마녀 인형 몸뚱이에 돌돌 감겨 있었다.

— 그건 안 돼! 인제 막 정 붙이는 판인데…….

혜정이가 손수건을 붙들고 놓아주지 않았다.

'야, 누가 너 정 붙이라고 넣고 다니는 줄 알아? 하나 사줄 테니까 일단 봐 봐.'

힘주어 손수건을 빼내 현민이의 상처에 갖다 댔다. 손수건이 이내 붉게 물들었다.

"안 되겠어, 병원 가자."

손을 잡아끌자 현민이는 한사코 마다했다.

"괜찮다니까. 이보다 더 심하게 다쳤을 때도…….."

"이보다 더 심하게 다쳤을 때도, 뭐?"

내가 묻자 현민이는 멈칫하며 입을 다물었다.

"그냥…… 약만 바르고 나았어."

"네가 무슨 울버린이야? 이렇게 심하게 찢어졌는데 약만 바르고 낮게?"

"화성의료원 가면 약만 발라도 낫나 보지."

무심히 상황을 지켜보던 동준이가 상처를 누르며 실랑이를 하는 우리 둘을 향해 빈정거렸다. 화성의료원은 화성그룹이 운영하는 종합병원이었다. 동준이도 현민이의 외할아버지가 화성그룹 회장이라는 사실을 아는 모양이었다.

"지금 그런 말 할 때야?"

동준이에게 쏘아붙이자, 동준이가 눈을 치뜨며 되물었다.

"왜, 이놈 다치니까 속상하냐? 너, 이 새끼랑 진짜 사귀기라도 해?"

"꼭 사귀는 사이여야만 걱정해? 사람이 다쳤잖아. 나 때문에."

"나도 다쳤는데?"

동준이가 제 팔꿈치를 가리켰다. 지난주 금요일, 싱크홀에 빠지던 나를 구하다 생긴 상처였다. 저도 똑같이 나 때문에 다쳤는데 왜 현민이만 챙기느냐고 따지는 투였다. 동준이한테 미안하고 고마운 것도 맞지만, 그렇다고 팔꿈치 다친 거랑 머리 상처가 같을 수는 없었다. 유치하게 남친이고 질투고 고민할 때가 아니었다. 현민이의 머리부터 치료해야 했다.

눈앞에 범고래 중형차가 끽 멈춰 섰다.

"괜찮으십니까, 도련님!"

차에서 내린 운전기사가 현민이를 부축해 차로 데려가려 하자, 현민이가 마다했다.

"괜찮아요. 그리고 그냥 이름 부르시라니까요, 존댓말도 그만 좀 하시고…….”

현민이가 내 옷자락을 붙들고 끌어당겼다.

“회장님께서 워낙 단단히 일러두셔서…….”

못 해도 서른은 되어 보이는 운전기사가 뒤통수를 긁적였다.

“가자.”

지혈을 계속 해야 할 듯싶어 머리 상처에 손수건을 댄 손을 떼지 않은 채 현민이가 이끄는 대로 일단 차에 올랐다.

“그럼 언니, 이따 봐.”

나은이의 목소리에 돌아보니 어느새 동준이의 모터사이클 뒷자리에 떡하니 앉은 나은이가 내게 손을 흔들었다.

“언니, 이 오빠가 나 학교까지 태워다 준대. 안녕!”

* * *

“아무래도 수상해.”

달리는 차 안에서 현민이가 입을 열었다.

“뭐가?”

“진희.”

이름만 나왔을 뿐인데 차 안에 두텁고 축축한 먹구름이 가득 차는 기분이 들었다.

— 진희? 와, 엄청난 사실을 알아냈네. 난 진희가 수상한 줄은 꿈에도 몰랐는데……. 우리 현민이가 드디어 한 건 해냈긴 개뿔, 당연히 수상하지, 인마! 말이라고 해? 소원 떡밥으로 인

생 파탄 내는 년이 안 수상하다는 인간 있으면 그 인간이 더 수
상하겠다.

　백팩 속의 혜정이가 또 끼어들었다. 못 들은 척 현민이에게
물었다.

　"진희가 어떻게 수상한데?"

　여태 진희에게 된통 당하고 죽다 살아난 내가 묻기에는 우
스꽝스러운 질문이었지만 현민이의 말뜻은 다른 데에 있는 것
같았다.

　"학교 전산시스템에 들어가서 진희의 생활기록부를 찾아봤
거든."

　어떻게 했느냐고는 묻지 않았다. 돈만 있으면 죽은 사람 살
리는 일 빼고는 뭐든지 가능한 세상이었다.

　"생활기록부에 진희는 4월에 당산고에서 홍주고로 전학 왔
다고 나와 있어."

　"그런데?"

　현민이는 대답 대신 제 가방에서 서류 한 장을 꺼내어 내게
내밀었다. 내가 한 손으로 계속 상처 부위를 누르는 중이라, 바
싹 붙어 앉은 자세였다. 현민이가 불편한 동작으로 부스럭대
며 꺼낸 종이를 빈손으로 받아들었다.

　서류는 진희의 '학교생활세부사항기록부(학교생활기록부Ⅱ)'
였다. 기록부 오른쪽 위에 붙은 사진 속 얼굴은 진희였다. 사진
왼편의 표에는 학교와 반, 번호 및 담임 교사 이름이, 그 밑에
는 학생과 가족의 인적사항이 보였다.

학생 칸에는 진희의 성명과 성별, 주민등록번호와 주소가, 가족 상황 칸에는 부모의 성명과 생년월일이 각각 적혀 있었다.

부 성명 : 진효섭   생년월일 : 1972년 9월 12일
모 성명 : 이미라   생년월일 : 1975년 2월 8일

눈에 띄는 이력은 없었다. 그런데 특기사항에 적힌 내용이 눈길을 끌었다.

2017. 10. 27. 부모 사망

진희의 부모님이 돌아가셨다는 말은 듣지 못했다. 그러고 보니 진희는 단 한 번도 부모님 이야기를 꺼낸 적이 없었다. 게다가 그 애의 부모님이 돌아가신 시점도 우리 엄마 아빠가 돌아가시기 불과 두 달 전이었다.

그 밑의 학적사항 칸에는 별다른 항목이 없었다.

2017년 03년 02일 당산고등학교 제1학년 입학(2018년 04년 23일 전출)
2018년 04월 24일 홍주고등학교 제2학년 전입학

내 기억에도 진희가 우리 학교로 전학 온 시기는 올 4월 말 즈음이었다.

"이게 어디가 수상한 건데?"

고개를 들어 현민이를 바라보자 녀석이 말했다.

"보자마자 느낌이 왔어. 뭔지는 모르지만, 분명 여기에 사실과 다른 게 적혀 있다는 느낌…… 어제 당산고 행정실에 전화해서 물어봤어. 진희라는 학생이 4월 23일까지 당산고에 다니다 4월 24일에 홍주고로 전학 간 게 사실인지……"

"그런데?"

"아니래."

"무슨 소리야."

"진희라는 학생이 당산고에 다녔던 건 맞대. 그런데 진희는 전학을 못할 상황이래."

들으면 들을수록 미궁으로 빠져드는 기분이 들었다. 그리스 신화에 나오는 미궁. 발명가 다이달로스가 크레타의 왕 미노스의 명을 받아 괴물 미노타우로스를 가두려고 한번 들어가면 출구를 못 찾게 설계한 미궁, 라비린토스. 헤매다 보면 사람 잡아먹는 괴물 미노타우로스와 덜컥 맞닥뜨리게 되는 곳. 그리고 그 예감은 들어맞았다.

"죽었대."

현민이의 말을 듣는 순간, 공사현장에서 떨어졌던 벽돌 중하나가 뒤늦게 내 머리를 한 대 후려치고 지나간 듯 멍해졌다.

"뭐……? 그게 무슨 소리야, 누가 죽었단 말이야?"

설마, 설마…….

"진희."

"진희가 죽었다니?"

"2017년 10월 27일에 경부고속도로에서 졸음운전 하던 앞차가 가드레일을 들이받고 튕겨 나와서 진희네 차까지 받았대. 차는 뒤집혔고 부모님은 그 자리에서 다 돌아가셨대."

"진희는……?"

"응급실로 실려 가서 의식불명 상태로 있다가 사흘 뒤에 죽었대."

사흘 뒤에 죽었대. 그 세 마디가 거대한 종소리처럼 머릿속을 송두리째 뒤흔들었다.

"혹시나 해서 당산고 전산시스템으로 들어가서 진희를 찾아봤어. 원래 생기부는 학생 본인이 전학 가게 되면 전학 간 학교로 넘어가게 돼 있거든. 그런데 당산고 생기부에는 진희의 기록이 그대로 남아 있었어."

녀석이 또 다른 서류 한 장을 내게 건넨다. 역시 '학교생활세부사항기록부(학교생활기록부Ⅱ)'였다. 거기에 진희가 또 있었다.

같은 이름과 생년월일, 부모를 둔 진희. 그러나 인적사항 밑에 적힌 특기사항에는 앞선 기록부와 결정적으로 다른 내용이 있었다.

2017. 10. 27. 부모 사망

2017. 10. 30. 본인 사망

무엇보다 기록부 오른편 위의 사진이 달랐다. 언뜻 보면 진

희와 닮았지만, 유심히 들여다보면 눈매부터 콧대, 입매, 얼굴
형까지 다 달랐다.

서류를 든 손끝이 바들거렸다. 소름 돋은 팔뚝을 어루만질
엄두도 내지 못하고 어찌할 바를 몰라 하다 멍하니 중얼거
렸다.

"그럼 우리 반 진희는? 걘 도대체 뭐야."

"적어도 당산고에 다녔던 진희는 아니라는 말이지."

— 진희 그년이 알고 보니 진희가 아니었다 이 말이야? 대
박! 완전 소오름!

혜정이가 끼어들었지만 대꾸할 여력도 없었다. 지니가 램프
속에서 펑 하고 튀어나오는 광경이 떠올랐다. 그런 영적 존재
처럼 세상 어디에도 없었던 존재가 어느 날 툭 튀어나와 죽은
진희 행세라도 하고 있단 건가.

적어도 한 가지만은 확실해졌다. 내가 아는 진희는 진희가
아니었다. 미궁을 헤매다 맞닥뜨린 괴물, 미노타우로스였다.

죽은 진희와 살아 있는 진희. 둘 중 하나는 분명 가짜였다.
가짜는 죽은 진희가 아닌 살아 있는 진희일 가능성이 훨씬 컸
다. 죽은 자는 말이 없는 법이고. 사람을 속이려 들지도 않는
법이니까.

"잠깐만."

두 장의 생활기록부를 나란히 무릎 위에 올려놓고 내려다보
니 뭐가 이상했다.

2017년 03년 02일 당산고등학교 제1학년 입학(2017년 04년 23일 전출)

2018년 04월 24일 홍주고등학교 제2학년 전입학

"왜 그래?"

현민이가 물었다.

"오타……."

그랬다. '2017년 03월 02일'이라고 표기되었어야 할 부분이 '2017년 03년 02일'로 잘못 기재되어 있었다. 하지만 죽은 진희의 생활기록부에는 '2017년 03월 02일 당산고등학교 제1학년 입학'이라는 문구가 오타 없이 적혀 있었다. '03년'을 가리킨 내 손끝을 보던 현민이가 물었다.

"그건 왜……?"

"이상하지 않아? 이전 생기부에는 오타가 없는데 왜 이 생기부에만 오타가 있냐 이거지."

"누가 그걸 건드렸다?"

"물론 담당 직원의 실수겠지. 근데 난 왠지 제삼자가 이 기록을 건드리다 실수로 옥에 티를 남긴 건 아닌가 싶네."

─ 진희 고년이지, 뭐.

혜정이가 끼어들었다. 내 생각도 혜정이와 같았다. 도대체 왜 이런 짓을 했으며, 무슨 꼼수를 부렸는지는 모르겠지만, 이 생활기록부를 건드린 장본인은 진희 본인 같았다.

처음에는 진희가 귀신이나 램프의 요정 같은 초자연적인 존재일지도 모른다고 의심했다. 하지만 곰곰이 따져보니 그보다는 제 진짜 정체를 감추려고 죽은 진희 행세를 하는 제3의 인물은 아닐까 싶었다. 세상에 귀신이니 램프의 요정 따위가 있을 리 없었다.

— 그럼 난 뭔데?

혜정이가 물었다. 하기야 혜정이부터가 초자연적인 존재이기는 했다. 인형에 깃든 여고생의 자아라니…….

'뭐긴 뭐야, 너야 그냥 오혜정이지. 그 이상도, 그 이하도 아닌…….'

현민이는 생활기록부를 내려다보며 골똘히 생각에 잠겼다. 전에는 심사숙고 모드가 마냥 답답하고 짜증스러웠는데 이제는 그 얼굴마저도 어쩐지…….

'잘생겼네, 이 와중에. 하나가 좋아 보이면 나머지도 좋아 보이나.'

— 오호, 안나린, 너 현민이 좋아하는구나?

혜정이가 정곡을 찔렀다.

'좋아하긴 뭘 좋아해? 그냥 전보다는 좋아 보인다는 거지.'

또 불판 모드 시작. 이러다 얼굴이 아예 익을 판이었다.

— 좋아하나, 좋아 보이나, 그게 그거지. 좋아한대요오. 나린이랑 현민이랑 얼레리꼴레리, 좋아한대요오.

혜정이는 신이 나서 유치한 노래까지 불러댔다.

'너도 참 너다. 이 심각한 상황에…….'

— 그러는 넌 뭐냐, 그러는 넌 뭐야, 현민이 보면서 잘생겼다

며어, 잘생겼다며어.

신이 나서 연신 노래를 지어 부르며 까불거리는 혜정이를 보니 지난 한 달 동안 갖가지 우여곡절을 거치며 얼음공주 오혜정이 참 많이도 변했구나 싶었다.

— 변하긴 뭘 변하냐. 나 원래 이런 여자래요오, 이런 여자래요오.

'그래, 알았다, 알았어. 너 원래 이런 철딱서니였어. 됐지?'

— 그래, 나도 철딱서니, 너도 철딱서니. 우린 철딱서니 단짝!

여전히 손수건을 쥔 내 손은 현민이의 머리에 난 상처를 지압하는 중이었다. 차가 흔들릴 때마다 그 애의 부드러운 머릿결이 내 손등을 간질였다.

다시금 가슴이 두근두근 뛰기 시작했다. 혜정이 말대로 나도참 나였다. 조금 전만 해도 벽돌에 깔려 죽을 뻔하고, 진희의 생활기록부를 들여다보며 소스라쳤는데 그랬던 내가 현민이를 보며 얼굴을 붉히고 숨이 가빠지는 상황 자체가 우스꽝스러웠다.

'아냐, 이건 그냥 생존 본능일 뿐이야. 위험한 일을 특정 이성이랑 같이 겪으면 그 일 때문에 생긴 두근거림을, 그 이성 때문에 생긴 두근거림으로 착각한다잖아. 데이트 때 롤러코스터 타고 바이킹 타면서 가슴이 뛰면 상대한테 호감을 느끼는 줄 착각하는 그런 거.'

— 예예, 알겠습니다. 심리학 전문가 안나린 박사님, 그렇게 구구절절 정당화 안 해도 당신 마음 다 아니까요, 고만하시죠.

혜정이와 티격태격하는 사이, 현민이가 침묵을 깼다.

"아무래도 오늘 학교 끝나는 대로 가 봐야겠어."

"어딜?"

"당산고."

"가서 뭐 하게?"

"진희네 담임 선생님을 만나 뵈려고."

하기는 당산고가 여기서 그리 멀지는 않은 곳이니 그러는 편이 최선일 듯했다. 가장 빠른 방법이야 당사자인 진희의 실토였지만, 여태껏 시치미로 나왔던 진희가 생활기록부를 들이댄다 한들 술술 털어놓을 리도 없었다.

죽은 진희의 생활기록부 사진 옆에 적힌 담임 선생님의 이름을 내려다보았다.

하지애.

"그럼 이따 나랑 같이 가."

"괜찮겠어?"

"솔직히 말해서 이건 내 일이잖아. 네 일이 아니라……."

내 말에 현민이가 나를 빤히 바라보았다. 현민이의 눈빛이 이렇게 깊은 줄도 예전에는 미처 몰랐다. 눈만 마주쳤을 뿐인데도 얼굴이 자꾸만 후끈거리고 심장이 쿵쿵 뛰었다. 현민이가 말했다.

"네 일은, 내 일이기도 해."

그 말에 순간 숨 쉬는 걸 잊었다.

훅 하고 숨을 내쉬는 순간 멈췄던 심장이 아까보다 더 심하

게 뛰기 시작했다. 관자놀이에서 쿵쿵 뛰는 맥을 들킬 것 같아
얼른 고개를 돌리며 황급히 눈을 내리깔았다. 차가 멈춰 서지
않았더라면 달리는 차 문을 열고 차 밖으로 뛰어내렸을지도
몰랐다. 차 움직임에 정신을 차리고 내다보니, 도착한 곳은 병
원이 아닌 학교 정문 앞이었다.

"병원 가자니까……. 너 정말 괜찮겠어?"

여태 현민이의 머리에 대고 지혈했던 손수건을 떼며 물었다.

"어, 괜찮아."

"어디 봐 봐."

현민이의 머리에 생긴 상처를 들여다보았다.

"어……?"

거짓말처럼 피가 멎은 상태였다. 상처 크기도 아까보다 눈에
띄게 줄어든 듯했다.

"내가 괜찮다고 했잖아."

현민이가 내 손을 피해 머리를 떼며 말했다. 그제야 어색해
져서 얼른 손을 거두었다.

현민이가 말했다.

"생각해 줘서 고마워."

고마워할 사람은 나라고 말하고 싶었지만, 입이 떨어지지 않
았다. 그 애가 또 다정한 말을 하게 되면 심장이 멎어 버리거
나, 나도 모르게 그 애를 확 좋아하게 될까 봐.

　　　　　　　　　* * *

"안녕, 나린아."

여느 때처럼 에어팟을 낀 미노타우로스가 내게 인사를 건넸다. 그 옆자리에 앉으며 포커페이스를 유지하려 했지만 마음대로 되지 않았다. 아까 현민이가 보여 준 '2017. 10. 30. 본인 사망'이라는 문구가 머릿속에서 떠나지 않았다.

— 안녕 못 하다. 이년아!

혜정이가 나 대신 받아쳤다. 고맙기도 하지.

"어, 안녕."

인사를 받았지만, 진희 옆에 앉아 있기가 껄끄러웠다. 그 애는 제 스마트폰에서 재생되는 음악의 가락에 맞춰 지휘하듯 기다란 검지를 세워 이리저리 까딱거렸다. 어쩐지 그 모습이 낯익었다.

— 아오, 저년 명치 겁나 세게 한 대 때렸으면 정말 소원이 없겠네.

백팩 속에서 혜정이가 울분을 터뜨렸다. 이번에도 백팩 지퍼 틈으로 밖을 내다보는 모양이었다. 내 시선을 느낀 진희가 한쪽 에어팟을 빼며 입을 동그랗게 오므려 '왜?'라고 물었다.

생활기록부를 위조한 진희에게 묻고 싶었다. 너 정말 진희가 맞아? 그 말이 목젖을 간질였지만, 꾹꾹 눌러 목구멍 아래로 삼켰다. 섣불리 건드렸다가는 본전도 못 찾을 테니까.

"네가 너무 예뻐서……."

말도 안 되는 핑계를 대자 그 애가 어이없다는 듯 픽 웃었다. 물론 진희는 여전히 예뻤다. 하지만 첫 번째 소원을 묻던 날 이 얼굴을 바라보며 느꼈던 경외감 따위는 이미 머나먼 공간 저 너머로 사라진 지 오래였다. 이제는 다른 유의 경외감이 들었 다. 어쩌면 그렇게 엉큼한 속을 감추고 저렇게 태연자약할 수 있을까!

"참, 나린아."

진희가 뭔가 생각난 듯 내게 말했다.

"어?"

"스테이지가 올라갈수록 퀘스트 난이도도 점점 높아지는 거 알지?"

"그게 무슨 소리야?"

내가 되묻자, 진희가 한쪽 눈을 찡긋하며 속삭였다.

"그냥, 네가 혹시 깜빡하고 있을까 봐."

나의 미노타우로스는 그렇게 다시 에어팟을 끼고는 음악 감 상 모드로 돌아갔다. 볼일 끝났으니 내가 뭐라고 되묻든 더는 대답하지 않겠다는 듯한 태도였다.

그리스 신화에서 아테네의 영웅 테세우스는 희생물로 자원 해 미궁으로 들어가 미노타우로스를 해치우고, 자신을 사랑한 크레타 공주 아리아드네가 준 명주실을 풀어놨다가 다시 감으 며 미궁을 무사히 빠져나왔다. 내가 과연 테세우스가 될 수 있 을까?

머릿속에 떠오른 그 질문에 선뜻 대답할 수 없었다.

눈앞의 미노타우로스는 내가 감당하기엔 너무도 벅찬 괴물
이었으니까.

* * *

"진희 친구들이니?"

하지애 선생님이 당산고 교무실에서 우리를 맞으며 물었다.
파마머리에 안경을 쓰고 치마 정장을 입은 전형적인 교사 분
위기의 중년 아줌마로 따뜻한 인상이었다.

"네, 아까 전화 드렸던 진희 중학교 때 동창입니다."

현민이가 꾸벅 인사하며, 미리 준비한 비타민 음료수 상자를
담임 선생님에게 건넸다.

"이런 거 받으면 안 되는데……."

"저희는 이 학교 학생도 아니고, 가격도 얼마 안 하는 거니
받아 주세요."

"그럼 날도 덥고 하니까 우리 이거 다같이 하나씩 마시면서
얘기하자."

상자를 열어 병을 꺼낸 선생님이 현민이와 내게 음료수를
하나씩 건넸다.

"일단 자리를 좀 옮길까?"

그녀를 따라 같은 건물 복도 끝에 자리 잡은 상담실로 들어
갔다. 탁자 앞에 자리를 잡고 앉은 그녀가 운을 뗐다.

"진희 일은 담임을 떠나 딸 가진 엄마로 너무 가슴 아파. 우

리 부모님 돌아가실 때보다 더 울었다니까."

금세 눈가가 촉촉해지는 모습이 진심처럼 들렸다.

"공부도 잘하고, 심성도 착한 애였거든, 그냥 하는 말이 아니라 진짜로. 그랬던 애가 하루아침에 그렇게 됐다니까 믿기지가 않더라. 사람 일 한 치 앞을 모른다지만 그래도 그렇지, 그런 생때같은 아이가……."

이로써 생활기록부에 나온 진희의 죽음은 기정사실임이 확인되었다. 이제 숙제는 죽은 진희와 산 진희의 관계를 캐내는 일이었다.

"저희도 소식 듣고 충격이 너무 컸어요."

담임 선생님과 마주 앉은 현민이가 맞장구쳤다.

"근데 뭐 때문에 날 보잔 거니?"

감상에서 깨어난 그녀가 용건을 물었다. 지금부터 신중해야 했다. 우리가 뒷조사를 하고 다닌다는 소식이 진희 귀에 들어가기라도 하면 무슨 짓을 할지 몰랐다. 이미 알면서도 모르는 척 시치미 떼는지도 모르지만…….

"혹시 진희가 평소랑 다른 말이나 행동을 하진 않았나 해서요."

내 말에 그녀가 우리를 빤히 바라보았다.

"실은 진희가 그 일 당하기 전에 저희한테 연락한 적이 있거든요, 무섭다고……."

"무섭다고? 뭐가?"

"저희도 그게 궁금했는데 그걸 말 안 해 주더라고요."

현민이가 옆에서 거들자 그녀가 고개를 갸웃거렸다.

"글쎄…… 나한텐 그런 내색한 적이 전혀 없었는데……. 그 거 때문에 날 찾아온 거니?"

혹시나 했던 기대감이 역시나 하는 실망감으로 바뀌었다.

"아뇨, 그냥 진희 학교생활이 어땠는지 궁금해서 담임 선생 님께 듣고 싶어서요."

그녀가 뭔가 생각났다는 듯 탁자를 탁, 쳤다.

"맞다. 그러고 보니 생각나네. 진희 사고 나기 며칠 전 퇴근 길에 차 끌고 교문 나서다 봤는데, 어떤 여자애랑 막 다투고 있 었어."

현민이가 눈을 빛내며 물었다.

"여자애요?"

"어, 워낙 온순한 애라 누구랑 언성 한번 높인 적 없었거든. 근데 그날은 화가 엄청 났는지 얼굴까지 새빨개져서 걔한테 막 뭐라고 따지더라고."

"혹시 그 여자애가 얘 아니었나요?"

현민이가 주머니에서 진희의 사진을 꺼내어 담임 선생님에 게 내밀었다. 고개를 쭉 빼고 유심히 그 사진을 들여다보던 그 녀가 고개를 가로저었다.

"글쎄, 이렇게 예쁜 얼굴은 아니었는데……."

기대감이 또 실망감으로 뚝.

"그 여자애가 당산고 교복을 입고 있던가요?"

내가 물었다.

"아니, 다른 학교 교복이었어."

이번에는 현민이 물었다.

"그럼 혹시 어느 학교 교복이었는지는 기억나세요?"

"교복?"

* * *

홍주로 돌아오는 차 안에서 현민이와 나는 말이 없었다.

별다른 소득이 없어 마음이 무거웠다. 죽은 진희가 사고를 당하기 전에 누구와 다퉜는지, 그것만이라도 알아냈더라면 좋았을 텐데, 담임 선생님은 끝내 그 교복은 기억해 내지 못했다. 나중에라도 연락 주십사 전화번호를 남기고 왔지만, 기대하지 않는 편이 나을 듯했다.

— 기운 내, 안나린. 로또 당첨 확률로 싱크홀에도 빠지는 판국인데 또 혹시 모르잖아.

혜정이의 위로도 도움이 되지는 않았다. 옆자리의 현민이도 어두운 얼굴로 내내 심사숙고 모드였다.

— 안나린.

'왜, 또?'

— 아무래도 불안하다.

'뭐가 또?'

— 저 트럭 말이야.

트럭? 차창 너머를 내다보니 운전석 쪽부터 짐칸 너머까지

289

철근을 잔뜩 실은 트럭이 우리가 탄 승용차와 나란히 달리는 중이었다. 트럭이 덜컹거릴 때마다 철근이 꼬리처럼 위아래로 출렁거렸다. 트럭을 본 현민이도 꺼림칙했는지 기사에게 말했다.

"죄송한데, 빨리 가 주세요."

녀석이 손짓으로 철근 트럭을 가리키자 기사가 고개를 끄덕이며 가속 페달을 밟았다. 뒤처지는 듯했던 트럭이 다시금 속도를 높여 승용차 옆으로 따라붙었다.

— 훠이, 절루 가, 절루!

혜정이가 백팩 지퍼 너머로 트럭을 보며 외쳤다. 트럭은 오히려 승용차보다 속도를 더 높이더니 우리를 앞질렀다. 사거리에서 우회전하며 멀어지는 트럭을 보며 혜정이와 나는 안도의 한숨을 내쉬었다. 며칠째 우연찮은 사고를 겪다 보니 저런 트럭만 봐도 위태위태했다.

차가 사거리에 이르러 막 홍주 쪽으로 우회전한 순간이었다. 철근 트럭이 느닷없이 우리 차선으로 확 끼어들었다. 먼저 간 줄 알았는데 갓길에서 우리를 기다린 듯했다. 급히 가속 페달을 밟던 트럭이 우리 차 바로 앞에서 급정거했다. 기사도 비명을 지르며 덩달아 브레이크를 밟았다.

허를 찔렸다.

트럭에 잔뜩 실렸던 철근이 스스로 움직이는 생명체처럼 꿈틀, 제 몸뚱이를 죄던 철사를 끊었다. 괴물의 촉수처럼 허공을 휘젓다 다가든 철근들이 우리 차의 앞 차창을 꿰뚫고 쏟아져 들어왔다. 차창을 박살 낸 쇳덩이들이 차체를 송두리째 뒤흔들었다. 철근의 목표물은 바로 나였다.

"조심해!"

— 조심해!

현민이와 혜정이가 거의 동시에 외쳤다. 현민이가 몸을 던져 나를 끌어안는 순간 어깨너머로 들이닥치는 철근들이 보였다. 둔탁한 충격음이 났고 현민이의 입에서 바람 빠지는 소리가 터져 나왔다. 질끈 감았던 눈을 떴다가, 나를 내려다보는 현민이와 눈이 마주쳤다. 그 애의 어깨를 꿰뚫고 나온 철근이 보였다. 흘러내린 피가 철근 끝에 모였다 내 얼굴로 뚝뚝 떨어졌다.

놀랍거나 무섭기보다 슬펐다.

현민이의 피가 얼굴에 떨어지던 순간, 그 애의 턱과 목을 타고 흘러내린 핏물이 내 교복 블라우스에서 꽃처럼 피어나던 순간, 그런데도 현민이가 깊은 눈길로 나를 내려다보며 걱정하는 표정을 짓는 순간, 마냥 슬퍼졌다.

나 때문에 현민이가 벽돌 조각에 맞은 지 한나절밖에 지나지 않았다. 나 때문에 동준이는 싱크홀에 빠질 뻔했고 나 때문에 현민이는 황산도 뒤집어쓸 뻔했다. 나 때문에 혜정이는 죽었고, 죽어서도 갓난아기만 한 인형에 매인 신세가 되었다. 다 나 때문이었다.

"왜…… 도대체 왜 이래야 해?"

현민이에게 물었고, 진희에게 물었고, 나 자신에게 물었다. 누구에게서도 만족할 만한 대답이 나오지 않을 줄 뻔히 알면서도 물었다. 그리고 울었다.

"난 괜찮아. 넌?"

현민이가 그렇게 말하고는 덜덜 떨리는 손을 뻗어 내 눈물을 닦아 주었다.

"말하지 마아, 움직이지도 말고……. 제발…… 제발 그냥 가만히 좀……."

울먹이다 끝내 흐느끼느라 말도 제대로 안 나왔다. 내가 움직이면 그 애의 출혈이 더 심해질까 봐 옴짝달싹도 못했다. 민폐의 끝판왕. 암적인 존재. 존재 가치가 없는 이 시대 최고의 빌런, 안나린.

출혈의 양이 심상치 않았다.

"119죠? 교통사고가 났는데요, 학생이 심하게 다쳐서요."

운전기사 아저씨가 떨리는 목소리로 통화하는 소리가 들려왔다. 건너다보니 사고 순간에 운전대를 반사적으로 틀었는지 운전석은 비교적 멀쩡했다.

문제는 조수석이었다. 차창을 깨뜨리며 밀려든 철근들이 조수석 등받이를 떠밀거나 아예 꿰뚫고 내게로 달려들었다. 불행 중 다행, 아니, 불행 중 불행은 철근이 뚫고 들어오면서 삶은 문어 다리처럼 사방으로 휘었다는 사실이었다. 철근들은 나를 피해 내 좌석 등받이에 주둥이를 파묻었다. 서커스 공연장에서 과녁 앞에 선 마술사를 절묘하게 피해 몸 둘레로만 꽂히는 단도들처럼…….

정면으로 달려든 철근은 하나였다.

테러나 암살 시도 때 경호원의 임무는 국가 요인을 덮쳐 누르며 총알이나 폭탄을 대신 맞는 일이라는 말을 어느 다큐멘터리에서 본 기억이 났다. 만일 현민이가 경호원들이 하듯 나를 내리누르며 대신 과녁이 되어 주지 않았더라면 철근은 틀림없이 내 얼굴이나 목을 꿰뚫었을 터였다. 차라리 그랬어야 했다. 그래서 이 지긋지긋한 생존 게임에 종지부를 찍었어야만 했다.

"내가 왜 그랬지?"

트럭 운전사 아저씨가 흙빛이 된 얼굴로 머리를 쥐어뜯는 광경이 차창 너머로 내다보였다. 자기가 해 놓고도 못 믿는 눈치였다. 제정신이라면 우리가 탄 차가 뒤따라오는 줄 뻔히 알면서 일부러 급정거할 리 없었다. 이런 사고는 여러 요인이 제대로 맞아떨어져야 일어난다. 정확한 타이밍에 차가 멈춰야 하고 정확한 타이밍에 철근 다발을 묶은 철사가 끊기고 정확한 타이밍에 철근들이 차창을 꿰뚫고 들이닥쳐야 한다. 이번 사고는 그 모든 타이밍이 맞아떨어졌다. 우연일 가능성은 이제 아예 제외하기로 했다. 영화 「데스티네이션」에서 장의사가 했던 대사가 되살아났다.

죽음에 사고란 없단다. 우연도, 실수도 없고, 탈출구도 없지.

이 우연도, 실수도, 탈출구도 없는 미로에서 벗어날 방법은 두 가지뿐이었다.

미로를 장악한 미노타우로스의 희생양이 되거나, 미노타우로스를 해치우고 아리아드네의 명주실을 감아 미로를 빠져나가거나. 두 번째를 고르고 싶었지만 내 손에는 마노타우로스를 해치울 무기도, 아리아드네의 명주실도 없었다.

구급차가 현장에 도착할 때까지 현민이의 얼굴을 마주 보며 하염없이 울었다. 눈물 따위 흘리지 않겠다고 결심한 지 얼마 되지도 않았는데 또 울다니 흑역사의 정점을 찍는 나날이었다.

멀리서 요란한 구급차 사이렌 소리가 들려왔다.

* * *

"아이고, 세상에!"

차 안을 들여다본 구급대원들의 눈이 휘둥그레졌다. 차 안에 들어찬 철근 다발 틈바구니에 남녀 고등학생 둘이 포개진 채 끼어 있으니 놀랄 만도 했다.

"담요 씌울 테니 들추지 마요, 학생. 움직이지도 말고…… . 조금만 참아요."

구급대원들이 우리에게 담요를 뒤집어씌우며 말했다. 우리를 가둔 철근을 잘라낼 때 불똥이 튀지 않게 하려는 듯했다. 곧이어 요란한 굉음이 철근을 가르기 시작했다.

이상했다.

주위는 귀가 따갑도록 시끌시끌한데도 담요가 만들어낸 어둠 속에 현민이와 단둘이 마주보니 어쩐지 아늑해졌다. 슬픔이 좀 가라앉자 민망하기는 했지만, 싫지 않았다. 멸망한 세상에 현민이랑 내가 단둘이 살아남아 마주 보는 듯한 착각마저 들었다. 그 애의 숨결이 내 얼굴로, 그 애의 온기가 내 몸으로 전해졌다. 심장이 다시금 방망이질 쳤다. 이번에는 감출 방법도, 피할 방법도 없었다. 현민이에게도 내 심장이 쾅쾅 뛰는 소리가 다 들릴 것 같았다. 아마도, 아니, 틀림없이. 아아, 흑역사…….

현민이의 숨결이 점점 더 가까워졌다. 착각일까. 아니면 이 상황에 설마……? 담요를 덮어서 그런지, 이 애와 단둘이라 그런지, 밀폐된 공간에서 둘이 숨을 쉬어서 그런지는 몰라도 더웠다. 얼굴이 새빨갛게 물들 만큼…….

고개를 숙여 코앞까지 얼굴을 붙인 현민이가 속삭였다.

"지금 아니면……."

"말하지 말……."

'말라니까!'라고 말하려고 했는데 그 애가 말허리를 잘랐다.

"기회가 없을 거 같아."

현민이의 입술이 다가왔다.

그때 눈앞이 확 밝아졌다. 누가 우리를 덮었던 담요를 걷어 냈다. 현민이도 나도 화들짝 놀라 서로 고개를 반대로 돌렸다.

담요를 걷어낸 구급대원이 현민이에게 말했다.

"학생, 이제 몸에 박힌 철근 자를 차례니까 아프더라도 조금만 더 참아요."

＊ ＊ ＊

— 나…… 들었어.

병원으로 가는 구급차 안에서 여태 잠잠했던 혜정이가 입을
열었다. 얼빠진 목소리였다. 아까 트럭 운전사 아저씨가 탄식
하던 목소리와 비슷했다.

고개를 돌려 현민이를 보았다. 환자 이송용 침대에 앉아 내
어깨에 기댄 채 내 손을 꼭 붙든 현민이는 지친 듯 눈을 감았
다. 침대에 눕히면 좋으련만 어깨에 박힌 철근 때문에 누일 상
황이 아니었다. 녀석의 어깨를 파고든 철근은 뒤쪽이 잘린 채
아직 녀석에게 붙박인 채였다. 구급대원은 어깨에서 철근을
섣불리 빼내면 큰일 난다고 했다.

'뭘 들어?'

혜정이에게 물었다.

— 철근 날아오던 순간에…….

'철근 날아오던 순간에 뭐? 뜸 들이지 말고 말해 봐.'

— 진희 목소리…….

어째 안 나오나 했다. 이제 진희의 ㅈ자만 들어도 자다 경기
를 할 지경이었다.

'진희 목소리가 어땠는데?'

혜정이가 한참을 머뭇거렸다.

'오혜정!'

— 웃었어.

'뭐?'

— 웃었다고…….

'웃음소리만 듣고 어떻게 진희인 줄 알아?'

혜정이가 겁에 질린 목소리로 대답했다.

— 나 죽던 순간에도 들었거든, 그 웃음소리.

* * *

수술은 자정이 넘어서야 끝났다.

장장 다섯 시간에 걸친 대수술이었다. 지친 기색이 역력한
얼굴로 수술실에서 나온 담당의는 '천만다행'이라는 한마디로
상황을 정리했다. 다섯 시간을 대기실에서 기다리는 동안 피
가 바짝바짝 마르는 기분으로 가슴을 졸였던 터라 그 말을 듣
고 나니 맥이 탁 풀렸다.

다친 어깨에 붕대를 칭칭 감고 눈에 띄게 수척해진 얼굴이
된 현민이가 침대에 실려 나왔다.

"다행이네요. 고생하셨어요."

현민이의 엄마가 안도의 한숨을 내쉬며 담당의에게 인사했
다. 수술에 들어가기 직전, 응급실로 달려온 현민이네 엄마는
고등학생을 아들로 두었다고는 믿기지 않을 정도로 동안인 미
인이었다. 현민이와 별로 닮지도 않은 듯했다.

"학생이 안나린이구나."

그녀는 첫눈에 나를 알아보았다.

"네, 안녕하세요."

다소곳이 인사를 하자 아줌마는 꾸벅 인사를 받으며 말했다.

"현민이한테 얘기 많이 들었어요."

드라마에서도 이런 대사가 곧잘 나오던데 현민이가 과연 어떤 '얘기'를 들려주었는지 궁금했다.

입원실로 옮겨진 현민이는 한동안 깨어나지 못했다. 한참 만에 눈을 뜬 녀석은 나를 보자마자 물었다.

"왜 아직도 여기 있어? 시간도 늦었을 텐데……."

대수술을 받고 나온 녀석이 눈뜨자마자 나부터 걱정하다니 눈물겨웠다.

"좀 어때?"

"괜찮다니까."

현민이 엄마가 다가와 말을 걸었다.

"수술 잘 됐대. 이제 회복만 잘하면 된다더라."

"네, 전 괜찮으니까 들어가세요."

"괜찮겠어?"

"그럼요."

두 사람의 대화는 수술을 받고 나온 아들과, 기다린 엄마의 대화라고 하기에는 고개를 갸웃할 정도로 형식적이었다.

"김 실장이 병실 지킬 거야. 지금 오는 중이니까 필요한 거 있으면 언제든지 말해."

그 말도 좀 의아했다. 입원한 미성년의 보호자로 부모가 있어 주지 않나? 나처럼 아예 부모님이 돌아가셨다면 또 모를까.

— 보아하니 새엄마고만.

백팩 속에서 혜정이가 말했다.

"아버지 출근도 하셔야 하고, 또 아버님 병원에도 가 봐야 할 거 같아서……. 나린 학생, 어떻게, 내가 들어가는 길에 태워다 줄까?"

"아녜요, 저는 좀 더 있을게요."

"그래 주면 나야 고맙지. 현민아, 몸조리 잘하고……. 내일 또 올게."

현민이네 엄마는 짐을 던 듯 홀가분한 얼굴로 병실을 나섰다. 병원 엘리베이터 로비까지 배웅 나온 내게 아줌마가 넌지시 귀띔했다.

"현민이가 나린 학생한테 푹 빠져 있으니까 이 기회에 잘해 봐요."

엘리베이터에 오른 아줌마는 내게 살가운 얼굴로 손을 흔들어 주었는데 문이 닫힐 즈음에는 놀랍도록 무표정한 얼굴로 돌아갔다. 혜정이가 말했다.

— 새엄마라는 데에 내 손모가지랑 오르골을 건다.

* * *

"너도 들어가."

현민이가 말했지만 나는 기어코 병실에 그대로 눌러앉았다. 해 줄 일이라고는 이 정도가 고작이었다. 혼자 잠들 나은이가 걱정스럽기는 했지만 딱 하룻밤만 무인 경비 시스템에 내 역할을 미루기로 했다. 집으로 전화를 걸어 대충 상황을 설명하고 문단속 잘하라는 당부를 남겼다. 1인 병실이라 병실은 우리 집만큼이나 넓었고 공기도 좋았다. 김 실장이라는 아저씨는 병실 문 밖에 앉아 대기했다. 현민이가 들어와 있으라고 해도 한사코 마다했다.

"안 됩니다. 저, 회장님한테 혼납니다."

나는 현민이가 누운 침대 옆에 의자를 두고 앉았다.

"좀 누워."

그 말에 현민이와 나란히 한 침대에 누운 광경을 상상하고 말았다.

"아, 아냐. 괜찮아."

손사래까지 치며 고개를 가로저었다. 귓불이 불타는 듯했다. 분명 얼굴도 빨개졌겠지.

벽시계를 보니 어느덧 새벽 1시를 넘긴 시각이었다. 불을 끄자니 아까 담요 속에서 있었던 일이 떠올라 어색하고, 불을 켜 놓자니 너무 늦은 밤이었다. 형광등을 끄는 대신 취침 등을 켜 두는 정도로 타협하기로 했다. 그런데 막상 취침 등을 켜고 보니 병실 안이 누리끼리해지며 아늑한 침실 분위기가 되었다.

등을 다시 형광등으로 바꾸기도 뭣해서 엉거주춤 의자에 앉았다.

아까처럼 또 애가 다가오기라도 하면 어떻게 해야 할까. 하지만 내 망상과 달리 현민이는 침대에 가만히 누운 채로 별말이 없었다.

"미안해, 나 때문에……."

어렵사리 말을 꺼내니 현민이는 희미하게 미소 지었다.

"괜찮아. 우리가 언제 이렇게 단둘이 한 방에 있어 보겠어."

— 오호, 모현민, 이제 제법 드립도 칠 줄 아는데?

안면홍조가 또 슬슬 입질을 시작하는데, 혜정이가 끼어들어 분위기를 팍 깼다. 이럴 때 좀 가만히 있어 주면 좋으련만!

"아까 당산고 갔을 때 말이야."

현민이가 달갑지 않은 화제를 입에 올렸다.

"그 얘긴 나중에 하자."

"진희 친구들 좀 수소문해 볼걸. 그럼 뭔가 실마리가 나왔을 지도 모르는데……."

현민이 말이 맞긴 맞았다. 죽은 진희의 실생활을 제대로 파악하려면 담임 선생님보다는 친구들 쪽을 찾아보는 편이 더 현명한 방법인지도 몰랐다.

'죽은 진희……. 그 앤 어떤 아이였을까? 내 짝 진희랑은 또 무슨 관계였고…….'

— 무슨 관계는 무슨 관계! 걔도 그냥 희생양이었겠지, 뭐. 나 같은…….

내 생각에 끼어든 혜정이의 말을 듣고 보니, 의심이 번뜩 고개를 들었다.

"혹시 진희가 죽기 전에 교문 앞에서 다퉜다던 다른 학교 아이가 진희는 아니었을까?"

전자는 죽은 진희였고, 후자는 산 진희였고? 진희는 나에게 그랬듯 진짜 진희에게도 세 가지 소원을 들어주겠다고 접근해 인생을 파탄 내고 죽게 했는지도 몰랐다.

현민이가 말했다.

"글쎄……. 담임선생님 말씀으로는 그 아이가 진희랑은 다른 아이였다잖아."

"얼굴이야 요샌 성형으로 딴사람이 될 수도 있는걸, 뭐. 우리 반에도 쌍수 하거나 코에 필러 맞은 애들 꽤 있잖아."

물론 진희의 비주얼이 성형으로 만들어내기에는 지나치게 천상계이기는 했다. 하지만 전지전능한 의느님이라면 창조 가능한 수준인지도 몰랐다.

가만, 정리를 해 보자.

교문 앞에서 진희와 싸웠던 아이가 내 짝 진희라고 치자. 그 음흉한 마녀가 얼굴을 성형으로 갈아엎고 생활기록부를 위조하면서까지 제 정체를 감추고 우리 학교로 전학 올 이유가 뭘까? 제 정체를 모르는 아이들에게 또다시 마녀 행각을 벌이려고? 단지 그뿐일까?

고개를 가로저었다. 전부 사실이라 해도 여전히 결정적인 동기가 부족했다. 진희가 그 모든 귀찮음을 감수하면서 우리 학교로 전학을 와야 했던 동기.

그것이야말로 내가 이 미궁을 빠져나가게 해 줄 아리아드네의 명주실인지도 몰랐다.

                    * * *

병실 창으로 쏟아져 들어오는 햇빛에 눈을 번쩍 떴다.

침대 모서리에 엎드려 깜박 잠든 모양이었다. 현민이가 덮어 주었는지 어깨에 담요까지 덮여 있었다.

"어? 어디 갔지?"

현민이의 침대는 텅 비어 있었다. 화들짝 놀라 병실을 나서려는데, 혜정이가 나를 불러 세웠다.

— 어딜 가? 나도 델고 가!

백팩을 둘러메고 병실을 나오니 의자에 팔짱을 끼고 앉아 꾸벅대던 김 실장님이 벌떡 일어났다.

"혹시 현민이 어디 갔는지 아세요?"

"좀 전에 산책한다고 나가던데……."

'어제 수술받은 환자가 산책은 무슨…….'

부랴부랴 병원 밖으로 나오니 뒤뜰로 이어진 산책로가 보였다. 그리로 달려갔다. 거기에 현민이가 서 있었다.

"모현민, 뭐야. 환자가 안정을 취해야지."

그 애에게로 달려가려다 걸음을 우뚝 멈췄다. 아니, 그 자리에 얼어붙었다고 하는 편이 더 어울릴지도 몰랐다. 현민이의 맞은편에 서 있는 사람의 얼굴이 익숙했기 때문이었다.

"안녕, 나린아."

그 사람이 내게 인사를 건넸다.

진희였다.

11. 아리아드네의 명주실

"여긴 어떻게 알고 왔어?"

진희에게 물었다. 진희의 사근사근한 말투에 절로 날이 곤두섰다. 반갑지도, 달갑지도 않았다. 당연했다. 여기까지 찾아온 저 마녀가 반갑다면 나도 입원해야 했다.

"소식 듣고 왔지, 현민이 다쳤단 소식."

진희가 웃는 얼굴로 대답했다. 아무것도 모르는 척하는 저 얼굴도 가증스러웠다.

"난 어디에도 소식 전한 적 없는데?"

가시 돋친 말로 대꾸하며 현민이를 돌아보았다. 현민이도 고개를 가로저었다.

"야, 너네, 병문안 온 친구한테 좀 너무 야박하게 구는 거 아니니?"

진희가 웃으며 너스레를 떨었지만 나는 웃지 않았다.

"분명히 말했어, 너한테 소식 전한 적 없다고. 그런데 어떻게 알고 찾아왔냐고."

"뉴스에 나왔어. 철근 트럭에서 철근이 쏟아져서 뒤차에 탔던 학생이 다쳤다고……."

"그 뉴스에서 다친 학생이 현민이고 현민이가 입원한 병원이 여기라고까지 알려 줘?"

내가 다그치자 진희가 입술 한쪽 끝을 추켜올려 씩 웃었다.

"너 그렇게 당하고도 SNS의 위력을 잘 모르는구나? 지금 우리 반 단톡방에 너희 둘 소문 장난 아냐."

하나도 안 궁금했다. 통수녀 사건이 터진 후로 아이들이 혀아래 도끼로 사람 하나를 얼마나 난도질하는지 겪었기에 놀랍지도, 불쾌하지도 않았다. 땅은 밟을수록 더 단단해지게 마련이니까. 다만 아이들이 현민이까지 싸잡아 이러쿵저러쿵 입방아 찧는다는 사실은 기분 나빴다.

"그러니까 네가 좋아하는 단톡방에서 애들이 그랬어? 현민이가 이 병원에 입원했다고?"

내가 캐묻자 진희가 어깨를 으쓱했다.

"글쎄, 그런 것 같기도 하고 아닌 것 같기도 하고……. 기억이 잘 안 나네. 난 분명히 들었는데……. 누구한테 들었더라? 난 너희 둘이서 열심히 내 뒷조사까지 하고 다닌단 말도 분명히 들었거든."

가슴이 철렁 내려앉았다. 진희가 전부터 내 일거수일투족을 꿰뚫어 본다는 사실은 진작 눈치챘다. 하지만 현민이와 내가 뒷조사하는 사실까지 알아차릴 줄은 몰랐다. 대체 무슨 수로 내 일거수일투족을 다 알아차리는 걸까. 내 주변에 감시 드론이라도 띄워 놨나?

— 난 아니야, 절대! 혹시라도 의심하지 마.

백팩 속에서 혜정이가 말했다. 나를 빤히 바라보던 진희가 말했다.

"미안한데, 걔 좀 조용히 시켜줄래?"

"누구?"

"네 백팩 속의 걔 말이야. 누군진 네가 더 잘 알지 않나?"

허를 찔렸다. 역시나 저 마녀는 진작부터 혜정이의 존재를 눈치챘다. 인형을 사물함 속에 넣어두었던 날, 혜정이를 잠재우기까지 했으니까. 하지만 혜정이가 하는 '말'까지 들을 줄은 예상치 못했다.

이왕 이렇게 되었으니 돌직구를 던져 보는 편이 더 나을지도 몰랐다. 어쩌면 지금이야말로 저 마녀의 정체를 알아낼 절호의 기회인지도 모르니까.

"아하, 네 농간에 넘어가 죽은 다음에 인형에 들어간 혜정이 말이지?"

진희도 지지 않고 받아쳤다.

"그래, 오혜정. 끼리끼리 노는 건 뭐라 않겠는데, 나랑 있을 땐 걔가 입을 좀 다물어줬으면 하는데…….."

— 조용히 못 하겠다면 어쩔 건데?

혜정이가 약을 올리자 진희가 우습다는 듯 코웃음 쳤다.

"그나마 거기 붙어서라도 구차한 목숨 부지하고 싶으면 조용히 찌그러져 있어, 오혜정. 아, 뭐, 엄밀히 따지면 목숨이라고 부르기도 뭣하다만……."

— 이거나 까 잡숴.

돌아보니 백팩 지퍼 틈으로 마녀 인형의 뭉뚝한 주먹이 비죽 튀어나와 이리저리 흔들렸다.

진희의 얼굴이 싸늘하게 굳었다. 그 애가 손에 든 음료수 상자를 내려놓더니 주위를 둘러보았다. 지켜보는 눈이 있는지 살피는 눈치였다. 순간 아차 싶었다. 혜정이의 도발에 심사가 뒤틀린 진희가 무슨 일이든 저지를 태세였기 때문이었다.

'그만해, 혜정아!'

뒤늦게 혜정이를 말렸지만, 이미 막무가내였다.

— 할래! 이왕 이렇게 된 거 저년이랑 담판을 지어야겠어.

'네가 무슨 담판을 짓겠다고!'

내 등 뒤에서 백팩 지퍼가 열리는 소리가 났다. 혜정이가 지퍼를 열고 나오려는 모양이었다. 숨이 가빠지기 시작했다. 당장에라도 무슨 큰일이 터질 조짐이었다. 큰일이야 여태껏 불꽃놀이처럼 펑펑 터졌지만, 이번 일은 지금까지와는 또 다른 차원이었다.

그때였다.

"그만해."

여태껏 잠자코 있던 현민이의 나지막하지만 묵직한 목소리가 살기로 팽팽해진 공기에 찬물을 끼얹었다.

진희가 멈칫했다.

— 그만하긴 뭘 그만해? 제삼자는 빠지셔.

혜정이가 받아치자 현민이가 내 쪽을 돌아보았다.

"혜정이 너도!"

"어?"

입이 떡 벌어졌다. 내가 잘못 듣지 않았다면, 방금 현민이는 혜정이에게 말했다. 진희가 흥미롭다는 얼굴로 현민이를 바라보았다. 그리 놀랍지도 않은 모양이었다.

반면에 나는 이대로 심장발작을 일으킬 지경이었다. 누가 내 얼굴을 보았다면 뭉크 「절규」의 실사판과 맞닥뜨렸을 터였다. 현민이가 인형에 깃든 혜정이와 의사소통을 하다니!

"전부터 남다르다 싶더니 내 감이 맞았네."

진희가 현민이를 빤히 바라보며 중얼거렸다.

"그래서 뭔데. 혜정이 말대로 여기서 담판이라도 짓자 이 말이야?"

현민이가 진희 쪽으로 한 발짝 다가들었다. 난생처음 보이는 공격적인 태도였다.

"진정해. 오늘 난 그냥 순수한 마음으로 친구 병문안 온 거야. 절대 안정을 요하는 환자들도 많은 병원에서 아침부터 소란 떨면 되겠어?"

한걸음 물러선 진희가 바닥에 내려놓았던 음료수 상자를 집어 들었다.

"얼른 퇴원해. 기다릴게."

그렇게 말한 진희가 내게 다가와 음료수 상자를 내밀었다.

"안심해, 황산은 안 들었으니까."

내가 마지못해 상자를 받아들자 진희는 팔랑팔랑 손을 흔들고는 돌아섰다.

"학교에서 보자, 나린아."

— 어딜 가, 이년아! 함 뜨자!

혜정이가 길길이 날뛰었지만 아무도 반응을 보이지 않자 머쓱한지 말끝을 흐렸다.

— 두고 봐, 내가 언젠가 저년을 확 보내버릴 테니까…….

현민이를 돌아보았다. 나와 눈이 마주치자 현민이는 슬그머니 눈을 내리깔았다.

"야, 모현민, 너 뭐야?"

현민이는 내 눈을 피하며 되물었다.

"뭐가?"

"정체가 뭐냐고. 여태 나는 진희에 올인하느라 넌 신경도 못 썼어. 근데 보면 볼수록 쟤만큼이나 너도 수상해."

— 반가워, 현민아. 내 목소리 들을 수 있는 사람이 세상에 안나린밖에 없는 줄 알았거든. 우리 앞으로 친하게 지내자, 잘 부탁해!

혜정이가 눈치도 없이 끼어들었다. 현민이는 내 질문도, 혜정이의 인사도 못 들은 듯 돌아서서 병원 건물로 걸어갔다.

— 뭐야, 저 자식 사람 말을 씹네? 친하게 지내잔 말 취소다.

"어딜 가? 대답하고 가야지."

현민이를 뒤따라가려다 나 때문에 사고 당하고 수술까지 받은 애에게 못 할 짓인 듯해 관두었다. 건물 후문으로 들어가는 뒷모습을 지켜보다 혜정이에게 말을 걸었다.

'근데 조금 전에 말이야.'

— 쫌 전에 뭐?

'네가 진희한테 담판을 짓자고 할 때 말야, 백팩 지퍼, 네가 연 거야?'

— 아냐, 내가 왜 여기서 나오냐? 그년한테 무슨 험한 꼴을 당하려고……. 그냥 해 본 말이었지, 진짜로 밖으로 나올 맘도 없었어.

어처구니가 없었다. 진희를 도발해서 일촉즉발까지 상황을 몰아놓고는 그냥 해 본 말이라니…….

'네가 아니면. 진희가 열었겠어?'

— 진희겠지, 난 아니야.

진희가 내 백팩 지퍼를 열었다? 터무니없는 소리는 아니었다. 혜정이에게 소소하나마 염력이 있으니 그 능력을 부여해 준 진희에게 그런 능력이 없으리라는 법도 없었다. 백팩을 어깨에서 내려 살펴보니 한 뼘 이상 지퍼가 열려 있었다.

진희의 정체는 도대체 뭘까.

하루가 다르게 그 애의 능력치가 몸피를 부풀리며 거대해지는 모양이었다. 아니, 어쩌면 애초부터 그렇게 거대한 괴물이었는데 내가 몰랐을 뿐인지도 몰랐다.

'너 그때 진희 눈빛이 어땠는지 알기나 해? 너 죽일 듯한 눈

빛이었어.'

— 하, 죽이긴 무슨? 난 이미 죽은 몸인데…….

혜정이의 반문에 어쩐지 머쓱해져서 위로했다.

'몸은 그래도 정신은 아직 살아 있잖아.'

그나저나 숙제가 하나 더 늘었다. 나야 진희가 내린 저주의 당사자이니 그렇다 쳐도 현민이가 무슨 수로 혜정이의 목소리를 듣는지 알아내야 한다.

* * *

"기사님한테 태워다 달라고 전화할 테니까 기다려."

현민이가 병실 침대 머리맡에 놓아둔 전화기를 집어 들며 말했다. 병실로 돌아와 구석에 딸린 화장실에서 대충 세수만 하고 등교 준비를 하고 나니, 벌써 7시 반이었다.

"태워다 주긴 뭘 태워다 줘? 어제 그런 사고를 당했는데 무슨……."

손사래를 치자 현민이가 대답했다.

"차 또 있어."

"좋겠다, 신발 갈아 신듯 차도 갈아탈 수 있어서……. 너희 집 갑부라고 자랑하는 거야, 뭐야. 내가 알아서 갈 테니까 넌 퇴원하랄 때까지 그냥 푹 쉬기나 해."

짐짓 퉁명스럽게 말했다. 그때 누가 병실 문을 두드렸다.

"네."

현민이가 대답하자 문이 열리고 누가 불쑥 들어왔다. 동준이였다.

"뭐야, 넌 또······?"

내가 묻자 녀석이 대답했다.

"진희가 전화했어, 너 여기 있으니 가 보라고."

— 아이고, 친절도 하셔라. 눈물겹다, 쥐 생각해 주는 고양이 마음.

혜정이가 토를 달았다.

"됐어. 나 혼자 갈 거야. 나은이가 혼자 집에 있었는데 학교 잘 갔나 전화도 해 봐야 하고······."

"벌써 태워다줬어."

"뭐?"

"내가 태워다줬다고."

"오지랖도 가지가지다. 난 갈 테니까 너도 알아서 가."

쏘아붙이고는 병실을 나와 버렸다. 이렇게라도 해야 한다. 쟤네들이랑 멀어져야 민폐를 덜 끼칠 테니까. 내가 만일 여기서 동준이의 모터사이클을 얻어 타게 되면 무슨 사고가 터질지 몰랐다. 진희가 몸소 동준이에게 연락했다니 더 찜찜했다.

돌이켜보면 최근에 일어난 사고들의 목표물은 모두 나였다. 싱크홀도 그랬고 지하주차장에서도, 어제 교통사고도 마찬가지였다.

오늘 진희의 병문안만 해도 그랬다. 현민이에게는 분명 어떤 능력이 있었다. 그 능력이 정확히 뭔지는 몰라도 진희는 어느 정도 알아차린 눈치였다. 나 때문에 현민이가 공연히 전력을 드러낸 셈이었다. 따지고 보면 볼수록 동준이와 현민이는 제삼자일 뿐인데 나 때문에 새우 등 터진 격이었다. 정작 고래 싸움의 원흉인 나는 멀쩡하고……. 그러니 이대로 거리를 두는 편이 최선이었다.

'그래, 안나린. 늘 그래왔듯이 혼자서 가자.'

— 혼자는 무슨……. 내가 있잖아, 안나린.

'그래, 엄청 든든하다.'

— 당연히 그래야지, 소원 동지끼리.

첫 번째 소원이 이루어진 뒤로 어제까지 벌어진 사건들은 제정신으로 버티기 힘들 만큼 끔찍했다. 영미가 비아냥거리기는 했지만 내가 생각해도 신기하긴 했다. 물론 당시에는 견디기 버겁도록 무섭거나 소름 끼치거나 슬펐다. 하지만 이상하게 그런 일들을 겪으면 겪을수록 담담해졌다.

'내성이라도 생긴 걸까.'

병원 건물을 나와 대로변 인도를 걸었다.

버스나 택시를 탈 작정이었다. 이제 무슨 사고가 눈앞에서 터지든 받아들이기로 했다. 될 대로 되라.

버스정류장이 보일 즈음, 뒤에서 모터사이클 소리가 들리더니 내 옆에 끽 멈췄다. 보나 마나 동준이일 테지만 못 본 척 계속 걸었다. 동준이가 모터사이클에서 내리더니 전처럼 나를 번쩍 안아 들려고 해서 옆구리를 팔꿈치로 내질렀다. 녀석이 헉 소리를 내며 멈칫 뒤로 물러났다.

"꼭 할 말이 있어. 그러니 타."

"꼭 할 말 여기서 해."

"여기선 안 돼. 일단 타."

"싫어."

"나은이 일이야."

분명 그만 엮이겠다고 결심했는데, 막상 나은이를 입에 올리니 모질게 먹었던 마음이 약해졌다. 나은이는 내 아킬레스건이었다.

"좋아, 이번 한 번만이야."

— 배알도 없는 안나린, 아무튼…….

혜정이가 혀를 찼다.

— 백팩 앞으로 매고 타, 이것아.

혜정이의 말을 따라 백팩을 앞으로 둘러멨다. 떡 본 김에 제사 지낸다고, 지난번에도 그랬듯 혜정이에게 동준이의 체온이라도 느끼게 해 주기로 했다. 뒷좌석에 올라 헬멧을 쓰자마자 녀석은 무서운 기세로 가속 레버를 당겼다. 뒤로 벌렁 나동그라질세라 동준이의 등을 와락 끌어안았다. 모터가 굉음을 내며 돌아갔다. 주위의 풍경들이 비현실적으로 휙휙 지나갔다.

사거리에 다다랐을 때 신호등이 적신호로 바뀌었다. 동준이는 속도를 줄이지 않고 그대로 내달렸다.

"야, 빨간불이잖아!"

내 외침 따위는 못 들은 척 동준이가 사거리를 휙 통과했다. 왼편에서 신호를 받고 출발하려던 차들이 급정거하며 경적과 욕지거리를 쏟아냈다. 모터사이클은 미친 듯이 내달렸다. 브레이크가 고장 났는지 의심스러울 지경이었다. 모터사이클은 앞서 달리는 차들을 지그재그로 추월하고 과속방지턱을 도약대 삼아 아예 붕 떠올랐다.

— 유후! 신난다! 더 밟아, 더!

혜정이는 이 미친 주행에 익숙한지 환호성을 내질렀다. 심장까지 솟구쳤던 온몸의 내장이 아스팔트에 내려앉던 순간 철렁 주저앉았다.

"그만 좀 해. 뭐 하는 거야!"

소리를 질러도 동준이는 속도를 줄이지 않았다. 이러다 눈 깜짝할 사이에 죽겠구나 싶을 즈음 모터사이클이 속도를 확 줄이더니 끽 멈춰 섰다. 눈을 떠 보니 교문 앞이었다.

— 와우, 바로 이거야! 한 바퀴 더! 콜?

모터사이클에서 내리며 헬멧을 벗어 동준이에게 던지다시피 돌려주고는 성큼성큼 학교로 들어섰다. 모터사이클을 교문 옆 주차장 한편에 세운 동준이가 어슬렁어슬렁 내 뒤를 따라오며 물었다.

"어젯밤에 어딨었냐?"

"네가 나은이 학교까지 데려다줬다며? 그럼 나은이가 말해 줬겠네."

"네가 말해 봐. 어디서 뭘 했는지…….."

"봤잖아, 현민이 병실에 있었던 거."

"거기서 밤새웠어?"

"그래, 밤새웠다. 단둘이 한 방에서."

— 솔까말 단둘은 아니지, 내가 있었는데.

"너 뭐냐."

"뭐가?"

"네가 왜 모현민 간병까지 하는데?"

"말했잖아. 나 때문에 다쳤다고……."

"걔는 부모도 없냐?"

한숨을 불어내며 녀석에게 휙 돌아섰다.

"나은이 일 때문에 할 말 있다며? 지금 네가 따지는 게 나은 이랑 무슨 상관인데?"

"그거라면 벌써 끝났어."

"무슨 소리야?"

"이게 나은이 일이었어."

점입가경이네, 정말.

"아, 진짜, 차로도 20분은 족히 걸릴 거리를 마하로 달려서 5분 만에 끊는 게 나은이 일이야?"

동준이가 고개를 끄덕였다.

"나은이가 부탁했어, 언니 태우고 그렇게 달려보라고."

"나은이가? 왜?"

— 나은이도 알았던 게지, 미친 속도의 쾌감을.

동준이가 나를 모터사이클에 태우고 워프할 기세로 홍주 시 내를 관통한 짓이 나은이의 부탁 때문이었다니 어처구니없었 다. 동준이의 대답도 어이없기는 매한가지였다.

"나야 모르지."

— 이 자식이 정말, 잘 나가다가!

"이유도 모르면서 왜 그랬는데?"

동준이는 특유의 무심한 얼굴로 어깨를 으쓱할 뿐이었다.

"그냥."

— 우와, 복세편살이라고 우리 동준이가 전부터 단순한 줄은 알았다만 상황 파악 능력이 이렇게 아메바급인 줄은 몰랐네.

혜정이가 탄식했다. 나도 혜정이의 말에 어느 정도는 동의했다.

사실 나은이야 아직 어리고 상황을 제대로 파악하지도 못했으니 그럴 만도 했다. 직접 목격한 벽돌 추락 사고를 빼면 그 애는 요 며칠 동안 내게 무슨 사고가 잇달아 터졌는지 잘 알지도 못했으니까. 어젯밤에 통화했을 때에도 나 때문에 다친 친구가 있어서 간호해야 한다고 둘러댔다.

— 그 친구란 사람, 설마 남자는 아니겠지?

나은이가 은근한 목소리로 정곡을 찔러서 뜨끔했지만 못 들은 척 넘기고, 쓸데없는 소리 하지 말고 문단속이나 잘하고 자라고 했다.

그런데 눈앞의 이 폭주족은 대체 무슨 생각으로 그런 무모한 짓을 저질렀을까.

"멋모르는 어린 애가 부탁했다고, 이유도 모르면서 그냥 막 달려?"

"이유는 묻지 말고 달리랬어."

동준이는 나를 빤히 바라보며 말했다. 부탁대로 했을 뿐인데 뭐가 문제냐는 투였다.

— 그래, 어련하시겠어. 다음 번에 나은이가 아파트 옥상에서 오토바이로 번지점프를 해 달라고 부탁하면 묻지도 따지지도 말고 그렇게 하셔. 상조보험 꼭 들어놓고.

혜정이가 비꼬았다.

"너도 진짜 너다. 그렇게 달리다 무슨 사고라도 터졌으면 어쩔 뻔했어?"

동준이가 어깨를 으쓱했다.

"안 났잖아."

"그만큼 무모하고 위험한 짓이었단 거야."

"나 운전 잘해."

— 그래, 엄지 척이다.

"운전의 문제가 아니잖아. 막말로 지난번처럼 싱크홀이라도 생겼으면, 어제처럼 벽돌이라도 떨어졌으면 어쩔 뻔했어?"

아까까지만 해도 될 대로 되라 부르짖던 내가 이런 말을 하는 자체가 모순이기는 했다. 하지만 그 말은 어디까지나 나를 두고 한 말이었다. 나 때문에 다른 사람 다치는 꼴을 더는 보고 싶지 않았다.

"내가 지켜주면 되지."

그 대책 없는 낙천주의에 말문이 턱 막혔다.

— 하이고, 본인 앞가림이나 제대로 하셔.

내가 할 말을 혜정이가 대신했다.

"그동안 못한 남친 노릇 좀 하자."

동준이가 내 어깨에 손을 올렸다. 나도 모르게 그 손길을 털어냈다. 예전이었더라면 그 손길에도 설렜을 텐데 이제는 죄짓는 기분이 들었다.

"왜, 싫어?"

동준이가 물었다. 대놓고 물어오니 뭐라고 대답해야 할지 머뭇거려졌다.

"너한텐…… 혜정이가 있잖아."

한참 만에 엉뚱한 말이 튀어나왔다. 동준이가 무슨 소리냐는 듯 걸음을 멈추고 나를 물끄러미 바라보았다.

"오혜정?"

— 그래, 오혜정이 돌아왔다!

혜정이의 허세가 서글펐다. 공식적으로 혜정이는 죽었으니까.

"그래, 나한테 남친 노릇 할 시간에 혜정이한테 못한 남친 노릇이라도 하라고."

"죽은 애한테 뭘 어쩌라고."

"너, 혜정이 장지에 국화라도 한 송이 갖다 놔 봤어?"

— 안나린, 니가 자꾸 그러니까 왠지 센치해진다.

혜정이가 농담조로 말했지만, 그 말에서 슬픔이 묻어났다. 머쓱해진 얼굴로 바라보는 동준이를 뒤로하고 학교 건물로 성큼성큼 들어섰다.

스마트폰으로 시계를 보니 8시 5분 전이었다. 나은이네 학교는 수업 시작 전에 전화기를 걷었다가 방과 후에 나눠준다고 했다. 아직은 전화기를 걷기 전일 듯했다. 전화를 걸었지만 음성사서함으로 넘어갈 때까지 전화를 받지 않았다.

"얘는 받지도 않을 거, 전화긴 왜 들고 다니나 몰라."

투덜대며 별수 없이 톡을 보냈다.

— 넌 또 무슨 꿍꿍이냐?

학교 건물로 들어설 즈음에야 답장이 왔다.

— 꿍꿍이? 먹는 거임? ㅋㅋㅋ

— 동준이한테 나 태우고 오토바이로 워프해보랬어?

— 아 그거? ㅋㅋ

— 그래 그거

— 걍 기분전환이라도 하라고 ㅋㅋ

— 뭐야;;;;;

그냥 기분전환이라도 하라고 그런 부탁을 했다니······. 어
이가 없어서 현기증이 다 났다. 아무리 상황을 제대로 모른다
지만 이 와중에 나은이까지 끼어들어 한 몫 거들 줄은 몰랐다.
'지금 내가 기분전환이나 하고 있을 때인 줄 알아?'라고 쏘아
붙이려다 관뒀다. 그 애가 정말 순수한 의도로 한 부탁이었는
지도 모르니까.

— 동준 오빠 운전 짱 잘하잖아

나은이가 덧붙였다.

— 그게 진짜 이유야?

— 가짜 이유도 있음? ㅋㅋㅋ 주번이 폰 내래 ㅃㅃ

나은이와의 톡은 끊겼지만, 탱탱볼로 시작해 짐볼처럼 부풀
어 오른 의심은 머릿속을 꽉 메우고 쉽사리 가시지 않았다. 이

쯤 되고 보니 다 의심스러웠다. 현민이의 병원까지 찾아왔던 진희도, 혜정이와 대화까지 나눴던 현민이도, 진희의 연락을 받고 병원으로 찾아왔다는 동준이도, 동준이에게 나를 태우고 미친 듯이 달려보라고 부탁했다던 나온이까지도……. 다들 진실 하나쯤은 숨기고 내게 안 알려 주는 듯했다. 실타래가 완전히 얽히고설켜 버렸다.

'하도 심하게 얽히고설켜서 그 속에 아리아드네의 명주실이 섞여 있다 한들 골라낼 방법이 없는 것 같아…….'

— 너무 멀리서 찾지 마, 안나린. 아리아드네의 명주실은 나야, 나. 나야, 나.

노래 가사를 패러디한 혜정이의 농담도 귀에 들어오지 않았다. 이대로 세상에서 확 사라져 버리고 싶었다. 하지만 늘 그렇듯 현실은 그저 교실 문이나 세게 열고 들어서기였다. 낯익은 마녀의 뒷모습이 보였다. 늘 그렇듯 반듯한 자세로 앉아 에어팟을 꽂고 음악을 듣는 나의 마녀. 도대체 매일같이 무슨 음악을 듣는 걸까. 김윤아의 「착한 소녀」? 어반 자카바의 「소원」?

뒤로 다가가 막 어깨를 두드리려던 순간, 그 애가 먼저 한쪽 에어팟을 뺐다. 내가 다가와 어깨를 두드리고 말을 걸어올 줄 예상했다는 듯.

"덕분에 잘 왔어, 진희야."

뼈를 심어 말을 건넸다. 그 애는 나를 돌아보지도 않고 대답했다.

"그래, 잘했네."

— 잘하긴 뭘 잘해, 이년아. 나한테 주먹이 있었으면 진짜 넌 오늘 명존세 300대야.

분명 혜정이의 목소리를 들었을 텐데도 진희는 무반응이었다. 자기 할 말은 다 끝났다는 듯 다시 에어팟을 귀에 꽂았을 뿐이었다.

'도대체 너, 현민이 병원까지 찾아온 이유가 뭐야?'

음악에 맞춰 고개를 까딱이는 마녀의 얼굴을 곁눈질하며 속으로 물었다. 진희가 들을까 무서워서 속으로 한 말은 아니었다. 직접 묻는다 한들 돌아올 대답이 뻔해서 묻지도 않았다.

— 뭐긴 뭐겠어? 겁주려고 왔겠지. '뛰어봤자 진희님 손바닥 안이다, 그러니 손바닥 밖으로 튈 생각은 애초에 노, 노.' 뭐, 그런 거 아니겠어?

진희의 눈치를 살폈지만, 무심히 고개를 까딱거릴 뿐이었다. 혜정이의 도발에 쌍심지를 켰던 아까와는 사뭇 다른 반응이었다. 진희가 아까 혜정이와 기 싸움을 벌인 이유는 혜정이보다 현민이를 의식해서 아닐까.

어쩌면 진희는 병문안을 핑계로 현민이를 떠보려는 속셈이었는지도 몰랐다. 중세 유럽에서 유행했다던 '악마의 증명'이라는 명제처럼.

악마가 있다는 사실을 증명하기는 쉬운 일이다.

악마와 실제로 만나면 그만이므로.

그러나 악마가 없다는 사실을 증명하기는 불가능하다.

악마와 만난 사람이 없다는 사실이 세상 어디쯤 악마가 있을 가능성을 완전히 부정할 만한 증거가 되지는 않으므로.

악마가 없다는 사실을 증명하기는 불가능하나 악마가 있다고 주장하는 자가 그 존재를 증명해야 한다는 논리였다. 그 논리대로라면 마녀는 분명 세상에 존재한다. 단언컨대, 나는 마녀가 있다는 사실을 증명할 수 있다. 왜, 그 마녀가 바로 내 옆에 앉아 있으니까.

혜정이의 말이 맞는지도 몰랐다.

이 가증스러운 마녀는 개미 가지고 놀 듯 나를 제 손아귀 위에 올려놓고 소원 떡밥을 던져주려고 심심풀이 게임 중인지도 몰랐다. 기를 쓰고 손아귀 너머로 달아나려 하면 손끝으로 툭 튕겨 제자리로 돌려놓는 게임. 아까 병문안은 나를 제자리로 되돌리려는 손 튕김인 셈이었다. 허튼짓하지 말고 장난감답게 굴라는 경고. 수틀리면 손으로 꾹 눌러 죽일지도 모르니 조심하라는 협박.

'병원으로 찾아온 동준이가 그랬잖아. 진희가 전화로 내가 거기 있는 걸 알려 주었다고. 진희가 안 알려줬음 내가 병원에 있다는 사실을 걔가 알 리 없고. 근데 왜 동준이가 나를 태우고 달리는 동안에는 사고가 안 났을까? 두 번째 소원의 대가가 작동했다면 그때야말로 절호의 타이밍이었는데.'

— 이제 하다 하다 사고가 안 나도 의심을 해야 해? 웃프다, 정말.

0교시 자습이 시작되어 문제집을 꺼내놓았지만, 눈앞의 글씨들이 눈에 들어오지 않았다. 눈길은 나도 모르게 자꾸만 현민이의 빈자리로 갔다. 늘 묵묵히 내 곁에 있던 애가 자리에 없으니 허전하고 서운했다. 어젯밤만 해도 우리는 한 방에 있었는데, 그것도 단둘이⋯⋯. 현민이와는 아무 대화 없어도 뭔가 든든했다. 지금은 가슴 한복판에 커다란 구멍이 뻥 뚫려 찬바람이 숭숭 들락거리는 느낌이었다. 동준이가 있기는 했다. 돌아보니 동준이는 만사가 귀찮다는 듯 자리에 엎드려 숙면 중이었다.

'현민이는 언제나 한발 빨랐는데. 마스크맨이 황산 뿌렸던 때도, 벽돌 떨어졌던 때도, 철근이 달려들던 때도⋯⋯. 심지어 혜정이보다도 더.'

— 쳇, 나도 눈치챘거든? 고놈이 워낙 빨라서 그렇지.

혜정이가 볼멘소리를 했다. 하지만 언제까지나 현민이한테만 기댈 때가 아니었다. 이제부터 나 혼자 움직이기로 했다. 어디까지나 내 일이고 내 인생이었으니까. 0교시가 끝나자마자 복도로 나와 현민이에게 톡을 보냈다.

— 현민아 진희 생기부 폰카로 찍어서 보내줄 수 있어? 두 장 다

— 왜?

— 뭐 좀 확인할 게 있어서

한동안 답장이 없었다. 워낙 두뇌 회전이 빠른 애니까 내가 무슨 의도로 그런 부탁을 했는지 대번 알아차렸을 터였다.

— 기다려 나 퇴원하면 같이 확인해

돌아온 대답은 예상대로였다. 퇴원할 때까지 기다리라고? 어제 수술한 애가 언제 퇴원할 줄 알고…….

— 퇴원 언제 하는데

— 금방 할 거야 수술 경과가 좋대

아무리 수술 경과가 좋아도 그렇지, 철근이 어깨를 꿰뚫었는데 금방 퇴원한다니……. 말도 안 되는 소리였다. 그게 어디 파상풍 주사 한 방 맞고 끝날 일이냐.

— 그냥 내가 알아서 확인해볼게

— 어떻게?

— 방법이 있어

방법이 있긴……. 비빌 언덕도 없으면서 허풍을 쳤다. 그래야 내 말을 듣는 시늉이라도 해 주지 않을까 싶어서였다. 하지만 웬걸, 메시지 옆의 1이 사라진 후에도 답장이 오지 않았다. 어디 혼자 해 볼 테면 해 보라 이건가. 단호박 같으니라고! 포기하고 교실로 막 들어가려는데 전화기가 진동했다. 지난번에 보여 줬던 두 진희의 생활기록부와 당부의 메시지였다.

— 절대 혼자 상대하지 마

나 말고도 진희를 절대 혼자 상대하지 말아야 하는 인물은 또 있었다.

교실 문을 열고 들어서던 순간, 나는 보았다. 허공에 두둥실 떠오른 문구용 칼을…….

내 필통에서 나온 칼이 아니었다. 예전의 소동극 이후로 만약을 대비해 아예 칼을 집에 두고 다녔다. 내 앞자리에 놓인 필통에서 나온 칼이었다. 칼집에서 반 뼘은 빠져나온 칼날이 향한 지점은 바로 진희의 얼굴이었다. 저 칼을 조종하는 장본인이 누군지는 뻔했다.

혜정이였다.

불행인지 다행인지 진희 주위에는 아이들이 없었고 그 덕분에 칼을 본 아이도 없었다. 문구용 칼이 저 혼자 허공에 떠오르는 광경을 누가 봤더라면 비명부터 터뜨렸을 터였다.

칼날이 단검처럼 진희의 얼굴로 날아들었다.

그때까지만 해도 진희는 완전히 무방비 상태였다. 적어도 무방비로 보였다. 그런데 아니었다. 무심히 에어팟을 꽂고 음악을 듣던 그 애가 인사를 건네듯 손을 살짝 들어 올렸다. 그러자 칼이 진희의 뺨에 닿기 직전에 우뚝 멈췄다. 칼날이 허공에서 바르르 떨렸다. 힘주어 찌르려는데 더 강한 힘에 붙들린 듯한 모양새였다.

'그만해, 오혜정!'

내가 외쳤지만, 혜정이는 대꾸도 없었다. 그때 허공에서 몸을 떨던 칼이 조금씩 방향을 틀었다. 칼날이 향한 지점은 지퍼가 반쯤 열린 내 백팩이었다. 긴 혓바닥을 쭉 뻗어 날벌레를 낚아채는 개구리처럼 백팩이 칼을 집어삼켰다. 정확히 말하자면 칼이 지퍼 틈으로 쑥 날아들었다.

— 안나린, 살려 줘!

혜정이가 새된 비명을 질렀다.

"하지 마!"

다급히 외치며 자리로 내달았다. 그제야 교실 안 아이들의 시선이 내게로 쏠렸다.

"뭐야, 쟤."

교실 한편에서 아이들과 수다를 떨던 영미가 나를 바라보며 말했다.

그동안 속에서 무슨 일이 일어나는지 백팩이 저 혼자 들썩였다. 백팩 속에서 소름 끼치는 소리가 났다. 천과 솜이 칼날에 쓱싹쓱싹 찢기는 소리. 칼날이 혜정이를 난도질하는 소리였다.

"하지 말라고!"

하지만 진희는 멈추지 않았다. 오히려 보란 듯이 백팩이 더 들썩였다. 혜정이를 홀로 두고 나오지 말았어야 했다. 차라리 아까 현민이의 병실에 두고 올걸. 그랬다면, 그랬다면…….

"그만해!"

내 입에서 비명처럼 그 외침이 터져나간 순간, 칼이 백팩을 뚫고 튀어나왔다. 멘토스가 들어간 콜라처럼 수직으로 튀어오른 칼이 교실 천장까지 솟구쳤다.

칼은 교실 천장에 박혔다. 심지어 천장에 비스듬히 박힌 후에도 천장을 뚫고 나갈 기세로 몸을 바르르 떨었다.

"뭐야, 저거. 대박, 개쩔어."

영미가 신기해하는 얼굴로 천장에 박힌 칼을 가리켰다. 그제야 아이들이 하나둘 우리 쪽으로 모여들었다. 스마트폰을 꺼내어 천장에 대고 사진을 찍는 아이도 있었다.

한동안 계속되던 칼의 경련이 숨 끊어진 생명체처럼 서서히 잦아들었다. 백팩 속에서 인형을 난도질했던 칼은 그렇게 하나의 정물이 되었다.

"뭔 일이야? 어떻게 한 거야?"

영미가 진희에게 물었다. 그 애는 저도 잘 모르겠다는 듯 어깨를 으쓱했다. 그 무심한 몸짓이 동준이와 비슷했다.

"나린이한테 물어봐."

아이들의 눈길이 내게로 쏠렸지만, 그 아이들의 호기심에 응할 여유가 없었다. 빠끔 입을 벌린 백팩 속의 상황은 한눈에 봐도 처참했다. 곧바로 들고 교실 뒤편으로 내달았다. 그 자리에서 혜정이의 상태를 살피고 싶었지만, 아이들의 눈 때문에 그러지 못했다. 교실 뒷문을 열고 복도로 뛰쳐나왔다.

'혜정아!'

대답이 없었다.

"오혜정!"

아예 소리 내어 외쳤다. 그래도 대답은 없었다. 백팩을 둘러메고 화장실 쪽으로 뛰기 시작했다. 의식불명 환자를 둘러업고 응급실로 내달리는 심정이었다. 구급대원이나 의사를 찾을 상황도 아니었기에 더 절망적이었다. 세상 누구에게 데려간다 한들 인형에 깃든 친구를 살려낼 수 있을까.

"죽지 마, 오혜정. 죽지만 마. 제발, 제발……."

반쯤 울먹이며 화장실로 뛰어들었다. 칸으로 들어서자마자 문을 잠갔다. 변기 뚜껑을 내리고 그 위에 백팩을 올린 후 지퍼를 활짝 열어젖혔다. 속의 참상이 눈에 들어왔다. 인형 얼굴과 팔다리 여기저기가 칼날에 찢겨 솜이 내장처럼 튀어나왔고 머리와 몸통이 떨어져 나갈 듯 덜렁거렸다. 왼팔은 아예 잘려 백팩 바닥에 나뒹굴었다.

"왜 그랬어, 바보야. 왜⋯⋯."

내가 울먹이자 혜정이의 목소리가 들렸다.

— 진희⋯⋯ 그년을⋯⋯.

희미하고 힘없는 목소리였다.

— ⋯⋯용서할 수가 없었⋯⋯어.

잘린 인형의 왼팔이 허공에 스르륵 떠오르더니 내 뺨을 어루만졌다.

— 지금 보니까⋯⋯ 안나린 너⋯⋯ 쫌 예쁘다.

인형 왼팔이 백팩 위로 맥없이 떨어졌다, 툭.

마지막 보금자리였던 인형마저 망가지면 혜정이는 어떻게 될까.

소멸.

그 두 글자가 뇌리를 스치고 지나갔다.

"안 돼. 죽지 마, 오혜정!"

인형을 양손으로 붙들고 흔들어댔다. 하지만 인형은 움직이지 않았다. 혜정이의 목소리도 더는 들리지 않았다.

"오혜정!"

양손을 인형의 가슴팍에 대고 콱콱 내리누르다 입도 없는 인형의 얼굴에 입술을 대고 숨을 불어넣기까지 했다. 인형에 대고 심폐소생술이라니……. 미친 짓임은 나도 뻔히 알았다. 우스꽝스러운 짓임도 알았다. 인형에 깃든 혜정이가 산소로 호흡할 리 없었으니까. 하지만 달리 생각나는 게 없었다. 혜정이의 소멸을 수수방관할 자신도 없었다. 이러다 보면 혜정이 살아날지도 모른다는, 말도 안 되는 희망만 손톱의 때만큼 있었다. 그러나 역시 부질없는 짓이었다. 비지땀을 흘리며 심폐소생술을 거듭해도 혜정이는 깨어나지 않았다. 다리에 힘이 빠져 타일 바닥에 주저앉았다. 살아 숨 쉬던 내 일부가 이 세상에서 사라져 버렸다. 세상에 태어나 느껴 본 중 가장 세차고 사나운 화가 치밀었다. 목구멍 너머에서 섭씨 1650도의 마그마 덩어리가 솟구치는 느낌이었다. 마른침으로 눌러 삼키려 해도 소용없었다. 분노는 이내 살의로 바뀌었다.

화장실 칸을 나와 주위를 두리번거렸다. 무기가 될 만한 물건을 찾아보았지만 보이지 않았다. 세면대 옆에 세워둔 대걸레 자루는 휘두르기에 너무 컸다. 백팩 속을 뒤졌다. 필통 속에서 U자형 쪽가위를 집어 들고 화장실을 나왔다.

가만두지 않을 거야.

교실로 가는 동안 그 생각이 머릿속을 가득 메우고 아우성쳤다. 대상은 진희였다. 무슨 수를 써서라도 진희에게 복수할 작정이었다. 내가 죽게 되더라도 상관없었다. 정말이지 눈에 뵈는 게 없었다. 진희가 인형에게 그랬듯 그 애의 예쁜 얼굴을 난도질하겠다는 마음뿐이었다. 교실 뒷문을 열자 제자리에서 음악을 들으며 책을 보는 마녀가 보였다.

복수할 거야.

그리로 막 내달리려던 순간, 시커먼 그림자가 눈앞을 가로막았다. 동준이였다. 동준이가 긴 팔로 내 허리를 휘감아 나를 낚아챘다.

"놔, 이거 놔!"

내 외침에 아이들이 일제히 내 쪽을 돌아보았다.

"어머, 쟤 좀 봐."

"미쳤나 봐."

아이들이 웅성거리는 중에도 교실에서 유일하게 나를 돌아보지 않는 아이가 있었다. 진희였다. 그 도도하고 자신만만한 뒷모습이 나를 더욱 자극했다.

"놔, 놓으라고!"

내가 고함을 빽 지르자 동준이가 나를 끌어안다시피 한 채 귓가에 대고 속삭였다.

"아직 아냐. 때가 아냐, 아직은……."

동준이의 나직한 속삭임에 비로소 제정신이 돌아왔다. 머리 끝까지 치솟았던, 무모하기까지 했던 살의가 조금씩, 아주 조금씩 누그러들었다. 가쁜 숨을 몰아쉬며 부옇게 흐려진 눈으로 진희 쪽을 노려보다 천장을 올려다보았다. 내 자리 위의 천장에 박힌 칼이 보였다. 그러고 보니 궁금했다.

저 칼이 어떻게 저기에 박혔을까.

"이건 내가 갖고 있을게."

동준이가 쪽가위를 꼭 쥔 내 손가락을 하나씩 풀었다. 끝내 동준이는 내 손에서 가위를 거두어갔다.

"약속해, 무모한 짓 안 하기."

고개를 끄덕이자, 녀석이 나를 끌어안았던 팔을 풀어주었다. 진희에게로 다가갔다. 여전히 마음속에서는 분노가 들끓었지만, 조금 전의 마그마 같은 분노와는 달랐다. 「분노는 오렌지처럼 파랗다」라는 옛날 영화 제목이 떠올랐다. 케이블TV에서 틀어줄 때 채널을 돌리다 보고, 제목이 참 특이해서 기억에 남은 영화였다. 그 제목대로 지금 내가 진희에게 느끼는 분노는 오렌지처럼 파랬다.

진희의 옆자리에 앉으며 그 애가 듣든 말든 또박또박 말했다.

"오늘 네가 한 짓에도 대가가 있을 거야. 각오해."

* * *

하굣길, 동준이의 모터사이클 뒷자리에 타고 거리를 달렸다. 모터사이클은 여전히 워프급 속도로 도로를 내달렸지만 무섭지 않았다. 오히려 가슴이 뻥 뚫리는 기분이 들었다. 무시무시한 속도로 눈앞에 다가드는 거리 풍경을 빤히 바라보는데, 조각난 영상들이 번뜩번뜩 머릿속을 스쳤다. 현기증이 일었다.

기시감.

분명 언제인가 이렇게 다가드는 풍경을 본 적이 있거나, 이런 속도감을 경험한 적이 있었다. 물론 지난번에도 동준이의 모터사이클을 얻어 타기는 했다. 하지만 이런 기시감은 일지 않았다. 모터사이클의 속도감과는 다른 종류의 속도감이었다. 다른 사람이 운전하는 교통수단을 얻어타는 느낌이 아니라, 내가 직접 운전하며 느낄 법한 속도감이었다. 운전면허증은커녕 원동기면허증도 없는 내가……

뒤죽박죽이 된 머릿속을 헤집어보기도 전에 모터사이클은 집 앞에 도착했다.

"푹 쉬어라."

동준이는 그 한마디를 남기고는 골목 너머로 사라졌다. 바로 그때였다.

종소리가 은은하게 들려온다

희망의 앞날을 알려주려

딩동댕동 딩동댕 들려온다

바람결 따아라 저 멀리서

귀에 익은 오르골 멜로디가 백팩에서 흘러나왔다. 귀가 번쩍 뜨였다. 처음에는 그저 오르골이 오작동하는 줄로만 알았다. 그런데 반가운 목소리가 이어졌다.

— 야, 동준이 오토바이 탈 때 사이에 날 끼우라고 했어, 안 했어?

"뭐, 뭐야, 너! 살아 있었어?"

— 살아 있다고 하긴 뭣하지만, 죽은 건 아니야, 힘이 딸려서 잠들었을 뿐……. 진희 고년 때문에 진짜 죽는 줄 알았네.

333

백팩을 열고 마녀 인형을 들여다보았다. 아까와 다름없이 만신창이였지만 혜정이의 존재가 느껴졌다.

"내가 얼마나 놀란 줄 알아?"

눈물이 왈칵 솟구칠 정도였다. 혜정이가 죽지 않고, 아니, 사라지지 않고 여전히 내 곁에 남아 있다는 사실이 이토록 기쁠 줄이야! 인형 얼굴에 대고 입을 쪽쪽 맞췄다.

— 야! 하지 마! 내가 아까도 정신이 없어서 그렇지, 얼마나 소름 끼쳤는 줄 알기나 해? 아아, 내가 살다 살다 여자한테 입술을 다 뺏기고……. 퉤퉤.

혜정이의 호들갑은 듣는 둥 마는 둥, 계단을 두세 개씩 성큼성큼 올라가 순식간에 집으로 들어왔다. 내 방 책상 앞에 앉자마자 서랍을 열고 반짇고리를 찾아냈다.

— 뭐 하려고?

"수술해야지. 사지 재건 수술."

바늘에 실을 꿰어 인형의 찢긴 상처를 조심조심 꿰매기 시작했다. 떨어져 나가기 직전인 목부터.

— 아아아! 아퍼! 살살해. 안 간호사, 여기 프로포폴 좀 부탁해요.

혜정이가 엄살을 부렸다.

"그런데 진짜 아프긴 해?"

— 진짜 아프다니까?

"환상통 아냐?"

— 환상통? 그게 뭔데?

"사지 절단 환자들이 있지도 않은 신체 부위가 아프다고 느끼는 거래. 지금 너처럼 왼팔이 잘렸다면 그쪽이 아플 리는 없잖아. 그런데도 자꾸 아프다고 하는 거."

— 쳇, 환상통 아니거든? 내 사지는 지금 다 있거든? 천 조각에 솜뭉치라도…….

기술가정 시간에 갈고 닦은 바느질 기술로 인형의 몸뚱이를 복원하는 데에 두 시간이 넘게 걸렸다.

"천만다행입니다."

반짇고리를 정리하며, 현민이의 담당 의사 말투를 흉내 내어 혜정이에게 말했다.

— 다행이네요. 고생하셨어요.

혜정이도 현민이 엄마를 흉내 냈다.

'그러고 보니 현민인 잘 회복 중인가? 나 때문에 다친 애한테 모진 소리를 하고 나와 버린 일도 못내 마음에 걸리고.'

— 야야, 남친 생각은 그만하고, 거울 좀 보여 줘 봐. 어떤가 보게.

내 속마음을 읽은 혜정이가 말했다.

"남친은 무슨……."

살짝 달아오른 얼굴로 자리에서 일어나 손거울을 가져다 인형 앞에 들이댔다.

"어때?"

— 아아, 망했다. 뭐야, 이 꿰맨 자국들은……. 처키의 신부도 아니고…….

"그 정도면 준수하고만, 뭘."

— 준수하긴, 동준이가 이런 날 보면 어떻게 생각하겠어?

"어떻게 생각하긴, 귀엽다고 생각하겠지. 코스프레 몰라? 할로윈 코스프레."

— 할로윈 코스프레? 너나 해라.

연필꽂이에서 네임펜이 두둥실 떠오르더니 뚜껑이 돌아가면서 빠지고, 펜 끝이 내 얼굴로 다가왔다.

"하지 마."

네임펜이 힘을 잃고 책상 위로 툭 떨어졌다.

— 정색하긴……

"좌우간 너 앞으로 오늘같이 무모한 짓 또 했단 봐. 그땐 진짜 네가 죽든 살든, 다신 안 볼 테니까."

* * *

염동력(念動力), 사이코키네시스(psychokinesis)는 대표적인 초능력의 일종으로 손을 대지 않고 물체를 움직이는 현상, 능력의 총칭이다. 텔레키네시스(Telekinesis)라고도 한다. 염동력을 사용하는 이를 염동력자, 사이코키네티시스트, 또는 사이코키노라고 부른른다.

그날 밤, 불 꺼진 방에서 노트북 앞에 앉아 가장 먼저 찾아본 단어는 '염동력'이었다.

— 오호, 그럼 내가 염동력자란 소리네? 사이코키노, 왠지 멋진데?

내 품에서 노트북을 들여다보던 혜정이가 말했다. 손을 대지 않고 물체를 움직이는 능력이 염동력이라면 분명 혜정이도 염동력자가 맞았다. 그리고 진희는 혜정이보다 훨씬 강력한 염동력자였다. 그 애는 혜정이가 조종한 칼이 뺨으로 날아들었을 때 손짓 하나로 칼날의 방향을 틀었다. 그러고는 백팩 속으로 칼을 집어넣어 인형을 난도질했다.

"아까 칼이 천장으로 날아가서 박혔을 때 말이야. 네가 튕겨 낸 거지?"

당연히 그러리라고 생각했다. 그때 교실에서 염동력을 쓸 줄 아는 아이라고는 진희와 혜정이 둘뿐이었으니까.

— 아니, 진희 힘에 눌려서 그땐 제정신이 아니었지. 으으, 생각만 해도 끔찍하다.

혜정이가 아니라면 진희였나? 그만하면 경고는 충분했다 여기고 칼을 천장으로 거두었다? 맞을지도 모르지만, 아닐지도 몰랐다. 그때 진희의 손짓은 인형을 수천 조각으로 갈기갈기 찢어발길 기세였다.

'가만, 손짓?'

서둘러 지난번 싱크홀 사고를 보도한 뉴스를 검색했다.

— 왜, 왜, 뭔데 그래?

뉴스에 링크된 동영상을 재생하고, 싱크홀이 생겨 내가 빠지는 부분에서 일시 정지 버튼을 눌렀다. 혜정이가 일러주었던 부분이었다.

화면 왼쪽 귀퉁이에 보이는 시커먼 물체 몇 개, 쫙 벌린 손가락 끝.

싱크홀이 생기기 직전, 동영상 촬영자가 보인 손짓이었다.

분명 아까도 저것과 비슷한 손짓을 보았다. 인사를 하듯 손을 들어 칼을 허공에 멈추게 한 뒤, 칼을 조종하던 손짓. 싱크홀 동영상에서보다는 그 동작이 희미하긴 했지만, 손끝을 움직이는 패턴은 크게 다르지 않았다. 내 추측이 맞는다면 이 동영상을 촬영해 방송국에 제보한 장본인은 진희였다. 염동력으로 싱크홀을 만들어 나를 빠뜨린 것도⋯⋯.

"설마⋯⋯ 진희였던 거야? 진짜?"

— 암, 그러고도 남지, 고 어마무시한 년.

"아무리 그래도 그렇지, 어떻게 싱크홀까지 만들어?"

— 글쎄, 모르긴 해도 지반이 약하고 속이 텅 빈 부분을 느낄 수만 있다면 아주 강력한 힘이 아니어도 가능하지 않을까?

혜정이의 말을 듣고 있노라니 온몸에 으슬으슬하게 오한이 일었다.

싱크홀이 생긴 직후, 동영상이 끝나기 전에 일시 정지 버튼을 눌렀다. 당시에만 해도 전혀 몰랐는데 싱크홀의 모양새가 낯익었다. 하지만 동영상으로는 한계가 있었다.

검색 창에 '홍주 싱크홀'을 쳐보았다.

검색 결과로 뜬 이미지를 본 순간, 또 한 번 눈앞이 아찔해졌다. 언뜻 보기에는 그냥 둥근 모양의 싱크홀에 불과했지만, 자세히 들여다보면, 싱크홀 둘레에 생긴 금이 아이라인과 눈썹처럼 보였고, 눈 밑으로 늘어진 두 갈래의 금은 왼쪽 획이 길게 늘어난 사람 인(人)자처럼 보였다. 그러고 보니, 엊그제 공사 중인 건물에서 벽돌이 떨어졌을 때 안전망에 난 구멍도 꼭 커다란 눈 같았다. 현민이의 교복 재킷을 녹인 문양도 비슷한 모양이었다. 그 모든 것들이 하나로 모인 순간, 숨이 멎는 듯했다.

호루스의 눈.

12. 기시감

"말도 안 돼……."

나도 모르게 중얼거렸다.

— 원래 인생이 말도 안 되는 일 천지야. 멀리 갈 것도 없이 날 봐.

혜정이가 세상 다 산 노인처럼 말했다. 맞는 말이었다.

말도 안 되기로 치면 인형에 깃든 혜정이가 으뜸이었고, 요즈음 내 주위에서 터지는 사건 사고도 못지않았다. 내 주위를 맴도는 수상한 두 녀석은 또 어떻고……. 세 가지 소원을 들어주겠다고 내게 접근해 내 인생을 야금야금 파탄 내는 진희야 두말할 나위도 없었다.

호루스의 눈과 연이은 사고 그리고 진희.

충격이 어느 정도 가시고 나자, 저 셋이 밀접한 관련이 있으리라는 확신이 들었다.

저 괴상한 호루스의 눈이 무엇이며, 왜 자꾸 사고 현장에 나타나는지는 알 길이 없었다. 하지만 저것과 사고와 진희가 끈끈한 연결고리로 이어져 있다는 사실만은 확실했다.

호루스의 눈이 맨처음 나타난 시점은 마스크맨의 황산 테러 직후였다. 그놈의 배후에도 진희가 있을 가능성이 커졌다. 그 애가 그놈에게 테러를 청부했는지도 몰랐다.

— 표식 같은 건 아닐까? 왜, 『쾌걸 조로』에서 조로가 꼭 칼로 Z자를 그려놓고 사라지잖아. 사람들은 그걸 '조로의 표식'이라고 부르고…… 진희년도 그런 식으로 자기 짓이라는 표식을 남긴 건지도 모르지.

"『쾌걸 조로』에서 Z는 '조로 왔다 감' 정도의 뜻으로 남기는 인증 마크 같은 거잖아. 일 터질 때마다 시치미떼는 진희가 현장에 굳이 자기 '인증 샷'까지 남길 이유가 있을까?"

— 모르지. 워낙 음흉한 년이라…….

호루스의 눈은 내 목숨을 위협했던 모든 사건 사고에서 빠짐없이 나타났다. 아직 호루스의 눈이 드러나지 않은 사건은 단 하나뿐이었다. 망설이다 스마트폰을 집어 들었다.

— 뭐하게?

"현민이한테 뭐 좀 물어보려고……."

— 에이, 보고 싶음 그냥 보고 싶다고 하셔.

"아니거든?"

현민이에게 전화를 걸었다. 현민이는 신호가 가자마자 곧바로 전화를 받았다.

— 어, 나린아.

"몸은 좀 어때?"

— 괜찮아, 많이 좋아졌어.

그나마 다행이었다. 하지만 황산에 팔뚝을 데었을 때도, 벽돌 조각에 머리가 찢겼을 때도, 심지어 철근이 어깨를 관통한 순간에도 괜찮다던 현민이였다. 이번에도 나를 안심시키려는 말인지도 몰랐다.

"미안해. 나 때문에……."

— 네 잘못 아냐. 미안해하지 마.

그 목소리에 가슴이 또 두근거리기 시작했다.

'안나린, 자꾸 왜 이러냐. 주책없이…….'

— 왜 이러긴……. 그게 바로 사랑이란 거다.

'사랑은 무슨…….'

그러다 멈칫했다. 아침에 녀석이 혜정이의 목소리를 듣고 대화까지 나누던 일이 떠올라서였다. 그렇다면 지금도 혜정이의 목소리를 듣고 있을지도…….

주위에 싱크홀이라도 있으면 숨고 싶었다.

"혹시…… 너, 지금도 들려?"

현민이에게 물었다.

— 뭐가?

"혜정이 목소리."

— 아니.

"아깐 들었잖아."

— 못 들었어.

뭐? 이건 또 무슨 닭 잡아먹고 오리 트림하는 소리야.

"아침에 진희 찾아왔을 때 분명히 말했잖아. '혜정이 너도!' 라고…….."

— 그냥 넘겨짚은 거야. 너랑 진희가 혜정이 얘기하길래.

"그 거짓말, 정말이야?"

믿기지 않았다. 물론 현민이가 혜정이에게 말을 건네기 전에 진희와 내가 혜정이 이야기를 꺼내기는 했다. 그렇다 쳐도 현민이가 그다음에 한 말은 변명의 여지가 없었다.

"네가 진짜 넘겨짚었다면 '혜정이 말대로'라는 조건을 달 리가 없어. '담판'이라고 했을 리도 없고. 혜정이는 그때 분명 이렇게 말했으니까. '이왕 이렇게 된 거 난 저년이랑 담판을 지어야겠어.' 안 그래?"

그냥 넘겨짚었다는 말이 사실이라면 현민이는 넘겨짚기 세계선수권대회의 강력한 우승 후보다. 현민이는 또 아무 말도 하지 않았다. 침묵은 때로 긍정의 의미다.

"모현민, 넌 왜 자꾸 널 숨겨?"

내가 묻자 현민이가 입을 열었다.

— 숨긴 적 없어.

한숨이 절로 나왔다. 시치미 떼기의 명수는 진희 하나로 족했다. 가슴 두근거림이 잦아들자, 잊었던 용건이 떠올랐다.

"혹시나 해서 묻는 건데, 어제 사고 현장 사진 찍어 놓은 거 있어?"

— 현장 사진? 나한텐 없는데 아마 보험사 직원은 찍어 놨을 거야.

"그럼 그 사진 좀 볼 수 있는지 알아봐 줄래? 나한테 보내주면 더 좋고……."

— 어, 한번 알아볼게.

잠시 어색한 정적이 흘렀다.

— 보고 싶다고 해, 안나린.

혜정이가 부추겼다. 보고 싶긴 무슨!

"몸조리 잘해."

행여 현민이가 혜정이의 말을 들었을까 봐 얼른 전화를 끊었다.

— 바보, 이럴 때 점수를 따야지.

"점수는 무슨 점수?"

혜정이의 오지랖에 말이 퉁명스레 나갔다.

— 호감도 레벨업 몰라?

"호감도 올려 뭐하게."

— 너 현민이 좋아하는 거 다 알거든? 이럴 때 '보고 싶어.' 딱 한 마디면.

"나 걔 안 좋아해."

— 안 좋아하긴……. 누가 봐도 티가 팍팍 나는데…….

"됐고, 아까 현민이가 너한테 말 걸었던 거 너도 분명히 기억하지?"

— 당연하지.

"근데 아니래, 그냥 넘겨짚은 거래. 그게 말이 돼?"

— 안 되지. 내가 봤을 땐 현민이한테 말 못 할 사정이 있는 거 같은데?

"현민이만이 아냐. 동준이도 좀 수상해."

— 동준인 또 왜?

"아, 넌 못 들었겠구나. 아까 진희랑 너 그런 다음에 진희랑 싸울 뻔했거든."

— 진짜? 오, 안나린, 역시 넌 내 베프야. 근데……?

"진희한테 달려들려고 할 때 동준이가 막 뜯어말리면서 이러는 거야. '아직은 때가 아냐.'"

— 그래? 동준이 고놈이 뭘 알고 그러나? 내가 아는 정동준은 그런 말을 할 만큼 똑똑한 녀석이 아닌데…….

"아직 때가 아니라면 곧 때가 온다는 말이잖아."

그 말은 내가 진희와 맞설 만큼 강하지 못하다는 말인지도 몰랐다. 사실이었다. 진희는 벅찬 상대였다. 너무 화가 나서 가위 하나 들고 달려들었지만, 동준이가 뜯어말리지 않았다면 진희에게 무슨 수모를 당했을지 몰랐다.

"진희 상대할 레벨이 될 때까지 나더러 기다리란 소린가?"

— 어느 세월에……. 야, 솔직히 내가 고년한테 오지게 당해봐서 아는데 넌 이번 생엔 고년 못 이겨.

"그걸 아시는 분께서 진희한테 커터 칼 들고 덤비셨나?"

— 솔직히 나도 못 이기지. 알아. 근데 아깐 그런 맘이었어. 부술 수 없다면 흠집이라도 내주마!

"흠집은 네가 났잖아."

그때 방문이 벌컥 열렸다.

"전화 통화 하는 중인가 했더니 아니네. 이 야밤에 무슨 혼잣말을 그렇게 꿍얼꿍얼해?"

나은이가 방문 사이로 얼굴을 비죽 들이밀고 물었다. 뜻밖의 기습에 몸이 용수철 인형처럼 의자 위로 튀어 올랐다가 내려앉았다. 그 바람에 마녀 인형도 방바닥에 떨어뜨렸다. 혜정이도 놀랐는지 바닥에 코를 박고는 꿈쩍도 하지 않았다.

"야, 넌 노크도 없이 자꾸 벌컥벌컥 열래? 확 그냥……."

나은이가 볼세라 얼른 노트북을 덮으며 으름장을 놓았다. 하지만 그 애는 오히려 뱁새눈을 뜨고 은근한 목소리로 물었다.

"언니, 뭐 보면 안 되는 거 보고 있었지? 화들짝 놀라면서 노트북 덮는 게 틀림없네."

"남이야 뭘 보든 뭘 먹든 네가 뭔 상관이냐고."

"악플보다 무서운 건 무플, 몰라? 악담보다 무서운 게 무관심이야. 그리고 언니는 주의 깊게 감시할 필요가 있어, 쪼끔만 감시를 소홀히 해도 사고를 치잖아."

정작 사고를 치는 장본인은 내가 아닌 진희였다. 그 모든 일을 혼자 꾸미고 실행했다면 그 애는 정말 마녀 중에서도 고레벨 마녀인 셈이었다. 새삼 두려워졌다.

"너나 잘하셔. 시키지도 않은 부탁해서 사람 난처하게 하지 말구……. 덕분에 기분전환 잘했다, 하마터면 기분전환만이 아니라 유체이탈까지 할 뻔했다만……."

동준이의 미친 질주를 두고 한 말이었다. 아직도 후유증이 가시지 않아 얼떨떨했다. 아니, 솔직히 말하자면 그 대책 없는 질주보다 그때 머릿속에서 일었던 기시감이 더 꺼림칙했다.

"동준 오빠 운전 대따 잘하잖아. 하나뿐인 동생이 언니 생각 안 해 줌 누가 해 주겠어? 부비부비해 줘잉."

나은이가 다가와 내 품에 비벼대며 어리광을 부렸다.

"왜 이래, 닭살 돋게……."

"닭살 하니까 치킨 땡기네. 간만에 치킨 콜?"

— 치킨? 콜!

나 대신 혜정이가 반색했다. 그제야 나은이가 바닥을 내려다보더니 마녀 인형을 집어 들고 인형을 살폈다.

"얜 또 왜 이래? 어제까지 멀쩡하더니 하루 사이에 누더기 인형이 됐네."

그 애에게서 인형을 빼앗아 들었다.

"그럴 일이 있었어."

그때 스마트폰에서 카톡 알림음이 울렸다. 현민이였다.

"더 볼일 없음 나가. 난 할 일 있으니까."

"치킨 먹을 거, 안 먹을 거?"

"살쪄."

"비쩍 곯은 몸에 살은 무슨……. 언닌 살 좀 쪄야 돼."

나은이가 방을 나가고 나서, 현민이가 보낸 톡을 확인했다. 별다른 내용도 없이 사진만 첨부한 톡이었다. 어제 사고 직후 사고처리 담당자가 우리가 탔던 승용차를 찍은 사진이었다.

총 네 장으로 좌우 사진 두 장, 앞뒤 사진 두 장이었다. 좌우 사진만 봐도 아찔했다. 앞에서 찍은 사진을 터치하며 내 추측이 그저 뇌피셜이기를 바랐다. 사진을 확대한 순간, 혹시나 했던 마음은 역시나 무너졌다.

차창을 꿰뚫고 들어간 철근이 눈동자처럼 한데 모였고 그 둘레 유리가 금 간 모양은 절묘하게 아이라인과 눈썹, 눈 밑의 사람 인(人)자 주름을 그린 형태였다. 혜정이가 사진을 들여다보며 감탄했다.

— 이야, 일부러 이렇게 만들라고 해도 못 하겠다. 맞네, 호루스의 눈.

* * *

— 안나린, 자?

혜정이가 물었다.

"아니, 왜."

안 그래도 침대에 누워 이리저리 뒤척거리기를 3000번쯤 반복했지만 잠이 오지 않던 참이었다.

— 나 오늘 너무 무서웠어.

혜정이가 내 품을 파고들며 몸을 부르르 떨었다.

"진희가 널 죽일까 봐?"

— 어, 칼날이 막 들어오는데, 와, 레알 호러. 공포영화에서 살인마한테 난도질당하는 희생자가 된 느낌. 죽는 느낌 알아?

"어떤 느낌인데?"

— 엄청 슬프고 무서운 느낌. 사실 죽고 나면 아무것도 몰라, 죽은 줄도 모르지. 근데, 이제 진짜 죽는구나 싶은 순간은 장난 아냐. 내가 사랑하는 사람들, 내가 좋아하는 음식들, 전부 안녕이고 내 마음과 생각도 영영 사라진다는 거, 그게 너무너무 슬프고 무서워. 누가 그랬잖아. 결혼이랑 죽음은 미룰수록 좋다!

아직도 몸을 떠는 인형을 꼭 끌어안았다. 천과 솜으로 이루어진 인형에 깃들기는 했어도 혜정이는 아직 살아 있었다.

"지켜줄게, 내가. 다신 그런 일 없도록……."

— 약속하는 거야?

혜정이가 작은 인형 손을 내밀었다. 그 손에 새끼손가락을 감아 걸었다.

"그래, 약속. 대신 너도 약속해. 다신 그런 무모한 짓 않겠다고……."

— 알았어. 앞으론 자숙할게. 약속.

내 최초의 기억은 등을 두드려주며 엄마가 자장가를 불러주던 어느 밤이다. 그 자장가가 무슨 노래였는지는 기억이 안 나지만 하나만은 또렷이 기억난다. 그 순간이 내 인생에서 가장 행복했던 순간이었다. 그날 엄마가 그랬듯 나는 마녀 인형을 안고 다독다독 등을 두드렸다. 창밖이 부옇게 밝아올 때까지…….

                    * * *

　"애들아, 대박! 쌈 났어!"

　교실 문을 홱 열어젖힌 영미가 외쳤다.

　0교시 자습이 시작되기 10분 전이었다. 누가 싸우든 말든 나
와는 상관없는 일이었다. 혜정이 때문에 거의 뜬눈으로 새우
다시피 했더니 비몽사몽이었다. 등교하는 내내 또 무슨 사고
라도 터질세라 마음을 졸인 데다 진희가 등교 전이라 긴장을
푸니 더 나른하고 졸렸다.

　"누가?"

　한 아이가 묻자 영미가 신나서 대답했다.

　"정동준이랑 모현민!"

　눈이 번쩍 뜨여 자리에서 벌떡 일어섰다. 둘이 싸운다면 나
와 상관있는 일이었다. 게다가 현민이는 지금 병원에 있어야
했다. 걘 또 언제 학교로 왔으며 왜 동준이와 싸우는지 알다가
도 모를 일이었다. 우르르 몰려가는 아이들을 따라 내달렸다.
영미가 아이들을 이끈 곳은 내가 현민이와 종종 이야기를 나
눴던 학교 본관 뒤편의 공터였다.

　영미의 말은 사실이었다.

　공터에서 뒤엉켜 드잡이하는 둘은 현민이와 동준이였다. 이
미 몇 차례 주먹이 오갔는지 두 사람 얼굴이 울긋불긋했다.

　"말해, 왜 거기 있었는지……."

　현민이가 동준이의 멱살을 붙들고 추궁하자 동준이가 팔을

뿌리치며 대꾸했다.

"니가 뭔데 말하라 마라야, 이 새끼야!"

현민이가 동준이의 얼굴에 주먹을 휘둘렀다. 동준이가 주춤 주춤 뒤로 물러나더니 이내 몸을 날려 현민이의 가슴팍을 걸어찼다. 살기에 가까운 분노가 둘 사이를 팽팽하게 달구었다.

"하지 마!"

둘 사이에 끼어들어 뜯어말렸다. 하지만 이번에는 둘 다 순순히 물러설 기세가 아니었다.

"나린이 넌 빠져, 오늘 저놈이랑 결판을 내야겠어."

현민이가 나를 밀어냈다.

"그래, 결판을 내자, 새끼야!"

동준이가 주먹을 휘둘렀다. 현민이가 그 주먹을 피하며 동준이의 팔을 부여잡더니 동준이를 바닥에 메다꽂았다. 땅바닥에 나자빠진 동준이가 달려드는 현민이의 얼굴에 발길질을 올려붙였다. 불의의 일격에 현민이가 뒤로 주춤주춤 물러났다. 두 사람은 서로를 노려보며 가쁜 숨을 몰아쉬었다. 거리가 벌어진 틈을 놓치지 않고 재빨리 가운데에 끼어들었다.

"그만하라고!"

"안 돼. 이번에는 절대……."

현민이가 단호하게 외쳤다.

"이하 동문이다, 개새끼야."

두 사람이 다시 격돌할 태세여서 엉겁결에 현민이의 허리를 와락 끌어안고 매달렸다. 현민이는 내 족쇄를 우습게 풀어내고 달려나갔다. 동준이의 주먹을 피한 현민이가 동준이의 다리를 걸어 쓰러뜨렸다. 현민이가 위에 올라타더니 동준이의 얼굴에 주먹을 내리꽂았다. 한 번, 두 번, 세 번.

"말해, 왜 거기 있었는지!"

현민이가 동준이의 멱살을 쥐고 흔들어대며 외쳤다.

'왜 거기 있었냐니……. 저건 또 무슨 소리야.'

현민이가 내게 말했다.

"내가 어제…… 보내 준 사진 중에 두 번째 거 봐 봐. 이놈이…… 우리 사고 났을 때 거기 있었어."

스마트폰을 뒤져 어제 녀석이 보내 준 사진을 찾았다.

두 번째는 사고 난 승용차 왼편을 찍은 사진이었다. 어젯밤에는 호루스의 눈만 찾느라 미처 몰랐는데, 사진 구석구석을 눈여겨보니 승용차 차창에 비친 구경꾼 중 모터사이클을 탄 남자가 언뜻 보였다. 집게손가락을 벌려 사진을 확대했다. 입자가 거칠어지긴 했지만 대충 알아볼 정도는 되었다. 현민이의 말이 맞았다.

모터사이클에 탄 채 헬멧을 벗고 사고 현장을 지켜보는 남자는 분명 동준이었다.

하마터면 스마트폰을 떨어뜨릴 뻔했다.

사고 현장에 동준이가 있었으리라고는 상상도 못 했기 때문이었다. 몇 번을 봐도 동준이였다. 차창에 비친 형상이라 확대하면서 입자가 뭉개지기는 했어도 특유의 무심하고 삐딱한 표정까지도 그대로 담겼다.

"말 안 해?"

"말해도 이해 못 할걸?"

동준이가 빈정거리자 현민이가 또 한 번 동준이의 얼굴에 주먹을 휘둘렀다. 일단 싸움부터 말려야 했다. 다시금 두 사람 사이에 뛰어들었다.

"그만해. 너희들 이럼 다시는 안 본다고 했지?"

내 말에 현민이가 멈칫하자 동준이가 그 틈을 놓치지 않고 현민이의 발목을 붙들어 앞으로 떠넘겼다. 그 바람에 나까지 떠밀려 뒤로 나동그라졌다.

"나린이까지 다치잖아!"

현민이가 벌떡 일어나 동준이에게로 돌진했다. 격돌하는 황소처럼 두 사람이 맞부딪쳤다. 이번에는 동준이가 현민이의 허리를 부여잡고 번쩍 들어 올려 바닥에 내리꽂았다. 현민이 위로 올라탄 녀석이 주먹을 휘두르며 외쳤다.

"그게, 내가, 아니라면, 믿겠냐?"

주먹질에 한 어절씩 맞춰 내뱉는 동준이의 외침에 현민이도, 나도 어안이 벙벙해졌다. 그게 어떻게 동준이가 아니란 말인가. 백 번 천 번을 들여다봐도 틀림없는 동준인데……. 게다가 모터사이클까지…….

현민이의 입술이 터졌다. 엊그제 사고의 상처도 다 낫지 않았을 텐데 싸우다 수술 자국이라도 터지면 큰일이었다.

"하지 말라고!"

나도 모르게 온몸으로 동준이의 어깨를 떠밀었다. 동준이가 바닥에 나자빠졌다. 동준이가 놀란 눈으로 나를 돌아보았다.

"너희 둘 다 이제 다시는 안 봐!"

"나린아."

현민이가 몸을 일으켰다. 격렬한 싸움 도중 교복 와이셔츠 단추 몇 개가 풀린 탓에 현민이의 가슴팍 안쪽이 들여다보였다. 그 순간 도저히 믿기지 않는 장면이 눈에 들어왔다.

어깨. 엊그제 철근에 관통상을 입어 수술까지 받았던 현민이의 어깨는 오래된 흉터처럼 도도록한 자국만이 남았을 뿐 멀쩡했다.

"뭐야……."

현민이가 제 어깨 안쪽에 붙박인 내 시선을 느끼고 황급히 와이셔츠 단추를 잠갔다.

"잠깐만, 나린아."

현민이가 몸을 일으켜 내게로 다가왔다.

"뭐야, 도대체……. 너희 둘 다……."

말을 채 끝맺지 못하고 뒷걸음질 쳤다. 동준이가 사고 현장에서 우리를 지켜봤다는 사실도, 현민이 사고 이틀 만에 멀쩡해져서 나타났다는 사실도 도무지 믿기지 않았다. 두 사람 다 더는 미덥지 않았다.

"뭐 하는 짓들이야, 이게!"

등 뒤에서 호통 소리가 났다. 담임 선생님이었다. 선생님이 현장으로 뛰어들면서 사태는 일단락되는 듯했다. 하지만 뒤죽박죽이 된 머릿속은 도저히 수습되지 않았다.

"너희 둘 다 교무실로 따라와."

현민이와 함께 담임에게 불려가던 동준이가 내 옆을 지나치며 무심히 말했다.

"나 아니다, 그거."

안 그래도 휘청거리던 내게 그 말이 결정타를 날렸다. 그 자리에 얼어붙은 채 동준이의 뒷모습을 눈으로 좇다 구경꾼들 뒤편에서 이쪽을 바라보던 한 아이와 눈이 마주쳤다. 진희였다. 그 애가 내게 손을 흔들어 입 모양으로 인사를 건넸다.

'안녕, 나린아.'

안녕하지 못했다, 매우. 언젠가 방바닥을 뒹굴던 리모컨의 음량 버튼을 실수로 밟아 TV 볼륨이 최대치로 커진 적이 있었다. 그때처럼 공터 나무의 매미 울음소리가 고막을 찢을 기세로 커졌다. 날카로운 송곳이 고막을 파고든 듯했다.

눈앞이 아찔해졌다.

구경하는 아이들과 하늘과 공터의 풀밭이 아무렇게나 흩뿌린 물감처럼 하나로 얼크러졌다. 다음 순간, 물감이 뒤섞인 물처럼 탁한 어둠이 나를 집어삼켰다.

* * *

— 정신 들어, 안나린?

눈을 뜨니 혜정이의 목소리부터 들려왔다. 주위를 둘러보니 내가 누운 곳은 보건실 침대였다. 어느 틈에 백팩에서 나온 마녀 인형이 내 품에 안겨 있었다.

— 기집애, 암튼 사람 놀라게 하는데 뭐 있어. 내가 얼마나 걱정했는지 알기나 해?

벽시계를 보니 정오가 넘은 시각이었다. 점심시간이라 그런지 보건실 밖 복도와 창 너머는 아이들 떠드는 소리로 시끌시끌했다. 보건 선생님도 점심을 먹으러 갔는지 보이지 않았다.

— 아주 코까지 새근새근 골면서 숙면하드만. 잘 잤어?

자는 줄도 모르고 잤다. 요즈음 잠을 제대로 못 자서 쌓인 피로가 혼절과 함께 세트로 밀려왔던 모양이었다.

'넌 어떻게 왔어?'

현민이와 동준이가 싸운다는 말을 들었을 때 황급히 달려나가느라 백팩을 교실에 두고 왔는데, 그 백팩이 내가 누운 침대 머리맡에 놓여 있었다. 누가 가져다 놓은 듯했다.

— 현민이가 데려다줬어.

'현민이가?'

— 어, 아까 교실로 막 달려오더니 백팩을 여기로 갖다 놓더라. 아무래도 고놈 내 목소리 못 듣는다는 거 거짓말 같아. 그러니 니 말동무라도 하라고 날 데려다준 거 아니겠어?

'아니면 내가 자리를 비운 사이 혹시 모를 진희의 해코지에 대비해 널 피신시켰거나.'

— 해코지? 치, 지가 해코지해 봐, 내가 가만있나. 다리 몽댕이를 확 분질러서 꼿꼿이를 해 버리지!

혜정이가 먹히지도 않을 허세를 부렸다. 허세와 허풍도 인형에 깃든 후로 애에게 생긴 부작용인 듯했다.

등교 전, 진희 때문에 혜정이를 집에 두고 나오려고 했다. 하지만 혜정이가 극구 반대했다.

— 싫어! 아무도 없는 집에서 나 혼자 필라테스나 하라고? 나도 콧바람 좀 쐬자.

'어제 그렇게 클 날 뻔하고도 정신 못 차렸어? 이번에 진희가 또 무슨 짓 하면 어쩌려고?'

내 추리가 맞는다면 진희는 염동력으로 교통사고를 일으키거나 지반이 약한 지점을 찾아내어 싱크홀까지 만들어내는 괴물이었다. 그런 진희에게 인형 하나쯤이야 애들 장난일 터였다. 어제만 봐도 그랬다. 교실에 다른 아이들이 없었더라면…….

— 야, 어제 보니까 고년이 딴 건 몰라도 애들 눈은 겁나 신경 쓰는 거 같더라. 지 정체가 까발려지면 학교 생활하기 곤란하니 그런가. 어제 일도 있고 하니까 오늘부터는 더 몸 사릴 거야. 두고 봐. 내 말이 맞나, 틀리나.

일리가 없는 말은 아니었다. 어제 교실에서 혜정이가 칼로 기습했을 때에도 그 애는 칼을 백팩으로 집어넣어 보이지 않는 반격으로 대응했다.

"네가 고집 부렸으니 책임도 네가 져. 대신 너, 교실에서는 절대 입도 뻥끗 안 하기다. 약속!" 내가 새끼손가락을 내밀자 혜정이가 약속이라며 인형 손을 거기에 가져다 댔다. 그리고 과연 혜정이는 약속을 지켰다. 교실로 들어서면서부터는 입을 다물었다. 적어도 보건실로 오기 전까지는…….

— 여기선 좀 떠들어도 되잖아. 들을 사람도 너밖에 없는데…….

'말은 잘해, 아무튼.'

— 내가 어릴 때부터 물에 빠지면 입만 둥둥 뜰 거라고 다들 그랬거든.

'그게 좋은 말이야?'

— 적어도 말발은 어려서부터 자타공인 갑이었단 말이지.

베개 옆을 보니 스마트폰까지 놓여 있었다. 이것도 현민이가 두고 간 듯했다.

'현민이는 어디 갔어?'

— 담임한테 끌려갔지. 동준이랑 막 치고박고 싸웠다며? 아, 그 좋은 볼거리를 저 혼자 구경하다니, 의리 없는 년. 근데 누가 이겼어?

'몰라, 그게 중요해, 지금?'

— 나한텐 그게 중요해. 우리 똥쭈니가 이겼을 거야. 고놈이 공부 머리는 좀 없어도 싸움 머리는 있거든. 그건 그렇고, 현민인 벌써 퇴원했어?

'나도 그게 좀 이상해. 실은 조금이 아니라 많이……. 아까 동준이랑 싸울 때 보니까 어깨가 오래전에 다친 거처럼 말끔하더라고.'

— 수술한 지 이틀밖에 안 지났는데 벌써? 오, 고놈 재생능력이 거의 울버린급인데? 힐링 팩턴가?

현민이가 벽돌에 머리를 다쳤던 일을 떠올려 보니 정말 그 런 듯했다. 그날 차를 타고 학교까지 오며 지혈만 했을 뿐인데 도 내릴 즈음에는 상처가 말짱해졌다. 이번에도 그런 식이라 면 현민이의 치유력은 혜정이 말대로 범상치 않은 수준이었 다. 과도에 손만 베어도 상처가 며칠씩 가는 나와는 차원이 다 른 수준이었다. 도대체 뭘까, 걔의 정체는…….

— 근데 둘이 왜 싸운 거야?

혜정이가 물었다. 그제야 동준이의 미스터리가 떠올랐다. 스 마트폰의 사고 현장 사진을 불러와 혜정이에게 보여 주었다.

'네가 보기엔 이거 누구 같아?'

— 동준이네, 오토바이도 동준이 거고…….

'그래서 수상하다는 거야. 현민이랑 동준이도 이거 때문에 싸웠고……. 동준이가 왜 사고 현장에 나타나서 사진에 찍혔 냐 이거지.'

— 그러게, 희한하네.

'죽은 진희네 담임 선생님 만나고 오다 트럭이랑 사고가 났 잖아. 홍주에 거의 다 올 즈음이었지만 사고 난 데가 홍주는 아 니었어. 그러니 동준이가 근처를 지나가다 우연히 사고 난 걸 봤을 가능성은 거의 없다 이거야. 동준이가 그 전부터 우릴 미 행이라도 했다면 또 모를까.'

혜정이는 생각에 잠긴 듯 대꾸가 없었다.

'거기다가 더 이상한 건, 아까 싸우고 담임 선생님한테 불려 가면서 그 녀석이 나한테 사진 속 인물이 자기가 아니라고 했

단 거야.'

나 아니다, 그거. 그 말을 곱씹어보면 사진에 찍힌 형상이 동준 자신과는 상관없으며, 나아가 자신은 당시 현장에 없었다는 말이었다.

— 진짜? 동준이가 그랬어?

'어, 현민이랑 싸우면서도 그 비슷한 말을 했고. 자기가 아니라면 믿겠냐고……. 혹시 동준이, 쌍둥이는 아니지?'

— 쌍둥이는 무슨……. 걔가 삼대독자인가 그럴걸?

'그럼 혹시…….'

예전에 혜정이가 했던 말이 번뜩 뇌리를 스쳤다.

— 소원 계약을 한 다음 진희가 그랬어. 소원을 이루려면 내가 꼭 세 번 치러야 하는 의식이 있다고……. 네가 어디서 뭘 하는지 궁금할 때마다 눈을 꼭 감고 네 이름을 세 번 중얼거리랬어. 그럼 내 도플이 나한테서 분리돼서 너한테로 갈 거고, 네가 뭘 하는지도 보일 거라고…….

'지난번에 네가 말한 대로 도플인가 뭔가 하는 건 아닐까?'

— 도플이 오토바이까지 끌고 다니냐?

'그야 모르지. 평소 애용하는 물건이니까 같이 나타나는지도…….'

만에 하나, 그 형상이 동준이의 도플이었다면 동준이도 진희와 모종의 소원 계약을 맺었을 테고 내가 어디서 뭘 하는지 궁금해서 눈을 감고 내 이름을 세 번 중얼거렸을 터였다. 가슴이 철렁 내려앉았다.

'비슷한 소원 의식을 치렀던 혜정이 너는 혼만 마녀 인형에 깃들었잖아. 동준이한테도 그런 불행이 닥친다면…….'

— 닥치긴 뭐가 닥쳐? 너야말로 닥쳐. 이 모양 이 꼴이 된 건 나 하나로 족해. 만약에 동준이한테도 그런 일 생기면 난 진짜 그년 가만 안 놔둘 거야.

혜정이가 몸을 부르르 떨었다. 인형이 몸을 떠는 경우는 두 가지였다. 굉장히 무섭거나, 엄청나게 화났거나.

'알았어, 진정해. 네 말대로 릴렉스.'

그때 보건실 문이 열리고 익숙한 얼굴이 안으로 들어왔다. 그 얼굴을 본 순간, 나도 모르게 자리에서 벌떡 일어났다.

"놀랐어? 둘이 오붓한 시간 보내는데 방해해서 미안."

진희가 싱긋 웃으며 말했다. 말은 그렇게 하면서도 실은 전혀 미안하지 않은 얼굴이었다.

— 여긴 왜 왔어, 쌍년아.

"나? 나린이 짝이잖아. 짝이 졸도해서 보건실까지 실려 갔는데 한번 들여다보는 게 도리 아냐?"

진희가 천연덕스러운 얼굴로 대답했다.

"혜정이 너……."

가만있기로 약속했잖아, 그렇게 말하려 하는데 진희가 선수를 쳤다.

"보자마자 욕부터 하는 걸 보니, 넌 어제 그렇게 당하고도 정신 못 차렸구나?"

— 당하긴 누가 당해? 방심하고 있을 때 비겁하게 백팩 속에

칼 집어넣어서 기습해 놓고…….

"기습이 아니라 역습이라고 하는 거야. 기습은 가만히 있는 나한테 네가 한 게 기습이고……. 난 그저 네 공격을 받아쳤을 뿐이야."

— 오호, 그러셔? 그럼 이 공격도 받아쳐 볼래?

침대 옆에 놓인 이동식 선반이 부르르 진동하는가 싶더니 선반 위의 철제 통에 꽂힌 가위며 핀셋, 집게 같은 각종 도구가 달그락거리며 허공에 붕 떠올랐다.

"오혜정, 약속했잖아!"

뒤늦게 외쳤지만, 혜정이는 들은 척도 하지 않았다. 진희와 말을 섞기만 하면 얘가 이성을 잃고 길길이 날뛴다는 사실을 간과한 내 잘못이었다. 불안하고 불길했다. 어쩌면 진희가 보건실에 찾아온 일도 계획적인 수작인지도 몰랐다.

"잘됐네. 오늘은 방해할 사람도 없는데……."

진희가 말했다. 그 말을 들으니 직감이 확실해졌다. '방해할 사람'이란 분명 현민이를 두고 한 말일 터였다. 어제 아침 병원 뒤뜰에서 혜정이와 신경전을 벌이던 찰나에 현민이가 끼어들었으니까. 어제 교실에서는 아이들의 이목 때문에 마음 놓고 혜정이를 난도질하지 못했다. 지금은 달랐다. 보건실은 비어 있었고 다른 사람이라고는 나뿐이었다. 사고 현장 사진에 동준이의 형상을 끼워 넣은 장본인도 혹시…….

"진희야, 하지 마. 그만하고 나가, 제발……."

진심을 담아 진희에게 애원했다. 하지만 진희는 빙글빙글 웃을 뿐이었다. 혜정이가 날카롭게 쏘아붙였다.

— 웃어? 웃기냐? 어디 계속 웃을 수 있나 한번 보자.

허공에 두둥실 떠올라 오르락내리락하던 도구들이 진희에게로 날아갔다. 나라면 피할 엄두도 못 내도록 빠른 속도였다. 가윗날과 집게, 핀셋 등의 도구 대여섯 개가 동시에 진희 얼굴에 날아가 꽂혔다.

아니, 꽂히기 직전, 진희의 코앞에서 그 모든 도구가 우뚝 멈췄다. 그 애는 우스워 죽겠다는 듯 여전히 생글거리는 얼굴로 손을 쳐들었다. 보살처럼 손을 든 진희가 손바닥의 방향을 반대로 꺾자 도구들이 우리 쪽으로 방향을 틀었다.

"하지 마, 제발. 도대체 다들 왜 이래?"

진희가 손가락을 까딱하자 도구들이 우리에게로 날아들었다. 엉겁결에 인형을 끌어안고 눈을 질끈 감으며 한쪽 팔로 얼굴을 가렸다.

요란한 소리가 코앞에서 났다. 아무 일도 일어나지 않았다. 감았던 눈을 떠 보니 선반 위의 철제 쟁반이 날아와 내 눈앞에 떠 있었다. 쟁반에 주둥이를 파묻고 비죽비죽 튀어나온 도구들이 보였다. 쟁반이 바닥에 떨어지며 요란한 소리를 냈다.

"오, 제법인데, 오혜정?"

— 유어웰컴이다, 이년아.

진희가 손가락을 까딱하자 인형이 내 품에서 휙 빠져나갔다. 혜정이가 헉 하고 바람 빠지는 소리를 냈고 인형이 허공에 붕 떠올랐다.

"바느질 잘했네. 나린이 솜씬가 봐?"

진희가 눈앞의 보이지 않는 지구본을 돌리듯 손끝을 휘젓자 보건실 천장 가까이에 떠오른 마녀 인형이 허공을 뱅그르르 휘돌았다.

"내가 널 이 정도라도 세상에 붙어 있게 해 준 건 네 지상 목표를 이루란 뜻이었어. 안나린을 영원히 괴롭히고 싶다는……. 근데 넌 뭐야, 지금. 안나린이랑 죽고 못 사는 절친이 됐잖아. 너, 그렇게 안나린을 미워하던 오혜정 맞아?"

— 이거나 쳐드셔.

인형이 진희에게 작은 손을 내밀었다. 진희가 피식 웃었다.

"귀엽긴 한데 성가셔서 못 봐주겠다, 더는. 이번에는 바느질로도 회생 불가능하게 공중분해 해 줄게."

진희가 다섯 손가락을 오므렸다. 보이지 않는 손이 꽉 움켜쥔 듯 마녀 인형이 우그러들었다.

이제 확실했다. 내가 싱크홀에 빠졌을 때 그 뒤를 따르며 동영상을 찍고 싱크홀을 만들어낸 장본인은 틀림없는 진희였다. 싱크홀이 생기기 직전, 동영상 아랫부분에 나타났던 쫙 벌린 손끝. 그것은 바로 그 애가 다섯 손가락을 오므렸다가 활짝 펼쳐서 염동력으로 싱크홀을 만들어내던 동작이었다.

세상이 고요해졌다.

적어도 내가 서 있는 이 보건실 안에서는 시간의 흐름이 멎은 듯했다. 아니, 멎었다기보다는 시간의 흐름이 한없이 느려진 듯했다. 진희의 입술 끝이 서서히 올라가고 그 애가 사악하기까지 한, 웃는 얼굴로 손가락을 펼치는 광경이 느릿느릿 보였다. 내가 해야 할 일도 뻔히 보였다. 다시금 기시감이 일었다. 이 모든 상황도 분명 예전 언제인가 겪은 듯한 기분.

진희에게로 몸을 날렸다. 운동신경이 둔해서 세 살이나 어린 동생 나은이에게도 늘 당하고 사는 나였지만, 아무리 멋들어지게 상대를 제압하는 상상을 해도 현실은 언제나 볼썽사납게 허공을 허우적대거나 바닥에 고꾸라지기 일쑤였던 나였지만, 지금만큼은 목숨 걸고 눈앞의 마녀에게서 혜정이를 지켜야만 했다.

아까 동준이가 현민이의 허리를 부여잡고 녀석을 번쩍 들어 올려 바닥에 내리꽂던 광경이 떠올랐다. 동준이처럼 진희의 허리를 부여잡고 번쩍 들어 올리려 했지만 역부족이었다. 진희는 나보다 무거웠다. 그래도 그냥 밀어붙였다. 내 막무가내 돌진에 진희가 휘청 중심을 잃고 뒤로 벌렁 넘어갔다. 진희와 한 덩어리가 되어 공중에 떠오른 순간에도 강렬한 기시감을 느꼈다. 우리는 보건실 바닥에 나동그라졌다. 그 바람에 우리에게 떠밀린 이동식 선반이 옆으로 쓰러지며 요란한 소리를 냈다. 느리게 흐르던 시간이 다시 원래의 흐름을 되찾았다.

정신없는 와중에도 공중에 떠올랐던 마녀 인형부터 살폈다. 진희가 넘어지면서 염동력의 족쇄에서 풀려난 인형은 보건실 바닥으로 맥없이 떨어졌다. 내려다보니 내 밑에 깔려 바닥에 드러누운 진희의 얼굴이 눈에 들어왔다. 그 애는 그 와중에도 여전히 웃었다. 이 모든 상황이 재미있어 못 견디겠다는 듯이…….

한때는 여신 같았던 이 얼굴이 이제는 메두사의 얼굴처럼 끔찍하고 소름 끼쳤다. 원래 메두사는 여신처럼 아름답고 머릿결까지 고운 여인이었지만 포세이돈과 정을 통하다 아테나의 저주로 흉측한 괴물이 되었다. 도대체 내 눈앞의 여신은 어쩌다 이런 괴물이 되었으며, 왜 이토록 나를 못 잡아먹어 안달인 마녀가 되었는지 미치도록 궁금했다. 울화통이 머리끝까지 치밀었다.

"도대체 나한테 왜! 왜 이래!"

그 애의 멱살을 잡고 따귀를 올려붙였다. 내게 따귀를 세 대나 맞고도 진희는 아무런 동요도 없이 얼굴에 어린 웃음기를 거두지 않았다.

"지금 몰라서 그렇게 묻는 거, 맞지?"

진희가 히죽대며 내게 되물었다.

"내가…… 너한테 소원 빌어서 이러는 거야?"

그 애에게 그렇게 물으면서도 또 한 번의 기시감에 눈앞이 아찔했다. 진희가 머리를 들더니 내 귓가에 속삭였다.

"네가…… 내 짝이라서."

짝이라는 친숙한 단어가 이토록 섬뜩하게 들리기는 처음이었다. 그때 보건실 문이 벌컥 열렸다.

"너희들 뭐해? 이게 무슨 난리야?"

보건 선생님이 놀란 목소리로 외치며 안으로 뛰어 들어왔다. 어른들은 늘 한발 늦게 사태를 파악하고 한발 늦게 뒷수습하느라 분주하다. 지금 내가 믿고 의지할 만한 어른이라고는 세상에 단 한 명도 없었다.

"죄송해요, 선생님. 나린이가 일어나서 한번 걸어보겠다고 하다가 또 쓰러졌어요. 괜찮아, 나린아? 어떡해. 그나마 나한테 쓰러졌으니 망정이지, 맨바닥에 쓰러졌음 어쩔 뻔했니?"

다정한 짝으로 돌아온 진희가 몸을 일으키더니 나를 부축까지 해서 침대로 데려가 앉혔다. 그 가증스러운 손길을 뿌리치고 싶었지만, 온몸의 진이 다 빠져나간 듯 힘이 하나도 없었다.

"거 봐, 나린아. 내가 무리하지 말라고 했잖아."

한없이 살가워진 진희가 쓰러진 선반을 일으켜 세우고 바닥에 뒹구는 도구들을 주섬주섬 줍기 시작했다.

"그랬니?"

보건 선생님이 어안이 벙벙해진 얼굴로 내게 물었다. 그렇다고 하기도, 아니라고 하기도 뭣해서 머뭇머뭇 고개를 끄덕였다. 진실을 털어놓는다 한들 선생님이 곧이곧대로 믿을까? '사실은 쟤 마녀예요. 소원 들어주겠다고 접근해서 제 인생을 파탄 냈죠. 저 말고도 피해자가 또 있는데 저기 널브러진 마녀 인형이 바로 우리 반 혜정이에요. 아, 방금 좋은 구경거리가 있었는데 놓치셨네요.' 그렇게 떠들어봐야 선생님이 내 말을 믿어줄 리 없었다. 119나 안 부르면 다행이지.

"두세요. 제가 다 치울게요, 선생님."

사려 깊은 모범생으로 변신한 진희가 뒷수습을 거드는 보건 선생님을 말리며 바닥에 나뒹굴던 도구들을 말끔히 치웠다.

보건실 바닥 한편을 뒹구는 마녀 인형이 보였다. 진희의 손길이 닿기 전에 재빨리 인형을 낚아챘다. 내가 인형을 품에 꼭 안아 드는 광경을 싸늘한 눈길로 바라보던 진희가 나와 눈이 마주치자 싱긋 웃었다.

"그래, 잘 챙겨, 나린아. 네 거니까……."

— 지랄 마. 난 나일 뿐 그 누구의 것도 아냐!

내 품에서 혜정이가 받아쳤다.

'살았구나, 오혜정.'

안도의 한숨이 절로 나왔다. 혜정이가 영영 깨어나지 않았다면 나는 보건 선생님이 보는 앞에서라도 진희와의 일전을 불사했을 터였다. 내가 이길 확률이 0.00000001%도 안 되더라도…….

"선생님, 전 이만 가 보겠습니다."

보건실을 치우고 난 진희가 보건 교사에게 꾸벅 인사했다. 출입문 쪽으로 가던 그 애가 문고리를 붙든 채로 나를 돌아보았다.

"나린아, 몸조리 좀 잘해. 절대 무리하지 말고……. 그럼 이따 보자."

— 이따고 왕따고 꺼져. 욕 나가기 전에…….

보건실을 나가려던 진희가 혜정이의 말을 들었는지 멈칫했다. 하지만 이내 어깨를 한번 으쓱하더니 복도로 나가 문을 닫았다.

— 안나린, 나 죽는 줄 알았어, 힝.

그제야 혜정이가 내 품에 안겨 어리광을 부렸다.

'죽는 줄 알았으면 도발하지 말았어야지. 넌 어떻게 된 애가 약속한 지 얼마나 됐다고 또 욱해서 사고를 치니?'

— 내가 오죽했으면 그랬겠어? 아, 진짜 네가 아까 진희 고년 불꽃 싸다구 올려붙이는데 10년 묵은 체증이 다 내려가더라.

혜정이는 그랬는지 몰라도 나는 아니었다. 방금 가위와 핀셋 등이 꽂혔던 쟁반이 어느새 원상 복구되어 선반 위에 놓여 있었다. 도구들이 꽂혔던 구멍도 그 흔적을 교묘하게 메워서 유심히 들여다보지 않으면 알아차리기 힘들 정도였다. 그 짧은 시간 동안 저렇게 흔적을 말끔히 처리하고 가다니 역시 마녀였다. 하지만 그 애가 헤집고 지나간 자리에 남은 찝찝한 뒷맛은 여전히 가시지 않았다. 내 역습에도 잃지 않던 웃음기도, 인형을 공중 분해하려 들기 직전 들이닥쳤던 기시감도, 시간이 슬로비디오처럼 늘어졌던 현상도 못내 마음에 걸렸다. 사람이 절체절명의 위기에 빠지면 반사 신경이 극도로 예민해지면서 시간의 흐름을 더디게 느낀다고 하던가. 사람도 동물과 다를 바 없어서 싸워야 하거나 달아나야 하는 위기 순간이 닥치면 교감신경계가 활성화되어 비상체제에 돌입한다고. 맥박이 빨라지면서 호흡이 거칠어지고 피가 활발히 휘돌면서 온몸의 감각도 예민해지며 더 많은 시각 정보를 받아들이려고 눈동자까지 커진다고 들었다. 그러다 보면 자연스럽게 시간의 흐름이 느려졌다고 착각하게 된다는 말이었다. 하지만 그 이삼 초도 채 안 되는 순간이 열 배는 뻥튀기된 듯한 느낌을 과학적 근거로 설명하기에는 역부족이었다.

'아아, 내가 이대로 미쳐가는 건가.'

— 미치긴……. 니가 미쳐가는 거면 난 지구 세 바퀴는 돌아 버렸겠다.

혜정이의 위로도 그다지 위안이 되지 않았다. 무엇보다 진희가 남기고 간 알쏭달쏭한 말이 어쩐지 의미심장해서 귓가를 떠나지 않았다.

'네가…… 내 짝이라서.'

* * *

하루를 꼬박 보건실에서 보냈다.

조퇴하자니 나 때문에 치고받은 현민이와 동준이가 마음에 걸렸고 교실로 돌아가자니 진희를 마주 대하기가 꺼림칙했다. 혜정이와 진희 사이에 또 마찰이 생기면 그때는 돌이키지 못할 파국으로 치닫게 될지도 몰랐다. 그동안 진희와 대적할 만큼 기력을 회복하는 편이 차라리 나을 듯했다. 한동안 제자리걸음이었던 진희의 뒷조사도 이참에 진도를 더 나가 보기로 했다. 보건실 침대에 다시 드러누웠다. 현민이가 톡으로 보내준 진희의 생활기록부를 스마트폰으로 들여다보며 이리저리 살펴보았지만, 딱히 이렇다 할 단서는 떠오르지 않았다.

'네 생각은 어때?'

내 옆에 누운 혜정이에게 물었다.

— 뭐가?

'2017년 10월 30일에 죽은 진짜 진희 말이야. 가짜 진희랑은 무슨 관계일까?'

— 관계는 무슨 관계야. 진희 고년이 죽은 애 행세를 하는 거겠지. 이름부터 똑같은 진희잖아. '쥐의 둔갑'인가 하는 옛날얘기처럼. 손톱을 주워 먹은 쥐새끼가 사람으로 둔갑해서 원래 사람을 내쫓았다잖아. 한마디로 진희 고년은 '손톱 먹은 쥐'다 이거지.

손톱 먹은 쥐……. 가만히 그 말을 곱씹어보았다. 요즘처럼 정보망이 발달해서 이름이나 아이디만 검색해도 그 사람의 개인정보가 줄줄이 나오는 세상에 과연 그런 속임수가 가능할까. 평범한 여고생이라면 불가능한 일이라도, 소원도 들어주고, 싱크홀도 만들어내는 마녀에게는 그리 어려운 일이 아닌지도 몰랐다.

— 죽은 진희의 행적부터 캐 보는 게 어때? 혹시 모르잖아. 걔한테도 나처럼 어떤 말 못 할 사정이 있었는지…….

혜정이가 말했다. 죽은 진희의 담임 선생님은 그 애가 죽기 며칠 전에 학교 앞에서 어떤 여자애와 다투는 광경을 보았다고 했다. 하지만 내 짝 진희의 사진을 보여 주었을 때 담임 선생님은 고개를 가로저었다. 그 이야기를 혜정이에게 털어놓자, 혜정이가 말했다.

— 혹시 걔가 진희 고년의 사주를 받은 애는 아니었을까? 왠지 그 여자애가 진희 고년이랑 밀접한 관련이 있을 거 같은 냄

새가 나는데…….

'그러게, 걔가 누구였는지부터 밝히는 게 급선무일 거 같아.
근데 어떻게 그걸 알아내지?'

— 죽은 진희네 집을 한번 찾아가 보면 어때? 생기부에 나온
주소가 맞다면 거기에 뭐든 남아 있지 않을까?

'부모님도 돌아가셨다잖아. 그럼 생판 상관없는 사람이 살고
있지 않을까?'

— 모르지. 혹시 알아? 아직 친척이라도 살고 있을지…….

보건실 밖이 시끌시끌해졌다. 시계를 보니 벌써 하교 시간이
었다. 마냥 보건실에 있을 때가 아니라는 생각에 서둘러 인형
을 백팩에 집어넣고 자리에서 일어섰다.

"괜찮아? 좀 더 있다 가도 돼."

자리에 앉아 무심히 모니터를 들여다보던 보건 선생님이 물
었다.

"아녜요, 푹 쉬었더니 이제 좀 괜찮아진 거 같아요."

꾸벅 인사를 하고 복도로 나서다 문 옆에 서 있던 현민이와
딱 마주쳤다. 내가 나오기를 기다린 듯했다.

"괜찮아?"

현민이가 내게 물었다. 대꾸도 없이 모른 척 지나쳤다. 사실
그 말은 내가 그 애에게 해야 했을 말이었다. 하지만 현민이를
멀리해야 한다는 생각은 변함없었다. 오늘 아침 현민이가 동
준이와 싸운 일의 원인 제공자도 따지고 보면 나였으니까.

"나린아."

현민이가 등 뒤에서 불렀지만 못 들은 척 복도를 걸었다. 현민이가 달려와 내 어깨를 붙들었다.

"얘기 좀 해."

마지못해 돌아섰다.

"무슨 얘기?"

"여기선 곤란해."

"여기서 곤란하면 그냥 하지 마."

현민이가 내 손목을 붙들고 보건실 옆의 과학 준비실로 잡아끌었다.

"봐, 좀."

현민이는 기어이 나를 과학 준비실로 밀어 넣고는 문을 닫았다. 실습 시간을 제외하면 늘 잠겨 있던 과학 준비실 문이 오늘따라 열려 있다니, 얘가 미리 문도 따놓은 모양이었다.

"봐 봐."

현민이가 다짜고짜 제 스마트폰을 내밀었다.

"뭔데?"

전화기를 받아들고 보니 액정에 사진 한 장이 떠 있었다. 동준이의 셀카 사진이었다. 동준이가 우리 학교 주차장에 세워진 모터사이클에 앉아 뻐딱한 자세로 찍은 사진이었다.

"이게 뭐, 어쨌다고?"

내가 묻자 현민이가 액정 아랫부분을 가리켰다.

"촬영 날짜를 봐 봐."

액정에 표시된 날짜는 엊그제였다. 현민이가 전화기를 가져가더니 사진의 상세 정보를 띄워 내게 내밀었다. 사진 촬영 시각은 오후 5시 48분이었다. 현민이가 어제 보냈던 사고 현장 사진을 띄워 상세 정보를 보여 주었다. 동준이가 차창에 찍힌 문제의 사진이었다. 사진 촬영 시각은 오후 5시 45분이었다. 두 사진의 촬영 시차는 불과 3분이었다. 사고가 난 지점은 우리 학교에서 차로 30분은 족히 떨어진 거리였다. 현민이가 말했다.

"셀카 사진은 동준이가 보내줬어."

상황을 정리해 보았다.

"그러니까 너랑 내가 탄 차가 사고 났을 때 현장 사진에 찍힌 동준이가 3분 후에 우리 학교 주차장에서 셀카를 찍었다 이거지?"

순간 이동이라도 하지 않는 이상, 차로 30분이나 떨어진 거리의 두 장소 사진에 출몰할 수는 없었다. 둘 중 한 장은 조작이 분명했다. 하지만 이번 일과는 상관없는 교통사고 담당자가 사진을 조작할 리 없었다.

"동준이 셀카가 조작일 수도 있잖아."

"나도 처음엔 그렇게 생각했어. 근데 엊그제 그 시간쯤 학교 주차장에서 동준일 봤단 애가 여럿이었어. 자기가 아니라던 동준이 말이 진실일 가능성이 크단 거지."

현민이의 말에 머릿속이 혼란스러워졌다. 그렇다면 동준이가 찍은 사고 현장 사진이야말로 거짓이라는 의미였다. 하지만 내게는 그보다 더 큰 궁금증이 있었다. 나는 현민이에게 물었다.

"네 진실은 뭐야?"

"어?"

"동준이 말고 너 말이야. 어떻게 벌써 퇴원했어? 싸울 때 봤어. 무슨 플라나리아도 아니고, 엊그제 수술까지 받은 어깨가 어쩜 그렇게 빨리 아물었는지, 네 진실을 말해 봐."

현민이에게로 한 발짝 다가들었다. 흠칫 놀라 뒷걸음질 치던 현민이의 후퇴를 벽이 가로막았다. 현민이가 달아날세라 나는 한쪽 팔로 현민이 옆의 벽을 짚었다. 밖은 시끌시끌한데 우리 둘이 마주하고 있는 과학 준비실은 마냥 고요했다. 준비실 안에 비치된 각종 과학 도구들도 우리를 지켜보며 숨죽이는 듯했다. 현민이가 말했다.

"내 진실은…… 이거야."

분명 난생처음 겪는 일이거나 난생처음 보는 광경인데도 어쩐지 그것을 예전 언제인가 겪거나 본 듯싶은 순간이 있다.

데자뷔.

또는 기시감.

현민이의 입술이 내게로 다가들던 그 순간이 바로 그랬다.

13. 호주 토끼

　시간의 흐름이 다시금 느려졌다. 내게로 다가드는 현민이의 얼굴이, 입술이 느릿느릿 내 눈앞을 가득 메웠다. 당혹스럽고 부끄러워서 밀어내려 현민이의 가슴팍에 양손을 댔다. 순간 교복 와이셔츠를 뚫고 심장 박동과 체온이 오롯이 전해졌다. 나도 모르게 눈을 감고 말았다.

　정말이지 내 의지와는 상관없는 무조건반사였다. 망치에 무릎을 맞았을 때 다리가 올라오거나 뜨거운 냄비를 만졌을 때 손을 움츠리듯, 현민이가 갑자기 다가드니 놀라서 눈을 질끈 감았을 뿐이다.

　현민이의 입술이 내 입술에 닿았다.

　때로는 영원처럼 느껴지는 순간이 있다. 바로 그 순간이 그랬다.

　머릿속에서 폭죽이 터진다는 둥, 종소리가 울린다는 둥 이런

저런 말들이 많은데 겪어 보니 죄다 거짓말이었다. 아무 소리도 들리지 않았다. 주위의 모든 소음과 잡음이 '조용히' 버튼을 누른 듯 말끔히 사라졌다. 사라진 감각이 청각만은 아니었다.

아무것도 보이지 않았다. 아무것도 느껴지지 않았다. 오직 그 애의 입술뿐이었다. 따뜻하고 부드러운 입술과 하나가 된 일체감이 전부였다. 진실을 말하라는 내 채근에 현민이가 왜 다짜고짜 입술을 들이댔는지 알 만했다. 그 애의 마음이 입술로 전해졌다.

좋아해, 나린이 널.

하지만 그 마음이 현민이의 정체를 알려주는 진실은 아니었다.

일체감에 이어 충만감이 뒤따랐다. 고통과 시름으로 지쳐 버린 내 몸과 마음을 어루만져주고 다시 일어설 힘을 한가득 불어넣는 충만감이었다. 시간에도 일시 정지 버튼이 있다면 그 버튼을 누르고 싶어졌다. 시간이 느려지는 정도로는 성에 차지 않았다. 그냥 이대로 멈춰 버렸으면 좋을 성싶었다. 하지만 늘 그렇듯 행복한 순간일수록 금세 지나가 버리기 마련이었다.

현민이의 입술이 내게서 떨어져 나갔다. 하나가 다시 둘이 되었다. 그 애의 입술이 남긴 잔상은 오래도록 내 입술에 머물렀다. 눈뜨기 싫었다. 기분 좋은 꿈을 꾸다 깬 새벽, 이불 속에서 몽그작대며 다시 꿈을 이어 꾸고 싶은 기분이었다. 눈뜨면 그 좋았던 기분이 홀랑 날아가 버리고 꿈 내용이 뭐였는지조차 까맣게 기억나지 않을 듯했다. 그제야 쿵쾅대는 심장 박동이며 터질 듯 달아오른 얼굴이 느껴졌다.

— 아이고, 이 신성한 배움의 터전에서 뭣들 하는 짓이야, 이 게 대체.

혜정이의 목소리에 정신이 들어 눈을 떴다. 깜박했는데 그 애는 백팩 속에서도 이 상황을 쭉 지켜본 모양이었다. 하필이 면 혜정이가 지켜보는 앞에서 첫 키스를 했다고 생각하니 얼 굴에서 가시려던 열기에 다시금 화끈 불이 붙었다.

"어떻게 한 거야?"

"뭘?"

내 물음에 현민이가 되물었다. 아무것도 모르겠다는 듯한 표 정이었다. 얘가 이렇게 나오니 영 난감했다. '원래 첫 키스하고 나면 이렇게 힘이 넘치니?' 하고 묻기도 뭣했다.

— 전문용어로 파워 오브 러브라고 하지.

혜정이가 대신 대답했다.

"혹시 너, 초인적인 재생력 같은 게 있고 그걸 상대방한테 전 달할 수 있는 거야?"

그렇게 물으면서도 손발이 오그라들었지만, 이 묘한 느낌을 달리 설명할 길이 없었다. 현민이는 수술을 받고 만 이틀이 채 못 되어 멀쩡하게 등교했다. 보통 사람이라면 최소 전치 3주는 진단받았을 부상이었다.

"말했잖아, 상처가 금방금방 잘 낫는다고……. 어릴 때부터 그랬어."

그 정도 변명으로는 성에 차지 않았다.

"금방금방 잘 낫는 정도가 아니잖아. 그 정도면 재생력이 거의 초능력 수준이야. 그리고 방금……."

……키스 한 번으로 나한테 호랑이 기운이 샘솟게 해 줬잖아. 그 말만큼은 차마 하지 못했다. 녀석이 내 어깨에 손을 올리더니 말했다.

"널 좋아하고 널 지키고 싶어. 그게 내 진심이고 진실이야. 혼란스럽겠지만 날 믿어 줘."

현민이의 진심은 이미 와 닿았다. 하지만 진실은 아직 와 닿지 않았다. 언제쯤 털어놓을까. 어쩌면 말 못 할 사정이 있는지도 몰랐다. 현민이가 이렇게까지 나오니 나도 별수 없었다. 먼저 털어놓을 때까지 기다리는 수밖에…….

"동준인?"

"조퇴하고 병원 갔어."

"많이 다쳤어?"

"그건 아닌데 머리가 좀 아프대."

뭐지? 오늘 싸움질로 지난번 교통사고의 후유증이 도지기라도 했나?

"그러게 좀 작작 싸우지. 왜 확인도 제대로 안 해 보고 주먹부터 휘둘러?"

"걔가 먼저 쳤어."

"누가 먼저 쳤든. 담임 선생님은 뭐래?"

"이번이 처음이니까 둘이 화해하고 벌점 4점에 반성문 제출로 넘어가시겠대."

그만하기를 다행이었다. 내색은 안 했지만, 학폭위에 넘어갔다 등교 정지 처분이라도 받게 되면 어쩌나 내심 조마조마했던 참이었다.

"한 번만 더 싸워 봐, 진짜 다신 너희들 안 볼 거야."

짐짓 쌀쌀맞게 쏘아붙이고 과학 준비실 문을 나왔다. 현민이가 뒤따라 나왔다.

"같이 가."

옆으로 따라붙은 현민이가 내 어깨에 은근슬쩍 팔을 둘렀다. 그 팔을 황급히 털어내며 주위부터 살폈다. 다행히 아이들이 복도를 빠져나가고 난 뒤라 주위에는 아무도 없었다. 현민이와 함께 걸어가니 든든하기는 했다.

교문 앞에 도착하자 엊그제 사고 난 차와 비슷한 중형차가 대기 중이었다. 부서진 차가 분열해서 새로운 차로 재생되는 엉뚱한 상상이 떠올랐다. 현민이가 뒷문을 열며 내게로 손짓했다.

"타."

"싫어."

— 또 사고 날까 봐? 원래 벼락은 떨어졌던 자리에 또 안 떨어지는 법이니라.

혜정이가 세상 다 산 노인처럼 말했다.

'벼락이랑 사고랑 같아?'

— 옆에 플라나리아처럼 재생되는 남친도 있겠다, 대체 뭐가 걱정인데?

그때 등 뒤에서 누군가 말했다.

"플라나리아 죽이는 방법이 뭔지 알아?"

돌아보니 우리 뒤에 진희가 서 있었다. 가증스러운 미소를 입가에 머금고…….

— 저년이 이쯤 안 나타나면 이상하지, 암.

'오혜정, 쯥!'

그렇게 타박을 놓기는 했지만 나 또한 진희의 등장이 달갑지는 않았다.

"타, 얼른."

현민이가 진희를 쏘아보며 내게 재촉했다. 그에 아랑곳없이 진희가 자문자답했다.

"오염된 물에 집어넣는 거야. 그럼 제아무리 재생력이 뛰어난 플라나리아도 못 배기고 죽어 버려. 정확히는 바다에 들어간 소금인형처럼 녹아버리는 거지만……."

플라나리아 운운하는 본새가 나와 혜정이의 대화를 엿들은 모양이었다. 아니면 과학 준비실에서 내가 현민이와 나누던 대화를 엿들었거나.

"그래서? 지금 그 말을 하는 저의가 뭔데?"

내가 따지자 진희가 어깨를 으쓱했다.

"그냥 오염된 물을 조심하라, 이 말이야."

— 오염된 물은 너야, 이것아.

혜정이가 외쳤다. 내가 진희에게 뭐라고 대꾸하기도 전에 현민이가 내 등을 떠밀다시피 나를 차에 태웠다.

"상대하지 마."

현민이는 차에 오르자마자 기사에게 외쳤다.

"출발하세요."

지난번과는 달리, 출발하는 차를 보면서도 진희는 아무런 반응을 보이지 않았다. 그저 멀어지는 차의 꽁무니를 웃음기 머금은 얼굴로 지켜볼 뿐이었다. 그래서 더 찝찝했다. 우리가 차에 오르기 전 저 마녀가 했던 말은 명백한 협박이었다.

— 있지, 플라나리아는 머리 부분이 제거돼도 기억을 간직한 채로 뇌가 재생된대. 플라나리아의 기억 일부가 몸의 신경에 저장돼서 잘린 뇌를 재생할 때 신경이 새로운 뇌로 바뀐다나 뭐라나. 신기하지 않아?

주절주절 떠드는 혜정이의 수다도 귀에 잘 들어오지 않았다. 내 신경은 차창 너머를 내다보는 현민이에게로 쏠렸다.

— 안나린, 내 말 듣고 있어?

'너까지 왜 그래, 자꾸. 안 그래도 심란한데……'

— 그냥, 플라나리아 얘기가 나오니까 남 일 같지 않아서. 나도 몸이 제거됐는데 인형으로 재생되면서 기억이나 자아가 인형으로 들어왔잖아.

'재생이 아니라 빙의겠지.'

— 그거나 고거나.

혜정이와 이런저런 대화를 나누면서도 현민이의 눈치를 보았다. 현민이는 혜정이의 목소리가 들리지 않는다는 듯 묵묵히 창밖만 내다보았다. 혜정이의 목소리를 들은 적 없다던 말이 사실일지도 모른다는 생각이 들 정도였다.

"토요일에 시간 좀 낼 수 있어?"

집 앞에 이르러 차에서 내리는 내게 현민이가 물었다. 막무가내로 약속을 잡던 동준이와는 확실히 달랐다.

"왜?"

"어디 좀 같이 갈까 해서."

"몇 시에?"

"좀 일찍. 한 오전 9시쯤 어때?"

내가 머뭇거리자 녀석이 물었다.

"선약 있어?"

"아니. 그건 아닌데……."

— 뭘 자꾸 튕겨? 간다고 해. 나도 덕분에 오랜만에 콧바람 좀 쐬 보자.

혜정이가 재촉했다.

"그래, 그럼."

"그날 9시에 데리러 올게. 내일 아침엔 동준이가 데리러 올 거야."

— 앗싸, 울 똥쭈니!

* * *

— 와, 100만 년 만에 놀이공원엘 다 와 보네.

주말을 맞은 놀이공원은 관람객들로 붐볐다.

그랬다. 현민이가 가자던 '어디'는 바로 놀이공원이었다.

— 아아, 추로스 먹고 싶다. 놀이공원에 왔으면 인간적으로 추로스는 한번 먹어 줘야 매너지. 우리 추로스 먹자, 응?

혜정이의 등쌀에 못 이겨 스낵 코너로 갔지만, 막상 추로스를 보니 기다란 플라나리아 같아서 메뉴를 아이스크림으로 바꾸었다.

현민이와 벤치에 나란히 앉아 아이스크림을 먹었다.

평범한 상황인데도 자꾸만 가슴이 두근거렸다. 구름 한 점 없는 하늘 아래, 햇빛을 받으며 한가로이 우리 앞을 오가는 관람객들의 모습에 어두운 기색이라고는 없었다. 멀리서 롤러코스터가 내달리며 내는 굉음도, 바이킹을 타는 사람들이 내지르는 비명도 마냥 평화롭고 한가롭기만 했다. 나도 저 사람들처럼 평온하고 평범한 일상으로 돌아가고 싶었다.

아이스크림을 한 입 베어 물고 그 달콤하고 시원한 맛을 음미하며 지그시 현민이의 어깨에 머리를 기댔다. 현민이는 가만히 있어 주었다. 엊그제 과학 준비실에서도 그랬지만 이 순간에도 일시 정지 버튼을 누르고 싶어졌다.

— 으아아, 나도 아이스크림 먹고 싶다아.

혜정이의 어리광 섞인 호들갑도 마냥 정겹기만 했다.

그러나 정겨운 여유도 그때뿐이었다. 현민이의 주머니에서 울린 전화벨이 한가롭던 순간을 두 동강 내버렸다. 샬레 위의 플라나리아를 가르는 메스처럼.

"예, 아버지."

전화를 받은 현민이의 눈이 휘둥그레졌다.

"예?"

그 애의 손에서 아이스크림이 떨어졌다.

툭. 바닥에 부딪힌 아이스크림이 뭉개졌다. 일이 터졌다. 통화 내용은 들리지 않았지만 심상치 않은 일이 분명했다.

"예, 바로 갈게요."

현민이는 전화를 끊고도 황망한 얼굴로 눈앞의 허공을 바라보며 움직이지 못했다. 얼굴이 하얗게 질리고 전화기를 꽉 움켜쥔 손이 부들거렸다.

"무슨 일인데 그래?"

물어도 대답할 여력조차 없는 듯했다.

한참 만에 현민이가 띄엄띄엄 입을 열었다.

"돌아가셨대. 엄마가……."

시간의 일시 정지 버튼은 애꿎게도 내가 바랐던 순간이 아니라, 현민이가 비보를 전하던 순간 작동해 버렸다. 주위의 천연색 풍경이 잿빛으로 바랬다. 지구의 자전이 멎고 천국이 지옥으로 뒤바뀌었다. 아빠와 엄마가 돌아가시던 날처럼. 그날, 한순간에 차창 밖의 눈이 죽음의 덫으로 바뀌고, 차가 뒤집힌 후에도 여전히 카오디오에서 흘러나오던 「Let It Snow」가 사신의 진혼곡이 되었듯……. 행복과 불행은 동전의 양면과 같았다. 천국과 지옥도 마찬가지였다.

— 이게 무슨 소리야! 현민이네 엄마가 왜……?

혜정이의 목소리에 겨우 정신이 들었다. 내가 묻고 싶은 말이었다. 현민이의 외할아버지가 위독하다는 소식은 진작 몇 번이나 들었다. 만에 하나, 그런 일이 생긴다 해도 당사자가 현민이의 외할아버지일 줄로만 알았지, 현민이의 엄마가 될 줄은 꿈에도 몰랐다. 병원 로비에서 나를 보며 잘해 보라고 했던 아줌마의 말이 지금도 귓가에 생생했다.

태엽을 감아 준 괘종시계의 시계추가 진자운동을 시작하듯 지구가 다시 돌아가기 시작했다. 하지만 아무것도 달라지지 않았다. 현민이에게 뭐라 말하려 입술을 달싹여 봐도 벌어진 입에서 말이 나오지 않았다. 현민이의 눈에서 눈물이 주르륵 흘러내렸다. 타임머신이 있다면 현민이가 전화를 받기 직전으로 돌아가 정지 버튼을 누른 후 타임머신을 부숴 버리고 싶었다. 불과 몇 분 뒤 이런 일이 일어날 줄도 모르고, 룰루랄라 희희낙락했던 스스로가 한심하고 부끄러웠다.

"어떡해."

간신히 나온 한마디가 고작 그것이었다. 손을 뻗어 그 애의 뺨에 흐르는 눈물을 닦아 주는 일 말고는 달리 해 줄 일이 없었다. 롤러코스터의 굉음이 또 한바탕 머리 위를 가로질렀다. 조금 전과 똑같은 소리였지만 이번에는 그 소리가 정수리를 할퀴듯 사납고 매서웠다. 바이킹에서 들려오는 비명도 즐거움의 비명이 아닌 충격과 공포의 절규로 들렸다. 「데스티네이션」의 그 장면이 눈앞에 망령처럼 되살아났다.

죽음에 사고란 없단다. 우연도, 실수도 없고, 탈출구도 없지. 우리 모두 죽음 앞에선 고양이 앞의 쥐일 뿐이지.

＊＊＊

현관문을 열자 나은이가 천진난만한 얼굴로 나를 맞으며 물었다.

"데이트 잘했어? 어디 갔었어? 롯데월드? 에버랜드? 추로스 먹었어? 바이킹은 탔고?"

아무런 대꾸도 하지 않고 그 애를 지나쳐 비슬비슬 내 방으로 들어가 방문을 닫았다.

"왜 그래? 데이트 잘하고 와서 얼굴은 왜 죽상이야. 무슨 일 있어? 현민 오빠랑 싸운 거? 헤어지재?"

나은이는 방까지 따라와 방문 틈에 얼굴을 들이밀고 물었다. 차라리 싸웠다면 좋겠다.

— 야, 니 동생 왜 저러냐? 눈치가 아예 마이너스 9단이네.

품에 안긴 혜정이가 말했다. 이럴 때는 혜정이의 말에 공감 백배였다.

"미안한데, 좀 나가 줄래? 혼자 있고 싶어."

— 안나린, 넌 혼자가 아니라고 내가 몇 번을 말하니?

'몇 번을 말해도 혼자야, 오늘 같은 날은…….'

끈 떨어진 마리오네트처럼 침대 위에 스르륵 무너져 내렸다. 방문을 등진 채 침대에 모로 누웠다. 등 뒤로 방문이 슬그머니 닫히는 소리가 들렸다. 홍주로 어떻게 돌아왔는지 제대로 기억도 나지 않았다.

현민이는 사고라고 했다. 자동차 사고.

급발진 사고 같다고 했다. 그러고는 홍주에 도착할 때까지 입을 다물었다. 홍주로 닿을 때까지 침묵을 지킨 현민이가 한 말이라고는 나를 집 앞에 내려주며 건넨 한마디가 전부였다.

"톡할게."

그 말에 울컥했다. 그 한마디에 담긴 그 애의 마음이 와 닿았기 때문이었다. 그 경황없는 와중에 나를 배려하기가 얼마나 어려운 일인지 짐작이 가고도 남았다. 같이 가고 싶었지만 슬픔으로 가득한 그 애의 얼굴을 보니 차마 입이 떨어지지 않았다. 불행은 홀로 오지 않는다지만, 현민이가 사고를 당하고 퇴원한 지 불과 이틀밖에 안 된 시점에 이런 일이 또 터지다니 해도 해도 너무했다.

골목 너머로 현민이가 탄 자가용이 사라진 후에도 그 자리에 붙박여 눈을 떼지 못했다. 현민이에게 잇달아 찾아온 모든 불행이 전부 내 탓인 듯했다. 미안하고 민망하고 서글펐다. 어쩌면 나야말로 저주받았다는 생각마저 들었다. 불행을 몰고 다니는 소녀. 맑은 날에도 천둥 번개를 치고 비를 주룩주룩 쏟아붓는 먹구름 한 점이 내 머리 위에만 둥둥 떠 있는 듯했다. 죽을 때까지 따라다니는 불행이라는 먹구름. 주위 사람들에게까지 불행을 전파하는 저주의 아이콘, 안나린.

— 안나린, 나한테 비하면 넌 양반이라니까 왜 또 굴 파고 들어가. 오바하지 말어.

혜정이의 위로도 귀에 들어오지 않아 이불을 푹 뒤집어썼다. 현민이가 걱정되고, 앞으로 또 무슨 일이 터질지 두려웠다.

"혹시 이것도 소원의 대가는 아닐까?"

— 안나린, 진짜 오바다. 그건…….

"모르지. 사고가 연이어 터졌는데도 내가 살아서 다른 식으로 소원의 대가가 작동하기 시작했는지도……."

일단 이번 일을 거기에 연결짓자 불안과 공포는 호주의 토끼 떼처럼 불어났다. 1859년 호주에 이민 온 한 영국인이 사냥감으로 영국에서 들여온 24마리의 토끼. 그 토끼들이 달아나 호주 전역에 퍼져 온갖 식물과 나무뿌리를 닥치는 대로 먹어치우면서 사막화 현상까지 일어나고 다른 토착 생물까지 위협하게 되었다. 60년 만에 24마리에서 100억 마리로 불어난 토끼가 다른 동물들의 먹이까지 모조리 먹어치웠기 때문이었다. 여러 종의 토착 생물들이 24마리의 토끼 때문에 지구상에서 완전히 사라졌고 '토끼 흑사병'이라는 말까지 생겨났다. 토끼 수를 줄이려고 천적인 붉은여우를 들여왔지만, 토끼처럼 불어난 여우도 생태계를 파괴하는 일등공신이 되었다. 치사율 99.8%에 이르는 바이러스가 담긴 독극물까지 뿌려 토끼를 퇴치했지만 6년 만에 그 바이러스에 항체가 생긴 변종 토끼가 등장하면서 무용지물이 되었다. 159년에 걸친 전쟁의 승자는 인간이 아닌 토끼였다.

'혹시 내가 바로 그런 변종 토끼는 아닐까?'

— 아이고, 안나린, 그만하셔. 그렇게 따지자면 끝도 없어. 안타깝고 안됐다만 이번 일은 그냥 사고야. 급발진 사고였다며? 그거 재수 없으면 걸리는 거야. 요새 못 봤어? 비싼 외제 차도

걸핏하면 달리다 불난다잖아.

"그 사람이 왜 하필 현민이네 엄마냐는 거지."

— 그렇게 따지면 왜 하필 나야? 왜 하필 너고⋯⋯. 세상에서 일어나는 불행한 일에는 너나없는 거야. 합리적인 이유 같은 게 어딨어? 그냥 멋모르고 잘못된 선택을 하거나 재수가 없어서 걸리는 천재지변 같은 거야. 호주에 영국 토끼 들여온 사람도 그 토끼 24마리가 240억 마리가 될 줄 알았겠어? 몰랐으니까 그런 멍청한 짓을 했겠지.'

"나도 진희한테 소원 빌 때 이 지경이 될 줄은 몰랐어."

— 나도 몰랐어. 너도 몰랐으니 결국 천재지변은 진희고, 우린 피해자일 뿐이라고⋯⋯. 변종 토끼는 우리가 아니라 진희 고년이야.

과연 그럴까. 스마트폰을 들고 인터넷에 접속했다. 오후 4시가 넘은 시각이었다. 사고가 정확히 언제 났는지는 몰라도 기사화될 시간은 충분했다. 급발진 사망사고는 민감한 사안이라 곧잘 기사화되곤 했다. 더구나 그 사고의 피해자가 화성 그룹 일가의 일원이라면 기자들이 호들갑 떨 만한 사건이었다.

'홍주 급발진 사고'라고 검색해 보니 몇 건의 기사가 떴다. 개중에 '홍주 급발진 의심 사고 1명 사망'이라는 기사를 클릭했다.

홍주에서 자동차 급발진으로 보이는 사고가 발생해 1명이 숨졌다. 14일 오전 11시 40분쯤 홍주시 동구 무연동 무연저수지 인근 무연타워 주차장에서 42살 정 모 씨가 몰던 벤츠 E클래스 승용차가 건물 외벽을 들이받고 튕겨 나와 인근 저수지로 추락하는 사고가 일어났다. 이 사고로 운전자 정 모 씨가 숨졌다.

사고 당시 목격자들은 "벤츠 승용차가 굉음을 울리며 외벽을 정면으로 들이받고 튕겨 나오더니 그대로 저수지로 돌진했다."고 진술했다.

경찰은 사고 차량의 블랙박스 영상을 국과수에 의뢰해 급발진 여부 등 정확한 사고 원인을 조사하고 있다.

이 사고 소식을 접한 누리꾼들은 "홍주 급발진, 역시 무서운 사고", "홍주 급발진 사고, 차량 화재도 모자라 또 이런 일이…" "홍주 급발진이라고 해도 보상받긴 어려울 듯" 등의 반응을 보였다.

— 하여간 뒤에 기사 노출 잘 되게 하려고 키워드 덕지덕지 욱여넣은 거 좀 봐. 누리꾼 반응을 지들이 막 지어내고 있네.

내 옆에서 스마트폰을 들여다보던 혜정이 빈정거렸다. 현민이 엄마의 성이 정씨인지는 확실치 않아도 사고 시각이며 피해자가 탄 승용차 등으로 미루어 사고 피해자는 분명 현민이 엄마였다. 기사 안에 포함된 '저수지'라는 단어가 유독 눈에 띄었다. 어제 진희가 했던 말이 귓가에 되살아났다.

"플라나리아 죽이는 법……."

— 너, 진희 고년이 관련되어 있다고 의심하는 거지?

"모르지. 그렇지만 자꾸 마음에 걸리긴 해."

— 야, 진희 고년이 아무리 막장이어도 그렇지, 어떻게 화성

그룹 일가 사람을 건드리냐? 겁도 없이……. 나중에 무슨 꼴을 된통 당하려고…….

혜정이의 말에도 일리는 있었다. 하지만 한번 그쪽으로 쏠린 의심은 돌리기 어려웠다. 다른 기사에서 저수지에 빠진 벤츠를 크레인으로 건져내는 사진을 본 뒤에는 더욱 마음이 착잡해졌다. 발로 밟은 알루미늄 캔처럼 보닛이 우그러들고 물이 뚝뚝 떨어지는 차 사진을 보니, 그 속에서 죽은 현민이 엄마가 떠올라 가슴이 아렸다. 불타오르던 우리 차와 겹치면서 고통이 더했다.

밤늦도록 현민이에게서는 아무런 연락이 없었다.

전화기만 손에 쥐고 만지작거렸지만 결국 연락은 오지 않았다. 지난밤은 설렘으로 잠 못 이루었는데 그날 밤은 슬픔과 탄식으로 잠 못 이루었다. 부모님이 돌아가셨던 작년 크리스마스로 되돌아간 기분이 들었다. 새벽 3시가 넘어 깜박 잠들었다 이상한 기분에 눈을 번쩍 떴다.

나는 차 안에 앉아 있었다. 그런데 카오디오에서 잔잔하게 흘러나오는 팝송 「Oh, Happy Day」을 콧노래로 따라 흥얼거리는 목소리는 내 목소리가 아니었다. 능숙하게 시동을 거는 손도 내 손이 아니었다. 잠시 룸미러를 돌려 거울에 비친 머리 매무새를 가다듬는 나는 현민이네 엄마였다. 차 안으로 쏟아져 들어오는 초여름의 햇빛도, 자동차의 에어컨이 내뿜기 시작한 냉기도 생생했다. 그제야 이 상황이 무슨 상황이며, 바로 다음 순간 무슨 일이 일어날지 알아차렸다. 하지만 그뿐이었다.

내게는 이 상황을 뒤집을 능력도, 권한도 없었다. 기어봉을 풀고 막 출발하려던 순간, 엔진룸에서 굉음이 들렸다.

"어머, 왜 이래."

현민이 엄마가 놀라 중얼거렸다. 자동차가 난폭한 야생동물처럼 돌진하기 시작했다. 브레이크를 밟아도 헛일이었다.

"어, 어!"

이리저리 핸들을 틀었지만, 핸들도 말을 듣지 않았다. 눈앞에 건물 외벽이 확 다가들었다. 자동차는 거침없이 그대로 질주했다. 꽝! 자동차는 외벽을 들이받고도 멈추지 않았다. 부옇게 연기가 일도록 헛바퀴 돌던 차가 다시 움직이기 시작했다. 후진이었다. 몸이 앞으로 휙 젖혀졌다. 뒤늦게 비명을 지르기 시작했다. 하지만 자동차는 거침없는 후진으로 주차장을 휘돌았다. 이번에는 뒤로 가로등을 들이받은 차가 굉음을 내며 다시 앞으로 내달렸다. 주차장의 잔디밭 턱이 눈앞으로 다가왔다. 자동차는 순식간에 턱을 뛰어넘고 잔디밭을 질주했다. 잔디밭 사이의 정원수라도 들이받고 멈추기를 바랐지만, 자동차는 정원수를 스치고 지나쳤다. 잔디밭을 가로막은 울타리가 다가왔고 그 너머로 저수지의 탁한 물결이 보였다.

"제발, 제발!"

현민이 엄마의 외침에 내 외침이 겹쳤다. 그 외침 따위는 아랑곳없이 자동차는 울타리를 들이받았다. 자동차는 굉음을 내며 울타리를 뚫고 나왔다. 앞 차창에 거미줄 같은 금이 그어졌다. 순식간에 물이 자동차를 집어삼켰다. 차가 물속으로 가라앉으면서 사방이 어두워졌다. 깨진 차창과 발밑으로 검은 물이 콸콸 쏟아져 들어왔다. 현민이 엄마가 절규했다. 차문 레버를 당겨도 문은 열리지 않았다. 물이 현민이 엄마를, 나를 삼켜 버렸다.

— 왜 그래, 안나린?

혜정이의 외침에 눈을 뜬 순간, 막힌 숨을 터뜨리며 쿨럭쿨럭 기침했다. 대답도 하지 못하고 가쁜 숨을 몰아쉬었다. 아직도 급발진하는 차에 갇힌 채 물속으로 가라앉는 기분이었다. 목과 폐에 검은 물이 가득한, 그 끔찍한 감각을 떨칠 길이 없었다. 악몽의 끝에서 나는 오염된 물에 잠긴 플라나리아처럼 흔적도 없이 녹아 버렸다.

* * *

빈소는 의외로 조촐하고 조용했다.

식장 규모는 크고 화환으로 넘쳤지만, 조문객들은 그리 많지 않았다. 아무래도 외부에 철저히 비밀에 부친 모양이었다. 아침나절이 지나서야 카톡으로 장례식장의 위치를 일러준 현민이는 검은 양복에 상주 완장을 두른 차림이었다. 충혈된 눈과 하룻밤 새에 수척해진 얼굴만 봐도 슬픔과 마음고생이 얼마나 깊은지 짐작이 갔다.

영정사진 속의 현민이 엄마는 환하게 웃는 얼굴이었다.

간밤에 꿈을 꾸어서 그런지 더욱 가슴이 아팠다. 어제까지만 해도 「Oh Happy Day」에 맞춰 콧노래를 불렀던 분이 영정 너머에 시신으로 누워 있다는 사실이 도무지 믿기지 않았다. 아니, 사실 「Oh Happy Day」나 콧노래는 그저 내 무의식이 만들어낸 허상일 뿐, 사고 당시의 실제상황은 아니었을 터였다. 그렇게 믿고 싶었다. 영정에 분향하고 헌화를 한 뒤 절을 했다.

"상심이…… 크지?"

현민이에게 말했다. 늘 괜찮다고만 말했던 녀석이 오늘 처음으로 고개를 끄덕였다. 그분이 새엄마든 친엄마든 현민이에게 엄마는 엄마였다.

바로 그때 귀에 익은 목소리가 들려왔다.

"모현민, 안나린."

돌아보니, 검정 치마 정장 차림의 진희가 서 있었다.

"여긴 어떻게 알고 왔어?"

내가 물었다.

"소식 듣고 왔지."

진희는 천연덕스러운 얼굴로 대답했다. 그래, 내 일거수일투족을 꿰뚫어 보니 장례식장이 어딘지 알아내는 일도 어렵지는 않았겠지. 하지만 저 마녀가 여기까지 얼굴을 내민 저의가 무엇인지는 나도 몰랐다.

진희는 여느 조문객들처럼 분향과 헌화를 하고 절을 했다. 현민이와 마주 앉은 그 애가 말했다.

"유감이야."

현민이는 치켜뜬 눈으로 그 애를 쏘아볼 뿐 아무런 대꾸도 하시 않았다. 둘 사이에 심상치 않은 기류가 흘렀다.

"나도 유감이야."

진심을 담아 진희에게 말했다. 그 애가 나를 돌아보았다.

"나린이 넌 왜……?"

나를 바라보는 그 표정이 천연덕스럽다 못해 순진무구했다. 꼭 내가 못할 말이라도 한 듯했다. 내 곁에 혜정이가 있었더라면 분명 이렇게 받아쳤을 터였다.

— 그걸 몰라서 묻냐, 이년아!

장소가 장소인지라 인형을 집에 두고 와서 그 애는 곁에 없었다.

— 같이 가, 안나린! 우리는 죽어도 같이 죽고 살아도 같이 살아야 하는 운명공동체잖아!

혜정이가 발목에 매달려 애걸복걸했지만 열여덟이나 먹은 여고생이 조문을 오면서 인형을 안거나 백팩을 멜 수도 없는 노릇이었다. 이렇게 빈소에까지 나타난 진희를 보니 혜정이를 집에 두고 온 일이 탁월한 선택이 된 듯했다. 만일 여기에서까지 진희와 혜정이가 맞닥뜨렸다면 또 무슨 사달이 났을지 몰랐다. 어금니를 지그시 깨물며 진희에게 말했다.

"네가 원하는 게 뭔지 몰라서……."

"그게 무슨 말이야?"

진희가 모른 척 되물었다.

"네가 뭘 원하는지 진작 알았다면 나도 네가 원하는 대로 했겠지. 그런데 네가 뭘 원하는지 몰라 이 지경까지 왔으니 나도 유감이란 소리야."

마음 같아서는 눈앞의 마녀를 거꾸로 매달아 진실을 털어놓을 때까지 고문이라도 하고픈 심정이었다. 하지만 분노가 들끓어 오를수록 마음을 차갑게 다잡아야만 했다. 상대가 능구렁이를 300마리쯤 삶아 먹은 마녀라면 더더욱 그래야만 했다. 꿍꿍이속을 감춘 눈으로 나를 빤히 바라보던 마녀가 말했다.

"내가 원하는 건……."

한 무리의 조문객들이 들어서면서 빈소가 부산스러워졌다. 현민이가 자리에서 일어나 조문객들을 맞았다. 그 바람에 잠시 말을 끊었던 진희가 다시 말을 이었다.

"우리가 단짝으로 지내는 거뿐이야."

마녀가 한마디 덧붙였다.

"영원히……."

그 한마디에 나락으로 뚝 떨어지는 기분이 들었다. 아무래도 나는 전생에 나라를 팔아먹었던 모양이었다. 그렇지 않고서야 지긋지긋한 마녀가 들러붙어 인생을 파탄 내고도 모자라 영원히 단짝으로 지내자는 헛소리를 지껄일 리가 없었다.

"그러려면 네가 더 솔직해져야 해."

"난 솔직한데?"

"더 솔직해져 봐. 우리한테 무슨 일 있을 때마다 매번 눈도장 찍듯 나타나는 이유가 뭔지……. 병문안 왔다는 둥, 문상 왔다는 둥 핑계 대면서 알려주지도 않은 데까지 어떻게 알고 가는 데마다 쫓아오는지……."

내 채근에 진희가 딱 잘라 말했다.

"일종의 촉이라고 해 두자."

"설마 네가 말하는 촉이 사람 눈알처럼 생긴 건 아니지?"

진희가 어깨를 으쓱했다. 저 몸짓이 이 마녀의 전매특허가 되면서부터 부쩍 싫어졌다.

"또 어물쩍 넘어가는 게 나랑 단짝으로 지내고 싶단 말은 말 뿐인가 보네."

"안나린, 여긴 청문회장이 아니라 빈소고, 난 신문을 받으러 온 게 아니라 조문을 온 거야."

진희가 슬슬 일어설 채비를 했다.

"하나만 더 묻자. 이번 일…… 나 때문이야?"

"그건 왜?"

"만약에 나 때문에 이 모든 걸 저질렀다면 널 용서하지 못할 거 같아서."

진희가 그랬듯 나도 덧붙였다.

"영원히……."

그 애가 나직이 한숨을 내쉬었다. 그러고는 세상에서 가장 한심한 인간 보듯 나를 바라보았다.

"안나린, 넌 이미 답을 알고 있어. 근데 그걸 왜 자꾸 나한테 물어?"

자리에서 일어선 마녀가 현민이에게 눈인사를 건네고 빈소를 나갔다. 그 도도하고도 고고한 뒷모습을 바라보며 말을 잃었다.

만에 하나, 정말 그렇다면, 이 모든 일이 나 때문에 벌어진 일이라면 나는 진희는 물론, 나 자신조차도 용서하지 못할 터였다. 그래서 이런 말이 나왔나 보다. '복수하려면 무덤 두 개를 파라. 하나는 남의 것, 다른 하나는 자신의 것.'

그날 오후까지 빈소 밖의 식당에서 육개장 쟁반을 나르며 보냈다. 현민이는 괜찮다며 말렸지만 내가 괜찮지 않았다.

"괜찮다는 말 좀 그만해. 괜찮긴 뭐가 괜찮아?"

이런 일이라도 거들어야 가슴을 옥죄는 죄책감을 조금이라도 덜 듯했다. 하지만 오산이었다. 죄책감은 시간이 흐를수록 호주 토끼처럼 불어났다. 한 마리, 두 마리, 세 마리…… 어느새 불어난 토끼가 식당을 빼곡 메울 지경이었다. 들판을 가득 메운 호주 토끼들이 깡충거리면 땅이 들썩이는 듯 보였다고 했다. 지금 내 눈앞의 식당 홀도 들썩들썩했다. 식당 안은 토끼 굴이었다. 회중시계를 든 토끼들로 가득한 토끼 굴이었다.

"차 불러 줄게. 타고 들어가."

저녁 무렵이 되어서야 장례식장을 나서던 내게 현민이가 따라 나오며 말했다. 하지만 그 애를 빈소로 밀어넣었다.

"됐어, 나 신경 쓰지 말고 손님들 많이 오시는데 얼른 들어가서 상주 노릇이나 해."

달아나다시피 밖으로 빠져나왔다. 어두워지기 전에 꼭 가 봐야 할 데가 있었다. 부랴부랴 장례식장을 벗어나 도로변에서 택시를 잡으려 했다. 일요일 저녁 무렵이라 그런지 빈 택시가 보이지 않았다. 그때 익숙한 엔진 소음이 다가오더니 낯익은 모터사이클이 눈앞에 끽 멈춰 섰다. 앞에서 헬멧을 벗는 라이더는 동준이었다.

"타, 데려다줄게."

이번에는 어떻게 알고 여기까지 찾아왔느냐고 묻지 않았다. 내가 이미 답을 알고 있다는 진희의 말이 어쩌면 정답일지도 몰랐다. 묻지 않아도 답은 뻔했다. 동준이가 건네는 헬멧을 순순히 받아들고 모터사이클 뒷자리에 올라탔다. 동준이의 허리를 부여잡으며 부탁했다.

"우리 집 말고 다른 데로 가 줘."

"어디?"

"무연타워."

* * *

노을을 받은 저수지는 한적하고 평온했다. 물 위에는 연인들과 가족들이 탄 오리 배가 한가로이 떠다녔고 물가에는 오리 떼들이 줄지어 떠다녔다. 저수지 둘레에 조성된 산책로를 거니는 사람들도 꽤 여럿 보였다. 어제 급발진 사망사고가 난 곳이라고는 믿기지 않을 정도였다. 저수지를 바라보며 비일상을 덮어버리는 일상의 위력이 얼마나 대단한지 실감했다. 무연타워 주차장에 이르자 비로소 어제 사고를 알리는 표식이 눈에 띄었다. 사고 현장을 에워싼, '수사 중 출입금지'라 적힌 경찰 통제선이었다.

"여긴 왜?"

주차장에 멈춰 선 동준이가 물었다. 진희가 현민이 엄마의 사고는 귀띔하지 않은 모양이었다.

"뭐 좀 찾아볼 게 있어서……."

통제선 주변을 이리저리 둘러보았다. 사고 수습과 조사가 끝난 뒤라 그런지 사고 현장을 지키는 경찰이나 관계자는 눈에 띄지 않았다. 슬그머니 통제선 밑으로 들어갔다. 현민이 엄마의 마지막 순간이 남긴 흔적을 더듬기는 쉽지 않은 일었지만 그렇다고 나 몰라라 달아날 수도 없는 상황이었다.

"봐, 여기부터야."

발밑을 내려다보며 동준이에게 말했다.

"뭐가?"

모터사이클에 앉은 동준이가 물었다.

"어제 현민이 엄마 돌아가신 데."

그제야 동준이가 움찔하며 모터사이클에서 내려 통제선을 훌쩍 뛰어넘었다. 내게로 다가온 동준이가 사고 현장을 내려다보았다. 사고 현장은 참혹했다. 주차장 아스팔트 위를 어지럽게 가로지른 타이어 자국만으로도 당시의 위급한 상황이 생생히 그려졌다. 타이어 자국이 유독 진한 출발점에 서서 차가 내달린 궤적을 바라보았다. 눈앞의 광경이 눈에 익었다. 간밤의 꿈에서 현민이 엄마의 눈으로 차 안에서 보았던 풍경과 똑같았다. 단순한 데자뷔가 아니었다. 급발진한 차가 외벽을 들이받고 멈추었다가 다시 내달려 가로등 옆구리를 들이받고 잔디밭을 지나 저수지 울타리를 들이받고 물속으로 가라앉는 광경이 실시간으로 그려질 정도였다.

"거기로 빠졌대?"

동준이가 등 뒤에서 물었다. 흉하게 뚫린 울타리 사이에 쳐놓은 통제선을 바라보며 차마 대답하지 못했다. 차의 궤적을 따라 걷는 동안 확실해졌다. 사고 과정은 내가 어젯밤 꿈에서 본 그대로였다. 무의식이 만들어낸 허상이라고 하기에는 현장의 궤적이 무섭도록 꿈과 들어맞았다. 차로 오가며 무연저수지를 본 적은 있었지만 이렇게 코앞에서 걸어보기는 난생처음이었다. 아무리 무의식이 제멋대로라지만 꿈으로 조합하기에는 재료가 터무니없이 빈약했다. 게다가 간밤의 꿈에는 꿈 특유의 엉뚱한 비약이나 뭉텅 떨어져 나간 공백도 없었다. 그 꿈은 사고 당시를 고스란히 내 눈앞에 되살린, 일종의 재현 같았다. 다리에 힘이 풀렸다. 그 자리에 풀썩 주저앉으려는 나를 동준이가 부축했다.

"잠깐 앉을래?"

동준이가 나를 근처 벤치로 잡아끌었다. 그 손길을 뿌리치고 비척비척 건물 쪽으로 걸었다.

"어디 가?"

동준이가 뒤따라오며 물었지만 대답하지 않았다. 꼭 확인해야 할 하나가 더 남았다. 무연타워 출입문으로 들어섰다.

"어디 가는데?"

동준이는 나를 따라왔다. 로비에 서서 엘리베이터 옆에 붙은 건물안내도를 살폈다. 건물 옥상에 '스카이라운지'라는 레스토랑이 있었다. 엘리베이터의 상승 단추를 누르고 기다리는 동안 망설였다. 꼭 확인해야 할지, 아니면 여기서 그냥 돌아설지……. 거의 꼭대기 층에 있던 엘리베이터는 금세 눈앞에 닿았다.

"문이, 열립니다."

열린 엘리베이터 앞에서 머뭇거리는 동안, 한 쌍의 연인이 동준이와 나를 지나쳐 먼저 엘리베이터에 올랐다.

"안 타요?"

엘리베이터 안의 남자가 퉁명스레 물었다. 내가 대답하지 않자 남자가 단추를 눌렀다.

"문이, 닫힙니다."

그제야 뒤늦게 몸을 움직였다. 막 닫히던 엘리베이터 문 사이에 몸이 끼려던 찰나, 다시 문이 열렸다. 돌아보니 엘리베이터 열림 버튼을 누른 동준이가 보였다. 동준이와 함께 엘리베이터에 올랐다. 함께 탄 연인도 스카이라운지로 가는지 꼭대기 층인 13층에 불이 들어와 있었다.

1, 2, 3, 4, 5, 6, 7…….

층수가 올라갈수록 맥박도 빨라졌다. 여기서 모른 척 집으로 돌아가고 싶었다. 하지만 이대로 돌아가면 분명 오늘 밤도 뜬 눈으로 지새우게 될 터였다. 소원놀음을 시작한 날부터 여태껏 푹 자 본 날이 거의 없어서 모래알이 낀 듯 눈이 뻑뻑했다. 하루하루가 고행의 연속이었다.

"문이, 열립니다."

어느덧 13층이었다.

"몇 분이세요?"

레스토랑 입구에서 점원이 우리를 맞으며 물었다. 두 연인이 먼저 안내를 받아 안으로 들어갔고 동준이와 나는 한발 늦게 안으로 들어섰다. 어제 사고의 여파인지, 아니면 원래 별로 붐비지 않는 곳인지 레스토랑은 한산했다.

"이쪽으로 오세요."

점원은 창가 쪽 자리로 우리를 안내했다. 하필 사고가 난 방향이었다. 자리에 앉아서도 한동안 망설였다.

점원이 메뉴판과 함께 가져다준 유리잔의 물을 내려다보다 단숨에 들이켰다.

"여긴 왜 왔는데?"

동준이가 물었다. 이런 때에는 동준이보다 차라리 혜정이가 나았다. 적어도 그 애는 내 기분과 처지를 헤아려 주는 친구였다. 친구라니……. 불과 한 달 전만 해도 내가 혜정이와 세상에 둘도 없는 사이가 될 줄은 상상도 못 했다.

창 너머를 내다보기 전, 두어 번 심호흡했다. 쿵쾅대는 가슴은 좀처럼 가라앉지 않았다. 걱정하지 마. 아닐 거야. 그래, 아닐 거야. 설마……. 나 자신을 다독이며 창가로 고개를 돌렸다. 눈 아래 펼쳐질 풍경을 차마 내려다볼 용기도 안 나서 눈을 질끈 감았다. 눈을 떠, 안나린. 현실을 똑바로 봐.

눈을 떴다.

커다란 눈이 나를 올려다보았다. 페루 나스카 평원의 지상 그림처럼 주차장에서 저수지 물가까지 이어진 자동차의 커다란 궤적은 그 자체로 내게 낯익었다.

호루스의 눈.

* * *

"잠깐만."

모터사이클에서 내려 집으로 들어가려던 내 손목을 동준이가 붙들었다.

"왜."

"낼 아침에 데리러 올게."

"아냐, 그냥 버스 타고 갈래."

"됐고, 한동안 나랑 다녀."

"왜?"

"나한테도 기회를 줘."

"무슨 기회?"

"너, 현민이랑 키스까지 했다며?"

울고 싶은 아이 뺨 때린다더니……. 안 그래도 손거스러미처럼 곤두선 신경을 동준이가 건드렸다.

"누가 그래?"

"영미가……."

영미는 또 어떻게 그 사실을 알았을까. 답은 뻔했다.

"그래서 그게 어쨌다고?"

"남친은 허수아비냐?"

"누가 남친인데?"

"몰라서 묻는 거냐, 알면서 모르는 척하는 거냐?"

"나, 남친 같은 거 없어. 앞으로도 없을 거고. 다시는……."

동준이의 손아귀에서 손목을 비틀어 빼내고 돌아섰다.

사고 현장에서 또다시 호루스의 눈을 본 순간, 알아차렸다. 사고의 원흉은 나였다. 모든 일이 나 때문에 벌어졌다. 그래서 결심했다. 이제 정말 끝장을 봐야겠다. 진희가 호주 토끼 같은 존재라면 기꺼이 그 토끼를 잡아 죽일 사냥꾼이 될 마음이 있었다. 무덤 두 개? 까짓것 파놓을 각오쯤이야 되어 있었다. 이제 관건은 하나였다.

토끼를 무덤으로 끌어들일 방법.

14. 득템

"염력 좀……."

가르쳐 줘. 혜정이에게 말하려다 기겁했다. 집으로 돌아오자마자 방문을 잠그고 막 돌아서던 참이었다. 방 안이 가관이었다. 마녀 인형의 오르골에서 「종소리」의 멜로디가 흘러나왔고, 인형을 중심으로 학용품들이며 온갖 잡동사니들이 토성의 고리처럼 인형 주위를 빙빙 맴돌았다. 몸에 수건을 간디의 숄처럼 둘둘 감고 허공에 둥둥 떠 있던 마녀 인형이 내게로 돌아서자, 잡동사니들이 순식간에 힘을 잃고 우수수 떨어져 내렸다.

— 안나린!

나은이가 외출 중이라 망정이지, 방문을 열고 들어온 사람이 나은이었더라면 뒤로 벌렁 넘어갔을 광경이었다.

— 어디 갔었어? 히잉, 얼마나 보고 싶었는지 알기나 해?

마녀 인형이 내게로 날아와 폭 안겼다.

"이게 다 뭐야? 너, 나 없을 땐 얌전히 있기로 약속했어, 안 했어?"

— 심심해서 그랬쪄. 부비부비해 쥐잉.

"니가 무슨 안나은이야? 갑자기 왜 혀 짧은 소리로 부비부비 타령이셔?"

몸에 신경이 없는 탓인지 혜정이의 신체 활동은 허공에 떠오르거나 팔다리를 간단히 움직이는 정도가 고작이었다. 인형에 깃든 후로 그 애에게는 수건을 몸에 감고 노는 버릇이 생겼다. 혜정이는 그런 소일거리가 '물리치료'라고 했다. 천과 솜으로 된 신체의 운동능력을 높이는 훈련이라나 뭐라나. 하지만 내가 보기에는 그냥 심심풀이 장난이었다.

— 반가워서 그러지. 장례식장에서 밤 꼴딱 새우고 오는 줄 알았다. 왜 이렇게 오래 걸렸어?

내 얼굴에까지 기어 올라온 인형이 내 뺨에 제 얼굴을 마구 비벼댔다. 반갑긴 정말 반가운 모양이었다.

"어디 좀 갔다 왔어. 그리고 좀 떨어져, 징그러워."

— 나 빼고 또 어딜?

"현민이네 엄마 사고 난 데."

— 아, 무연타원가 거기?

"어."

— 현민이랑?

그 질문에서 잠시 멈칫했다. 하지만 동준이와 거기를 다녀왔다 해서 찔릴 일은 없었다.

"현민이가 그런 데 다닐 상황이야? 동준이랑 갔다 왔지."

― 뭐? 그 으슥하고 호젓한 델 똥쭈니랑 단둘이? 안나린, 너 뭐야, 양다리냐? 어쩐지 자꾸 따라가고 싶더라니.

"아냐, 그런 거. 혼자 갈 거였는데 걔가 장례식장 앞까지 찾아왔더라."

― 동준이가? 거길 어떻게 알고?

"진희가 알려 줬겠지, 나한테 가 보라고. 현민이 입원했을 때도 그랬으니까."

― 진희 고년이 알려 준 지는 어떻게 알아?

"진희도 왔어, 장례식장에…… 정장까지 차려입고……."

현민이 엄마의 죽음과 제가 관련 있음을 증명하려는 속셈이었는지도 몰랐다. 그러니 알리지도 않은 장례식에 제 발로 찾아오고, 사고 현장에도 보란 듯이 호루스의 눈을 표식처럼 남겼겠지.

― 와, 고년 낯짝이 아이언맨급이네. 와서 뭐래?

"안나린, 넌 이미 답을 알고 있어. 근데 그걸 왜 자꾸 나한테 묻니?"

고스란히 따라하자 혜정이가 진저리를 쳤다.

― 소오름. 넌 뭐 짚이는 거 없어?

"모르겠어. 도대체 뭐 때문에 그러는지……."

― 그래서, 동준이랑 단둘이 무연타워까지 가서 오붓한 시간 보내고 왔어?

"말했잖아. 걔한텐 마음 접었다고……."

— 넌 접었는지 모르지만 걘 안 접었다니까?

"그러든지 말든지. 이제 연애할 여유도, 마음도 없으니까."

이제 내게 남은 감정이라고는 오로지 하나뿐이었다. 복수심.

— 아하, 그러셔요? 그런 분께서 과학 준비실에서 현민이랑 그러셨어요? 에버랜드도 다녀오시고? 암튼 웃겨.

"나 때문에…… 돌아가셨어, 현민이네 엄마."

말 꺼내기도 고통스러웠다. 나 때문에 현민이 엄마가 죽었다는 사실을 인정하기가 어려웠다. 하지만 사고 현장에서 호루스의 눈을 똑똑히 본 이상, 현실을 똑바로 바라봐야만 했다.

— 진짜? 그 사고도 진희 그년 소행이었단 말이야?

"그런 거 같아."

— 증거 있어?

"이거 봐 봐."

스마트폰으로 찍어온 사고 현장 사진을 혜정이에게 보여 주었다. 사진을 들여다본 혜정이가 기겁했다.

— 그년이 정말 돌아도 720도는 돌았구나. 살인죄로 처넣어서 평생 콩밥을 먹여야 해. 아니, 그런 년한텐 콩이랑 쌀이 아까워. 홍주 광장에다 거꾸로 매달아 놓고 지나가는 사람들한테 바늘로 한 번씩 콕콕 찌르게…….

"정말로 모르겠어, 왜 현민이네 엄마한테까지 그런 짓을 했는지……."

— 현민이 날개를 꺾어놓겠다 이거지. 안나린을 도우면 이렇게 어마 무시한 대가를 치르게 된다, 너도 죽기 싫으면 빠져라,

뭐 이런 뜻 아닐까?

혜정이의 짐작대로라면 진희는 정말이지 용서가 안 되는 괴물이었다. 몇 번의 심호흡으로 울분을 가라앉히고 혜정이에게 말했다.

"나 염력 좀 가르쳐 줘."

— 염력? 그건 배워서 뭐하게?

"가르쳐 주기나 해."

— 혹시 너 진희랑 본격 배틀 같은 거 붙어 보려고 그러는 건 아니지?

"어, 배틀 붙어 보려고, 누가 죽나……."

진희와 맞서려면 지금보다 강해져야만 했다.

동준이의 모터사이클을 타고 집에 오는 내내 진희의 가장 강력한 무기가 무엇인지 떠올려 보았다. 소원놀음도 소원놀음이었지만 그 애의 술수를 떠올려 보면 대부분이 염력을 이용한 것들이었다. 현장마다 마녀의 표식처럼 나타나는 호루스의 눈은 아직 뭔지 모르겠으니 일단 보류.

지금 진희를 상대할 만한 무기는 염력이었다.

그렇게 생각하니 자연스러운 연결고리로 혜정이가 떠올랐다. 진희를 제외하면 혜정이는 내 주변에서 염력을 발휘할 줄 아는 유일한 아이였다. 어쩌면 진희가 그 애를 이 지경으로 몰아넣는 과정에서 알게 모르게 진희의 능력이 혜정이에게 옮아갔는지도 몰랐다.

— 그래 봐야 질 텐데……?

"길고 짧은 건 대 봐야 아는 거야."

— 여태껏 대 봤잖아, 엄청 깨지면서. 동네북 안나린.

"그래, 동네북 맞아. 엄청 깨졌지. 더는 안 깨지려고. 어떻게 하는 건지나 가르쳐 줘."

— 근데 그거 알아? 지금 네 질문은 물고기한테 어떻게 헤엄을 치는지, 새한테 어떻게 하늘을 나는지 알려달란 거나 마찬가지야.

"물고기도, 새도 요령은 있겠지. 그걸 알려주면 되잖아."

— 에효, 알려 준다고 네가 배울 수 있을지나 모르겠다. 나한텐 팔다리 움직이는 거나 마찬가진데……

"네가 처음에 인형 속에서 눈떴을 때를 생각해 봐. 커터 칼이니 래커 통이니 하는 것들을 눈뜨자마자 맘대로 조종할 수 있었던 건 아니잖아."

— 그땐 뭐, 사지 마비 환자처럼 몸도 못 움직이고, 염력은 쓸 줄도 몰랐지. 그러다……

혜정이가 말을 멈추고 뜸을 들였다. 뜸 들이기는 이미 이 분야의 일인자인 모현민만으로도 족했다.

"그러다 뭐? 말해 봐, 얼른."

재촉하자 머뭇머뭇 그 애가 말했다.

— 먼저 약속부터 해. 내가 말해도 화 안 내기로……

"화를 왜 내. 안 낼게, 약속. 솔직히 화낼 힘도 없다."

혜정이가 결심한 듯 말했다

— 그러다 널…… 죽이고 싶단 생각을 했어.

"뭐?"

— 화 안 낸다고 했잖아. 어떤 물건 하나를 정해서 그걸 뚫어져라 노려보면서 그 생각을 계속했어. 문구용 칼로 널 찌르는 생각. 래커로 천장에 '통수년 죽어라!' 이러면서 막 뿌리는 생각. 그 생각이 엄청나게 강해지니까 어느 순간부터 그 물건이 움직이더라고…….

"와, 너 무서운 애구나."

— 무섭긴, 진짜 무서운 건 진희 고년이지, 뭘.

혜정의 말인즉슨, 염력의 비결은 어느 한 대상에게 품는 강력한 감정이라는 말이었다. 그렇다면 필요충분조건은 성립했다. 나 또한 진희를 죽이고 싶게 미워하니까.

"지금은? 지금도 염력 쓸 때마다 날 죽이고 싶다 생각해?"

— 아니지, 지금은 감정도 풀렸고 그나마 말 통하는 사람은 세상에 너 하나밖에 없는데 왜? 요샌 그냥 예전에 손발 쓰듯이 물건을 바라보면서 정신만 집중하면 자연스럽게 조종이 돼, 리모컨 쓰는 거처럼.

염력도 훈련을 거듭하면 능숙해진다는 말이었다.

"오케이, 이론은 거기까지. 곧장 실습부터 들어가자. 일단 방부터 좀 치우고……."

— 그러든지.

혜정이 방에 뒹굴던 잡동사니들을 염력으로 하나하나 원위치로 돌려놓았다. 이제 염력을 자유자재로 부리게 된 듯 능수능란했다. 엉망이었던 방이 금세 말끔해졌다.

"뭘로 시작할까?"

방을 휘둘러보며 혜정에게 물었다.

— 뭐든 상관없어. 너무 무겁지만 않으면……. 거기에 정신을 집중할 만한 포인트가 있으면 더 좋지.

예전에 현민이 주었던 미니 금고가 눈에 띄었다. 위쪽에 빨간 단추가 있으니 정신을 집중하기에도 좋을 듯했다.

"근데 이 빨간 단추는 뭘까?"

— 은행 비상벨 같은 거 아닐까? 그거 누르면 112종합상황실에 신고가 가고 경찰서에 출동 지령이 간다든가. 네가 위급할 때 저걸 누르면 현민이한테 알람이 가는 거지. 그럼 배트맨처럼 현민이가 출동하고……. 말이 나와서 말인데 저거 한번 눌러 보자.

"됐어. 지금 때가 어느 땐데. 안 그래도 힘든 애한테……."

현민이를 떠올리니 새삼 마음이 아팠다. 하지만 여기서 내가 무너지면 진희에게 항복하게 되는 셈이었다. 그것이야말로 진희가 원하는 바인지도 몰랐다. 내가 제 앞에 무릎 꿇고 살려달라고 애걸복걸하길 바라는지도…….

— 하이고, 지 남친이라고 챙기기는…….

"남친 아냐. 이제부턴 정말 나 혼자 움직일 거야."

— 퍽이나. 그러면서 무연타워는 왜 동준이랑 다녀오셨어?

"걔가 왔다니까? 내가 왜 너한테 이런 변명까지 구구절절 늘어놔야 되는데?"

— 우리 똥쭈닌 아직도 내 남자니까!

"그래, 둘 다 네 남친 해라. 난 솔로로 살 테니까."

— 이 인형 몸뚱이에서 헤어나면 생각해 볼게.

혜정이와 옥신각신하자면 끝이 없을 듯해서 서둘러 방 한가운데에 미니 금고를 내려놓았다.

"거기 앉아."

금고를 사이에 두고 혜정이와 마주 앉았다.

"먼저 시범을 보여 줘 봐."

— 오케이.

그 애가 금고를 뚫어지게 바라보자, 금고가 허공에 두둥실 떠올랐다.

— 봤지? 별거 아냐.

금고가 방바닥에 살포시 내려앉았다.

"근데 이건 너보다 무거운 거 같은데, 어떻게 들었어?"

내가 금고를 가리키자, 혜정이가 혀를 찼다.

— 벌크업 몰라? 염력 하루 이틀 하는 것도 아니고, 뭐든 오래 하면 느는 거야. 자, 딴생각은 절대 금물, 진희 고년만 생각해. 그걸 집어 들고 고년을 막막 내리치는 상상을 해 봐. 네 속 풀릴 때까지…….

내 속이 풀리려면 금고가 산산조각 날 때까지 후려쳐야 했다. 어디서 보았던 대로 가부좌를 틀고 심호흡했다. 금고를 뚫어지게 바라보며 진희를 떠올렸다.

햇빛 좋던 그날, 내게 소원이 뭐냐며 떡밥을 던졌던 그 예쁜 얼굴이 떠올랐다. 멋모르고 떡밥을 덥석 무는 나를 보며 속으로 얼마나 희희낙락했을까. 통수녀가 되어 인터넷에서부터 마녀사냥의 제물에 오른 일이며 그 후로 당했던 사고들을 떠올렸다. 나만이 아닌 현민까지 당해야 했던 고통과 현민 엄마의 억울한 죽음도 떠올랐다. 가슴속 깊은 곳에서부터 뜨거운 덩어리가 꾸역꾸역 치밀었다. 눈시울이 뜨거워졌다. 눈물이 나오려는 조짐이 아니라 울분이 머리끝까지 치미는 기분이었다. 눈에서 레이저광선이라도 나갈 듯했다.

— 그래, 잘하고 있어. 안나린.

혜정이가 응원했다.

'가만두지 않을 거야. 진희, 널 가만두지 않을 거야.'

여태껏 한 번도 품지 않았던 적의를 가슴에 은장도처럼 품고 금고를 쏘아보았다. 그러나 금고는 미동도 하지 않았다.

'가만두지 않을 거야, 진희. 다 되돌려줄 거야!'

아무리 벼르고 별러도 헛수고였다. 금고는 꼼짝도 하지 않았다.

"아아, 안 돼. 왜 안 되지?"

내가 머리를 쥐어뜯자 혜정이가 나를 다독였다.

— 그래도 내가 봤을 땐 쫌 전에 미세하게 움직였던 것도 같은데?

그러다 무릎을 탁 쳤다.

"손!"

염력을 발휘하던 순간마다 진희는 손을 움직였다. 교실에서도 그랬고 보건실에서도 그랬다. 심호흡을 길게 했다. 한 번,

두 번, 세 번. 그러고는 두 손을 금고로 뻗었다. 온몸의 모든 기운을 손끝으로 내보내는 상상을 했다. 그리고 진희를 떠올렸다. 그 가증스러운 얼굴을 우그러뜨렸다가 통째로 날려버리는 상상을 하며 손을 오므렸다가 쫙 폈다.

들썩. 미세하게나마 금고가 움직였다. 손바닥으로 내리친 책상 위의 동전처럼. 짜릿한 전류가 손끝에서부터 온몸으로 퍼져나갔다.

— 그래, 바로 그거야!

혜정이가 외쳤다. 하필 그때 현관 도어록 버튼 누르는 소리가 났다.

"어, 신발 있네. 갔다 왔나?"

나은이었다. 그 애의 발소리가 문 앞으로 다가왔다. 문고리가 돌아갔다.

"뭐해, 안나린. 문까지 잠그고……. 또 이상한 거 보냐?"

나은이의 방해로 집중력이 흐트러지자 금고는 꿈쩍도 하지 않는 정물로 돌아갔다. 맥이 탁 풀렸다. 뭔가 되려는 찰나였는데…….

"문 좀 열어 봐."

나은이가 방문까지 두들기며 재촉했다.

— 에잉, 잘 나가다 김 샜네.

혜정이가 방바닥에 벌렁 드러누웠다.

"아무튼 뭘 못한다니까."

하릴없이 자리에서 일어나 방문을 홱 열어젖히며 빽 소리를 질렀다.

"아, 왜?"

"왜는 왜야. 이거!"

나은이가 내 품에 묵직한 비닐봉지를 안겼다.

"언니, 만두 좋아하잖아. 친구랑 시내 나갔다가 생각나서 기껏 사 왔더니 '아, 왜?'라니⋯⋯. 문 잠그고 안에서 뭔 짓 하는데? 남친이라도 데려왔냐?"

실눈을 뜨고 방을 들여다보는 그 애의 얼굴에 장난기가 어렸다. 상황 파악이 이리도 느린 품을 보니 역시 어린애였다. 하긴 나은이는 현민이네 엄마의 소식을 아직 모르니 그럴 만도 했다.

"저녁은?"

"언니 힘들까 봐 쫄면이랑 만두로 대충 때웠지. 나 착하지?"

"그래, 기왕 착한 김에 계속 착할 수 있지? 언니 바쁘니까 들어오지 말고 니 볼일 봐. 만두는 잘 먹을게."

나은이가 뭐라 말하기도 전에 방문을 닫고 잠금장치를 눌렀다. 다시 금고를 사이에 두고 앉아 정신을 집중했지만 한번 흐트러진 집중력은 돌아오지 않았다.

— 괜찮아, 첫술에 배부르면 이상하니까 계속해 봐, 안나린.

밤늦도록 용을 써도 금고는 꿈쩍하지 않았다. 게다가 나은이가 뭘 하는지 주방에서 부스럭거리며 인기척까지 내서 첫 번째 염력 훈련은 말짱 꽝으로 돌아갔다.

"아, 냄새. 날이 더워지니까 썩은 내가 장난 아니네."

코맹맹이 소리로 미루어보아 코를 감싸 쥐고 음식물쓰레기통이라도 내놓는 모양이었다. 뒤이어 나은이가 현관문을 열고 밖으로 나가는 소리가 났고 그 애의 말소리가 들렸다.

"어, 누구세요?"

뒤이어 뭐가 우당탕 떨어지는 소리가 났고 그 애의 외마디 비명이 울렸다.

― 뭐야, 뭐! 무슨 일 났나 봐, 안나린.

혜정의 외침과 동시에 방문을 열고 밖으로 뛰쳐나갔다. 현명한 행동은 아니었다. 문을 열자마자 방문 밖에서 나은이의 목을 팔로 휘감고 칼을 들이댄 남자와 맞닥뜨렸으니까. 검은 마스크를 쓰고 모자까지 푹 눌러쓴 남자는 마스크맨이었다.

"어이, 통수녀, 나 보고 싶었지?"

그놈이 특유의 음흉한 말투로 이죽거렸다.

"한참 기다렸잖아. 현관문 열릴 때까지……."

놈이 성큼성큼 다가왔다.

"언니……."

나은이가 겁먹은 얼굴로 울먹였다.

"걘 놔줘. 볼일은 나한테 있잖아."

그때 나은이가 그의 팔뚝을 깨물었다. 놈의 입에서 외마디 비명이 터졌고 놈이 칼을 허공에 번쩍 치켜들었다. 칼끝의 목표물은 나은이의 목이었다.

"안 돼!"

손을 뻗으며 외쳤다. 내 입에서 비명처럼 터져나간 외침이 거실을 뒤흔들었다. 내 외침이 그놈에게는 행동개시를 알리는 신호가 되었다. 놈이 칼로 나은이의 목을 찔렀다. 칼날이 형광등 불빛에 번뜩인 찰나, 작년의 악몽이 되살아났다. 엄마 아빠가 죽던 순간의 기억. 그 상상조차 하고 싶지 않은 절망과 공포. 마스크맨이 휘두른 칼날은 엄마 아빠를 집어삼켰던 불길이 되었고, 놈에게 붙들린 나은이는 차 안에서 미처 빠져나오지 못한 엄마와 아빠로 화했다. 그날도 나는 똑같이 외쳤다.

"안 돼!"

하지만 모든 것이 내 간절한 바람과는 반대로 돌아갔다. 보닛 속에서 솟구친 불길은 이내 거대한 괴물이 되어 차체를 꿀꺽 집어삼켰다. 그 직후 논바닥에 뒤집힌 채 불길에 휩싸인 차 너머로 흐릿한 형체가 떠올랐다.

"어, 뭐야."

마스크맨의 어리벙벙한 목소리가 나를 현실로 불러들였다. 분명 그놈은 나은이의 목을 겨냥하고 칼을 내리꽂았는데 그 애는 멀쩡했다. 그 예상치 못했던 변수에 그놈도, 나도, 나은이마저도 놀랐다.

없었다. 놈이 손에 움켜쥐었던 칼이 온데간데없었다.

"내 손……."

놈이 중얼거리며 칼을 쥐었던 손을 펼쳤다. 놈의 네 손가락 시작점과 손금 밑을 두 갈래로 가로지른 상처가 입을 쩍 벌렸다. 피가 흘러나와 놈의 손목을 타고 흘러내렸다. 나은이가 놈의 발등을 발뒤꿈치로 내리찍었다.

"악! 이런 씨……."

놈이 성한 손으로 나은이의 머리채를 움켜쥐더니 그 애를 밀쳤다. 나은이가 비명을 지르며 거실 구석으로 나가떨어졌다.

"나은아!"

내가 외쳤다. 놈이 표적을 바꾸어 내게로 달려드는 동작이 한없이 느려졌다. 시간의 슬로비디오 현상이었다. 놈의 손에 상처를 내며 놈의 손아귀에서 빠져나온 칼의 행방이 눈에 띄었다. 천장이었다. 천장에 비스듬히 박힌 칼이 생명체처럼 몸뚱이를 바르르 떠는 광경이 어쩐지 낯익었다. 지난주 진희가 문구용 칼로 백팩 속의 인형을 난도질한 직후가 꼭 저랬다. 제아무리 시간의 흐름이 느려졌다 해도 이것저것 잴 겨를은 없었다. 놈이 내게로 갈퀴 같은 손을 뻗으며 살기등등하게 달려들었다.

그때 내 뒤에서 날아온 미니 금고가 놈의 관자놀이를 후려갈겼다. 놈이 예상치 못한 반격에 중심을 잃고 거실 바닥에 벌렁 나자빠졌다. 관자놀이를 감싸 쥔 놈이 다시 몸을 일으키려던 순간, 자객이 던진 단도처럼 날아온 칼이 놈의 가랑이 사이를 파고들었다.

"히익!"

놈의 얼굴에서 핏기가 가셨다. 칼이 놈의 가랑이에서 한 뼘도 떨어지지 않은 지점에 꽂혔기 때문이었다. 놈이 한 손으로 칼 손잡이를 붙들고 잡아 빼려 용을 썼지만, 방바닥에 박힌 칼은 꿈쩍도 하지 않았다.

"두고 봐!"

놈이 칼을 포기하고 몸을 돌려 현관문을 박차고 집을 뛰쳐나갔다. 그러다 바닥에 우당탕 나자빠지는 소리가 들렸다. 문밖에 나뒹구는 음식물쓰레기통을 잘못 밟기라도 한 모양이었다. 놈이 끙끙 신음하며 부리나케 달아나는 발소리가 이내 멀어져갔다. 뒤쫓아 나가려다 관두었다. 섣불리 쫓아갔다가 역공을 당하기에 십상이었고, 나은이부터 살피는 일이 급선무였다.

"안나은, 괜찮아? 안나은!"

나은이에게로 다가가 그 애의 어깨를 흔들었다. 기절한 듯 널브러져 있던 그 애가 부스스 눈을 떴다.

"그놈은? 잡았어?"

"도망갔어."

나은이의 상태를 살폈다. 머리가 헝클어지고 벽에 부딪힌 이마에 혹이 났지만 이렇다 할 상처는 없었다. 천만다행이었다. 온몸의 힘이 쭉 빠져나가서 자리에 털썩 주저앉았다. 눈길이 거실 한복판에 박힌 칼에게로 갔다. 칼의 떨림이 서서히 잦아들었다.

* * *

"칼⋯⋯. 네가 한 거야?"

경찰에 신고하고 기다리는 동안, 방으로 들어와 문을 닫고 혜정이에게 물었다.

— 칼? 난 그냥 단추 누른 다음에 금고만 날렸는데?

인형이 어깨를 으쓱하며 딴전을 부렸다. 다른 동작은 제대로 하지도 못하면서 그 동작은 꽤 연습한 듯 자연스러웠다.

"어깨 으쓱, 그것 좀 안 하면 안 될까?"

— 왜, 진희 고년 때문에?

"어."

이제 진희만 떠올려도 치가 떨리고 이가 갈렸다. 그나저나 칼을 날린 장본인이 혜정이는 아닌 듯했다. 나 아니면 나은이라는 말인데……. 나은이는 나보다도 시간적인 여유가 없었다. 그렇다면 혹시 내가……?

— 맞아, 안나린. 너야 너, 너야 너. 너 아니면 누구겠어?

"진짜?"

믿기지 않았다.

— 염력이란 게 연습 좀 했다고 뚝딱 나오는 게 아닐 텐데……. 오올, 안나린, 대단한데?

"단추는 왜 눌렀어?"

— 혹시 몰라서 눌러봤지. 경찰에 직통으로 연결된 비상버튼인가 싶어서.

그때 현관 밖에서 누가 벨을 눌렀다.

"누구세요?"

나은이가 묻는 소리가 났다. 아까 사건도 있어서 그런지 목소리에서 경계심이 묻어났다.

"어? 언니, 나와 봐."

문밖의 방문객을 확인한 나은이가 나를 불렀다. 서둘러 방을 나와 거실을 가로질렀다.

"왜, 경찰 아냐?"

나은이가 인터폰 카메라를 가리켰다. 카메라에 비친 방문객은 현민이였다.

"괜찮아?"

현관문을 열자마자 현민이가 물었다. 가쁜 숨을 몰아쉬는 품이 장례식장에서 우리 집까지 한달음에 달려온 듯한 모양새였다. 옷차림도 양복 차림 그대로였다. 장례식장에서 우리 집까지는 상당한 거리였다. 달리기로는 경찰보다 먼저 닿을 리가 없었다.

"야, 식장은 어쩌고?"

"괜찮아. 아버지가 와 계셔서……."

그러고 보니 아까 문상 갔을 때 빈소에서는 현민이의 아버지가 보이지 않았다. 현민이네 집안에도 복잡한 사정이 있는 듯했다.

"갑자기 왜 여기까지 왔어?"

"네가 불렀잖아."

아, 그러고 보니……. 결국 미니 금고의 빨간 단추는 현민이를 부르는 비상호출 버튼이었던 셈이었다. 금고를 주면서도 그런 중요한 설명을 깜박하다니 현민이도 은근 허술한 구석이 있었다. 내 어깨너머로 집 안을 살피던 그 애의 눈길이 거실 바닥에 꽂힌 칼에 가 닿았다. 금고는 치웠지만, 칼은 현장 보존

차원에서 그대로 두었다.

"그놈이었어?"

대략 상황을 파악한 듯 현민이가 물었다. 내가 고개를 끄덕이자 현민이의 얼굴이 어두워졌다. 잠시 후, 도착한 경찰이 자초지종을 듣고 증거물로 칼을 수거해 갔다.

"와, 이건 일부러 심어도 이렇게 꽉 박히진 않겠는데?"

"그러게요. 무슨 엑스칼리버도 아니고……."

지난번 래커 테러 때에 출동했던 경찰들이 비닐장갑을 끼고 칼을 뽑느라 한참을 낑낑댔다. 경찰이 내 문제를 해결해 줄 리 없다는 사실은 뻔했다. 하지만 이대로 넘어가면 나중에 더 큰 일이 벌어질지도 몰랐다. 수배라도 떨어지면 그놈도 섣부른 짓을 저지르기 힘들어질 터였다. 이참에 잡히면 천만다행이고. 그나저나 놈은 도대체 나와 무슨 원수가 져서 이렇게 목숨 걸고 쫓아다니며 해코지를 못 해 안달일까.

이번이 벌써 여섯 번째였다. 벽돌에 고양이, 래커, 황산, 자동차, 칼에 이르기까지 모든 수단과 방법을 동원했다. 이 정도면 스토커 수준이었다.

"학생, 이 칼, 그놈이 떨어뜨린 거 맞나?"

경찰이 물었다.

"네, 맞아요."

반은 거짓말이었다. 사실을 곧이곧대로 털어놓은들 경찰이 그 말을 믿어 줄 리 없었다.

"아니, 그냥 떨어뜨린 게 아니라 아예 바닥에 꽉 박아놨는데? 못 박듯이……. 혹시 펜치 같은 거 있나?"

경찰은 내가 찾아 건넨 펜치까지 써서야 칼을 뽑아냈다.

그러고 보니 이번 사건이 지난번 교실 건과 닮은 점은 또 있었다. 그때 담임 선생님이 사다리를 가져와 교실 천장에 박힌 문구용 칼을 잡아 뽑았는데 칼은 박힌 칼날이 부러지도록 나오지 않았다. 지금도 교실 천장을 자세히 올려다보면 비죽 튀어나온 칼날 조각의 끝이 보였다. "와, 저건 이집트 피라미드에 이은 세계 8대 불가사의다." 걸핏하면 영미가 천장을 올려다보며 그렇게 말할 정도였다.

경찰이 돌아간 후, 더 있어주겠다는 현민이의 등을 떠밀었다.

"가서 빈소나 잘 지켜. 난 내가 지킬 테니까."

그 와중에 여기까지 달려올 정신이 있다니 애 멘탈도 부처에 강철이었다. 집 앞까지 배웅 나온 나에게 현민이가 물었다.

"너 혹시…… 그거 썼어?"

"뭐?"

내가 묻자 현민이가 당황한 기색으로 고개를 가로저었다.

"아냐, 아무것도……."

"왜, 뭔데 그래?"

내가 캐물었지만 현민이는 더 할 말 없다는 듯 대문 앞에 대기한 승용차에 올랐다.

"위급한 일 생기면 언제든 눌러."

차문을 닫기 전, 현민이가 엄지로 버튼 누르는 시늉을 했다. 미니 금고의 비상 단추를 누르면 언제든지 달려오겠다는 의미였다. 하긴 경찰보다 더 빠르게 출동할 정도면 말 다한 셈이었다. 상황이 이 지경인데도 내게 이토록 헌신적인 현민이가 한없이 고맙고 미더웠다. 한편으로는 가슴이 저미듯 아팠다. 그럴수록 복수심은 더 커졌다. 마음을 단단히 다잡았다. 만일 오늘 나온 염력의 장본인이 나라면, 드디어 내가 토끼를 사냥할 아이템을 얻었는지도 몰랐다. 어쩌면 그것이 이 미궁을 빠져나갈 아리아드네의 명주실이 되어주는지도…….

* * *

— 현민이 말이야, 우리 일 눈치챈 거 아닐까?

그날 밤, 잠자리에 누웠을 때 혜정이 말했다. 내가 현민이의 수상쩍은 기색을 털어놓은 후였다.

"글쎄……."

— 말이 그렇잖아. '혹시 너…… 그거 썼어?'에서 '그거'가 뭐겠어? 염력이겠지.

"모르지, 뭐. 워낙 속마음을 잘 얘기 안 하는 애라……."

— 말 나온 김에 너 한 번 더 해 봐.

"뭘?"

— 염력 말이야.

"피곤해. 잘래."

— 난 뭐, 안 피곤한 줄 알어? 그 무거운 금고를 들었다 놨다 했더니 삭신이 욱신욱신 쑤시는구먼. 에고, 비가 오려나?

427

혜정이의 성화에 마지못해 일어나 앉았다.

— 여러분, 오늘 염력 쇼의 주인공 안나린을 소개합니다!

혜정이가 무대 위에 선 사회자 말투를 흉내 내며 호들갑을 떨었다. 방의 불을 끈 후였지만 창으로 새어드는 가로등 불빛 덕에 사물을 알아볼 정도는 되었다. 책상 위의 미니 금고를 뚫어지게 바라보며 정신을 집중했다.

— 안나린! 안나린!

허공에 떠오른 인형이 내 주위를 빙빙 맴돌며 응원했다.

"하지 마, 좀. 너 때문에 되려다가도 안 되겠다."

— 응원을 해 줘도 지랄이야.

혜정은 투덜대면서도 침대에 도로 내려앉아 내 옆에 털썩 주저앉았다.

— 가만있을 테니까 해 봐. 아까처럼…….

심호흡을 길게 하고는 다시 정신을 집중했다. 미니 금고 쪽으로 손을 뻗으며 마음속으로 주문을 외웠다.

'떠올라라, 떠올라라, 떠올라라!'

헛일이었다. 금고는 꿈쩍도 하지 않았다.

"왜 안 되지? 아까 힘을 다 써 버렸나?"

— 그러게. 내일 삼계탕 한 그릇 먹고 기력 좀 보충해서 다시 해 보든가 하자. 나 잘래, 안나린. 피곤해.

이번에는 혜정이가 먼저 벌렁 드러누웠다. 나도 더는 여력이 없어 그대로 침대에 누웠다. 혜정이는 이내 조용해졌다. 정말 잠을 자는지는 몰라도 그 애는 내가 잠드는 몇 시간 동안 덩

달아 잠잠해지곤 했다. 진희가 「착한 소녀」를 불러주었을 때처럼…….

인형을 끌어안고 잠들기 직전, 그런 생각이 들었다.

혹시 내 염력은 위급한 상황에만 반사적으로 튀어나오는 게 아닐까?

* * *

"타라."

다음 날, 대문을 나서다 모터사이클과 함께 기다리고 있는 동준이와 딱 맞닥뜨렸다.

일부러 동준이나 현민이에게 신세를 지지 않으려고 평소보다 한 시간이나 일찍 집을 나섰는데 애는 그것까지도 계산한 모양이었다.

"언제부터 와 있었어?"

내가 묻자 동준이가 내게 헬멧을 건네며 대답했다.

"좀 전에…….."

"됐어. 그냥 버스 타고 갈래."

무시하고 그냥 가려던 내 손목을 녀석이 붙들었다.

"모현민이 전화했어."

그 말에 멈칫해서는 녀석을 돌아보았다.

"현민이가?"

"그래, 현민이 그 새끼가 꼭두새벽부터 전화해선 너 좀 부탁

한다더라."

어찌해야 할까. 이성을 따르자면 녀석의 호의를 매몰차게 무시해야 하는데 그놈의 감성이 문제였다.

— 뭘 자꾸 고민해. 이러지도, 저러지도 못하겠으면 그냥 타, 안나린.

백팩 속의 혜정이가 훈수를 두었다.

"타라니까."

동준이의 재촉에 한숨을 내쉬며 모터사이클 뒷좌석에 올라탔다. 곧바로 모터사이클이 굉음을 내며 출발했다. 동준이와 나 사이에 낀 혜정이가 희희낙락하며 외쳤다.

— 오빠, 달려!

그런데 이상했다. 모터사이클이 내달리는 방향은 학교와는 반대편이었다.

"어디 가?"

동준이에게 물어도 대꾸가 없었다.

"어디 가냐구!"

묵묵부답. 하루를 시작하는 홍주 거리를 거침없이 내달린 모터사이클이 멈춘 곳은 전영고등학교 정문 앞이었다. 내가 홍주고로 전학 오기 전까지 다녔던 학교.

"여긴 왜?"

내가 묻자 동준이가 교문 너머를 바라보며 입을 열었다.

"내가 널 처음 본 데가 여기야. 중학교 동창을 만나러 왔다가, 교문 나오는 널 봤어."

그날을 떠올리는 듯 동준이의 눈빛이 아련해졌다. 솔직히 나는 기억에도 없던 일이었다.

동준이가 다시 모터사이클을 버스정류장 쪽으로 몰았다. 이번에는 걸음걸이와 비슷할 정도로 느린 속도였다.

"나도 모르게 따라갔지. 그날 네 뒤를 따라가면서 생각했어. 너랑 사귀고 싶다고……."

'뭐야, 이 손발 오글거리는 멘트는…….'

마음 같아서는 모터사이클에서 확 내려 버리고 싶었다. 하지만 여기까지 나를 데려온 동준이의 속셈이 뭔지 알아볼 작정으로 버텼다. 모터사이클이 버스정류장 앞에 멈춰 섰다.

"버스정류장에서 버스에 타는 널 바라보면서 결심했어. 우리가 다시 만나게 되면 너랑 사귀겠다고……."

이 무슨 얼토당토않은 소리인가 싶어 어안이 벙벙했다. 게다가 백팩 안에서 이 모든 말들을 듣고 있을 혜정이를 생각하니 바늘방석이었다. 조금 전부터 그 애는 아무 말이 없었다.

"넌 그때 혜정이랑 사귀고 있었잖아."

"그게 유일한 문제였지."

녀석이 다시 모터사이클을 몰아 후미진 골목으로 접어들었다. 쓰레기봉투 옆구리를 뜯던 길고양이가 놀라 달아났다.

"여긴 또 왜?"

녀석은 대꾸도 없이 모터사이클을 세우고 내려 골목 모퉁이 너머로 나를 잡아끌었다.

"아파. 도대체 왜 이래!"

내가 동준이에게 잡힌 손목을 비틀어 빼며 외치자, 녀석이 나를 벽으로 밀어붙였다.

"난 왜 안 되는데?"

동준이가 나를 바라보았다. 나를 송두리째 집어삼킬 듯한 눈빛이었다. 내 손목을 움켜쥔 녀석의 손아귀에 힘이 들어갔다. 아프고 화가 났다. 안 그래도 머리 터지기 일보 직전에 이 무슨 철없는 사랑 타령인지 이해가 되지 않았다.

"비켜. 안 비키면 진짜 가만 안 있을 거야."

경고에 아랑곳없이 녀석이 다가들었다. 그때 여태껏 조용했던 혜정이가 나지막이 중얼거렸다.

— 개새끼…….

원망과 한탄이 어린 목소리였다. 동준이의 입술이 내 입술에 닿기 직전, 고함을 빽 내질렀다.

"하지 말라구!"

순간, 동준이의 몸이 뒤로 휙 빠지며 허공에 붕 떠올랐다. 정확히는 내가 힘껏 내뻗은 왼손에 떠밀린 녀석이 큰 대 자를 그리며 허공을 날았다. 동준이는 맞은편 벽까지 나가떨어졌다. 등이 벽에 부딪히는 소리가 우렁찼다. 녀석은 그대로 주르륵 바닥에 널브러졌다. 무협 영화에서 무림 고수에게 달려들었다가 장풍 맞고 나가떨어진 자객을 보는 듯했다. 입이 떡 벌어졌다. 쭉 뻗었던 내 손을 거두어 들여다보았다.

"나린이 넌 아기 때 자기 손을 쫙 펼치고 유심히 보는 버릇이 있었어. 꼭 손가락 다섯 개가 잘 있나 살펴보는 애처럼……."

돌아가시기 전, 엄마는 이따금 그 말을 해 주셨다. 그 시절로 돌아간 듯 왼손을 쫙 펴고 유심히 들여다보았다. 이유가 있었다. 닿지 않았다. 맹세컨대, 분명 내 손에는 녀석의 몸이 닿지 않았다. 그런데 받아치는 주먹에 맞은 듯 동준이가 저만치 날아갔다.

— 꼴좋다.

혜정이가 말했다. 분이 덜 가서서 씩씩대는 목소리였다.

'네가 그랬어?'

그 애에게 넌지시 물었다.

— 아니.

'그럼 내가 한 건가?'

— 내가 아님 너겠지. 설마 쟤겠어?

'쟤?'

주위를 둘러보니 아까 그 길고양이가 골목 모퉁이에서 얼굴을 내밀고 우리를 훔쳐보는 중이었다. 고양이는 나와 눈이 마주치자 움찔하며 후다닥 달아났다.

가만, 그러고 보니 어제 마스크맨의 무단침입 인질극 때에도 칼이 제멋대로 날아다녔다. 혜정이는 처음에 저보다 가벼운 물건만 염력으로 움직일 수 있었다고 했다. 이제 막 오혜정의 속성 염력 입문 강좌를 듣기 시작한 나였다. 그런 내가 나보다 훨씬 크고 무거운 남자애를 한 방에 날렸다고? 믿기지 않았다.

— 오올, 위기일발에서만 염력을 발휘하는 초능력 소녀, 안나린!

혜정이가 과장된 목소리로 추켜세웠다.

'넌 오버 좀 하지 마. 그나저나 동준이는 괜찮나?'

"그러게 내가 가만 안 있을 거라고 얘기했지!"

동준이에게 외쳤다. 하지만 녀석은 길바닥에 엎어진 채 꼼짝하지 않았다. 지나가던 사람이 보면 영락없이 술에 취해 곯아떨어졌다고 볼 모양새였다.

— 저놈, 죽었나?

혜정이가 중얼거렸다. 아무리 그렇다고 설마…….

"정동준."

대답이 없었다.

"야!"

슬슬 겁이 나기 시작했다. 동준이에게 쭈뼛쭈뼛 다가갔다. 어깨도 톡톡 건드렸다. 역시 반응이 없었다. 이번에는 어깨를 붙들고 세차게 흔들었다.

— 119 불러, 이 개새들아!

사태의 심각성을 깨달은 혜정이가 겁먹은 목소리로 외쳤다. 전화기를 꺼내어 119를 누르려던 찰나, 동준이의 목소리가 들려왔다.

"태견 배웠냐?"

아아, 정말……. 안도의 한숨이 절로 나왔다.

"야, 깜짝 놀랐잖아!"

동준이가 끙 몸을 일으켰다.

"괜찮아?"

내가 묻자 녀석이 피식 웃었다.

"이 정도에 안 괜찮으면, 널 지켜줄 자격이 있겠어?"

— 하이고, 한 방에 날아간 놈이 중2병 허세는…….

혜정이가 비아냥거렸다. 그때 녀석의 입가로 빨간 액체가 주
르륵 흘러내렸다.

"야, 너 피!"

내가 가리키며 기겁하자 녀석이 아무것도 아니라는 듯 손등
으로 쓱 문질러 닦았다.

"혀 깨물었어."

— 혀 깨물어서 피 난대. 아 웃겨! 웃으면 안 되는데……. 아
이고, 배야.

혜정이가 깔깔댔다. 동준이의 말대로 혀를 깨물었다면 모를
까, 내상을 입었다면 응급상황이었다. 그렇지만 동준이는 특
유의 무심한 표정으로 아무렇지도 않은 척했다.

하지만 나는 웃을 기분이 아니었다. 결단을 내릴 때였다.

"앞으로 우리 아는 척하지 말자."

"왜?"

"몰라서 물어?"

"당연히 모르지."

"너 현민이한테 무슨 일 있었는지 얘기 들었어?"

"들었어."

"얘기 들은 사람이 이래?"

"그래서 물었잖아. 난 왜 안 되냐고……. 모현민한테 기회를

줬으면 나한테도 줘야 공평한 거 아냐?"

여차하면 또 한 번 키스를 시도할 기세였다. 흠칫하며 두어 걸음 뒷걸음질 쳤다. 녀석과의 안전거리 확보였다.

— 저게 말이야, 막걸리야? 말똥가리 같은 새끼. 어휴, 내가 이 꼴 저 꼴 안 보고 확 죽어야 하는데 이미 죽어서 못 죽는 게 한이다!

혜정이가 분통을 터뜨렸다.

"혜정이한테 부끄럽지도 않아?"

동준이에게 묻자 녀석이 되물었다.

"혜정이? 혜정이가 어딨는데?"

— 혜정이 여깄다, 이 말똥가리야!

혜정이가 당장에라도 백팩을 뚫고 튀어나올 기세로 몸을 들썩였다. 하지만 동준이는 그런 기색을 전혀 알아차리지 못하는 눈치였다.

"어디서든 널 지켜보고 있단 생각 안 들어?"

내가 묻자 동준이가 픽 웃었다.

"넌 내가 너한테 다가가려고만 하면 왜 죽고 없는 애를 들먹이냐?"

— 죽고 없긴 뭐가 없어? 여기 이렇게 두 눈 새카맣게 뜨고 있고만!

혜정이는 점점 더 흥분하기 시작했다. 이대로 가다가는 주위의 보도블록이라도 녀석에게 날릴 기세였다.

"혜정이가 죽었든 살았든!"

내가 고함을 지르자 이번에는 동준이가 흠칫하며 뒤로 물러났다. 혹시 모를 2차 장풍을 경계하는 눈치였다.

— 나린이가 그렇게 좋으면 나랑 깨끗하게 헤어지고 가든가! 이게 뭐야, 사람 비참하게.

"네가 언제 날 보고 정류장까지 따라왔는진 모르지만, 깨끗하게 혜정이랑 헤어지고 왔어야지, 다시 만나면 사귀고 어쩌고 질척댈 게 아니라……. 안 그래? 차라리 양다리 걸치고 싶었다고 말을 해, 솔직하게……."

"그러는 넌? 넌 내가 혜정이 사귀고 있을 때부터 나 안 좋아했냐?"

동준이의 역공에 뜨끔했다. 물론 좋아했다. 아니, 좋아했었다. 내가 녀석을 좋아했던 사실은 대과거에 불과했다. 그것이 모든 불행의 도화선이었다. 그 어쭙잖은 사랑 타령이 진희라는 마녀에게 빌미를 내주었다. 주위에서 사건 사고가 뻥뻥 터졌고 이 지경에 이르렀다. 혜정이가 죽었고 현민이가 다쳤고 현민이 엄마까지 돌아가셨다. 그런 암울한 상황에 대면 통수녀 소동은 애들 장난 수준이었다.

"대답해 봐."

녀석이 재촉했다. 혜정이가 이 모든 대화를 듣고 있기에 선뜻 입을 열기가 조심스러웠다. 하긴 그 애가 내 마음을 낱낱이 읽으니 입에 지퍼를 채워도 소용없겠지. 마음을 다잡고 대답했다.

"그래, 맞아. 나 너 좋아했었어."

— 그래, 역시 그랬던 거였어.

혜정이가 풀죽은 목소리로 한숨지었다.

"그치만! 난 적어도 너처럼 양다리는 아니었어. 그리고 그 맘은 네가 나한테 준 우산이 혜정이 건지 몰랐을 때, 멋모르고 그냥 널 먼발치에서 보면서 마냥 설렐 때, 내가 널 좋아했던 거 때문에 아무도 죽거나 다치지 않았을 때 얘기야."

"지금은?"

"당연히 아니지. 내 이름을 걸고 맹세하는데 앞으로도 절대 아닐 거야. 죽을 때까지……. 그러니 혹시라도 딴 맘 남았으면 버려, 깨끗하게. 나도 그랬으니까."

— 바로 그거야, 안나린! 최고다!

혜정이의 응원을 들으며 돌아섰다. 씩씩대며 버스정류장으로 걸어가려는데 동준이가 등 뒤에서 외쳤다.

"그래서 나 버리고 모현민한테 가려고? 넌 모현민 걱정은 안 되냐?"

걸음을 우뚝 멈췄다.

— 웃겨, 고양이가 개 생각해 주고 있네.

"생각해 봐. 지금까지 모현민이 너랑 같이 있을 때마다 무슨 일이 터졌는지……."

맞는 말이었다. 현민이가 나와 있을 때마다 꼭 무슨 사건이 터졌다. 황산 테러 때에야 현민이가 알아서 끼어들었다 치자. 그 후 그 애에게 일어난 사건은 그렇게 넘길 수준이 아니었다. 나 때문에 벽돌에 맞았고, 철근에 어깨를 다쳤고, 심지어 엄마를 잃기까지 했다. 어찌 보면 현민이야말로 내 소원놀음의 가장 큰 피해자였다.

"그건 너랑 있었을 때도 마찬가지 아냐? 싱크홀에 빠진 날 기억 안 나?"

동준이에게 돌아서며 반박하자 녀석이 되받아쳤다.

"난 안 다쳤어."

이 또한 맞는 말이었다. 내가 싱크홀에 빠진 날에도 동준이는 현민이와 달리 무사했다. 동준이가 나를 모터사이클 뒤에 태우고 워프하는 동안에도 이상하리만큼 아무런 사고가 없었다. 그간의 추세대로였다면 교통사고가 나도 몇 번은 났어야 했다.

— 쳇, 안 다쳐서 퍽이나 장하다. 그럼 남친 있는 애한테 키스하려고 덤벼는 건 괜찮냐?

혜정이 콧방귀를 뀌자, 녀석이 결정타를 날렸다.

"생각해 봐, 이번엔 모현민네 엄마였지만, 다음엔 또 누가 될지……."

심장이 발등까지 쿵 내려앉았다.

'애써 부정하려 했던 현실이…….'

내가 외면하고 부정하던 현실이 툭 불거졌다. 신발 밑창을 푹 뚫고 들어온 유리 조각처럼. 아팠다. 견디기 힘들 정도로…….

그 현실에서 달아나듯 버스정류장으로 뛰었다.

— 애써 부정하려 했던 현실이 뭐야?

그새 내 마음을 읽은 혜정이가 물었다.

"미노타우로스!"

북받치는 슬픔과 가쁜 숨을 눌러 삼키며 외쳤다.

— 미노타우로스?

"그래, 현민이한텐…… 내가 미노타우로스야."

* * *

— 어째 좀 수상하지 않냐?

학교 화장실 칸 안에서 혜정이가 말했다. 뭐라고 대꾸할 여력도 없었다. 기분도 바닥인 데다 변비까지 왔다. 스트레스는 만병의 근원이라는 말은 과연 진리였다. 게다가 혜정이가 백팩 속에서 얼굴을 비죽 내밀고 바라보는 통에 볼일도 마음 편히 못 볼 상황이었다. 7시 반밖에 안 된 시각이라 화장실 안에 사람이라고는 나뿐이었지만 구경꾼 앞에서 볼일 보는 기분이 들었다. 한숨이 절로 나왔다. 백팩을 교실에 두고 나오려 했는데 혜정이가 생떼를 부렸다.

— 같이 가, 안나린! 진희 고년이 나한테 무슨 짓 하면 어떡하려고.

'내가 같이 있음 뭐, 달라?'

— 그래도 하나보다는 둘이 낫지. 지난주에도 네가 날 두 번이나 구해줬잖아.

'담판을 짓네, 마네, 도발할 땐 언제고…….'

— 너도 있고 해서 허세 좀 부려본 거야. 솔직히 나, 이제 진희 고년 무섭단 말이야!

결국, 울며 불닭볶음면 먹기로 화장실 칸에까지 혜정과 함께 와야 했다.

— 나 부활하고 나서 너한테 처음으로 했던 말 기억나?

'그래, 기억나.'

혜정이가 그때 그 말을 되풀이했다.

— 설마 너만 진희한테 소원 빌었다고 착각한 건 아니지?

'가만, 그렇다면 동준이도……?'

— 확실치는 않지만, 왠지 진희랑 똥쭈니 사이에 뭔가 있었던 거 같단 촉이 와.

'언제?'

— 네가 홍주고로 전학 오기 전에…….

'진희가 우리 반에 전학 온 건 내가 전학 온 다음이잖아.'

내가 홍주고 2학년 1반으로 전학 온 시기는 올 3월이었고 진희는 4월이었다.

— 넌 알고 지내는 애들이 전부 다 우리 학교, 우리 반이야?

'그건 아니지.'

— 내 말이……. 동준이도 전부터 진희를 알고 지냈을 수도 있단 말이야, 어떤 식으로든 간에…….

그렇게 되면 아귀가 들어맞는다. 동준이가 전영고에서 나를 보았던 작년에 이미 진희와 알고 지내는 사이였다면? 바로 그즈음 진희가 동준이에게 접근했다면?

'동준이 중학교 때부터 너랑 사귀었다며? 근데 몰랐어?'

— 사귄다고 교우 관계를 다 아냐? 둘이 만날 때 빼곤 도통 뭘 하고 다니는지 알 수가 없는 놈이라……. 진희랑 양다리 걸친 게 아닌 이상, 둘이 알고 지냈대도 지가 말 안 하면 나도 알 방법이 없지.

복잡했던 머릿속이 아예 정글이 되어버렸다.

— 네가 어디서 뭘 하는지 궁금할 때마다 눈을 꼭 감고 네 이름을 세 번 중얼거리랬어. 그럼 내 도플이 나한테서 분리돼서 너한테로 갈 거고, 네가 뭘 하는지도 보일 거라고…….

혜정이가 부활해 나를 공격했던 밤, 털어놓았던 말을 곰곰이 곱씹었다.

'아무래도 교통사고 난 날 현장 사진에 찍힌 동준이…… 도플 맞는 거 같아.'

— 동준이 도플?

'어, 너도 진희한테 소원 빌고 나서 내 앞에 나타났잖아.'

사고 당일, 현장에 도착한 담당자가 사진을 찍을 때 나는 막 현민이와 구급차에 오르던 참이었다. 하지만 워낙 정신이 없어 동준이는커녕 그 누구에게도 신경 쓸 겨를이 없었다.

동준이가 현민이와 싸웠던 날, 녀석이 했던 말이 귓가에 되살아났다.

나 아니다, 그거.

지난번에는 그 사진에 찍힌 동준이를 진희의 농간쯤으로 여겼는데 생각해 보니 동준이의 도플일지도 몰랐다. 만일 그 추측이 사실이라면 동준이도 진희에게 소원을 빌었을 가능성이 컸다.

그때 칸 너머의 세면대에서 수돗물 쏟아지는 소리가 났다. 이상했다. 화장실에 누가 들어오는 기척은 전혀 없었다. 더 이상한 일은 수도꼭지에서 쏟아진 물줄기가 세면대에 부딪히는 소리가 나지 않는다는 점이었다. 칸막이 문틈으로 밖을 내다보았다. 세면대가 화장실 칸 왼쪽 구석에 있는지라 시야각 밖이었다.

— 누구냐! 사람이면 나타나고, 귀신이면 나랑 친구 먹자!

혜정이가 엉뚱한 소리를 했다. 순간, 물소리가 뚝 멎었다. 발소리가 다가오더니 내가 앉은 칸막이 앞에 멈췄다. 아무래도 내 눈으로 직접 확인하는 편이 나을 듯해 서둘러 변기 물을 내린 후 백팩을 멨다.

— 안나린, 나가지 마. 아무래도 감이 안 좋다. 내가 칸막이 위로 가서 한번…….

혜정이가 그렇게 귀띔했을 때 무시하지 말았어야 했다. 칸막이 문을 연 순간 기겁했다.

눈알. 처음에는 커다란 눈알이 눈앞에 떠 있는 줄만 알았다.

그것은 짐볼만 한 물방울이었다. 오래전 곤충 세계를 다룬 다큐멘터리를 본 기억이 났다. 워낙 고배율로 촬영된 영상이라 땅 위로 떨어지는 빗방울 하나가 사람 몸통보다 더 커 보여 신기했는데, 꼭 그 빗방울을 보는 듯했다.

그 물방울 너머에 눈동자처럼 영미의 얼굴이 떠 있었다. 물방울의 왜곡 때문에 어안렌즈 너머의 얼굴처럼 기괴했다.

"이게 무슨…….."

내가 말을 잇기도 전에 영미가 씩 입가를 끌어올려 웃더니 손을 내뻗었다. 물방울이 내게로 확 달려들었다. 피하려 했지만, 물방울이 더 빨랐다.

내 얼굴에 부딪힌 물방울이 표면장력을 잃고 퍽 터졌다. 그 충격에 중심을 잃고 양변기 위에 주저앉았다. 돌에 맞은 듯 정신이 하나도 없었고, 귓속으로 물까지 들어와 귀가 먹먹했다.

"어머, 나린아. 너 왜 거깄어?"

영미의 가식도 물속에서 듣는 물 밖의 소리처럼 아득했다.

찬물을 한 양동이는 뒤집어쓴 모양이었다. 온몸이 흠뻑 젖었다. 추웠다.

"어때, 정신 좀 들어?"

영미가 물었다.

— 영미, 너 이 개년, 거기 그대로 있어!

혜정이의 목소리만이 또렷하게 들렸다.

"사람 매장녀 만들어 놓고 야뇨증 드립까지 칠 땐 참 재미있었지?"

내게로 다가온 영미가 나를 빤히 들여다보며 덧붙였다.

"두고 봐, 더 재미있어질 테니까."

그제야 깨달았다.

호주 토끼가 증식을 시작했다.

15. 증식

─ 쫓아가, 안나린!

영미가 화장실을 빠져나가자 혜정이가 외쳤다. 하지만 양변기에 주저앉은 채 발치만 멀거니 내려다보았다. 양 갈래로 갈라진 내 머리채에서 흘러내린 물이 발치에 뚝뚝 떨어졌다.

염력. 영미가 내게 퍼부은 찬물세례는 분명 염력 테러였다. 그 애는 화장실에 들어오지도 않고 수도를 틀었다. 그러고는 허공에서 수돗물의 방향을 틀어 눈덩이처럼 뭉친 후 내게 내던졌다. 손에는 물 한 방울 묻히지 않았다. 염력이 아니고서야 도저히 불가능한 일이었다.

─ 뭐해? 안 쫓아가고…….

혜정이가 다그쳤다.

"염력이 생기게 해 달라는 소원을 빌었을까, 아니면…….”

─ 무슨 소리야, 지금?

"소원을 빌어서 염력이 생겼을까."

내 발치에 뚝뚝 떨어진 물줄기가 두 개의 물웅덩이를 이루더니 타일의 홈을 타고 퍼지다 하나로 이어졌다. 그 모양이 꼭 무한대 기호 같았다. 점점 그 영토를 넓혀가는 그 기호를 바라보며 중얼거렸다.

"난…… 내가 특출 나서 나한테 염력이 생긴 줄 알았어."

— 그게 아니면?

"누구든 진희한테 소원을 빌었다 하면 염력이 생기는지도 모른단 말이야."

혜정이도 진희에게 소원을 빈 후 염력이 생겼다. 나 역시 진희에게 소원을 빈 후 어설프게나마 염력이 생겼다. 영미가 혜정이에게 염력이 생기게 해 달라는 소원을 빌었든, 소원을 빌어서 염력이 생겼든 한 가지만은 분명했다.

영미도 진희에게 소원을 빌었다.

— 그럼 동준인?

"동준이?"

— 어, 우리 짐작대로 동준이가 진희한테 소원을 빌었다면 동준이한테도 염력이 생겼어야 하지 않냐 이거지.

"모르지, 사람마다 편차가 있는지도……."

여기서 빠져나갈 수 있을까.

뫼비우스의 띠를 빙빙 맴도는 개미가 된 기분이었다. 진희가 만들어 놓은 뫼비우스의 띠. 미노타우로스가 쫓아오는 미궁. 변기에서 일어나 무한대 기호를 짓밟고 칸을 나섰다.

거울에 비친 내 몰골은 바닷물에서 막 건져낸 미역 줄기였다. 세면대로 다가가 수도꼭지 근처에 손을 뻗고 정신을 집중했다. 뜨거운 기운이 서서히 손끝으로 퍼져나갔다. 밸브식 수도꼭지가 조금씩 내려갔다. 물이 떨어지기 시작했다.

화장실 맨 마지막 칸에서 부스럭거리는 소리가 났다. 그 바람에 집중력이 흐트러지면서 손끝의 기운이 날아가 버렸다.

거울로 보니 청소도구를 보관하는 칸에서 바가지가 두둥실 떠서 막 나오는 중이었다. 바가지는 곧장 세면대로 날아와 수돗물을 받았다. 백팩의 지퍼가 열린 틈으로 얼굴을 내민 혜정이가 자그마한 손을 바지런히 놀려 바가지를 조종하고 있었다.

"야, 너 뭐해?"

— 뭐하긴! 영미 고년한테 복수해야지. 염력으로 흥한 자, 염력으로 망할지니!

"이걸로 되겠어?"

바가지를 도로 청소도구 칸으로 돌려놓으며 칸 안을 살폈다. 대걸레와 빗자루, 집게 그리고 플라스틱 양동이. 개중에 양동이를 집어 들었다.

내가 복도로 나서자 등교하다 나를 본 아이들이 움찔하며 웅성거렸다.

"뭐야, 쟤. 대박."

"옷 입고 샤워했나?"

물이 뚝뚝 떨어지는 몰골로 양동이를 들고 화장실에서 나왔으니 그럴 만도 했다. 물을 가득 채운 양동이가 찰랑찰랑 소리를 냈다. 교실 문을 열고 들어서자 창가 쪽 자리에 앉아 아이들과 수다를 떠는 영미가 보였고, 아이들이 시선이 절로 내게 쏠렸다. 영미가 나를 바라보더니 같잖다는 듯 씩 웃었다. 곧장 그리로 다가가 그 애의 머리 위로 양동이를 치켜들었다.

"어, 어?"

영미보다 그 애의 짝이 더 놀라 뒤로 물러났다. 영미의 머리 위로 양동이 물을 쏟았다.

"앗 차거!"

물벼락 맞은 영미가 눈을 질끈 감고 허우적댔다.

— 물벼락으로 흥한 자, 물벼락으로 망하나니. 아이스 버킷이다, 요년아!

혜정이가 백팩 속에서 낄낄댔다.

"참고로 걸레 빤 물이야."

내 말에 영미가 자리에서 벌떡 일어섰다. 그 바람에 의자가 우당탕 소리를 내며 뒤로 넘어갔다. 그 애가 쌍시옷을 외치며 내 따귀를 때리려던 찰나, 누가 그 애의 손목을 턱 붙들었다.

"뭐하냐?"

동준이였다.

"우리끼리 일이니까 넌 빠져."

영미가 손목을 비틀며 표독스럽게 외쳤지만, 녀석은 고개를 가로저었다.

"내 여친 일이니 못 빠지겠는데?"

"지랄, 끼리끼리 논다더니……."

교실 문을 거칠게 열렸다.

"지금 니들 뭐하니?"

누가 알렸는지 교실로 달려온 담임 선생님이 물었다. 영미가 울상이 되어 항변했다.

"가만히 있는데 얘가 저한테 물을 쏟잖아요."

"먼저 물벼락 내린 건 너잖아, 김영미."

내 말에 영미가 나를 째려보았다.

"됐고, 둘 다 교무실로 따라와. 정동준, 넌 현민이랑 치고박고 한 지 얼마나 됐다고 또 말썽이냐?"

"전 싸움 말린 건데요."

담임 선생님에게 끌려나가기 전, 교실 한편에서 나를 바라보는 눈길을 느꼈다. 진희였다. 그 애의 얼굴에 웃음기가 가득했다. 재미있어 죽겠다는 표정이었다.

그 얼굴을 노려보며 다짐하고 또 다짐했다.

'그래, 실컷 재미있어 해라. 조만간 후회하게 해 줄 테니까.'

* * *

그날 오후까지 상담실에서 영미와 반성문을 썼다.

상담 선생님이 팔짱까지 끼고 영미와 나를 눈여겨 지켜보는 탓에 별다른 일이 생기지는 않았다. 하지만 탁자를 사이에 두고 마주 앉은 그 애와 나 사이에는 치열한 눈싸움이 오갔다.

상담 선생님이 전화를 받느라 잠시 자리를 뜨자마자 그 애에게 물었다.

"진희한테 소원 빌었지?"

일부러 '진희한테 소원 빌었니?'라고 묻지 않았다. 다 안다는 투로 물어야 그 애가 찔끔하리라는 판단 때문이었다.

"아니."

예상대로 대답하면서도 찔끔한 표정이었다.

"무슨 소원 빌었어?"

"아니라고 했다?"

"소원에 대가가 따른다고 걔가 얘기해 줬지?"

"귓구멍 막혔니?"

"내가 왜 통수녀가 됐는지 알려 줄까?"

"니가 통수녀가 된 건 니가 혜정이 뒤통수를 쳐서야."

"아니, 진희한테 소원 빌고 그 대가로 통수녀가 된 거야. 그러니 너도 조심해."

"웃기시네."

"염력 갖게 해 달라고 빌었어?"

"닥쳐라."

"뭘 빌었든 그 이상을 받게 될 거야."

"아니라고 했잖아!"

내 도발에 영미가 손에 들었던 샤프를 탁자에 탁 내려놓았다. 그러고는 상담실 출입문 너머를 살폈다. 무슨 일이든 벌이려는 눈치였다. 아니나 다를까, 샤프가 허공에 둥실 떠오르더니 내 눈으로 날아들었다.

눈을 감지 않았다.

현실을 똑바로 바라봐야 싸울 용기도 생기게 마련이었다. 화살처럼 날아든 샤프가 내 눈동자 바로 앞에서 우뚝 멈췄다. 지금 내 곁에는 혜정이도 없었다. 체육복으로 옷을 갈아입고 교복을 뒤뜰에 말리며 백팩과 인형도 함께 널었다.

― 안나린, 나 버리면 안 돼!

"일광욕이나 하고 있어."

그렇게 혜정과 잠시 헤어졌으니 눈앞까지 날아든 샤프를 멈춘 장본인은 분명 나였다.

"오, 쫌 하는데?"

영미가 히죽 웃었다. 그 애의 염력은 나보다 강했다. 완력 싸움이 아닌데도 그 월등한 힘이 느껴졌다. 샤프가 점점 내 눈앞으로 다가왔다.

그때 상담 선생님이 문을 열고 들어왔다.

샤프가 탁자에 툭, 떨어졌다.

* * *

영미와의 신경전은 하굣길에까지 이어졌다.

햇볕에 바짝 마른 교복을 입고 한결 가뿐해진 기분으로 막 학교 건물을 나서던 참이었다.

― 아, 간만에 일광욕 좀 했더니 몸이 가뿐하네.

백팩 속의 혜정이가 콧노래까지 부르며 즐거워했다. 그때 머리 위로 심상치 않은 기미가 느껴졌다. 올려다보았다. 화분. 반사적으로 손을 내뻗자 내 정수리로 내리꽂히던 화분이 내 머리를 비껴 발밑에 떨어졌다. 자기 재질의 화분이 박살 났다. 파편이 사방에 튀었다. 불과 한 발짝 앞에서 벌어진 일이었다. 창을 올려다보자 안쪽에서 얼굴을 비죽 내민 영미가 화들짝 놀라는 시늉을 하며 외쳤다.

"어머, 큰일 날 뻔했네. 나린아, 괜찮아?"

시치미를 뚝 떼고 걱정하는 척하는 영미의 태도는 진희와 완전히 판박이였다.

— 저런 미친년을 봤나. 왜, 아예 사람 죽여 놓고 괜찮냐고 물어보지.

백팩 속에서 혜정이가 분통을 터뜨렸다.

— 안나린, 안 되겠다, 집에 가자마자 염력 수련부터 더하자. 이젠 별 어중이떠중이까지 소원을 빌고 지랄들이야. 진희 고년도 개막장이네. 소원 영업왕 될 건가.

진희가 영미를 끌어들였을 가능성이 컸다. 그 어여쁜 얼굴로 장난처럼 물었겠지. "소원이 뭐야?" 하고. 영미에게 닥칠 대가가 과연 무엇일는지도 궁금했다.

— 하아, 아침에 그렇게 알아듣게끔 말했는데도 또 따라오네, 구질구질하게…….

혜정이의 말에 돌아보니, 동준이가 10미터쯤 사이를 두고 졸졸 뒤따라오는 중이었다. 녀석은 내가 시내버스에 올라탄 후에도 멀찌감치 거리를 두고 따라왔다.

끝까지 모른척했다.

* * *

— 에, 오늘 수련은 공격 받아치기다.

집에 돌아오자마자, 혜정이가 내 주위를 둥둥 떠다니며 훈계 조로 떠들었다. 폼만 보면 꼭 무협 영화에서 제자를 가르치는 사부 같았다.

— 내가 널 공격하면 넌 그 공격을 되받아쳐. 오늘 영미년같 이 염력으로 공격하는 인간이 있을 때 효과적인 방어책이 되 겠다.

미니 금고가 허공에 떠올랐다.

— 자, 금고를 등지고 무방비 상태로 서 있어 봐. 넌 지금 딴 걸 하고 있어서 아무것도 모르는 거야.

언제 금고가 날아올지 몰라 조마조마했다. 처음에는 금고가 날아오던 순간 나도 모르게 주저앉는 바람에 금고가 벽에 부 딪혔다. 두 번째에는 금고에 뒤통수를 맞아 혹이 났다. 세 번째 에는 시도도 하기 전에 내가 손사래를 쳤다.

"잠깐, 스톱!"

— 왜?

"이러다 살림 다 거덜 나겠다. 이상하네, 아깐 잘 됐는데 왜 안 되지?"

— 뒤에는 눈이 안 달려서 아닐까?

어쩌면 염력은 눈으로 봐야 제대로 작동하는지도 몰랐다. 금고가 날아들 타이밍에 돌아보는 식으로 방법을 바꾸기로 했다. 그나저나 그 타이밍은 또 어떻게 알아챈담.

— 눈을 감아, 안나린.

"뭐? 눈 뜨고도 못 맞추는 타이밍을 눈감고 어떻게 맞춰?"

— 마음의 눈으로 봐.

"그런 게 어딨냐? 명상의 시간도 아니고……."

— 아냐, 눈을 감고 느껴 봐. 느낌적인 느낌이라고나 할까? 오히려 그게 더 예리할 수도 있어.

말도 안 되는 소리였지만, 일단 한번 시도는 해 보기로 했다. 눈감고 가만히 등 뒤의 존재를 마음속으로 떠올렸다. 신기하게도 방 안의 모든 사물이 사라지고 온 세상에 나와 미니 금고만 남은 듯한 기분이 들었다. 등 뒤로 미니 금고가 떠오르는 낌새가 느껴졌다. 지금이다! 그런데 등 뒤가 아닌 머리 위였다. 눈을 번쩍 뜨고 천장을 올려다보았다. 천장에서 금고가 수직으로 빙그르르 날아들었다. 초등학교 3학년 때 운동장에서 철모가 내게 돌멩이를 던졌던 그 순간이 눈앞에 겹쳐졌다. 그 주먹만 한 돌멩이가 내 얼굴로 날아오던 그 순간처럼 눈앞에 다가든 미니 금고가 대문짝만 하게 보였다. 내 코뼈와 부딪히기 직전, 금고가 우뚝 멈췄다.

— 브라보, 안나린! 훼이크까지 알아보다니 대단한데? 나한테 손이 있었음 박수쳤을 거야.

대체 왜 그때의 기억이 지금 뜬금없이 떠올랐을까. 그러다 이내 고개를 가로저었다. 그런 사소한 기억 따위에 연연할 때가 아니었다. 기억이야 때로 미화되기도, 과장되기도, 심지어는 지워지기까지 하니까.

* * *

"왜 벌써 왔냐?"

다음 날 아침, 학교 복도에서 현민이와 마주쳤을 때 동준이가 현민이에게 물었다. 동준이는 거리를 두고 내 뒤를 그림자처럼 졸졸 따라왔다.

"아침에 발인 마치고 왔어."

현민이가 쉰 목소리로 대답했다.

— 아, 어떡해. 현민이…….

나 대신 혜정이가 백팩 속에서 탄식했다.

"내일부터는 다시 아침에 집 앞으로 데리러 갈게."

현민이의 말에 짐짓 차갑게 받아쳤다.

"아니, 그럴 필요 없어. 동준이 오토바이도 필요없고."

동준이를 바라보며 말했다.

"알겠어, 정동준?"

나를 걱정스레 보는 현민이의 시선에 가슴이 아팠다. 하지만 복도 저만치서 우리를 바라보는 마녀가 있었기에 더더욱 그래야 했다. 교실로 들어오자마자 자리에 앉아 칠판만 봤다.

하루를 송곳방석에 앉은 기분으로 보냈다.

내 옆에 앉아 착한 척은 다 하는 가증스러운 마녀는 물론이거니와 나를 졸졸 따라다니는 두 남자에 호시탐탐 내 빈틈을 노리는 영미까지 죄다 신경 쓰였다. 하지만 겉으로는 아무렇지 않은 척했다.

학교 수업을 마치자마자 시내버스정류장으로 내달렸다.

동준이와 현민이가 뒤따라왔지만, 중간에 어느 건물로 들어갔다가 뒷문으로 빠져나와 둘을 따돌렸다. 토끼몰이할 때에는 내리막길에서 오르막길이 아닌, 오르막길에서 내리막길로 해야 한다고 들었다. 앞다리가 짧고 뒷다리가 긴 토끼의 신체구조 때문이었다. 토끼는 오르막길을 잘 올라가지만, 내리막길 달리는 데에는 서툴다. 더 늦기 전에 토끼를 내리막길로 내몰아야 했다.

— 안나린, 어디 가?

평소와 달리, 내가 집으로 가는 버스가 아닌 다른 버스를 타고 시외버스터미널 앞에서 내리자 혜정이가 물었다.

'청주.'

매표소로 가서 버스 승차권을 끊고 청주행 버스에 올랐다.

— 아싸, 간만에 콧바람 좀 쐬겠구나.

혜정이가 들떠서 중얼거렸다.

목적지는 문제의 생활기록부에 적힌 주소였다.

죽은 진희의 집.

* * *

― 귀신 나오겠다, 야.

혜정이가 중얼거렸다. 어느새 백팩 지퍼 틈으로 얼굴을 내민 마녀 인형이 눈앞의 단독주택을 바라보는 중이었다.

'들어가, 좀. 누가 보면 어쩌려고 수시로 튀어나와. 확 지퍼에 자물쇠 채워 버린다?'

― 주위를 봐라. 어디에 누가 있나. 후쿠시마가 따로 없고만.

주위를 둘러보니 유령마을처럼 비정상적으로 조용하긴 했다. 생활기록부에 적힌, 죽은 진희의 주소는 청주 변두리 주택가 중에서도 외진 야산 응달이었다. 해 질 녘의 하늘을 등진 집은 폐가처럼 음산했다. 몇 채 안 되는 주위의 집들도 죄다 비었는지 인적이라고는 없이 휑했다. 곧 재개발이라도 들어가는 모양이었다. 어쩌면 아예 버려졌거나. 눈앞의 집도 지구 멸망 30년 후의 폐허처럼 을씨년스러웠다. 페인트칠한 벽 군데군데가 부스럼딱지처럼 일어나고 벗겨져서 그 느낌이 더했다.

― 안나린, 아무래도 우리 헛걸음한 거 같지 않냐?

'모르지. 그래도 칼을 한번 뽑았으면 베개라도 잘라 봐야 하는 거 아니겠어?'

― 지금 내 얘기 하는 거냐?

'응, 네 얘기야.'

녹슨 대문 앞으로 다가섰다. 초인종을 누르려고 보니 그 자리에는 비죽 튀어나온 전선 두 가닥이 고작일 뿐, 초인종이 온데간데없었다. 누가 통째로 뜯어낸 듯했다. 별수 없이 대문을 두드렸다.

"저기요!"

대문 안쪽의 집 안에서는 아무런 기척도 없었다. 소리라고는 잡초가 무성한 마당에서 풀벌레들이 우는 소리뿐이었다.

"아무도 안 계세요?"

목청을 높여 봤지만 마찬가지였다.

— 아무도 안 사나 봐. 그냥 가자. 으스스한 게 어째 내 친구 나올 거 같다.

혜정이가 재촉했다. 닫힌 대문의 창살 틈을 살폈다. 자물쇠나 걸쇠 따위는 보이지 않았다.

'미친 척하고 한번 들어가 봐?'

— 지금 무단 가택침입을 하겠단 말이야? 니가 무슨 마스크맨이냐?

'문이 안 잠겨 있잖아.'

— 잠겼든 안 잠겼든 남의 집이잖아. 어떻게 남의 집에 막 들어가냐?

그때 등 뒤에서 쉰 목소리가 덜미를 붙들었다.

"누구냐."

펄쩍 뛰다시피 놀라 홱 돌아섰다.

— 깜짝이야. 오르골 떨어질 뻔했네.

눈앞에 백발과 흰 수염이 간달프처럼 무성한 할아버지가 서 있었다. 간달프와 다른 점이라면 백발과 수염 손질이 잘 된 간달프와 달리 그의 백발과 수염은 수십만 개의 용수철 뭉치 같다는 점이었다. 그는 눈을 가늘게 뜨고 나를 노려보았다.

"누구냐고."

당황한 나머지, 미리 준비해 왔던 말들이 깨끗이 머릿속에서 삭제되고 휴지통 비우기까지 되었다.

"아 네, 저…… 진희 친군데요."

아주 거짓말은 아니었다. 이래 봬도 나는 진희와 영원한 '단짝'이었다.

"가."

"네?"

"가라고!"

그가 버럭 고함을 내지르는 바람에 화들짝 놀랐다. 여차하면 따귀라도 올려붙일 기세였다. 저렇게 불같이 화를 내는 품을 보니 죽은 진희와 관계가 있는 친인척인 듯했다. 죽은 진희의 할아버지라든가.

— 노인정에서 화투로 돈이라도 떼이셨나, 되게 까칠하시네.

할아버지는 내 어깨를 거칠게 밀치고는 대문을 벌컥 열었다.

— 어젯밤 꿈에 진희가 나왔다고 해 봐.

그래, 밑져야 마이너스통장인데 한번 해 보자.

"진희가 나왔어요, 어젯……."

말을 미처 맺기도 전에 눈앞에서 대문이 꽝 닫혔다. 거침없는 발걸음으로 마당을 가로지르는 할아버지의 뒷모습을 대문 창살 틈으로 보며 외쳤다.

"진희가 어젯밤 꿈에 나왔어요!"

막 현관문으로 들어서려던 할아버지의 뒷모습에서 멈칫하는 기색이 보였다.

"할아버지가 너무 보고 싶대요."

눈치껏 넘겨짚었다. 그가 나를 돌아보았다. 여전히 눈빛은 경계심으로 번뜩였지만 조금 전처럼 살기등등하지는 않았다.

"제 부모님도 작년에 교통사고로 돌아가셨어요. 그런데 제 엄마 아빠 꿈에 한 번도 안 나와요."

그 말끝에 울음기가 실렸다. 감정이입이 되면서 울컥했기 때문이었다.

— 오케이, 반쯤 넘어왔어. 계속해, 안나린.

어쩐지 죄를 짓는 기분이었다. 만에 하나, 저 할아버지가 죽은 진희의 할아버지라면 지금 내가 하는 짓은 사기나 마찬가지였다.

그냥 돌아섰다. 아무리 단서 하나가 아쉬운 상황이어도 엄마 아빠까지 팔면서까지 단서를 긁어내고 싶지는 않았다.

— 왜 그래? 다 된 밥이고만. 순진한 노인네 속여 다단계 물건 파는 것도 아닌데…….

혜정이가 부추겼지만, 의욕이 완전히 꺾여 버렸다. 홍주로 돌아가든, 당산고로 가서 진희와 관련된 아이들을 수소문해보든 해야 했다. 발길을 돌려 진희의 집과 반대 방향으로 걷기 시작했다.

그때 등 뒤에서 삐거덕 대문 열리는 소리가 났다.

"진희가 정말 꿈에 나왔더냐?"

걸음을 멈추고 돌아보니, 어느새 대문을 열고 나온 할아버지가 나를 빤히 바라보았다.

잠시 망설였다. 사실을 말해야 하나, 말아야 하나. '죽은 진희 행세를 하고 다니는 가짜 쥐 한 마리가 있어요.' 하고.

"진희가 억울하댔어요, 자기가 죽은 게……."

할아버지가 대문을 열어 보이며 말했다.

"세상에 죽어서 안 억울한 사람이 어디 있겠냐. 먼 길 왔나 본데 땀이나 식히고 가라."

한결 누그러진 목소리였다. 그를 따라 들어서니 잡초 무성한 마당 구석에 녹슨 채 버려진 그네가 보였다.

"진희가 아주 어렸을 때부터 타고 놀던 거다."

할아버지가 녹슨 그네를 한동안 말없이 바라보았다. 이제는 사라진 과거의 기억을 더듬는 듯했다. 어린아이가 그네를 타며 터뜨리는 해맑은 웃음소리가 환청처럼 내 귓가를 스치고 지나갔다.

— 나도 어릴 때 그네 좋아했는데…….

혜정이가 씁쓸하게 중얼거렸다.

"집 치운 지 좀 됐다."

할아버지의 뒤를 따라 집안으로 들어서니, 겉보기와 다르게 집안은 말끔했다. 오래된 원목 가구와 집안 곳곳에 놓인 분재 화초가 풍기는 향이 은은하고 그윽했다.

"진희랑은 고등학교 친구냐?"

주방으로 간 할아버지가 냉장고 문을 열며 물었다.

"아, 중학교 때요."

이름이 뭐냐, 학교는 어디냐, 꼬치꼬치 물어볼까 봐 내심 걱정했는데 더는 캐묻지 않았다. 앉으라는 소리가 없어서 거실 한복판에 어정쩡하게 선 채 거실을 둘러보았다. 거실 한쪽 벽에 걸린 커다란 가족사진이 눈에 띄었다. 아빠와 엄마, 할아버지 그리고 생활기록부에서 본 진짜 진희였다. 예상대로 할아버지는 진희의 할아버지였다. 큰 사진으로 보니 죽은 진희가 내 짝 진희와 전혀 다른 애라는 사실이 확실해졌다. 죽은 진희는 어느 모로 보나 평범한 아이였다.

뒤이어 거실 소파 옆의 분재에 눈길이 갔다. 분재 속의 화초는 여러 쌍의 겹잎이 손바닥처럼 펼쳐진 관상식물이었다.

"신경초다. 사람들은 미모사라고 그러더라."

할아버지가 거실 탁자 위에 보리차가 담긴 컵을 내려놓으며 말했다.

"아, 미모사……. 처음 봐요."

"건드려 봐라."

잎에 손끝을 대보았다. 손이 닿자, 잎이 뜨거운 물건을 만진 손처럼 움츠러들었다.

"신기해요."

"진희가 아주 좋아했던 화초다."

"아……."

"미의 여신 비너스한테 미모사라는 공주가 있었단다. 예쁘고 재주 많고 악기도 곧잘 연주하는 아이였는데 딱 하나, 겸손이 없었지. 그러다 웬 목동과 아홉 여자가 그 애 앞에 나타나선 하프를 켜면서 노래를 불렀는데 미모와 실력이 너무나 빼어나더란다. 목동이 미모사한테 그랬지. '겨우 저 얼굴로 예쁘다고 뽐내다니.' 공주는 자만했던 자기를 부끄러워하다 풀 한 포기가 되었다더구나. 알고 보니 그 소년과 여자들이 아폴론과 시녀들이었다나……."

나도 읽은 적 있는 그리스 신화 이야기였다. 거기 나오는 신들은 어쩌면 그렇게 시기와 질투만 많고, 자비나 관용은 없는지. 신이라는 지위가 무색할 지경이었다. 그래서 호메로스가 『일리아스』에서 아폴론을 가리켜 '쥐의 신'이라 불렀는지도 몰랐다.

"그 얘기를 나도 외울 정도로 진희가 몇 번이나 해 주었지. '할아버지, 미모사가 너무 불쌍해요. 아직 앤데 겸손하지 못한 게 풀로 변할 정도로 나쁜 건가요? 알아듣게 잘 타일러도 되잖아요.'"

— 내 말이. 남친 뺏기고 못된 소원 좀 빈 게 인형으로 변하는 저주를 받을 정도로 나쁜 거냐고.

혜정이가 끼어들었다. 그렇게 따지면 나 역시 마찬가지였다. 사랑을 이루고 싶다고 소원 좀 빈 게 인생 파탄 날 정도로 나쁜 짓이었을까.

"그렇게 마음씨가 곱디고운 애였는데……. 어쩌면 그런 애라서 이 험하고 더러운 세상에서 오래 못 배기고 일찍……."

그가 말끝을 흐렸다. 그 마음을 알 듯해서 뭐라 대꾸도 못 하고 보리차만 홀짝였다. 보리차는 구수하고 시원했다. 목을 축이고 나자 그가 2층으로 나를 안내했다.

"여기가 진희 방이다. 언제든 다시 돌아올 거 같아서 손도 못 대고 놔뒀다."

그가 열어 준 진희의 방으로 들어섰다. 시간의 흐름이 2017년 10월 27일에 멈춘 곳. 여느 여고생의 공부방과 다를 바 없어서 더 쓸쓸해 보였다. 벽에 걸린 교복과 의자에 걸친 운동복. 저 옷도 다시 세상에 나올 일이 없겠지. 책상에 붙여놓은 포스트 잇이 보였다.

소원 성취 그날까지 ㄱㄱ.

혹시 그즈음 진희도 지금의 진희를 만나지 않았을까.

"그날이 진희 생일이었다."

"아······."

"지 애비가 깜짝 선물로 에버랜드에 데려갔다 오던 길에······."

"혹시 그즈음에 진희한테 좀 이상한 기미는 없었나요?"

내친김에 묻자 그가 기억을 더듬는 듯 생각에 잠겼다.

"착실하고 순한 애가 그즈음에는 좀 예민하긴 하더라만, 누가 건드린 미모사처럼······."

누가 건드린 미모사. 그게 혹시 마녀 진희는 아니었을까. 진희 담임 선생님의 말이 되살아났다.

퇴근길에 차 끌고 교문 나서다 봤는데, 진희가 어떤 여자애랑 막 다투고 있었어. 워낙 온순한 애라 누구랑 언성 한번 높인 적 없었거든. 근데 그날은 화가 엄청 났는지 얼굴까지 새빨개져서 걔한테 막 뭐라고 따지고 있더라고.

'하지만 그때 마녀 진희의 사진을 본 담임 선생님은 아니라고 하셨잖아. 대체 그 애는 누구였을까. 혹시 진희에게 소원을 빈 또 다른 아이였을까. 아니면 진희가 낳은 또 다른 토끼였거나.'

책상 위에 놓인 스마트폰에 눈길이 갔다.

마지막 날 방에 전화를 놓고 갔을까? 충전 케이블까지 연결된 품이 아무래도 그런 듯했다. 깜박했을까, 아니면…… 그날 이후 방에 손도 못 대고 놔뒀다던 할아버지의 말은 사실인 듯했다. 완충 등이 들어온 전화기는 영영 안 돌아올 주인을 기다리는 망부석 같았다.

그때 거실에서 전화벨이 울리기 시작했다.

"잠깐 보고 있거라."

할아버지가 자리를 비운 사이, 나도 모르게 전화기를 집어 들었다. 홈 버튼을 누르니 액정이 켜졌다.

— 어디 좀 봐. 같이 보자.

어느 틈에 백팩 지퍼를 열고 나온 마녀 인형이 내 옆으로 두둥실 떠올랐다.

"야, 그러다 들키면 어쩌려고?"

— 걱정 말어. 내 앞가림은 내가 알아서 하니까. 하나보다는

둘, 몰라?

혜정이가 장담하며 전화기 쪽으로 다가들었다. 모범생이라 그런가, 전화는 잠겨 있지도 않았다. 심지어 그 흔한 모바일 메신저 하나 깔려 있지 않았다.

— 카톡도 안 깔려 있네. 죽기 전에 공초해 놨나? 문자 확인해 봐.

두근대는 마음으로 전화의 문자 기록을 밑에서부터 쭉 살펴보았다. 별다른 문자는 없었다. 대부분이 엄마 아빠와 주고받은 일상적인 문자들이었다.

— 잠깐, 안나린, 스톱!

혜정이의 말에 한 문자에서 손길이 멈추었다.

— 다신 연락하지 마

발신 문자였다. 수신인은 '9'였다.

'9? 9는 뭐지?'

'9'와 주고받은 문자 내용이 궁금해 찾아보았지만, 앞의 기록은 전부 삭제했는지 그것 하나뿐이었다. 발신 시각을 확인했다. 10월 27일 오전 9시 3분. 사고가 일어난 날 아침이었다.

'너도 번호 외워 놔. 이따 전화해 보게.'

— 아, 나 숫자에 약하단 말이야. 심지어 울 엄마 생신도 툭 하면 까먹는데…….

'외우기 쉬운 번호고만, 뭘 그리 엄살이야?'

그때 등 뒤로 발소리가 들려왔다. 얼른 액정을 끄고 전화기를 책상에 올려놓았다.

"저 이만 가 볼게요."

마음 같아서는 날을 잡고 이 방에서 단서가 될 만한 흔적들을 찾아보고 싶었다. 하지만 할아버지를 생각하니 이곳을 내 멋대로 들쑤셔서는 안 될 것 같았다.

"그래, 진희가 니 꿈에 나와서 할애비 보고 싶다더냐?"

"네, 그래서 꼭 전해 드리겠다고 약속했어요."

"어떻게…… 얼굴은 안 상했고?"

"건강해 보이고 얼굴색도 좋았어요."

거짓말이었지만 스스럼없이 술술 나왔다. 때로는 선의의 거짓말이 필요한 때도 있으니까.

"뭐가 억울한지는 말 없었고?"

"할아버지랑 오래오래 살고 싶었는데 일찍 가게 돼서 억울하댔어요."

"혹시 다음에 또 보거들랑 전해라. 이 할애비도 곧 따라갈 테니 너무 억울해하지 말고 기다리라고……."

할아버지의 눈시울이 촉촉해졌다. 나도 엄마 아빠 생각이 나서 눈앞이 부옇게 흐려졌다. 인사도 하는 둥 마는 둥 얼른 집을 나왔다.

죽은 진희의 집에서 얻어낸 단서는 두 가지였다. 죽기 전 미모사 같았다던 진희의 이상 상태와 9.

9의 전화번호로 전화를 걸어보았다.

"지금 거신 전화는 없는 번호입니다. 다시 확인하신 후 걸어주시기 바랍니다."

익숙한 자동 안내 음성이 흘러나왔다. 혜정이에게 확인하고
다시 걸어 보았지만 마찬가지였다.

— 전화 해지했나 보네.

"그러게."

— 현민이한테 알아봐 달라고 하면 어때?

혜정이의 제안에 고개를 가로저었다.

"싫어, 이제 안 할래, 그런 거."

때마침 전화기가 진동했다. 현민이였다.

— 걔도 양반은 못 되나 보다, 야.

망설이다 전화를 받았다.

"왜?"

— 죽은 진희네 담임 선생님이 전화하셨어.

"진짜?"

— 어, 오늘 홍주에 볼일 때문에 오셨다가 생각나서 하셨대.

"왜?"

— 진희 죽기 며칠 전에 교문 앞에서 어떤 여자애랑 진희가
다투는 걸 보셨댔잖아.

"어, 그랬지."

— 오늘 홍주 오셔서 시내에서 그 교복을 보셨대.

"진짜? 어느 학교 교복이었는데?"

— 전영고.

가슴이 덜컥 내려앉았다. 내가 뭐라 말을 잇지 못하고 어물
거리자, 혜정이가 내 말을 대신했다.

— 야, 전영고면 나린이 니가 홍주고로 전학 오기 전 다녔던 학교잖아!

전영고. 그 세 글자가 온몸의 신경을 건드리고 지나갔다. 온몸이 움츠러들었다, 누가 건드린 미모사처럼.

죽은 진희와 다투었던 여자애가 전영고 학생이었다. 어쩌면 흔치 않은 우연의 일치인지도 몰랐다. 그런데도 커다란 족쇄가 덜컥 목에 채워지는 기분이 들었다.

— 뭐해, 안나린?

혜정이가 묻고 나서야 현민이가 내 이름을 몇 번이나 불렀다는 사실을 뒤늦게 깨달았다.

"어, 말해."

— 그리고 곰곰이 생각해 보니 그날 그 여자애 얼굴을 봤는지 확실치가 않으시대.

"그럼 그 상대 여자애 얼굴을 못 보셨을 가능성도 있다는 말이네."

— 그런 셈이지.

당산고를 찾아갔을 때 진희네 담임 선생님은 분명 그렇게 말했다. 퇴근길에 누군가와 다투는 진희를 봤다고.

또 현민이가 내 짝 진희의 사진을 보여 주자 담임 선생님은 고개를 가로저으며 그런 예쁜 얼굴은 아니었다고 말했다. 자신 없는 투였다.

어떤 위치에서 봤는지는 몰라도 운전 중에 차창 너머로 보았다면 유심히 보지는 못했을 터였다. 진희는 낯익은 얼굴이니 알아보았다 처도 진희의 상대가 낯선 얼굴이었다면 보고도 잊어버렸거나 아예 못 보았을 가능성도 컸다. 기억이야 때로 미화되기도, 과장되기도, 지워지기도, 심지어는 왜곡되기까지 하니까.

— 야, 현민이한테 그 전화번호 뒷조사 좀 해 달라고 해.

혜정이가 거들었지만 차마 입이 떨어지지 않아 관두었다.

— 별일…… 없는 거 맞지?

현민이가 물었다. 별일은 자기한테 있으면서.

"어, 괜찮아."

— 그래도 항상 조심해.

현민이는 덧붙이고는 잠시 침묵했다. 내 말을 기다리는 듯. 물론 그 애에게 하고픈 말은 많았다. 무연타워 스카이라운지에서 본 호루스의 눈, 영미 문제, 죽은 진희네 집에 다녀온 일 그리고 미모사와 9. 보고 싶다고도 말하고 싶었다.

"어, 너도."

결국, 그렇게 통화 종료 버튼을 눌렀다.

— 왜 그냥 끊어?

"벼룩도 낯짝이 있으니까."

— 뭐, 니 맘 모르는 건 아닌데 그래도 지금은 그럴 때가 아니지 않아?

"아니, 그럴 때 맞아."

— 오호, 안나린, 단호박인데?

"더는 현민일 다치게 하고 싶지 않아."

속으로 덧붙였다.

'현민일 잃고 싶지도 않고…….'

* * *

"청주 갔다 왔냐?"

우리 집 대문 앞에 모터사이클을 대고 삐딱하게 서 있던 동준이가 물었다. 마치 잠수 탄 여자친구를 찾아와 따지는 듯한 투였다.

"어떻게 알았어?"

청주에 다녀온 일은 현민이에게도 알리지 않은 사실이었다.

"진희."

역시나. 아무리 진희가 내 일거수일투족을 꿰고 있다고 해도 이 정도일 줄은 몰랐다. 내가 청주에 간 줄 알았다면 죽은 진희 네에 다녀온 줄도 알아차렸을 터였다.

"내가 청주 어디 간다고도 말하대?"

"아니, 그냥 청주 가는 거 같다고만."

— 아, 그 의뭉스러운 년, 마녀 구슬이라도 있나?

혜정이가 백팩 속에서 중얼거렸다.

동준이를 바라보다 물었다.

"너 진희랑 되게 친한가 보다?"

"아닌데?"

"아니긴, 내 근황을 죄다 진희한테 전해 들을 정도면 친한 거 맞지."

"내가 물어봤어."

"그걸 왜 진희한테 물어봐? 진희가 내 매니저라도 돼?"

동준이의 눈동자가 흔들렸다.

"네 짝이잖아."

"짝 같은 소리 하지 마. 말 나온 김에 물어보자. 너, 진희한테
무슨 소원 빌었어?"

영미에게 그랬듯 동준이에게도 단정 조로 물었다. 그래야 빠
져나갈 구멍이 좁아지니까.

"무슨, 말이야?"

동준이가 처음으로 말을 더듬었다. 당황한 기색이었다.

"무슨 말인지는 네가 더 잘 알잖아. 진희한테 무슨 소원 빌었
냐구."

진작부터 묻고 싶었던 말이었다. 그런데 영미 때문에 일이
틀어졌다. 그 후로는 이래저래 타이밍을 놓쳐버렸다.

"몰라, 무슨 말인지……. 진희가 소원도 들어주냐?"

— 웃기시네. 빌었네, 빌었어.

혜정이가 끼어들었다. 진희나 이 녀석이나 현민이나 도대체
왜 그리들 진실을 꿍쳐 두고 모른 체 하는지 몰랐다.

"어, 들어줘. 내 소원도 들어줬어. 그래서 내가 이 지경이 됐
거든."

내 말에 동준이는 한동안 뜸을 들였다. 현민이에게 배운 모
양이었다.

"더 할 말 없으면 들어갈게."

그때 녀석이 침묵을 깨고 물었다.

"넌, 무슨 소원 빌었냐?"

아차 싶었다. 동준이가 이렇게 나올 줄은 미처 몰랐다. 어 하고 있다가 허를 찔린 기분이었다.

"네 소원이 뭔지 알고 싶다는 소원."

물론 말도 안 되는 소리였다. 하지만 동준이는 좀처럼 쉽게 물러날 기세가 아니었다.

"진희가 그래? 내가 소원 빌었다고?"

"어."

거짓말이었다. 고객 관리 차원에서인지는 몰라도 소원에 관한 한, 진희는 무섭도록 입을 다물었다.

동준이가 픽 코웃음 쳤다.

"네가 무슨 소원 빌었는지 말하면 나도 말할게."

빙고. 이로써 진희가 나와 혜정은 물론, 영미와 동준이에게까지 소원 영업을 한 사실이 확실해졌다.

"내가 왜 너한테 그걸 말해야 돼?"

"난 왜 너한테 그걸 말해야 되냐?"

동준이가 이렇게 뻬딱하게 나오니 사실을 털어놓아야 할지 망설여졌다. 그렇다면 맞불 작전이었다.

"나도 안 해. 사실 궁금하지도 않아."

동준이를 지나쳐 대문으로 들어섰다.

― 왜 그냥 들어가? 저놈이 뭔 소원을 빌었는지 고문을 해서

라도 알아내야지.

혜정이가 핀잔을 놓았다. 뒤에서 불쑥 다가온 동준이가 내 손목을 붙들었다.

"내 여친이 혜정이가 아닌 너였음 좋겠다고 빌었어."

가슴이 덜컥했다. 동준이에게 돌아섰다.

"그게 언제였는데?"

"정확힌 기억 안 나."

"기억나는 대로 말해 봐."

"작년 12월 초쯤."

12월 초. 진짜 진희의 죽음과 우리 부모님의 죽음 그사이 어딘가.

"왜 그런 소원을 빌었어?"

동준이가 어찌할 바를 모르고 제 머리를 북북 헝클어뜨렸다.

"전영고에서 널 보고 반한 뒤로 혜정이 보기가 미안했어. 그렇다고 무조건 헤어지자니 양심에 찔리고……. 그러던 참에 진희가 소원이 뭐냐더라. 농담 반 진담 반으로 말했지."

그러니까 혜정이와 헤어지고 나와 이어지게 해 달라고 빌었다는 소리였다.

— 개새끼! 진희 그년한텐 그런 속마음까지 털어놓았으면서 나한텐 입도 뻥끗 안 해? 재활용할 가치도 없는 쓰레기 새끼! 꺼져 버려! 가다가 확 죽어 버려!

혜정이가 길길이 날뛰었다.

"혜정이한테 미안했으면 그냥 혜정이한테 충실하든가, 깨끗하게 헤어지고 나한테 정식으로 사귀자고 하든가. 넌 정말 건너지 말았어야 할 강을 건넜어."

"나도 일이 이렇게 커질 줄은 몰랐어."

"그래, 나도 그랬어."

"그래서, 넌 뭘 빌었는데?"

혜정이 때문에 껄끄럽기는 했지만, 일이 이렇게 되었으니 솔직히 말해야 예의일 것 같았다.

"내 사랑이…… 이루어졌으면 좋겠다고……."

목소리도, 손도 걷잡을 수 없이 떨렸다. 제대로 서 있기 어려울 지경이었다.

"니 사랑이 누군데?"

동준이가 물었다. 이제는 확실히 말할 수 있었다.

"신경 쓰지 마. 넌 아니니까."

손목을 비틀어 빼내고 대문 안쪽으로 들어섰다. 동준이가 따라 들어올 기세여서 아예 대문을 잠가 버렸다.

"안나린, 잠깐만."

동준이의 부름을 외면하고 뛰다시피 계단을 올랐다.

녀석과 말도 하지 않기로 했다, 다시는.

* * *

— 안나린, 사랑이 이루어졌으면 좋겠단 소원 빌 때 그 사랑이 동준이였니?

내 방으로 들어서자마자 혜정이가 물었다. 생전의 차디찬 말투였다.

"지금 그런 게 중요해?"

— 어, 너한텐 어떤지 모르지만, 나한텐 중요해.

"동준이를 염두에 두긴 했어. 그치만 동준이라고 입에 담진 않았어."

— 입에 담지 않았으면 다야? 넌 엄연히 임자 있는 애를 넘봤어.

"그래, 정말 미안해. 그 점에 대해서라면 나도 죽도록 후회하는 중이니까 그만하자."

— 야, 난 내가 이 지경이 됐어도 널 친구라고 생각했어. 그런데 넌…….

"이 지경이 안 됐으면? 안 됐으면 뭐? 그럼 과연 네가 나랑 친구가 됐을까?"

오랜만에 혜정이와 나 사이에 골이 생겨났다.

— 그래, 니 말이 맞다. 처맞는 말.

혜정이가 싸늘히 대꾸하고는 백팩 깊숙이 몸을 파묻었다. 백팩 지퍼도 끝까지 잠가 버렸다. 그 애의 마음을 모르지는 않았지만 일일이 헤아리기에는 상황이 너무 복잡했다. 침대에 엎어져서 베갯속에 머리를 파묻었다. 내가 홍주고로 전학 오게 된 과정을 곰곰이 따져보았다.

"이사를 하거나 전학을 가 보면 어떠니?"

엄마 아빠가 돌아가신 뒤 외상 후 스트레스 장애에 시달리던 내게 의사가 권했다. 이사는 차마 갈 수 없었다. 이 집은 엄마 아빠의 유산이었으니까. 집안 곳곳에 밴 두 분의 흔적들을 떠나 다른 집으로 갈 수는 없었다. 차선책이 전학이었다. 홍주고는 이 집에서 통학하기에 적당한 위치를 고른 끝에 가게 된 학교였다. 그 모든 과정이 혹시 동준이의 소원을 이루어주는 과정은 아니었을까. 엄마 아빠가 돌아가신 사고가 소원의 대가는 아니었을까. 동준이가 빈 소원의 대가. 그 와중에 내가 살아남은 이유도 내가 죽으면 그 소원을 들어줄 수 없었기 때문은 아니었을까. 의심이 불어날수록 복수심도 불어났다. 벌떡 일어나 앉으며 전화기를 집어 들었다.

— 어, 나린아.

전화기 너머로 진희의 상냥하고 가증스러운 목소리가 들려온 순간, 고함을 빽 질렀다.

"왜 그랬어, 왜!"

— 깜짝이야, 왜 갑자기 소리는 지르고 그래? 무슨 안 좋은 일 있었니?

"몰라서 물어? 너한테 소원 빈 후로 살아도 산 게 아닌 거 알잖아."

— 그게 내 탓이니? 사람들은 참 웃기더라. 다 자업자득인데 왜 남을 원망하는지 모르겠어.

"그래? 진짜 진희가 죽은 것도 자업자득이니?"

— 진짜 진희가 누군데?

"작년 10월 30일에 네가 죽인 애."

— 죽이긴 누가 죽여. 진희란 애가 청주에도 살았어?

"청주에 살았단 말은 안 했는데?"

— 너 오늘 청주 갔다 왔다며. 동준이가 그러던데? 그리고 진짜 진희 운운하면 걔가 청주 살았단 얘기겠지, 뭐.

언제 토라졌냐는 듯 슬그머니 백팩을 열고 밖으로 나온 혜정이 끼어들었다.

— 저년 저거, 요리조리 잘도 빠져나가네.

"그래, 걔네 집에 다녀왔어. 생기부까지 조작한 너한테 이름 뺏기고 신분까지 뺏긴 진짜 진희!"

— 소설 잘 쓰네. 나중에 문창과 가도 되겠다. 안나린, 그런데 네 소설은 결정적인 단점이 있어. 너무 작위적이라는 거.

"너무 작위적인 건 너야. 너란 존재 그 자체."

— 그래? 정 못 믿겠으면 내 생기부 스샷 찍어서 보내 줄게. 기다려 봐.

전화가 끊긴 지 오래지 않아 카톡으로 사진 한 장이 날아왔다. 진희의 생활기록부 캡처 사진이었다. 사진을 뜯어보던 내 손에서 전화기가 툭, 떨어졌다.

* * *

"죽은 진희가 마지막으로 문자 보낸 사람, 왜 이름이 9로 저장돼 있었을까?"

그날 밤, 잠자리에 누워 나도 모르게 혼잣말처럼 중얼거렸다. 나와 멀찌감치 떨어져 벽을 보고 누운 채로 혜정이가 퉁명스레 대꾸했다.

— 알 게 뭐야. 상대 성이나 이름에 9가 들어가나 보지.

"그럴 수도 있겠네. 성이 구 씨라든가, 이름이 '구'로 끝난다든가."

내가 아는 사람 중에 성이 구 씨인 사람이 있는지 헤아려 보았다. 하지만 없었다. '구'로 끝나는 이름이 있는지도 곰곰이 떠올려보았다.

"내 주변엔 한 명도 없는데……."

— 9가 꼭 우리말이 아닐 수도 있잖아.

"영어나 일본어 같은 거?"

— 아, 그래.

9를 영어로 발음하면 '나인(Nine)', 일본어로 발음하면 '큐(きゅう)'…….

"이름이 '나인'이거나 '나인'과 비슷한……."

사람은 아닐까, 하고 말하려다 멈칫했다. 순식간에 심장이 얼어붙었다. 이름이 '나인'과 비슷한 사람. 멀리 갈 필요가 없었다.

나였다.

나린.

(2권에서 계속)

마녀의 소녀 1

1판 1쇄 찍음 2020년 5월 29일
1판 1쇄 펴냄 2020년 6월 5일

지은이 | 김종일
발행인 | 박근섭
편집인 | 김준혁
책임 편집 | 최고운
펴낸곳 | 황금가지

출판등록 | 2009. 10. 8 (제2009-000273호)
주소 | 06027 서울 강남구 도산대로 1길 62 강남출판문화센터 5층
전화 | **영업부** 515-2000 **편집부** 3446-8774 **팩시밀리** 515-2007
홈페이지 | www.goldenbough.co.kr

도서 파본 등의 이유로 반송이 필요할 경우에는 구매처에서 교환하시고
출판사 교환이 필요할 경우에는 아래 주소로 반송 사유를 적어 도서와 함께 보내주세요.
06027 서울 강남구 도산대로 1길 62 강남출판문화센터 6층 민음인 마케팅부

© 김종일, 2020. Printed in Seoul, Korea

ISBN 979-11-5888-673-8 04810(1권)
           979-11-5888-675-2 04810(세트)

㈜민음인은 민음사 출판 그룹의 자회사입니다.
황금가지는 ㈜민음인의 픽션 전문 출간 브랜드입니다.